KB185295

산시로

나쓰메 소세키 지음
박현석 옮김

玄 人

산시로
三四郎

나쓰메 소세키
夏目漱石

* 일러두기

1. 이해의 편의를 돕기 위해 각주 외에도 본문 속에 작은 글씨를 삽입하여
   가능한 한 많은 정보를 줄 수 있도록 노력했다.

2. 한자를 일본어로 읽은 경우는 그 한자를 ( ) 안에 넣었으며, 우리말로
   읽은 경우는 [ ] 안에 넣어 표기했다.

3. 외래어를 한자 및 한글로 표기한 것은 / / 안에 넣어 표기했다.

4. 단위환산은 대략적인 수치를 ( ) 안에 넣어 표시했다.

5. 본문 속 삽화는 아사히 신문 연재 당시(1908년)의 삽화로, 상태는
   좋지 않으나 참고를 위하여 삽입했다.

◎ 산시로 예고

　시골 고등학교를 졸업하고 도쿄의 대학에 들어간 산시로가 새로운 환경에 접한다. 그리고 동년배와 선배와 젊은 여성과 접촉하며 여러 가지로 움직이기 시작한다. 손이 가는 일이라고는 이 분위기 속에 이 사람들을 풀어놓는 것뿐이다. 나머지는 사람들이 멋대로 헤엄쳐서 저절로 파문이 일리라 생각한다. 그러는 동안에 독자도 작자도 이 분위기에 휩싸여 이 사람들을 알게 되리라 믿는다. 만약 휩싸일 만한 가치가 없는 분위기에, 알아도 보람이 없는 사람이라면 서로 불행했던 것이라고 단념할 수밖에 달리 방법이 없다. 그저 심상할 뿐이다. 희한한 것은 쓸 수 없다.

1

꾸벅꾸벅 졸다가 눈을 떠보니 여자는 언제부턴가 옆자리의 할아버지와 이야기를 시작했다. 이 할아버지는 틀림없이 전전 역에서 탄 시골사람이었다. 발차 직전에 괴성을 지르며 뛰어들어서는 갑자기 위통을 깠다 싶었는데, 등에 뜸을 뜬 자국이 가득했기에 산시로의 기억에 남아 있었다. 할아버지가 땀을 닦고 옷을 걸치고 여자 옆에 앉는 것까지 주의 깊게 지켜봤을 정도였다.

여자는 교토(京都)에서부터 함께 왔다. 탔을 때부터 산시로의 눈에 띄었다. 무엇보다 피부가 거뭇했다. 산시로는 규슈[1]에서 산요센[2]으로 갈아타고 교토와 오사카(大阪)에 점점 가까워질수록 여자들 피부가 점차 하얘졌기에 어느 틈엔가 고향을 멀리 떠나버린 듯한 서글픔을 느끼고 있었다. 그랬기에 이 여자가 차량으로 들어왔을 때는 어딘가 이성의 동지를 얻은 듯한 기분이 들었다. 이 여자의 피부색은 실제로 규슈의 색이었다.

미와타(三輪田)의 오미쓰(御光)와 같은 색이었다. 고향을 떠나기 직전까지 오미쓰는 귀찮은 여자였다. 곁을 떠난다는 것이 한없이

---

1) 九州. 일본 열도의 4대 섬 가운데 서남단에 있는 섬. 후쿠오카(福岡), 오이타(大分), 사가(佐賀), 나가사키(長崎), 구마모토(熊本), 미야자키(宮崎), 가고시마(鹿児島) 현이 속해 있다.
2) 山陽線. 후쿠오카의 모지(門司)역에서 고베(神戸) 역 사이를 잇는 철도.

고마웠다. 그런  데 이렇게 보니 오미쓰 같은 여 자도 결코 나쁘 지는 않았다.

단, 얼굴 생김 새로 보자면 이 여자 쪽이 훨씬 상등이었다. 입 이 야무졌다. 눈이 똘망똘망했다. 이마가 오미쓰처럼 휑뎅그렁하지 않았다. 어딘지 모르게 기분이 좋아지게 생겼다. 그랬기에 산시로는 5분에 한 번 정도는 눈을 들어 여자 쪽을 보았다. 때로는 여자와 자신의 눈이 마주치는 적도 있었다. 할아버지가 여자 옆에 앉았을 때는 더욱 주의해서 가능한 한 오랫동안 여자의 모습을 보았다. 그때 여자는 생긋 웃으며, 여기 앉으세요, 하고 할아버지에게 자리를 내주었다. 그로부터 얼마 지나지 않아서 산시로는 졸렸기에 잠을 자버리고 만 것이었다.

그렇게 잠을 자고 있는 사이에 여자와 할아버지가 친해져 이야기를 시작한 것인 듯했다. 눈을 뜬 산시로는 말없이 두 사람의 이야기를 듣고 있었다. 여자는 이런 말을 했다. ─

아이들 장난감은 역시 히로시마(広島)보다 교토가 싸고 좋은 물건이 있다. 교토에 잠깐 볼일이 있었는데 내린 김에 다코야쿠시[3] 옆에서 장난감을 사왔다. 오랜만에 고향으로 돌아가 아이를 만나는 것이 기쁘다. 하지만 남편이 보내주던 돈이 끊겨서 어쩔 수 없이 부모님이 계신 고향으로 돌아가는 것이니 걱정이다. 남편은 구레4) 에 오래도록 머물며 해군의 직공으로 있었으며, 전쟁5) 중에는 여순6)에 가 있었다. 전쟁이 끝난 뒤 일단 귀국했다. 얼마 지나지 않아서 그쪽이 돈을 더 많이 벌 수 있다며 다시 대련(다롄)으로 돈을 벌러 갔다. 처음에는 소식도 있고 돈도 다달이 꼬박꼬박 보내주었기에 좋았으나, 지난 반년쯤 전부터 편지도 돈도 전혀 오지 않는다. 불성실한 성격은 아니니 괜찮을 테지만, 언제까지고 놀고먹을 수만도 없기에 안부를 알게 되기까지는 어쩔 수 없이 고향으로 돌아가서 기다릴 생각이다.

할아버지는 다코야쿠시도 모르고 장난감에도 흥미가 없는 듯 처음에는 그저 네, 네 대답만 하다가 여순 이후 갑자기 동정을 느껴, 그거 참 딱하게 되었다고 말하기 시작했다. 자신의 아들도 전쟁 중에 군대로 끌려가 결국은 그쪽에서 목숨을 잃고 말았다. 대체 전쟁은 무엇을 위해서 하는 건지 모르겠다. 나중에 경기라도 좋아진다면 모르겠지만 소중한 아들은 목숨을 잃고 물가는 오르고, 이처럼 한심한 짓도 없다. 세상이 좋았던 시절에는 돈을 벌러 외지로

---

3) 蛸薬師. 일본의 전승신앙. 직역하면 문어약사여래. 눈병과 종기, 사마귀에 효험이 있다고 여겨진다. 교토의 다코야쿠시는 에이후쿠지(永福寺)라는 절의 본존을 말한다.

4) 吳. 히로시마 현에 있는 항구도시. 1889년에 해군공창이 생긴 이후 군항지로 급속히 발전했다.

5) 러일전쟁(1904~1905)을 말한다.

6) [旅順] 뤼순의 한자 음독. 중국 다롄(大蓮) 시의 서부. 서해에 면해 있는 군항으로 러시아의 조차지였으나 러일전쟁 이후 일본의 조차지가 되었다. 러일전쟁의 격전지. 최종적으로는 1955년에 중국에 반환되었다.

나가는 일 같은 건 없었다. 전부 전쟁 때문이다. 무엇보다 믿음이 중요하다. 틀림없이 살아서 일을 하고 있을 것이다. 조금만 더 기다리면 반드시 돌아올 거다. ―할아버지는 이런 말들로 여자를 열심히 위로하고 있었다. 마침내 기차가 멈추자, 그럼 몸조심하라며 여자에게 인사를 하고 정정한 모습으로 나갔다.

할아버지의 뒤를 따라서 내린 사람이 4명 정도 있었으나 그들 대신 탄 사람은 딱 1명뿐이었다. 처음부터 혼잡한 객차는 아니었으나 갑자기 쓸쓸해졌다. 해가 저문 탓일지도 몰랐다. 역부[驛夫]가 지붕을 쿵쿵 밟으며 위에서부터 불이 붙은 램프/洋燈/를 밀어넣고 갔다. 산시로는 생각이 났다는 듯 전 스테이션/停車場 이하 정거장/에서 산 도시락을 먹기 시작했다.

차가 움직이기 시작한 지 2분쯤 지났을까 싶었는데 예의 여자가 슥 일어나 산시로 옆을 지나서 객실 밖으로 나갔다. 이때 여자가 두른 허리띠의 색이 처음으로 산시로의 눈에 들어왔다. 산시로는 은어 니비타시[7]의 머리를 입에 문 채 여자의 뒷모습을 바라보았다. 화장실에 갔구나 생각하며 부지런히 먹었다.

여자는 곧 돌아왔다. 이번에는 정면이 보였다. 산시로의 도시락은 벌써 거의 비어 있었다. 고개를 숙인 채 열심히 젓가락을 놀려 두어 입 밀어넣었으나, 아무래도 여자는 아직 원래의 자리로 돌아오지 않은 듯했다. 혹시나 싶어 휙 눈을 들어보니 역시 정면에 서 있었다. 그러나 산시로가 눈을 듦과 동시에 여자는 움직이기 시작했

7) 煮浸し. 물고기를 구워 초간장에 무르게 조린 요리.

다. 단, 산시로 옆을 지나쳐 자신의 자리로 돌아가야 할 것을, 바로 앞까지 와서는 몸을 옆으로 향해 창으로 얼굴을 내밀더니 조용히 밖을 바라보기 시작했다. 바람이 세게 불어와 머리카락이 나풀거리는 모습이 산시로의 눈에 들어왔다. 이때 산시로는 비어버린 도시락 상자를 있는 힘껏 창밖으로 내던졌다. 여자의 창과 산시로의 창은 가운데 1칸을 사이에 둔 옆이었다. 바람이 불어오는 쪽으로 던진 상자의 뚜껑이 바람에 날려 하얗게 되돌아오는 것처럼 보인 순간, 산시로는 어처구니없는 짓을 했다는 사실을 깨닫고 문득 여자의 얼굴을 보았다. 얼굴은 공교롭게도 열차 밖으로 내밀어져 있었다. 하지만 여자는 조용히 머리를 창 안으로 당겨 사라사/更紗/ 손수건으로 이마 부근을 꼼꼼하게 닦기 시작했다. 산시로는 어쨌든 사과를 하는 편이 안전하다고 생각했다.

"죄송합니다."라고 말했다.

여자는, "아니요."라고 대답했다. 아직도 얼굴을 닦고 있었다. 산시로는 별 수 없었기에 입을 다물어버리고 말았다. 여자도 입을 다물어버렸다. 그리고 머리를 다시 창밖으로 내밀었다. 서너 명의 승객은 어두운 램프 아래서 모두 잠에 취한 얼굴을 하고 있었다. 말을 하는 사람은 아무도 없었다. 기차만이 굉장한 소리를 내며 갔다. 산시로는 눈을 감았다.

얼마쯤 지나서, "나고야(名古屋)는 다 와가나요?"라는 여자의 목소리가 들려왔다. 눈을 떠보니 어느 틈엔가 몸을 돌려 엉거주춤한 자세로 얼굴을 산시로 옆까지 들이밀고 있었다. 산시로는 놀랐다.

"글쎄요."라고 대답했는데, 처음 도쿄(東京)로 가는 길이었기에 전혀 알 수가 없었다.

"이래서는 늦어지게 될까요?"

"늦어질 것 같네요."

"당신도 나고야에서 내리시는지……."

"네, 내립니다."

이 기차는 나고야가 종점이었다. 대화는 지극히 평범했다. 단지 여자가 산시로의 대각선으로 맞은편에 앉았을 뿐이었다. 그리고 한동안은 다시 기차 소리만 들려왔다.

다음 역에서 기차가 멈추었을 때, 여자는 마침내 산시로에게 나고야에 도착하면 귀찮더라도 여관까지 안내를 해달라고 말을 꺼냈다. 혼자서는 께름칙해서 그런다며 자꾸만 부탁했다. 산시로도 맞는 말이라고 생각했다. 하지만 아주 흔쾌히 받아들일 마음도 들지는 않았다. 워낙 낯선 여자였기에 상당히 망설이기는 했으나 단호하게 거절할 용기도 없었기에 그냥 적당히 건성으로 대답을 했다. 그러는 사이에 기차는 나고야에 도착했다.

커다란 고리짝은 신바시(新橋도쿄)까지 부쳐놓았기에 걱정할 것 없었다. 산시로는 즈크로 만든 적당한 크기의 가방과 우산만을 가지고 개찰구를 나왔다. 머리에는 고등학교의 여름용 모자를 쓰고 있었다. 하지만 졸업했다는 표시로 휘장만은 뜯어내버렸다. 낮에 보면 그곳만 색이 짙었다. 뒤에서 여자가 따라왔다. 산시로는 이 모자가 조금은 민망스럽게 여겨졌다. 그러나 뒤따라오니 어쩔 수가 없었다. 여자는 물론 이 모자를 그냥 지저분한 모자라 생각하고 있었다.

9시 반에 도착했어야 할 기차가 40분쯤 늦게 도착했기에 10시는 벌써 넘어 있었다. 그래도 더운 계절이었기에 거리는 아직 초저녁처럼 분주했다. 여관도 눈앞에 두어 집 있었다. 단지 산시로에게는 조금 고급스러운 듯 여겨졌다. 그랬기에 전기등이 켜져 있는 3층 건물 앞을 모르는 척 그냥 지나쳐 슬금슬금 걸어갔다. 물론 낯선 땅이기에 어디로 나설지는 알 수 없었다. 그저 어두운 쪽으로 갔다. 여자는 아무런 말도 하지 않고 따라왔다. 그러자 비교적 한산한 골목의 모퉁이에서 두 번째 집에 여관이라는 간판이 보였다. 이것은 산시로에게도 여자에게도 어울리는 지저분한 간판이었다. 산시로가 슬쩍 돌아보며 여자에게 어떤가요, 라고 상의를 했더니 여자도 괜찮다고 했기에 과감하게 불쑥 들어갔다. 입구에서 일행이 아니라고 말해두려 했으나, 어서 오세요, ―자, 올라오세요, ―안내를 해드려, ―우메(梅)의 4번 등 연달아 말해버리는 통에 어쩔 수 없이 한마디도 못한 채 두 사람 모두 우메의 4번으로 들어가게 되었다.

여종업원이 차를 가져오는 동안 두 사람은 멍하니 마주보고 앉아 있었다. 여종업원이 차를 가지고 와서 목욕을 하라고 말했을 때는 이미, 이 여자는 자신의 일행이 아니라고 말할 만큼의 용기가 나지 않았다. 그랬기에 수건을 들고 먼저 가겠다고 말한 뒤 목욕탕으로 갔다. 목욕탕은 복도의 막다른 곳으로 화장실 옆에 있었다.

어두컴컴하고 꽤나 불결한 듯했다. 산시로는 옷을 벗고 욕조 속으로 뛰어들어 잠시 생각했다. 이거 성가시게 되었다며 텀벙거리고 있자니 복도에서 발소리가 들려왔다. 누군가 화장실에 들어간 모양이었다. 잠시 후 나왔다.

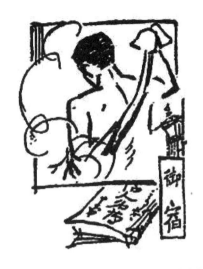

손을 씻었다. 그것이 끝나자 끼익하고 목욕탕의 문을 반쯤 열었다. 예의 여자가 입구에서, "좀 씻겨드릴까요?"라고 물었다. 산시로는 커다란 목소리로,

"아니, 됐습니다."라고 거절했다. 그러나 여자는 나가지 않았다. 오히려 들어왔다. 그리고 허리띠를 풀기 시작했다. 산시로와 함께 목욕을 할 생각인 듯했다. 특별히 부끄러워하는 모습도 보이지 않았다. 산시로는 욕조에서 얼른 뛰쳐나왔다. 닦는 둥 마는 둥 몸을 훔친 뒤 방으로 돌아가 방석 위에 앉아 적잖이 놀라고 있자니 여종업원이 숙박부를 들고 들어왔다.

산시로는 숙박부를 집어들고 후쿠오카 현 미야코군(京都郡) 마사키무라(眞崎村) 오가와 산시로(小川 三四郎) 23세 학생[8]이라고 솔직하게 적었으나, 여자에 관한 곳에 다다르자 참으로 난감해졌

다. 목욕탕에서 나올 때까지 기다릴 걸 그랬다고 생각했으나, 어쩔 수가 없었다. 여종업원이 떡하니 기다리고 있었다. 하는 수 없이 동현 동군 동무라 동성 하나(花) 23세라고 엉터리로 적어서 건네주었다. 그리고 연신 부채질을 해댔다.

마침내 여자가 돌아왔다. "제가 실례를 했네요."라고 말했다. 산시로는, "아니요."라고 대답했다.

산시로는 가방 속에서 필기장을 꺼내 일기를 쓰기 시작했다. 쓸 말도 없었다. 여자가 없었다면 쓸 말이 많았을 것 같다고 여겨졌다. 그런데 여자가, "잠깐 나갔다올게요."라고 말한 뒤 방에서 나갔다. 산시로는 더욱 일기를 쓸 수 없게 되어버렸다. 어디에 가는 걸까 생각하기 시작했다.

그때 여종업원이 이부자리를 깔러 왔다. 널찍한 이불을 하나밖에 가지고 오지 않았기에 자리는 2개를 깔지 않으면 안 된다고 말하자 방이 좁다는 둥, 모기장이 좁다는 둥 말해 결론이 나지 않았다. 귀찮아하는 것처럼 보이기도 했다. 결국에는 지배인이 지금 잠깐 외출했으니 돌아오면 물어보고 가져오겠다고 말하고, 고집스럽게 이불 하나를 모기장 가득 펼쳐놓고 나갔다.

그로부터 얼마 지나지 않아서 여자가 들어왔다. 늦어져서 죄송하다고 말했다. 모기장 뒤에서 무엇인가 하고 있었는데 짤랑짤랑하는 소리가 들려왔다. 아마도 아이에게 선물로 줄 장난감이 울린 것이리

---

8) 주인공 산시로의 모델은 나쓰메 소세키의 제자인 고미야 도요타카(小宮 豊隆). 도요타카는 나쓰메 소세키 연구의 권위자이자 열렬한 신봉자이기 도 했다.

라. 여자는 곧 보자기를 원래대로 묶은 모양이었다. 모기장 너머에서, "저 먼저 눕겠습니다."라는 소리가 들려왔다. 산시로는 그저, "네."라고만 대답한 채 문지방 위에 앉아 부채질을 하고 있었다. 차라리 이대로 밤을 새워버릴까도 싶었다. 하지만 모기가 앵앵 날아들었다. 밖에서는 도저히 버텨낼 수가 없었다. 산시로는 벌떡 일어나 가방 속에서 옥양목으로 지은 셔츠/襯衣/와 내복 바지를 꺼내 그것을 맨살 위에 입고 그 위에 남색 허리띠를 둘렀다. 그런 다음 타월/서양수건이하 수건/을 2개 들고 모기장 안으로 들어갔다. 여자는 이부자리의 맞은편 구석에서 아직 부채를 움직이고 있었다.

"실례합니다만 저는 예민해서 다른 사람의 이불에서 자는 것을 싫어하니……. 잠시 벼룩 막을 준비를 하겠습니다. 죄송합니다."

산시로는 이렇게 말한 뒤 앞서 깔아놓은 시트의 남은 끝자락을 여자가 누워 있는 쪽으로 돌돌 말기 시작했다. 그렇게 해서 요 한가운데에 희고 긴 구분선을 만들었다. 여자는 반대편으로 돌아누웠다. 산시로는 펼친 수건을 2장 잇대어 자신의 영토에 길게 깔고 그 위에 움츠린 몸을 가느다랗게 눕혔다. 그날 밤 산시로의 손과 발은 이 폭이 좁은 수건 밖으로는 한 치도 나가지 않았다. 여자와는 한마디도 이야기를 나누지 않았다. 여자도 벽을 향한 채 가만히 움직이지 않았다.

날이 훤하게 밝았다. 세수를 하고 밥상 앞에 앉았을 때 여자가 생긋 웃으며, "어젯밤에 벼룩은 없었나요?"라고 물었다. 산시로는, "네, 감사합니다. 덕분에."라는 식의 말로 진지하게 대답하며 고개를 숙인 채 종지 속의 콩자반을 열심히 집었다.

계산을 마치고 여관에서 나와 정거장에 도착했을 때 비로소 여자는 간사이센9)으로 욧카이치10)에 간다고 산시로에게 말했다. 산시로가 타야 할 기차가 곧 들어왔다. 배차시간 때문에 여자는 조금 기다리게 되었다. 개찰장 끝까지 배웅을 나온 여자가,

"여러 가지로 신세를 져서, ……그럼 건강하시길"하며 정중하게 머리 숙여 인사했다. 산시로는 가방과 우산을 한 손에 든 채 비어 있는 손으로 예의 낡은 모자를 벗고 딱 한마디,

"안녕히 가십시오."라고 말했다. 여자는 그 얼굴을 가만히 바라보고 있었다. 그러다 곧 차분한 태도로,

"당신은 꽤나 배짱이 없는 분이시네요."라고 말하며 빙그레 웃었다. 산시로는 플랫폼으로 쫓겨난 듯한 기분이 들었다. 차 안으로 들어서자 양쪽 귀가 한층 더 달아오르기 시작했다. 한동안은 가만히 몸을 웅크리고 있었다. 마침내 차장이 울리는 휘파람이 기다란 열차의 끝에서부터 끝까지 울려퍼졌다. 열차가 움직이기 시작했다. 산시로는 가만히 창밖으로 얼굴을 내밀었다. 여자는 먼 옛날에 어딘가로 가버렸다. 커다란 시계만이 눈에 들어왔다. 산시로는 다시 가만히 자신의 자리로 돌아왔다. 함께 탄 승객이 제법 되었다. 하지만 산시로의 거동에 주의를 기울이는 것 같은 사람은 아무도 없었다. 단지 대각선으로 맞은편에 앉은 남자가 자기 자리로 돌아가는 산시로를 잠깐 보았을 뿐이었다.

---

9) 関西線. 나고야와 오사카 사이를 잇는 철도.
10) 四日市. 미에(三重) 현 북부에 위치한 도시. 나고야와 오사카 사이에 위치해 있다.

그 남자가 쳐다보
았을 때 산시로는 왠
지 쑥스러운 기분이
들었다. 책이라도 읽
으며 마음을 돌려야
겠다고 생각하여 가
방을 열어보니 어젯
밤의 수건이 위쪽에
가득 들어차 있었다.
그것을 옆으로 밀쳐
내고 바닥 쪽에서 손
에 잡히는 대로 아무 것이나 집어냈더니, 읽어도 이해하기 어려운
베이컨11)의 논문집이 나왔다. 베이컨에게는 가여울 정도로 얇고
조잡한 가제본이었다. 원래는 기차 안에서 읽을 생각도 없었던
것을, 커다란 고리짝에 넣기를 잊었기에 정리를 하는 김에 손가방
바닥에 다른 두어 권과 함께 던져넣은 것이 재수 없게도 당선된
것이었다. 산시로는 베이컨의 23페이지/頁/를 펼쳤다. 다른 책이라
고 해도 읽힐 것 같지는 않았다. 하물며 베이컨 따위는 물론 읽을
마음이 들지 않았다. 그래도 산시로는 공손하게 23페이지를 펼쳐서
구석구석 페이지 전체를 훑어보았다. 산시로는 23페이지 앞에서
우선은 어젯밤의 일을 복습할 생각이었다.

---

11) Francis Bacon(1561~1626). 영국의 정치가·철학자. 데카르트와 함께
　　근대철학의 아버지로 불린다.

무엇보다 그 여자는 누구였을까? 세상에 그런 여자가 있을 수 있는 걸까? 여자란 그처럼 차분하게 평소와 다름없이 있을 수 있는 걸까? 교육을 받지 못한 걸까, 대담한 걸까? 아니면 순진한 걸까? 결국은 갈 수 있는 데까지 가보지 못했기에 짐작을 할 수가 없었다. 과감하게 조금 더 나아가봤으면 좋았을 걸 하지만 두려웠다. 헤어질 때, 당신은 배짱이 없는 분이라는 말을 들었을 때는, 깜짝 놀랐다. 23년 동안의 약점이 단번에 드러난 듯한 기분이었다. 부모라도 그렇게 정확히 말하지는 못하는 법이다. ……

산시로는 여기까지 와서 더욱 풀이 죽고 말았다. 어디서 굴러먹던 누구인지도 모르는 사람에게 머리를 들 수 없을 정도로 호되게 야단을 맞은 듯한 느낌이었다. 베이컨의 23페이지에 대해서도 참으로 면목이 없을 정도로 느껴졌다.

아무리 그래도, 그렇게 당황해서는 안 돼. 학문이고 대학생이고 따질 게 아니야. 인격과 깊은 관계가 있는 일이야. 조금은 다른 방법이 있었을 텐데. 하지만 상대방이 언제까지고 그런 식으로 나온다면 교육을 받은 나로서는 그것 외에 달리 받아들일 방법이 없을 거야. 그렇다면 여자에게 함부로 다가가서는 안 된다는 말이 되는데. 왠지 박력이 없어. 아주 갑갑해. 마치 불구로라도 태어난 것 같아. 하지만……

산시로는 갑자기 마음을 바꾸어 다른 세계의 일을 떠올렸다. ─지금부터 도쿄로 간다, 대학에 들어간다, 유명한 학자와 접촉한다, 취미와 품성을 갖춘 학생들과 교제한다, 도서관에서 연구한다, 저작을 한다, 세상에서 갈채한다, 어머니가 기뻐하신다, 등과 같은 미래를 멋대로 생각하여 크게 기운을 회복하고 나니 특별히 23페이지 속에 얼굴을 파묻고 있을 필요가 없어졌다. 그랬기에 휙 고개를 들었다. 그러자 대각선으로 맞은편에 있던 조금 전의 남자가 다시 산시로 쪽을 보고 있었다. 이번에는 산시로도 그 남자를 마주보았다.

수염을 짙게 기르고 있었다. 얼굴이 길쭉하고 살이 없어서 뼈가 앙상한, 어딘가 신사의 신관과 같은 남자였다. 단지 콧날이 곧게 뻗어 있는 점만이 서양사람 같았다. 학교교육을 받고 있는 산시로는 이런 사내를 보면 반드시 교사일 것이라고 생각해버린다. 남자는 살짝 스친 것 같은 옅은 무늬의 하얀 겉옷 안에 하얀 속옷을 말쑥하게 겹쳐 입고 남색 버선을 신고 있었다. 이러한 복장으로 미루어봐서 산시로는 상대를 중학교 교사라고 감정했다. 커다란 미래를 앞두고 있는 자신의 입장에서 보자면 어딘가 하찮게 느껴졌다. 남자는 벌써 마흔 줄이리라. 앞으로 더 발전할 것 같지도 않았다.

남자는 쉴 새 없이 담배를 피우고 있었다. 기다란 연기를 콧구멍으로 내뿜으며 팔짱을 끼고 있는 모습은 상당히 느긋해 보였다. 그런가 싶으면 뻔질나게 변소인지 어딘지를 드나들었다. 일어설 때 끄응하고 기지개를 켜는 경우도 있었다. 참으로 따분한 듯 보였다. 옆에 앉은 사람이 읽고 난 신문을 곁에 놓았는데도 빌려 읽을 기색조차 보이지 않았다. 산시로는 저절로 묘한 기분이 들어서 베이컨의 논문집을 덮어버리고 말았다. 다른 소설이라도 꺼내 본격적으로 읽어볼까 싶었으나 귀찮아서 그만두기로 했다. 그보다는 앞에 있는 사람의 신문을 빌리고 싶어졌다. 마침 앞자리 사람은 쿨쿨 자고 있었다. 산시로는 손을 뻗어 신문에 손을 대며 일부러, "다 보셨나요?"라고 수염을 기른 남자에게 물어보았다. 남자는 태평하게, "다 봤겠죠. 보세요."라고 말했다. 신문을 손에 쥔 산시로가 오히려 평온하지 못했다.

펼쳐보니 신문에는 특별히 봐줄 만한 내용도 실려 있지 않았다. 1, 2분 만에 훑어봤다. 귀퉁이를 맞춰 접어서 원래 자리로 돌려놓으며 잠깐 목례를 하자 맞은편에서도 가볍게 인사를 하고,

"당신은 고등학교 학생인가요?"라고 물었다.

산시로는 쓰고 있는 낡은 모자의 휘장 자국이 이 남자의 눈에 비친 것이 기쁘게 여겨졌다.

"네."라고 대답했다.

"도쿄의?"라고 되물었을 때 비로소,

"아니요, 구마모토입니다. ……하지만……."이라고 말한 채 입을 다물어버렸다. 대학생이라고 말하고 싶었으나, 말할 정도의 필요는 없다고 생각했기에 말하지 않았다. 상대방도, "아, 그래요."라고만

말한 채 담배를 피우고 있었다. 구마모토의 학생이 어째서 이런 때 도쿄로 가느냐고도 뭐라고도 물어봐주지 않았다. 구마모토의 학생에게는 흥미가 없는 듯했다. 이때 산시로 앞에서 자고 있던 남자가, "응, 그렇군."하고 말했다. 그러나 틀림없이 잠을 자고 있었다. 혼잣말도 아무것도 아니었다. 수염을 기른 사람이 산시로를 보고 히죽히죽 웃었다. 산시로는 그것을 기회로,

"당신은 어디로?"라고 물었다.

"도쿄."라고만 천천히 대답했다. 왠지 중학교의 선생이 아닌 것 같아지기 시작했다. 하지만 삼등칸에 타고 있을 정도이니 그리 대단할 것도 없으리라는 점은 분명했다. 산시로는 그것으로 대화를 멈췄다. 수염을 기른 남자는 팔짱을 낀 채 나막신의 앞쪽 굽으로 박자에 맞춰 바닥을 울리고 있었다. 꽤나 따분한 모양이었다. 그러나 이 남자의 따분함은 이야기를 하고 싶어 하지 않는 따분함이었다.

기차가 도요하시[12]에 도착했을 때, 자고 있던 남자가 벌떡 일어나 눈을 비비며 차에서 내렸다. 저렇게 시간에 맞춰서 잘도 눈을 뜬다고 생각했다. 혹시 잠결에 정거장을 잘못 안 것 아닐까 마음에 걸려 창으로 바라보았으나 그건 결코 아니었다. 개찰장을 무사히 통과하여 제정신이 든 사람처럼 밖으로 나갔다. 산시로는 안심하고 자리를 맞은편으로 옮겼다. 이렇게 해서 수염을 기른 사람과 나란히 앉게 되었다. 이번에는 수염을 기른 사람이 창밖으로 머리를 내밀어 물복숭아를 사고 있었다.

---

12) 豊橋. 아이치(愛知) 현 히가시미카와(東三河)에 있는 도시. 나고야에서 남동쪽으로 약 65㎞ 떨어져 있다.

잠시 후 두 사람 사이에 과일을 놓고,

"드시지 않을래요?"라고 말했다.

산시로는 고맙다는 말을 하고 하나 먹었다. 수염을 기른 사람은 복숭아를 좋아하는지 마구 먹어댔다. 산시로에게 더 먹으라고 말했다. 산시로는 하나 더 먹었다. 둘이서 물복숭아를 먹는 동안 상당히 친해져서 여러 가지 이야기를 시작했다.

그 남자의 설에 의하면 복숭아는 과일 중에서도 신선에 가장 가깝다는 것이었다. 어딘가 먹는 보람이 없는 것 같은 맛이 난다, 무엇보다 씨가 못생겼다, 게다가 구멍투성이여서 아주 재미있게 생겨먹었다는 것이었다. 산시로는 처음 듣는 설이었으나, 꽤나 한심한 소리를 하는 사람이라고 생각했다.

다음으로 그 남자가 이런 말을 꺼냈다. 시키[13]는 과일을 아주 좋아했다. 거기다 얼마든지 먹을 수 있는 남자였다. 한번은 커다란

---

13) 마사오카 시키(正岡 子規, 1867~1902). 가인으로 여러 분야에서 활약하여 일본 근대문학에 커다란 영향을 주었다. 소세키의 친구로 소세키 문학에도 적잖은 영향을 주었다.

침감14)을 16개 먹은 적이 있었다. 그래도 별 탈이 없었다. 나는 도저히 시키를 따라갈 수가 없다. —산시로는 웃으며 들었다. 하지만 시키에 관한 이야기에만은 흥미가 느껴지는 듯했다. 시키에 관한 이야기를 조금 더 하는 게 아닐까 싶었으나,

"아무래도   좋아하는 것에는 자연스럽게 손이 가는 법이라. 어쩔 수가 없어요. 돼지는 손이 없어서 대신 코가 갑니다. 돼지를 말이죠, 묶어서 움직이지 못하게 한 다음 그 코 앞에 맛있는 음식을 늘어놓으면, 움직일 수 없기에 코끝이 점점 늘어난다고 합니다. 먹을 것에 닿을 때까지는 늘어난다고 하더군요. 역시 집념만큼 무서운 것도 없습니다."라고 말한 뒤 싱글싱글 웃었다. 진지한 건지 농을 치는 건지 분명히 구별할 수 없는 말투였다.

"어쨌든 서로 돼지가 아니어서 다행입니다. 그렇게 원하는 것 쪽으로 코가 마구 자랐다면 지금쯤은 틀림없이 기차에도 탈 수 없을 만큼 길어져서 곤란했을 거예요."

---

14) [沈감] 소금물에 담가 떫은맛을 뺀 감.

산시로는 웃음을 터뜨렸다. 하지만 상대방은 의외로 조용했다.

"실제로 위험합니다. 레오나르도 다 빈치[15]라는 사람은 복숭아 줄기에 비석[16]을 주사해서 말이죠, 그 열매에까지 독이 번지는지 시험한 적이 있었습니다. 그런데 그 복숭아를 먹고 죽은 사람이 있습니다. 위험합니다. 조심하지 않으면 위험합니다."라고 말하며 한껏 어질러놓은 씨앗과 껍질 등을 한데 모아 신문에 싸서 창밖으로 내던졌다.

이번에는 산시로도 웃을 마음이 들지 않았다. 레오나르도 다 빈치라는 이름을 듣자 약간 주눅이 들었을 뿐만 아니라, 어떻게 된 일인지 어젯밤의 여자가 떠올라 묘하게 불쾌한 기분이 들었기에 삼가는 마음에서 입을 다물어버렸다. 그러나 상대방은 그런 사실은 조금도 깨닫지 못한 모양이었다. 잠시 후,

"도쿄는 어디로?"라고 물었다.

"사실은 처음이라 어떻게 해야 할지는 잘 모르겠습니다만……. 당장은 고향에서 운영하는 기숙사에라도 가볼까 생각하고 있습니다."라고 말했다.

"그럼 구마모토는 이미……."

"이번에 졸업했습니다."

"아아, 그거."라고 말했으나 축하한다고도, 잘됐다고도 덧붙이지

---

15) Leonardo da Vinci(1452~1519). 르네상스시대를 대표하는 이탈리아의 미술가, 과학자, 기술자, 사상가. 다양한 방면에 재능을 보였으며, 르네상스 미술을 완성했다는 평을 받는다.

16) 砒石. 비소의 삼이산화물. 독성이 강하며 방부제, 쥐약, 안료의 원료로 쓰인다.

않았다. 단지, "그럼 지금부터 대학에 들어가는 건가요?"라고 아주 평범한 일이라는 듯 물었다.

산시로는 얼마간 섭섭한 마음이 들었다. 그 대신,

"네."라는 한마디로 말을 마무리했다.

"과는?"하고 다시 물었다.

"1부[17]입니다."

"법과인가요?"

"아니요, 문과입니다."

"아아, 그거."라고 또 말했다. 산시로는 이 아아, 그거를 들을 때마다 기분이 묘해졌다. 상대방은 굉장히 훌륭하거나, 사람을 굉장히 얕잡아보거나, 그게 아니라면 대학과는 아무런 연고도 동정도 없는 남자임에 틀림없었다. 하지만 그 가운데 어느 쪽인지 짐작이 가지 않았기에 이 남자에 대한 태도도 극히 불명료했다.

하마마쓰(浜松)에서 두 사람 모두 약속이라도 한 듯 도시락을 먹었다. 먹고 났는데도 기차는 쉽사리 출발하지 않았다. 창으로 보니 서양인 네다섯 명이 열차 앞을 왔다 갔다 하고 있었다. 그 가운데 한 쌍은 부부인 듯 더운데도 손을 잡고 있었다. 여자는 상하 모두 새하얀 옷으로 매우 아름다웠다. 산시로는 태어나서 오늘에 이르기까지 서양인이라는 것을 대여섯 명밖에 보지 못했다. 그 가운데 두 명은 구마모토의 고등학교 교사였는데 그 두 사람 가운데 한 사람은 불행하게도 곱사등이였다. 여자로는 선교사를

---

17) 법과와 문과(법문과) 진학생을 위한 예비과정.

한 명 알고 있었다. 상당히 뾰족한 얼굴로 보리멸, 혹은 꼬치고기와 비슷했다. 따라서 이처럼 화려하고 아름다운 서양인은 신기할 뿐만이 아니었다, 매우 품위 있게 보였다. 산시로는 넋을 놓고 열심히 바라보았다. 저 정도면 으스대는 것도 당연한 일이라고 생각했다. 자신이 서양으로 가서 저런 사람들 속에 들어간다면 틀림없이 초라한 느낌이 들 것이라고까지 생각했다. 창 앞을 지날 때 두 사람의 대화를 열심히 들어보았으나 조금도 알아들을 수가 없었다. 구마모토의 교사와는 발음이 완전히 다른 듯했다.

그때 예의 남자가 머리를 뒤에서부터 내밀고,

"아직 출발할 것 같지 않나요?"라고 말하며 지금 지나친 서양 부부를 잠깐 보고는,

"아아, 아름답군."이라고 작은 목소리로 말하고 바로 마른 하품을 했다. 산시로는 자신이 얼마나 촌놈다운지를 깨닫고 얼른 머리를 집어넣은 뒤 자리에 앉았다. 남자도 뒤이어 자리에 앉았다. 그리고,

"역시 서양인은 아름답습니다."라고 말했다.

산시로는 별다른 대답도 나오지 않았기에 그저 네 하고 받으며 웃고 있었다. 그러자 수염을 기른 남자가,

"우리는 가련합니다."라고 말하기 시작했다. "이런 얼굴을 하고 이렇게 나약해져 있어서는 제아무리 러일전쟁에서 이겨서 일등국이 되어도 소용없습니다. 물론 건물을 봐도, 정원을 봐도 얼굴과 별반 다를 건 없지만. ─당신은 도쿄가 처음이니 아직 후지산(富士山)을 본 적이 없겠죠? 곧 보일 테니 한번 보세요, 그게 일본 최고의 명물입니다. 그것 외에 자랑할 만한 것은 아무 것도 없습니다.

하지만 그 후지
산은 천연, 자
연적으로 옛날
부터 있던 것이
니 별 수 없습니
다. 우리가 만
든 것이 아닙니
다."라고 말하
고 다시 싱글싱
글 웃었다. 산
시로는 러일전

쟁 이후 이런 사람을 만나리라고는 생각지도 못했다. 아무래도
일본인이 아닌 듯한 느낌이 들었다.

　"하지만 지금부터는 일본도 발전할 겁니다."라고 변호했다. 그러
자 그 남자는 참으로 냉정하게,

　"망할 겁니다."라고 말했다. ―구마모토에서 이런 말을 하면
바로 두들겨 맞는다. 자칫 잘못했다가는 국적[國賊] 취급을 받게
된다. 산시로는 머릿속의 구석 어디에도 이런 사상을 받아들일
여유가 없는 분위기 속에서 성장했다. 그랬기에 어쩌면 자신의
나이가 어리다는 점을 이용해서 사람을 우롱하고 있는 것이 아닐까
여겨지기도 했다. 남자는 이번에도 싱글싱글 웃고 있었다. 그러면
서도 말투는 언제까지나 차분했다. 아무래도 감을 잡을 수가 없었기에
상대하기를 그만두고 입을 다물어버렸다. 그러자 남자가 이렇게

말했다.

"구마모토보다 도쿄가 넓습니다. 도쿄보다 일본이 넓습니다.
일본보다……."에서 잠깐 말을 끊었는데, 산시로의 얼굴을 보니
귀를 기울이고 있었다.

"일본보다 머릿속이 넓을 겁니다."라고 말했다. "얽매여서는
안 됩니다. 제아무리 일본을 위해서라고 해봐야 그런 편애가 오히려
일본을 망칠 뿐입니다."

이 말을 들은 순간 산시로는 진짜로 구마모토에서 나왔다는
생각이 들었다. 동시에 구마모토에 있었을 때의 자신은 아주 비겁했
다는 사실을 깨달았다.

그날 밤 산시로는 도쿄에 도착했다. 수염을 기른 남자는 헤어질
때까지도 이름을 밝히지 않았다. 산시로는 도쿄에 도착하기만 하면
이 정도의 남자는 곳곳에 있을 것이라 믿고 있었기에 특별히 이름을
물으려 하지도 않았다.

2

산시로가 도쿄에서 놀란 것은 아주 많았다. 가장 먼저 전차가 땡땡 우는 것에 놀랐다. 그리고 그렇게 땡땡 우는 동안 아주 많은 사람들이 타기도 하고 내리기도 한다는 것에 놀랐다. 다음으로 마루노우치[18]에서 놀랐다. 가장 놀란 것은 아무리 가도 도쿄가 없어지지 않는다는 데 놀랐다. 게다가 어디를 어떻게 걸어다녀도 목재가 내던져져 있고 돌이 쌓여 있고 새로운 집이 길에서 두어 간(3.5~5.5m)쯤 물러나 있고 낡은 창고가 절반쯤 해체되어 불안하게 앞쪽에 남아 있었다. 모든 것이 파괴되어가고 있는 것처럼 보였다. 그리고 역시 그와 동시에 모든 것이 건설되어가고 있는 것처럼 보였다. 굉장한 움직임이었다.

산시로는 완전히 놀랐다. 요컨대 시골사람이 도시의 한가운데 서서 놀라는 것과 같은 정도로, 또한 똑같은 성격으로 크게 놀라버리고 말았다. 지금까지의 학문은 이 놀라움을 예방하는 데 있어서 매약[賣藥]만큼의 효능도 없었다. 산시로의 자신감이 이 놀라움과 함께 4할 정도 깎여버렸다. 불쾌해서 견딜 수가 없었다.

이 극렬한 활동 자체가 곧 현실세계라고 한다면, 지금까지의

---

18) 丸の内. 도쿄 지요다(千代田) 구에 있는 비즈니스 및 상업지구.

 자신의 활동은 현실세계를 조금도 접하지 못한 셈이 된다. 그저 방관만 하고 있었던 것이나 다를 바 없었다. 그렇다고 해서 오늘을 마지막으로 낮잠에서 일어나 배당된 활동을 할 수 있는가 하면, 그건 어려운 일이었다. 자신은 지금 활동의 중심에 서 있었다. 그러나 자신은 단지 자신의 전후좌우에서 일어나는 활동을 보지 않으면 안 될 위치로 옮겨져 놓인 것일 뿐, 학생으로서의 생활이 예전과 달라진 것은 아니었다. 세계는 이처럼 동요한다. 자신은 이 동요를 보고 있다. 그러나 거기에 가담할 수는 없다. 자신의 세계와 현실의 세계는 하나의 평면에 늘어서 있지만 어디에서도 접촉하지 않는다. 그리고 현실의 세계는 그처럼 동요하며 자신을 내버려둔 채로 가버린다. 한없이 불안했다.

산시로는 도쿄 한가운데에 서서 전차와 기차와 하얀 옷을 입은 사람과 검은 옷을 입은 사람의 활동을 보고 이렇게 느꼈다. 그러나 학생생활의 이면에 펼쳐져 있는 사상계의 활동에 대해서는 조금도 깨닫지 못했다. —메이지[19]의 사상은 서양 역사에 나타난 300년

---

19) 明治. 메이지 시대(1868~1912)를 말한다. 일본의 근대화가 급속하게 진행된 시기였다.

동안의 활동을 40년 만에 되풀이했다.

산시로가 움직이는 도쿄의 한가운데에 갇혀서 홀로 우울해하고 있을 때 고향의 어머니로부터 편지가 왔다. 도쿄에서 받은 첫 번째 편지였다. 보니 여러 가지가 적혀 있었다. 우선 올해는 풍년이라 기쁘다는 말에서부터 시작해서, 몸을 소중히 여겨야 한다는 주의가 있었고, 도쿄 사람들은 모두 약삭빠르고 사람이 좋지 않으니 조심하라고 적혀 있었으며, 학비는 매달 말에 받을 수 있도록 할 테니 안심하라는 말이 있었고, 가쓰타 마사(勝田 政) 씨의 사촌동생이 대학을 졸업하고 이과대학이라는 곳에 다니고 있다고 하니 찾아가서 만사 잘 부탁하라는 말로 마무리 지어져 있었다. 정작 중요한 이름을 잊었던 것인지 난외라고 할 수 있을 만한 곳에 노노미야 소하치(野々宮 宗八) 씨라고 적혀 있었다. 그 난외에는 이것 외에도 두어 건이 더 있었다. 사쿠(作)의 말인 아오(靑馬)가 갑작스러운 병으로 죽어서 사쿠가 매우 난처해하고 있다. 미와타 씨 댁의 오미쓰가 은어를 주었는데 도쿄로 보내면 도중에 상해버릴 것 같아 집에서 먹었다. 등이었다.

산시로는 이 편지를 보고 어딘가 낡아 퇴색한 먼 옛날에서 온 듯한 기분이 들었다. 어머니에게는 죄송하지만 이런 것을 읽고 있을 시간은 없다고까지 생각했다. 그럼에도 불구하고 2번 거듭해서 읽었다. 요컨대 자신이 만약 현실세계와 접촉하고 있는 것이라면 지금은 어머니밖에 없는 것이리라. 그 어머니는 낡은 사람으로 낡은 시골에 있었다. 그 외에는 기차 안에서 만난 여자가 있었다. 그것은 현실세계의 번개였다. 접촉했다고 하기에는 너무나도 짧았고 또 너무나도 날카로웠다. ─산시로는 어머니가 말한 대로 노노미야 소하치를 찾아가보기로 했다.

이튿날은 평소보다 더운 날이었다. 방학 중이니 이과대학을 찾아가봐야 노노미야 군이 있을 리 없다고 생각하기는 했으나, 어머니가 숙소를 알려주지 않아서 물어볼 겸 가보고 싶은 마음이 들었기에 오후 4시 무렵에 고등학교 옆을 지나 야요이초(弥生町) 쪽의 문으로 들어갔다. 거리에는 먼지가 2치(6cm)나 쌓여 있어서 그 위에 나막신의 굽과 구두 밑창과 짚신 바닥이 선명하게 찍혀 있었다. 수레의 바퀴와 자전거 자국은 몇 줄기나 되는지 알 수조차 없었다. 숨이 턱 막힐 만큼 참을 수 없는 길이었으나, 구내로 들어서자 과연 나무가 많아 기분이 상쾌해졌다. 닫힌 문을 살펴보니 자물쇠로 잠겨 있었다. 뒤로 돌아가보았으나 역시 틀렸다. 결국에는 옆으로 나섰다. 혹시나 싶어서 밀어보았더니 다행히 열렸다. 복도 모퉁이에서 사환이 하나 졸고 있었다. 온 목적을 이야기했더니 한동안은 정신을 차리기 위해서 우에노(上野)의 숲을 바라보고 있다가, 갑자기, "계실지도 모릅니다."라고 말하고 안으로 들어갔다. 매우 한가로웠다. 잠시 후 다시 나왔다.

"계십니다. 들어오세요."라고 친구처럼 말했다. 사환에게 들러붙어서 가니, 네 모퉁이를 돌아서 회삼물 바닥 복도를 아래로 내려갔다. 세상이 갑자기 어두워졌다. 찌는 듯한 더위 속에서 눈이 핑 돌 때와 같았으나 잠시 지나자 눈동자가 마침내 차분해져서 주위가 보이게 되었다. 구덩이였기에 비교적 시원했다. 왼쪽에 문이 있었는데 그 문이 활짝 열려 있었다. 그곳에서 얼굴이 나왔다. 얼굴이 넓고 눈이 커서 불교와 연이 있는 상이었다. 잔주름이 있는 천의 셔츠 위에 양복을 입고 있었는데 양복은 군데군데 얼룩이 있었다. 키는 매우 컸다. 말랐다

는 점이 더위와 어울렸다. 머리와 등을 일직선으로 앞으로 늘어뜨려 인사를 했다.

"이쪽으로."라고 말한 채 얼굴을 방 안으로 집어넣어버렸다. 산시로는 문 앞까지 가서 방 안을 들여다보았다. 그러자 노노미야 군은 벌써 의자에 앉아 있었다. 다시 한 번, "이쪽으로."라고 말했다. 이쪽으로, 라고 말한 곳에 대[臺]가 있었다. 네모난 봉을 4개 세우고 그 위에 판자를 깐 것이었다. 산시로는 대 위에 앉아 첫 대면의 인사를 했다. 그런 다음 모쪼록 잘 부탁드리겠습니다, 라고 말했다. 노노미야 군은 그저 네에, 네에 하며 듣고 있었다. 그 모습이 기차 안에서 물복숭아를 먹던 남자와 얼마간 비슷했다. 할 말을 대충 하고 난 산시로는 더 이상 할 말이 없어져버리고 말았다. 노노미야 군도 네에, 네에, 라고 말하지 않게 되었다.

방 안을 둘러보니 한가운데에 크고 기다란 떡갈나무 테이블/机/

이 놓여 있었다. 그 위에 굵은 철사투성이의 뭔가 복잡한 기계가 놓여 있고, 그 옆으로 커다란 유리 대접에 물이 담겨 있었다. 그 외에 줄칼과 나이프/小刀/와 목깃 장식이 하나 떨어져 있었다. 마지막으로 맞은편 구석을 보니 3자(90㎝) 정도의 화강석 대 위에, 통조림 깡통쯤 크기의 복잡한 기계가 놓여 있었다. 산시로는 이 깡통 옆구리에 뚫려 있는 2개의 구멍을 눈여겨보았다. 구멍이 구렁 이의 눈알처럼 반짝였다. 노노미야 군이 웃으며 반짝이죠, 라고 말했다. 그리고 이런 설명을 해주었다.

"낮 동안에 저런 준비를 해두었다가 밤이 되어 교통 및 그 외의 활동이 잠잠해질 무렵에, 이 조용하고 어두운 구덩이에서 망원경을 통해 저 눈알과 같은 것을 들여다봅니다. 그렇게 해서 광선의 압력을 시험합니다. 올해 정월 무렵부터 시작했는데 장치가 꽤 번거로워서 아직 생각처럼은 결과가 나오지 않았습니다. 여름에는 비교적 견딜 만하지만, 추운 밤에는 좀처럼 견디기 어렵습니다. 외투를 입고 목도리를 해도 추워서 버텨낼 수가 없습니다. ……."

산시로는 크게 놀랐다. 놀람과 동시에 광선에 어떤 압력이 있으며 그 압력이 무슨 도움이 된다는 건지 이해하기 매우 어려웠다.

그때 노노미야 군이 산시로에게, "들여다보세요."라고 권했다. 산시로는 반쯤 재미 삼아 돌로 된 대에서 두어 간(3.6~5.4m) 앞에 있는 망원경 옆으로 가서 오른쪽 눈을 대보았으나 아무것도 보이지 않았다. 노노미야 군이, "어떤가요? 보이나요?"라고 물었다. "아무 것도 안 보입니다."라고 대답하자, "응, 아직 뚜껑을 열지 않았군."이 라고 말하며 의자에서 일어나 망원경 앞에 덮어놓았던 것을 제거해

주었다.

들여다보니 그저 윤곽이 희미하게 밝은 가운데, 자의 눈금이 있었다. 아래에 2라는 글자가 나왔다. 노노미야 군이 다시, "어떤가요?"라고 물었다. "2라는 글자가 보입니다."라고 말하자, "지금 움직이겠습니다."라고 말하며 맞은편으로 돌아가서 무엇인가를 하고 있는 모양이었다.

마침내 밝은 가운데서 눈금이 움직이기 시작했다. 2가 사라졌다. 뒤이어 3이 나왔다. 그 뒤를 이어서 4가 나왔다. 5가 나왔다. 마침내 10까지 나왔다. 그러더니 눈금이 다시 반대로 움직이기 시작했다. 10이 사라지고, 9가 사라지고, 8에서 7, 7에서 6으로 순서에 따라 1까지 와서 멈췄다. 노노미야 군이 다시, "어떤가요?"라고 말했다. 산시로는 놀라 망원경에서 눈을 떼고 말았다. 눈금의 의미를 들을 마음도 들지 않았다.

정중하게 예를 표한 뒤 구덩이에서 올라와 사람이 다니는 곳으로 나와보니 세상은 아직도 쨍쨍했다. 더웠지만 깊은 숨을 쉬었다. 서쪽으로 기울어진 해가 비스듬히 널따란 언덕을 비추어 언덕 위 양 옆에 있는 공과건물의 유리창이 불타오르듯 반짝이고 있었다. 하늘은 한없이 맑았고, 맑은 가운데 서쪽 끝에서부터 타오른 불길이 발그레하게 밀려와 산시로의 머리 위까지 달아오른 것처럼 여겨졌다. 옆에서 내리쬐는 해를 등의 절반에 받으며 산시로는 왼쪽에 있는 숲 속으로 들어갔다. 그 숲도 같은 저녁 해를 절반쯤 등에 받고 있었다. 거뭇해진 파란 잎과 잎 사이는 물들인 것처럼 붉었다. 굵은 느티나무 줄기에서 저녁 매미가 울고 있었다. 산시로는 연못

옆까지 가서 웅크려 앉았다.

굉장히 조용했다. 전차 소리도 들려오지 않았다. 아카몬[20] 앞을 지날 계획이었던 전차가, 대학의 항의로 고이시카와(小石川) 쪽으로 돌아가게 되었다고 고향에 있을 때 신문에서 읽은 적이 있었다. 산시로는 연못가에 웅크려 앉은 채 문득 이 사건을 떠올렸다. 전차조차 지나지 못하게 하는 대학은 사회에서 아주 멀리 떨어져 있었다.

마침 그 안으로 들어가보니 구덩이 속에서 반년 남짓이나 광선의 압력을 시험하고 있는 노노미야 군 같은 사람이 있었다. 노노미야 군은 매우 수수한 복장을 하고 있어서, 밖에서 만나면 전등회사의 기사쯤으로 보일 터였다. 그런데 구덩이 속을 근거지로 쉬지 않고

---

20) 赤門. '붉은 문'이라는 뜻으로 에도 시대에 도쿠가와 집안(쇼군 집안)의 딸이 시집간 집에만 세우는 것이 허락되었다. 지금의 도쿄 대학은 에도(江戶) 막부 시절 마에다(前田) 집안의 저택 터였는데 그 집안으로 쇼군 집안의 딸이 시집간 적이 있었고, 그때 세운 문이 아직도 남아 있어서 도쿄 대학의 속칭으로 쓰이게 되었다.

흔연히 연구에 전념하고 있으니 대단하다. 그러나 망원경 속의 눈금이 아무리 움직여도 현실세계와의 교섭이 없을 것은 분명한 일이었다. 노노미야 군은 평생 현실세계와는 접촉할 마음이 없는 것일지도 몰랐다. 다시 말해서 이 조용한 공기를 호흡하고 있기에 스스로 그런 마음이 들기도 하는 것이리라. 나도 차라리 마음을 흩뜨리지 말고 살아 있는 세상과는 관계가 없는 생애를 보내볼까?

산시로가 연못의 수면을 가만히 바라보니 커다란 나무가 몇 그루나 물 속에 비쳐 있고 그 안으로 다시 파란 하늘이 보였다. 산시로는 이때 전차보다도, 도쿄보다도, 일본보다도 멀고 아득한 기분이 들었다. 그러나 잠시 시간이 흐르자 그 기분 속으로 옅은 구름 같은 쓸쓸함이 가득 퍼지기 시작했다. 그리고 노노미야 군의 구덩이로 들어가 홀로 앉아 있는 것 아닐까 여겨질 정도의 적막함이 느껴졌다. 구마모토의 고등학교에 있을 때도 이보다 더 조용한 다쓰타야마(竜田山)에 오르기도 하고, 온통 달맞이꽃만 자라 있는 운동장에 누워 있기도 하며 세상을 완전히 잊은 듯한 기분에 잠겼던 적은 몇 번이고 있었다. 그러나 이와 같은 고독감은 지금 처음으로 일어났다.

활동이 격렬한 도쿄를 보았기 때문일까? 혹은……. 산시로는 이때 얼굴이 벌겋게 물들었다. 함께 기차를 타고 왔던 여자가 떠올랐기 때문이었다. ―현실세계는 아무래도 자신에게 필요한 것인 듯했다. 그러나 현실세계는 위험해서 접근할 수 없을 것 같은 기분이 들었다. 산시로는 얼른 하숙으로 돌아가서 어머니에게 편지를 써야 겠다고 생각했다.

문득 눈을 들어보니 왼쪽 언덕 위에 여자가 둘 서 있었다. 여자 바로 아래가 연못이고 연못 맞은편이 절벽 위의 숲이고 그 뒤가 빨간 벽돌로 지은 고딕풍의 화려한 건물이었다. 그리고 저물기 시작한 해가 모든 것의 너머에서 빛을 비스듬히 투과시키고 있었다. 여자는 그 석양을 향해 서 있었다. 산시로가 웅크려 앉아 있는 낮은 그늘에서 보자면 언덕 위는 매우 밝았다. 여자 가운데 한 명은 눈이 부신 듯 부채로 이마 부근을 가리고 있었다. 얼굴은 잘 알아볼 수 없었다. 그러나 기모노(着物)의 색, 허리띠의 색은 분명하게 보였다. 하얀 버선의 색도 눈에 띄었다. 끈의 색은 어찌 됐든 조리21)를 신었다는 사실도 알 수 있었다. 또 한 명은 온통 새하얬다. 그녀는 부채도 아무것도 들고 있지 않았다. 단지 이마에 살짝 주름을 만들어 기슭 높은 곳에서부터 연못을 덮을 듯 가지를 높다랗게 뻗고 있는 고목의 안쪽을 바라보고 있었다. 부채를 든 여자는 조금 앞으로 나서 있었다. 하얀 쪽은 둑의 끝에서 한 발짝 물러나 있었다. 산시로 쪽에서는 두 사람의 모습이 비스듬히 보였다.

이때 산시로가 받은 느낌은 그저 아름다운 색채라는 것뿐이었다. 그러나 시골사람이기에 이 색채가 어떤 식으로 아름다운지 입으로도 말할 수 없었으며, 붓으로도 쓸 수 없었다. 단지 하얀 쪽은 간호부라고만 생각했을 뿐이었다.

산시로는 여전히 넋을 잃고 보고 있었다. 그러자 하얀 쪽이 움직이기 시작했다. 목적이 있는 것 같은 움직임은 아니었다. 자신의

---

21) 草履. 짚, 대나무 껍질 등을 평평하게 엮은 것에 끈을 단 신. 지금의 슬리 퍼와 비슷하다.

다리가 어느 틈엔가 움직였다는 식인 듯했다. 보고 있자니 부채를 든 여자도 어느 틈엔가 역시 움직이고 있었다. 두 사람은 약속이라도 한 듯 목적이 없는 발걸음으로 언덕을 내려오고 있었다. 산시로는 역시 보고 있었다.

언덕 아래에 돌다리가 있었다. 건너지 않으면 곧장 이과대학 쪽으로 나선다. 건너면 물가를 따라서 이쪽으로 온다. 두 사람은 돌다리를 건넜다.

더는 부채로 가리고 있지 않았다. 왼손에 희고 조그만 꽃을 들고 그 냄새를 맡으며 오고 있었다. 냄새를 맡으면서, 코 밑에 댄 꽃을 보면서 걷고 있기에 시선은 아래를 향해 있었다. 그렇게 산시로에게서 1간(2m)쯤 떨어진 곳까지 와서 문득 발걸음을 멈추었다.

"이건 뭐죠?"라고 말하며 고개를 들었다. 머리 위에는 커다란 모밀잣밤나무가 햇살이 새어나오지 않을 만큼 무성한 잎을 둥근 모양으로 물가까지 뻗치고 있었다.

"이건 모밀잣밤나무."라고 간호부가 말했다. 마치 어린아이에게 가르쳐주는 듯한 태도였다.

"그래요? 열매는 열리지 않았나요?"라고 말하며 올려다보았던 얼굴을 원래대로 되돌리면서 산시로를 힐끗 보았다. 산시로는 분명히 여자의 검은 눈이 움직이는 순간을 의식했다. 순간 색채에 대한 느낌은 전부 사라지고 말로 표현할 수 없는 무엇인가와 마주했다. 그 무엇인가는 기차의 여자에게, "당신은 배짱이 없는 분이시네요." 라는 말을 들었을 때의 느낌과 어딘가 닮아 있었다. 산시로는 겁이 났다.

두 여자는 산시로 앞을 지났다. 젊은 쪽이 지금까지 맡고 있던 하얀 꽃을 산시로 앞에 떨어뜨리고 갔다. 산시로는 두 사람의 뒷모습을 가만히 바라보았다. 간호부가 앞장서서 갔다. 젊은 쪽이 뒤따라갔다. 화사한 색 속에 하얀 갈대를 물들인 허리띠가 보였다. 머리에도 새하얀 장미를 하나 꽂았다. 그 장미가 모밀잣밤나무 그늘 아래의 검은 머리카락 속에서 눈에 띄게 빛나고 있었다.

산시로는 멍하니 있었다. 잠시 후 조그만 목소리로, "모순이다." 라고 말했다. 대학의 분위기와 저 여자가 모순인지, 저 색채와 저 눈매가 모순인지, 저 여자를 보고 기차의 여자를 떠올린 것이 모순인지, 아니면 미래에 대한 자신의 방침이 두 갈래로 모순되어 있는 것인지, 혹은 매우 기꺼운 것에 대해서 두려움을 품은 것이 모순된 것인지, —이 시골 출신의 청년에게는 도무지 알 수가 없었다. 단지 무엇인가가 모순되어 있었다.

산시로는 여자가 떨어뜨리고 간 꽃을 주웠다. 그리고 냄새를 맡아보았다. 그러나 이렇다 할 냄새도 나지 않았다. 산시로는 이 꽃을 연못 속으로 던졌다. 꽃이 떠 있었다. 그 순간 건너편에서 자신의 이름을 부른 사람이 있었다.

산시로는 꽃에서 눈을 떼었다. 바라보니 노노미야 군이 돌다리 건너편에 기다랗게 서 있었다.

"당신, 아직도 있었나요?"라고 말했다. 산시로는 대답하기에 앞서 자리에서 일어나 천천히 걸어갔다. 돌다리 위까지 가서,

"네."라고 말했다. 어딘가 얼이 빠져 있었다. 그러나 노노미야 군은 조금도 놀라지 않았다.

"시원한가요?"라고 물었다. 산시로는 다시,

"네."라고 말했다.

잠시 연못물을 바라보고 있던 노노미야 군이 오른손을 포켓(隠袋 이하 주머니)에 넣어 무엇인가를 찾기 시작했다. 봉투가 절반쯤 주머니에서 삐져나와 있었다. 그 위에 적혀 있는 글자는 여자의 글씨인 듯했다. 노노미야 군은 생각했던 물건을 찾지 못한 모양인지 원래대로의 손을 꺼내 축 늘어뜨렸다. 그리고 이렇게 말했다.

"오늘은 장치에 약간 문제가 생겨서 밤의 실험은 그만두기로 했어요. 지금부터 혼고(本郷) 쪽을 산책하다 집에 갈 생각인데, 어때요? 같이 걷지 않을래요?"

산시로는 흔쾌히 응했다. 둘이서 오르막을 올라 언덕 위로 갔다. 노노미야 군은 조금 전 여자가 서 있던 부근에서 잠시 발걸음을 멈추고 맞은편 푸른 숲 사이로 보이는 붉은색 건물과 벼랑이 높은 데 비해서 수위가 떨어진 연못을 한눈에 둘러보고,

"제법 그럴듯한 풍경이죠? 저 빌딩/建築/의 앵글/角度/ 부분만이 살짝 나와 있어요, 나무 사이로, 그렇죠? 좋지요? 당신도 느끼셨나요? 저 건물은 꽤나 잘 지어졌습니다. 공과도 잘 지었지만 이쪽이 더 나아요."

산시로는 노노미야 군의 감상력에 조금 놀랐다. 솔직히 말하자면 자신은 어디가 좋은지 전혀 알 수가 없었다. 그랬기에 이번에는 산시로 쪽이 네, 네, 하고 말하기 시작했다.

"그리고 이 나무와 물의 이팩트/느낌/가 말이죠. ―대단한 건 아니지만, 워낙 도쿄 한가운데 있으니까⋯⋯. 조용하죠? 이런 곳이 아니고는 학문을 하기가 좋지 않아요. 요즘에는 도쿄가 너무 시끄러워져서 곤란해요. 여기가 어전22)."이라고 걷기 시작하며 왼쪽 건물을 가리켜 보였다. "교수회가 열리는 곳이에요. 음, 아니, 저 같은 사람은 참석하지 않아도 돼요. 저는 구덩이 생활을 하기만 하면 충분해요. 요즘의 학문은 굉장한 기세로 움직이고 있기에 조금이라도 방심하면 바로 뒤떨어지게 돼요. 사람들의 눈에는 구덩이 속에서

---

22) 御殿. 마에다 가의 옛 저택이 있던 자리.

노닥거리고 있는 것처럼 보일 테지만, 그래도 학문을 하고 있는 당사자의 머릿속은 극렬하게 움직이고 있어요. 전차보다 훨씬 더 격렬하게 움직이고 있을지도 몰라요. 그래서 여름에도 여행을 가기가 아까워서 말이죠."라고 말하며 고개를 들어 널따란 하늘을 보았다. 하늘에는 벌써 햇빛이 옅어졌다.

파란 하늘의 고요한 겉면에 희고 옅은 구름이, 넓은 솔 끝으로 쓸어낸 흔적처럼 비스듬히 기다랗게 떠 있었다.

"저걸 알고 있나요?"라고 말했다. 산시로는 고개를 들어 반투명한 구름을 보았다.

"저건 전부 눈의 가루예요. 이렇게 밑에서 보면 조금도 움직이고 있지 않아요. 하지만 저렇게 보여도 지상에서 일어나는 태풍 이상의 속력으로 움직이고 있어요. ─당신 러스킨[23]을 읽어보셨나요?"

산시로는 얼떨떨한 채로 읽지 않았다고 대답했다. 노노미야 군은 그저,

"그런가요."라고만 말했을 뿐이었다. 잠시 후,

"이 하늘을 그리면 재미있을 겁니다. ─하라구치(原口)에게라도 얘기해줄까?"라고 말했다. 산시로는 물론 하라구치라는 화공의 이름을 알지 못했다.

두 사람은 벨츠[24]의 동상 앞에서 가라타치데라(枳殻寺) 옆을

---

23) John Ruskin(1819~1900). 영국의 평론가. 자연미의 묘사에 대한 필요성과 방법을 주장했다. 만년에는 사회적 관심이 높아져 자본주의체제의 불합리성과 모순을 비판했다.
24) Erwin von Bälz(1849~1913). 독일의 의사로 일본의 초빙을 받아 도쿄 의과대학의 전신인 도쿄 의학교에 27년 동안 머물며 일본 의학발전의 기

지나 전차가 다니는 길로 나왔다. 동상 앞에서 이 동상은 어떤 가요, 라는 질문을 받아 산시로는 이번에도 난처했다. 거리는 매우 시끄러웠다. 전차가 쉴 새 없이 지났다.

"당신은 전차가 시끄럽지 않나요?"라고 다시 물었다. 산시로는 시끄럽다기보다 굉장하다고 느꼈을 정도였다. 그러나 단지, "네."라고만 대답해두었다. 그러자 노노미야 군이, "저도 시끄러워요."라고 말했다. 그러나 전혀 시끄러운 것처럼은 보이지 않았다.

"저는 차장이 가르쳐주지 않으면 혼자서 제대로 갈아타지도 못합니다. 지난 2, 3년 사이에 정신없이 늘어서요. 편리해져서 오히려 곤란해요. 나의 학문과 같아요."라고 말하며 웃었다.

학기가 시작될 무렵이었기에 고등학교의 새 모자를 쓴 학생들이 제법 지나갔다. 노노미야 군은 유쾌하다는 듯 그 무리를 보았다.

"꽤나 새로운 사람들이 왔네요."라고 말했다. "젊은이들은 활기가 있어서 좋아요. 그런데 당신은 몇 살이신가요?"라고 물었다. 산시로는 숙박부에 쓴 그대로 대답했다. 그러자,

---

초를 닦았다.

"그럼, 나보다 7살쯤 어리군. 7년쯤 있으면 사람은 대부분의 일을 할 수 있어요. 하지만 세월은 쉽게 흘러요. 7년 정도는 금방이에요."라고 말했다. 어느 쪽이 진실인지 산시로는 알 수 없었다.

네거리 근처에 오자 좌우에 책방과 잡지 파는 곳이 여럿 있었다. 그 가운데 두어 군데에는 사람들이 시커먼 산처럼 모여 있었다. 그리고 잡지를 읽고 있었다. 그러다 사지 않고 그냥 가버렸다. 노노미야 군이,

"모두 교활하군."이라고 말하며 웃었다. 하지만 본인도 『태양25)』을 잠깐 펼쳐보았다.

네거리로 나서자 왼쪽 이편에 서양 잡화점이 있고, 맞은편에 일본 잡화점이 있었다. 그 사이를 전차가 크게 돌아서 굉장한 기세로 지났다. 벨이 땡땡땡땡 울렸다. 건너기 힘들 정도로 붐볐다. 노노미야 군이 맞은편 잡화점을 가리키며,

"저기서 잠깐 살 게 있어서요."라고 말하고 때앵때앵 울리는 사이를 달려나갔다. 산시로도 따라붙어서 맞은편으로 건너갔다. 노노미야 군은 곧장 가게로 들어갔다. 밖에서 기다리고 있던 산시로가 문득 깨닫고 바라보니 가게 앞 유리진열장에 빗이네, 꽃비녀네 하는 것들이 놓여 있었다. 산시로는 이상하다는 생각이 들었다. 노노미야 군이 무엇을 사고 있는지 궁금한 마음이 들어 가게 안으로 들어가보니 매미의 날개 같은 리본을 들고,

"어때요?"하고 물었다. 산시로는 이때 자신도 무엇인가를 사서,

---

25) 박문관(하쿠분칸)에서 창간한 종합 월간잡지. 각 방면의 평론을 실었는데 1900년대 초반까지는 문예평론이 문단의 주목을 끌었다.

은어에 대한 답례로 미와타의 오미쓰에게 보내줄까 싶었다. 하지만 오미쓰가 그것을 받고, 은어에 대한 답례라고 생각하지 않고 틀림없이 이러쿵저러쿵 제 좋을 대로 해석을 갖다붙일 것임에 틀림없다고 생각했기에 그만두기로 했다.

그런 다음 마사고초(真砂町)에서 노노미야 군에게 서양요리를 얻어먹었다. 노노미야 군의 말에 의하면 혼고에서 가장 맛있는 집이라고 한다. 그러나 산시로에게는 그저 서양요리의 맛이 나기만 할 뿐이었다. 그래도 먹기는 전부 먹었다.

서양요리점 앞에서 노노미야 군과 헤어져 오이와케(追分)로 돌아가면 되었으나, 정중하게 원래 왔던 네거리까지 나가서 왼쪽으로 꺾어졌다. 나막신을 사야겠다 싶어서 나막신 가게를 들여다보았더니 하얗게 빛나는 가스등 아래에 새하얗게 분을 떡칠한 아가씨가 석고 도깨비처럼 앉아 있었기에 갑자기 불쾌해져서 그만두었다. 거기서 집으로 돌아오는 동안, 대학의 연못가에서 본 여자의 얼굴빛만을 생각했다. ―그 색은 떡을 살짝 태운 것 같은 갈색이었다. 그리고 피부가 매우 고왔다. 산시로는, 여자의 살빛은 역시 그렇지 않으면 안 된다고 단정 지었다.

3

학년은 9월 11일에 시작되었다. 산시로는 정직하게 오전 10시 반 무렵에 학교로 가보았으나 현관 앞의 게시장에 강의시간표만 있을 뿐, 학생은 한 사람도 없었다. 자신이 들어야 할 것만 수첩에 옮겨 적은 다음 사무실에 들렀더니, 과연 사무원만은 나와 있었다. 강의는 언제부터 시작됩니까, 라고 물었더니 9월 11일부터 시작된다고 했다. 천연덕스러웠다. 그런데 어느 강의실을 봐도 강의는 없는 듯하던데요, 라고 물었더니, 그건 선생님이 없기 때문이라고 대답했다. 산시로는 그렇군, 생각하며 사무실에서 나왔다. 건물 뒤로 돌아가 커다란 느티나무 아래서 높은 하늘을 들여다보니 평소의 하늘보다 밝게 보였다. 얼룩조릿대 사이를 물가 쪽으로 내려가 예의 모밀잣밤나무가 있는 곳까지 가서 다시 웅크려 앉았다. 그 여자가 다시 한 번 지나갔으면 좋겠다는 정도로 생각하며 가끔 언덕 위를 바라보았으나 언덕 위에는 사람의 그림자조차 없었다. 산시로는 그게 당연한 일이라고 생각했다. 그래도 역시 웅크려 앉아 있었다. 그러자 정오를 알리는 포 소리가 들려왔기에 놀라서 하숙으로 돌아갔다.

이튿날은 정각 8시에 학교에 갔다. 정문으로 들어서니 이어진 큰길의 좌우에 심어놓은 은행나무들이 눈에 띄었다. 맞은편 은행나무가 끝나는 곳쯤에서부터 완만한 언덕의 내리막길이어서, 정문

근처에 서 있는 산시로가 보기에 언덕 너머에 있는 이과대학은 2층의 일부밖에 나와 있지 않았다. 그 지붕 뒤로 아침 해를 받은 우에노의 숲이 멀리서 반짝이고 있었다. 해는 정면에 있었다. 산시로는 이 그윽한 풍경이 기분 좋게 느껴졌다.

은행나무가 이쪽에서 끝나는 곳 오른쪽에는 법문과대학이 있었다. 왼쪽에는 조금 물러난 곳에 박물[博物] 교실이 있었다. 건축은 양쪽 모두 같아서 가늘고 긴 창 위에 삼각형으로 뾰족한 지붕이 솟아 있었다. 그 삼각형의 테두리에 해당하는 붉은 벽돌과 검은 지붕의 이음매가 가는 돌의 직선으로 만들어져 있었다. 그런데 그 돌의 색이 약간 푸른빛을 띠고 있어서 그 아래에 바로 이어지는 화려한 붉은 벽돌에 일종의 운치를 더해주고 있었다. 그리고 그 기다란 창과 높다란 삼각형이 옆으로 몇 개고 이어져 있었다. 산시로는 지난번에 노노미야 군의 설을 들은 이후부터 갑자기 이 건물을 귀한 것이라 여기게 되었는데, 오늘 아침에는 이 의견이 노노미야 군의 의견이 아니라 처음부터 자신의 지론이었던 것처럼 여겨지기 시작했다. 특히 박물실이 법문과와 일직선으로 늘어서 있는 것이 아니라, 안쪽으로 조금 물러나 있다는 점이 불규칙해서 오묘하다는 생각이 들었다. 다음에 노노미야 군을 만나면 자신이 발명한 것으로 이 설을 꺼내보아야겠다고 생각했다.

법문과의 오른쪽 끝에서부터 반 정(55m)쯤 앞으로 돌출되어 있는 도서관에도 감탄했다. 잘은 모르겠지만 역시 같은 건축일 것이라 여겨졌다. 그 붉은 벽을 따라서 커다란 종려나무를 대여섯 그루 심어놓은 것이 매우 좋았다. 왼쪽 편 훨씬 안쪽에 있는 공과대학은 봉건시대 서양의 성에서 따온 것인 듯 보였다. 직사각형으로 이루어져 있었다. 창도 사각형이었다. 단지 네 귀퉁이와 입구가 둥글었다. 이건 망루를 형상화한 것이리라. 성인 만큼 견고했다. 법문과처럼 쓰러질 듯 보이지는 않았다. 어딘가 키가 작은 씨름선수를 닮았다.

산시로는 둘러볼 수 있을 만큼 둘러본 뒤, 이 외에도 아직 눈에 들어오지 않은 건물이 여럿 있다는 사실을 고려하여, 왠지 모르게 웅대한 느낌이 들었다. '학문의 전당은 이래야 돼. 이 정도로 갖추어져 있지 않으면 연구도 할 수 없어. 훌륭하군.' ─산시로는 대학자라도 된 듯한 기분이 들었다.

그러나 교실에 들어가보았더니 종은 울려도 선생은 오지 않았다. 그 대신 학생도 출석하지 않았다. 다음 시간도 앞서와 마찬가지였다. 산시로는 짜증이 나서 교실에서 나왔다. 그리고 혹시나 싶어 연못 주위를 2번쯤 맴돌다 하숙으로 돌아갔다.

그로부터 약 열흘쯤 지나서 마침내 강의가 시작되었다. 산시로가 처음 교실로 들어가서 다른 학생들과 함께 선생이 오기를 기다렸을 때의 마음은 참으로 각별한 것이었다. 신사의 신관이 의복을 갖추고 지금부터 제전[祭典]이라도 행하려 하기 직전에는 이런 기분일 것이라고, 산시로는 스스로 자신의 마음을 추정했다. 실제로 학문의 위엄에 감동한 것임에 틀림없었다. 그뿐만이 아니라 벨/號鍾/이 울리고 15분쯤 지났는데도 선생이 들어오지 않았기에 예감에서 일어나는 경외감이 더욱 커졌다. 잠시 후 인품이 좋은 서양인 할아버지가 문을 열고 들어와서 유창한 영어로 강의를 시작했다. 그때 산시로는 answer(앤서)라는 단어가 앵글로 색슨어의 and-swaru (앤드 스와루)에서 왔다는 사실을 알게 되었다. 그리고 스콧26)이 다녔던 초등학교가 있는 마을의 이름도 알게 되었다. 전부 정성껏 필기장에 적어두었다. 그 다음으로는 문학론 강의를 들었다. 이 선생은 교실로 들어서서 잠시 보드/黑板/를 바라보다가 보드 위에 적혀 있는 Geschehen(게세헨)이라는 글자와 Nachbild(나하빌드) 라는 글자를 보고, 아하 독일어였군, 이라고 말하고 웃으며 슥슥 지워버렸다. 산시로는 이 일 때문에 독일어에 대한 경의를 조금은 잃은 듯한 느낌이 들었다. 선생은 그런 다음 예로부터 문학자가 문학에 대해서 내린 정의를 대략 20개쯤 늘어놓았다. 산시로는 그것도 정성껏 수첩에 필기해놓았다. 오후에는 커다란 교실로 들어 갔다. 그 교실에는 약 칠팔십 명 정도의 청강자가 있었다. 따라서 선생도 연설조였다. 포성 한 발이 우라가(浦賀)의 꿈을 깨고, 라는 말로 시작했기에 산시로가 재미있어 하며 듣고 있자니 마침내는 독일 철학자들의 이름이 여럿 나왔기에 이해하기 매우 어려워졌다.

---

26) Walter Scott(1771~1832). 영국의 낭만파 시인, 소설가. 서사시 「호수 의 여인」으로 유명하며, 역사소설도 다수 남겼다.

책상 위를 보니 낙제라는 글자가 멋지게 새겨져 있었다. 무료함에 오랜 시간을 들여서 새겨놓은 듯, 딱딱한 떡갈나무 판자를 보기 좋게 파놓은 솜씨는 초보자라 여겨지지 않았다. 깊이가 있는 완성도였다. 옆자리의 남자는 감탄스러울 정도로 끈기 있게 필기를 계속했다. 들여다보니 필기가 아니었다. 멀리서 선생의 얼굴을 펀치화로 그리고 있었던 것이다. 산시로가 들여다보자마자 옆의 남자는 노트/手帳를 산시로 쪽으로 내밀어 보였다. 그림은 잘 그렸는데, 옆에 오랜만의 구름 너머 하늘의 두견이라고 적어놓은 것은 무슨 뜻인지 알 수가 없었다.

강의가 끝난 뒤 산시로는 왠지 지쳐버린 듯한 기분으로 2층의 창에서 턱을 괴고 정문 안의 정원을 내려다보았다. 그저 커다란 소나무와 벚나무를 심어놓고 그 사이에 자갈을 깐 널따란 길을 덧붙여놓았을 뿐이었으나, 너무 과하게 손질을 하지 않은 만큼 보고 있으면 기분이 좋았다. 노노미야 군이 들려준 말에 의하면 예전에 여기는 이렇게 아름다운 곳이 아니었다. 이름이 뭐였더라, 노노미야 군의 선생 가운데 한 사람이 학생 시절에 말을 타고 이곳을 돌아다니던 중에 말이 말을 듣지 않고 심술궂게 일부러 나무 아래를 지났기에 모자가 소나무 가지에 걸렸다. 나막신의 굽이 등자에 꼈다. 선생이 매우 난처해하고 있을 때 정문 앞에 있는 기타도코(喜多床)라는 이발점의 직원들이 여럿 나와서 재미있어 하며 웃었다고 한다. 그 당시에는 뜻 있는 자들이 돈을 거두어 구내에 마구간을 마련하고 말 3마리와 말의 선생을 두었다고 한다. 그런데 선생이 굉장한 술고래여서 끝내는 3마리 가운데 가장 좋은

백마를 팔아 술을 마셔버리고 말았다. 그건 나폴레옹 3세[27] 시절의 늙은 말이었다고 한다. 설마 나폴레옹 3세 시절은 아니리라. 어쨌든 참 한가로운 시절도 다 있었다고 생각하고 있을 때, 조금 전 펀치화를 그리던 남자가 와서,

"대학의 강의는 시시하군."이라고 말했다. 산시로는 적당히 대답했다. 사실 알찬 것인지 시시한 것인지 산시로서는 조금도 판단을 할 수가 없었던 것이다. 어쨌든 이때부터 이 남자와 이야기를 나누게 되었다.

그날은 왠지 우울한 마음이 들어 흥이 나질 않았기에 연못 주위를 도는 것은 다음으로 미루고 집으로 돌아왔다. 저녁을 먹고 난 뒤 필기를 거듭 읽어보았으나 특별히 유쾌해지지도 불쾌해지지도 않았다. 어머니에게 언문일치로 편지를 썼다. ―학교는 시작했다. 앞으로 매일 나갈 거다. 학교는 굉장히 넓고 좋은 장소로, 건물도

---

27) 1803~1873. 나폴레옹 1세의 조카.

매우 아름답다. 한가운데에 연못이 있다. 연못 주위를 산책하는 것이 낙이다. 전차를 타는 것에는 요즘 들어 간신히 익숙해졌다. 뭔가 사주고 싶지만 무엇이 좋을지 몰라서 사줄 수가 없다. 필요하면 그쪽에서 먼저 말해주었으면 한다. 올해의 쌀값은 곧 가격이 오를 테니 팔지 말고 두는 것이 득이 될 것이다. 미와타의 오미쓰에게는 너무 상냥하게 대하지 않는 편이 좋을 것이다. 도쿄에 와서 보니 사람은 얼마든지 있다. 남자도 많지만 여자도 많다. 이런 내용들을 어수선하게 늘어놓은 것이었다.

편지를 쓰고 난 뒤 영어 책을 예닐곱 페이지 읽었더니 싫증이 났다. 이런 책을 1권쯤 읽어봐야 소용없다는 생각이 들었다. 이부자리를 깔고 자려 했으나 잠이 오지 않았다. 불면증에 걸리면 얼른 병원에 가서 진찰을 받아야겠다고 생각하고 있는 사이에 잠이 들어버리고 말았다.

이튿날도 예의 시각에 학교로 가서 강의를 들었다. 강의 사이에 올해의 졸업생이 어디어디로 얼마에 팔려갔다는 이야기를 들었다. 누구와 누가 아직 남아 있어서 그들이 어떤 관립학교의 지위를 경쟁하고 있다는 소문이라는 등의 이야기를 하는 자가 있었다. 산시로는 미래가 멀리서 눈앞으로 밀려오는 듯한 둔탁한 압박감을 막연하게 느꼈으나, 그것은 곧 잊어버렸다. 오히려 쇼노스케(昇之助)가 어쨌다는 둥 하는 쪽의 이야기가 더 재미있었다. 그래서 구마모토 출신의 동급생을 복도에서 붙들어 쇼노스케가 누구냐고 물어보았더니 요세[28]에서 음곡에 맞춰 옛날이야기를 들려주는 여자라고 가르쳐주었다. 그리고 요세의 간판배우는 이런 사람이며

혼고의 어디에 있다는 것까지 들려준 뒤 이번 토요일에 같이 가자고 말해주었다. 잘도 알고 있다 싶었는데 이 사람은 어젯밤에 처음 요세에 간 것이라고 했다. 산시로는 왠지 요세에 가서 쇼노스케를 보고 싶어졌다.

점심을 먹기 위해 하숙으로 가야겠다고 생각하고 있었는데 어제 펀치화를 그리던 남자가 와서 이봐, 이봐 하며 혼고 거리에 있는 요도미켄(淀見軒)이라는 곳으로 끌고가서는 라이스카레를 사주었다. 요도미켄이라는 곳은 가게에서 과일을 팔고 있었다. 새로 공사를 한 곳이었다. 펀치화를 그리던 남자가 그 건축의 정면을 가리키며, 이게 누보양식[29]이라고 가르쳐주었다. 산시로는 건축에도 누보양식이 있다는 사실을 처음으로 깨달았다. 돌아오는 길에 아오키도(靑木堂)도 가르쳐주었다. 역시 대학생들이 잘 가는 곳이라고 했다. 아카몬으로

---

28) 寄席. 재담, 만담, 야담 등을 들려주던 일본식 소극장.
29) 20세기 초, 프랑스와 독일에서 일어난 신예술파(Art nouveau)의 도안양식. 같은 굵기의 선을 사용하는 것이 특색으로 단조롭고 정감은 없지만 소박한 맛이 있다.

들어가 둘이서 연못 주위를 산책했다. 그때 펀치화의 남자가 돌아가신 고이즈미 야쿠모[30] 선생은 교원 대기실에 들어가기가 싫어서 강의가 끝나면 늘 이 주위를 빙글빙글 맴돌았다고, 마치 고이즈미 선생에게서 배우기라도 한 것처럼 말했다. 어째서 대기실에 들어가지 않았던 걸까 하고 산시로가 물었더니,

"그건 당연한 일이지. 무엇보다 그들의 강의를 들어봐도 알 수 있잖아. 말이 통하는 사람이 한 명도 없어."라고 가혹한 말을 아무렇지도 않게 한 데에는 산시로도 놀랐다. 이 남자는 사사키 요지로(佐々木 与次郎)라고, 전문학교를 졸업한 뒤 올해 선과[選科]로 다시 들어온 것이라고 했다. 히가시카타마치(東片町)의 5번가에 있는 히로타(広田)라는 사람의 집에 있으니 놀러 오라고 말했다. 하숙이냐고 물었더니, 아니 고등학교 선생님의 집이야, 라고 대답했다.

그로부터 당분간 산시로는 매일 학교에 다니며 성실하게 강의를 들었다. 필수과목 이외의 것에도 가끔 출석을 해보았다. 그래도 여전히 만족스럽지 못했다. 그랬기에 심지어는 전공과목과 전혀 관계가 없는 것까지 가끔 얼굴을 내밀었다. 그러나 대부분은 두 번이나 세 번에서 그만두어버리고 말았다. 1개월 이어진 것은 아무것도 없었다. 그래도 일주일에 평균 약 40시간은 되었다. 제아무리 근면한 산시로라 할지라도 40시간은 조금 많았다. 산시로는

---

30) 小泉 八雲(1850~1904). 영문학자, 작가. 그리스에서 출생한 영국인으로 본명은 라프카디오 한. 1890년에 일본으로 건너가 일본인 여성과 결혼, 이후 귀화했다. 도쿄 대학 등에서 영어를 가르쳤으며, 일본문화를 연구하여 해외에 소개했다.

끊임없이 어떤 압박감을 느끼고 있었다. 그럼에도 만족스럽지 않았다. 산시로는 즐겁지가 않았다.

어느 날, 사사키 요지로를 만나서 그 이야기를 하자 요지로는 40시간이라는 말을 듣고는 눈을 동그랗게 뜨고, "어이없군."이라고 하더니, "하숙집의 맛없는 밥을 하루에 열 번 먹으면 만족스러울지 생각을 해봐."라고 갑자기 경구[警句]를 들어 산시로에게 호통을 쳤다. 산시로는 바로 할 말을 잃어, "어떻게 하면 좋겠는가?"라고 상의를 해보았다.

"전차를 타면 돼"라고 요지로가 말했다. 산시로는 뭔가 우의[寓意]라도 있는 말이라 여겨져 잠시 생각해보았으나 특별히 이렇다 할 생각도 떠오르지 않았기에,

"진짜 전차를 말하는 건가?"라고 다시 물어보았다. 그러자 요지로가 깔깔 웃으며,

"전차를 타고 도쿄를 열대여섯 바퀴 돌다보면 그 사이에 저절로 만족스러워질 거야."라고 말했다.

"어째서?"

"어째서냐고? 그래, 살아 있는 머리를 죽은 강의에 가두어봐야 아무런 도움도 되지 않아. 밖으로 나가서 바람을 넣는 거야. 그 외에도 만족스러운 방법은 얼마든지 있지만, 어쨌든 전차가 제일 초보적이고 또 가장 간편해."

그날 저녁, 요지로는 산시로를 억지로 끌고 4번가에서부터 전차에 올라 신바시로 갔다가 신바시에서 다시 되돌아와 니혼바시(日本橋)에 와서는 거기서 내리더니,

"어때?" 하고 물었다.

다음으로 큰길에서 좁은 골목으로 접어들어 히라노야(平の家)라는 간판이 있는 요리점으로 들어가 저녁을 먹고 술을 마셨다. 그곳의 여종업원들은 모두  교토 사투리를 썼다. 매우 상냥했다. 밖으로 나온 요지로가 벌건 얼굴로 다시,

"어때?" 하고 물었다.

이번에는 정통 요세에 데려다주겠다며 다시 좁은 골목길로 접어들어 기하라다나(木原店)라는 요세로 들어갔다. 거기서 고산(小さん)이라는 만담가의 만담을 들었다. 10시 넘어서 길가로 나온 요지로가 다시,

"어때?" 하고 물었다.

산시로는 만족스러웠다고는 대답하지 않았다. 그러나 전혀 만족스럽지 않은 듯한 마음이 든 것도 아니었다. 그러자 요지로가 고산에 대해서 한바탕 논하기 시작했다.

고산은 천재다. 그런 예술가는 쉽게 나오지 않는 법이다. 언제라도

들을 수 있다고 생각하기에 싸구려 같은 느낌이 들지만, 참으로 안타까운 일이다. 사실은 그와 시간을 함께 하며 살아가고 있는 우리는 매우 행복한 것이다. 지금보다 조금만 일찍 태어났어도 고산을 들을 수 없었을 것이다. 조금 나중에 태어나도 마찬가지다. —엔유(円遊)도 잘한다. 그러나 고산과는 맛이 다르다. 엔유가 연기하는 다이코모치[31]는 다이코모치가 된 엔유이기에 재미있는 것이고, 고산이 하는 다이코모치는 고산을 떠난 다이코모치이기에 재미있는 것이다. 엔유가 연기하는 인물에서 엔유를 가리면 인물이 완전히 소멸해버리고 만다. 고산이 연기하는 인물에서 아무리 고산을 가려도 인물은 파닥파닥 약동할 뿐이다. 그 점이 훌륭하다.

요지로는 이런 내용을 말하고 다시,

"어때?"하고 물었다. 솔직히 말하자면 산시로는 고산의 맛을 잘 알 수가 없었다. 게다가 엔유라는 사람은 아직 한 번도 들어본 적이 없었다. 따라서 요지로의 설이 옳은지 그른지는 판정할 수 없었다. 그러나 그 비교가 거의 문학적이라고 할 수 있을 만큼 뛰어난 데에는 감탄하지 않을 수 없었다.

고등학교 앞에서 헤어질 때 산시로는,

"고마워. 아주 만족스러웠어."라고 고마움을 전했다. 그러자 요지로는,

"앞으로는 도서관이 아니면 만족스럽지 못할 거야."라고 말한 뒤 가타마치(片町) 쪽으로 돌아들어갔다. 이 한마디로 산시로는

---

31) 太鼓持. 연회석에 나가 흥을 돋우는 남자.

비로소 도서관에 들어가는 일을 알게 되었다.

그 이튿날부터 산시로는 40시간의 강의를 거의 절반으로 줄여버렸다. 그리고 도서관에 들어갔다. 넓고, 길고, 천장이 높고, 좌우에 창이 아주 많은 건물이었다. 서고는 입구밖에 보이지 않았다. 이쪽 정면에서 들여다보면 안쪽에는 책들이 얼마든지 갖추어져 있는 것처럼 여겨졌다. 서서 바라보고 있자니 서고 안에서 두꺼운 책을 두어 권 끌어안고 출구까지 와서 왼쪽으로 꺾어져 가는 사람이 있었다. 직원 열람실로 가는 사람이었다. 개중에는 필요한 책을 서가에서 집어내 가슴 한가득 펼쳐 선 채로 살펴보는 사람도 있었다.

산시로는 부럽다는 생각이 들었다. 안쪽 끝까지 가서, 2층으로 올라가서, 다시 3층으로 올라가서, 혼고보다 높은 곳에서, 살아 있는 것들은 가까이 다가오지 못하게 한 채, 종이 냄새를 맡으며, ─읽어보고 싶다. 그러나 무엇을 읽을 것인가에 이르러서는, 특별히 뚜렷한 생각이 없었다. 읽어보지 않으면 알 수 없을 테지만, 저 안쪽에 무엇인가가 잔뜩 있는 듯 여겨졌다.

산시로는 1년생이기에 서고로 들어갈 권리는 없었다. 하는 수 없이 허리를 구부려 커다란 상자 안에 들어 있는 목록 카드를 한 장 한 장 살펴 나가자니 아무리 넘겨도 뒤를 이어 새로운 책의 이름이 나왔다. 결국에는 어깨가 아파왔다. 얼굴을 들어 잠시 쉴 생각으로 관내를 돌아보았는데, 과연 도서관답게 조용했다. 더구나 사람이 아주 많았다. 그랬기에 맞은편 끝에 있는 사람의 머리가 거뭇하게 보였다. 이목구비는 뚜렷하지 않았다. 높다란 창문 밖으로 곳곳에 나무가 보였다. 하늘도 조금 보였다. 멀리서 거리의 소리가 들려왔다. 산시로는 선 채로 학자의 생활은 조용하고 깊은 것이라고 생각했다. 그리고 그날은 그대로 돌아왔다.

이튿날은 공상을 그만두고 들어가자마자 바로 책을 빌렸다. 그러나 잘못 빌렸기에 바로 반납했다. 뒤에 빌린 책은 너무 어려워서 읽을 수 없었기에 다시 반납했다. 산시로는 이런 식으로 매일 책을 8, 9권씩 반드시 빌렸다. 그리고 가끔은 조금 읽은 것도 있었다. 산시로가 놀란 것은 어떤 책을 빌려도 반드시 누군가가 한 번은 읽어보았다는 사실을 발견했을 때였다. 그것은 책 속 곳곳에서 볼 수 있는 연필의 흔적으로 분명히 알 수 있었다. 어느 날 산시로는 혹시나 싶어서 애프라 벤[32]이라는 작가의 소설을 빌려보았다. 펼쳐보기 전까지는 설마 싶었으나 펼쳐보니 역시 연필로 정성스럽게 표시가 되어 있었다. 이때 산시로는, 이건 도저히 당해낼 수가 없겠다고 생각했다. 순간 창밖으로 악대가 지났고 문득 산책할 마음이 들었기에 거리로 나가서 결국은 아오키도로 들어갔다.

들어가보니 손님이 2무리 있었는데 전부 학생이었으며, 맞은편 구석에 홀로 떨어져 앉아 차를 마시고 있는 남자가 있었다. 산시로가 얼핏 옆얼굴을 보니 아무래도 상경할 때 기차 안에서 물복숭아를 잔뜩 먹은 사람인 듯했다. 상대방은 깨닫지 못한 모양이었다. 차를 한 모금 마시고는 담배를 한 모금 피우는 등, 매우 한가로운 모습이었다. 오늘은 하얀색 홑옷이 아니라 양복을 입고 있었다. 그러나 결코 훌륭한 것은 아니었다. 광선의 압력을 연구하는 노노미야 군보다 하얀 셔츠만이 그나마 나을 정도였다. 산시로는 모습을 보고 있는 동안 틀림없이 물복숭아라고 판단했다. 대학 강의를 들은 이후부터 갑자기 기차 안에서 이 남자가 한 이야기가 왠지 의미가 있는 듯 여겨지기 시작한 참이었기에 산시로는 옆으로 가서 인사를 할까 생각했다. 하지만 상대는 정면을 본 채로 차를 마시고는 담배를 태우고, 담배를 태우고는 차를 마시고 있었다. 기회를 잡을 수가 없었다.

산시로는 그 옆얼굴을 가만히 바라보고 있다가 갑자기 컵/手杯/에 있는 포도주를 전부 들이켜고 밖으로 뛰쳐나갔다. 그리고 도서관

---

32) Afra Behn(1640~1689). 영국 최초의 여성 직업극작가. 희곡 「방랑자」, 소설 「오루노코」 등의 작품이 있다.

으로 돌아갔다.

그날은 포도주를 마신 데서 오는 활기와 일종의 정신작용으로 전례 없이 재미있는 공부를 할 수 있었기에 산시로는 매우 기쁘게 여겨졌다. 2시간쯤 독서삼매경에 빠져 있다가 마침내 돌아갈 생각이 들어 슬슬 돌아갈 준비를 하며 함께 빌렸던 책 가운데 아직 펼쳐보지 않은 마지막 1권을 별 생각도 없이 들춰보니 몰상식하게도 책의 면지 빈 곳에 연필로 무엇인가를 가득 적어놓았다.

〈헤겔[33]이 베를린/伯林/ 대학에서 철학을 강의할 때, 헤겔에게는 철학을 팔 뜻이 추호도 없었다. 그의 강의는 진리를 주장하는 강의가 아니라 진리를 체득한 사람의 강의였다. 혀의 강의가 아니라 마음의 강의였다. 진리와 사람이 합하여 순화일치[醇化一致]할 때, 그 주장하는 바, 말하는 바는 강의를 위한 강의가 아니라 도[道]를 위한 강의가 된다. 철학 강의는 여기에 이르러서야 비로소 들을 만한 것이 된다. 덧없이 진리를 혀끝에서 굴리는 자는 죽은 먹으로 죽은 종이에 덧없는 필기를 남기는 것에 지나지 않는다. 거기에 무슨 의미가 있겠는가? ……나, 지금 시험을 위해서, 즉 빵/麵麭/을 위해서 불만을 참고 눈물을 삼키며 이 책을 읽는다. 지끈거리는 머리를 감싸쥐고 앞으로 영원히 시험제도를 저주할 것임을 기억하라.〉

라고 적혀 있었다. 서명은 물론 없었다. 산시로는 자신도 모르게 미소 지었다. 그러나 어딘가 계발된 듯한 느낌이 들었다. 철학뿐만

---

33) Georg Wilhelm Friedrich Hegel(1770~1831년). 독일 관념론을 완성한 것으로 평가받는 프로이센의 철학자.

아니라 문학도 이와 같으리라 생각하며 페이지를 넘겨보니 더 있었다. 〈헤겔의……〉 헤겔을 굉장히 좋아하는 사내인 듯했다.

〈헤겔의 강의를 듣기 위해 사방에서 베를린으로 모여든 학생들은 그 강의를 의식[衣食]의 밑천으로 이용하겠다는 야심을 가지고 모여든 것이 아니다. 단지 철학자 헤겔이라는 사람이 있어서 강단 위에서 더 없이 높고 보편적인 진리를 전한다는 말을 듣고 절실한 향상심과 구도심에서, 자신의 밑바닥 불온한 의심을 해석하고 싶다는 청정심의 발현으로 강단 아래에 모인 것일 뿐이다. 그렇기에 그들은 헤겔을 듣고 그들의 미래를 결정할 수 있었다. 자신의 운명을 개조할 수 있었다. 무덤덤하게 강의를 듣고 무덤덤하게 졸업하여 떠나는 너희 일본의 대학생들과 똑같다고 생각한다면 천하의 자만이다. 너희는 타이프라이터에 지나지 않는다. 그것도 욕심쟁이 타이프라이터다. 너희가 행하는 바, 생각하는 바, 말하는 바, 끝끝내는 절실한 사회의 살아 있는 기운과는 관계가 없다. 죽음에 이르기까지 무덤덤할 것이다. 죽음에 이르기까지 무덤덤할 것이다.〉
라고 무덤덤을 2번이나 되풀이했다. 산시로는 말없이 생각에 잠겼다. 그런데 뒤에서 어깨를 살짝 두드린 자가 있었다. 예의 요지로였다. 도서관에서 요지로를 보다니 신기한 일이었다. 그는, 강의는 글러먹었지만 도서관은 중요하다고 주장하는 사내였다. 그러나 주장처럼 도서관에 오는 경우는 드문 사내였다.

"이봐, 노노미야 소하치 씨가 너를 찾고 있어."라고 말했다. 요지로가 노노미야 군을 알고 있으리라고는 생각지 못했기에 혹시나 싶어서 이과대학의 노노미야 씨냐고 되물었더니 응이라는 대답

을 얻었다. 얼른 책을 놓고 입구의 신문을 열람하는 곳까지 나갔으나 노노미야 군은 없었다. 현관까지 나가보았으나 역시 없었다. 돌계단을 내려가 목을 빼고 그 주위를 둘러보았으나 그림자조차 보이지 않았다. 어쩔 수 없이 발걸음을 돌렸다. 원래의 자리로 갔더니 요지로가 예의 헤겔론을 가리키며 조그만 목소리로,

"꽤나 기발하군. 틀림없이 옛날 졸업생일 거야. 옛날 녀석들은 거칠기는 하지만 어딘가 재미있는 구석이 있어. 실제로 이대로야."

라며 히죽히죽 웃었다. 아주 마음에 든 모양이었다. 산시로는,

"노노미야 씨는 없던데."라고 말했다.

"조금 전까지 입구에 있었는데."

"뭔가 볼일이 있는 듯했어?"

"있는 것 같기도 했어."

두 사람은 함께 도서관에서 나왔다. 그때 요지로가 말했다. ─노노미야 군은 자신이 우거[寓居]하고 있는 히로타 선생의 전 제자이기에 자주 온다. 학문을 매우 좋아해서 연구도 많이 했다. 그 방면의 사람이라면 서양사람까지도 모두 노노미야 군의 이름을 알고 있다.

산시로는 노노미야 군의 선생이라는 말에 예전에 정문 안에서 말에 시달렸다던 사람의 이야기가 다시 떠올랐고, 어쩌면 그 사람이 히로타 선생이 아닐까 여겨졌다. 요지로에게 그 생각을 말했더니 요지로는, 어쩌면 우리 선생님일지도 모른다, 그런 일을 할지도 모를 사람이라며 웃었다.

그 이튿날은 마침 일요일이었기에 학교에서는 노노미야 군을 만날 수 있을 리 없었다. 그러나 어제 자신을 찾았다는 사실이 마음에 걸렸다. 다행히 아직 새로운 집을 방문한 적이 없었기에 자기가 가서 용건을 물어보고 와야겠다는 마음이 들었다.

생각을 한 것은 아침이었으나 신문을 읽으며 우물쭈물하고 있었더니 정오가 되었다. 점심을 먹었으니 나가야겠다 싶었는데 구마모토 출신의 친구가 오랜만에 찾아왔다. 겨우 그를 돌려보낸 것은 그럭저럭 4시가 넘어서였다. 약간 늦어지기는 했으나 예정대로 나섰다.

노노미야의 집은 굉장히 멀었다. 사오일 전에 오쿠보(大久保)로 이사했다. 그러나 전차를 이용하면 금방 갈 수 있었다. 잘은 모르겠으나 정거장 근처라고 들었으니 찾는 데 어려움은 없으리라. 사실을 말하자면 산시로는 그 히라노야에 갔던 날 이후 어처구니없는 실수를 한 적이 있었다. 간다(神田)에 있는 고등상업학교에 갈 생각으로 혼고 4번가에서 탔는데, 그대로 지나쳐서 구단(九段)까지 갔고 그 바람에 이이다바시(飯田橋)까지 가, 거기서 간신히 소토보리센(外濠線)으로 갈아탔고, 오차노미즈(お茶の水)에서 간다바시(神田橋)로 나갔는데 이번에도 내리지 못했기에 가마쿠라가시(鎌

倉河岸)를 스키야
바시(数寄屋橋) 쪽
으로 서둘러 간 일
이 있었다. 그 이후
부터 전차는 어쨌든
어수선한 느낌이 들
어서 견딜 수가 없
었으나, 고부센(甲
武線)은 외줄기라
고 예전에 들은 적
이 있었기에 안심하
고 올랐다.

오쿠보 정거장에서 내려 나카햐쿠닌(仲百人) 거리를 도야마(戸
山) 학교 쪽으로 가지 않고 건널목에서 바로 옆으로 꺾어지자
대략 3자(90㎝)쯤 되는 좁은 길이었다. 그것을 발끝으로 한참 올라가
니 성긴 맹종죽 수풀이 있었다. 그 수풀 앞뒤로 한 집씩 사람이
살고 있었다. 노노미야의 집은 그 앞쪽에 있는 것이었다. 조그만
문이 길의 방향과는 전혀 상관없는 위치에 비스듬히 나 있었다.
들어가보니 집이 또 엉뚱한 곳에 있었다. 문도 입구도 전부 나중에
단 모양이었다.

부엌 옆에 멋진 산울타리가 있고, 정원 쪽에는 오히려 칸막이도
아무것도 없었다. 단지 커다란 싸리가 사람의 키보다 높이 자라서
방의 툇마루를 조금 가리고 있을 뿐이었다. 노노미야 군은 그 툇마루

로 의자를 내어놓고 거기에 앉아서 서양 잡지를 읽고 있었다. 산시로가 들어온 것을 보고,

"이쪽으로."라고 말했다. 이과대학의 구덩이 속에서와 완전히 같은 인사였다. 정원으로 들어가야 할지, 현관으로 들어가야 할지 산시로는 약간 망설였다. 그러자 다시,

"이쪽으로."라고 재촉했기에 더 생각할 것도 없이 정원으로 들어가기로 했다. 방은 다름 아닌 서재로 넓이는 8첩[34]인데 비교적 서양의 책들이 많이 있었다. 노노미야 군은 의자에서 일어나 바닥에 앉았다. 산시로는 한정한 곳이라는 둥, 비교적 오차노미즈까지 빨리 나갈 수 있다는 둥, 망원경 시험은 어떻게 되었습니까, 라고 —그 자리에서 떠오르는 별 의미도 없는 이야기를 나눈 뒤,

"어제 저를 찾으셨다고 하던데, 무슨 일이라도 있었습니까?"라고 물었다. 그러자 노노미야 군이 약간 딱하게 되었다는 듯한 얼굴로,

"아니, 실은 아무것도 아니었어요."라고 말했다. 산시로는 그저 "네에."라고만 대답했다.

"그래서 일부러 오신 건가요?"

"뭐, 꼭 그런 것만은 아닙니다."

"사실은 고향의 어머님께서 말이죠, 아들이 여러 가지로 신세를 지게 될 테니, 라며 근사한 물건을 보내주셨기에 당신에게도 잠깐 예를 표해야겠다고 생각해서……."

"네에, 그렇습니까? 무엇인가를 보내셨습니까?"

---

34) [疊] 일본의 전통 실내바닥재인 다다미를 세는 단위. 1첩은 약 1.6㎡.

"네, 붉은 생선을 지게미에 절인 겁니다만."

"그럼 노랑촉수일 겁니다."

산시로는 쓸데없는 걸 보냈구나 싶었다. 그러나 노노미야 군은 그 노랑촉수에 대해서 여러 가지 것들을 물어보았다. 산시로는 특히 먹는 방법에 대해서 설명했다. 지게미째 구워서 접시에 담기 전에 지게미를 떼어내지 않으면 맛이 빠진다고 가르쳐주었다.

두 사람이 노랑촉수에 대해서 문답을 주고받는 사이에 해가 저물었다. 산시로가 그만 돌아가야겠다 싶어 막 인사를 하려던 참에 어딘가에서 전보가 왔다. 노노미야 군은 봉투를 뜯어 전보를 읽더니 입 안에서, "이를 어쩌지."라고 말했다.

산시로는 모르는 척할 수도 없었지만, 그렇다고 함부로 참견하듯 물어볼 마음도 들지 않았기에 그저,

"무슨 일이 생겼나요?"라고 무뚝뚝하게 물었다. 그러자 노노미야 군은,

"아니, 큰일은 아닙니다."라고 말하며 손에 들고 있던 전보를 산시로에게 보여주었다. 바로 오라고 적혀 있었다.

"어딘가에 가셔야 합니까?"

"네, 얼마 전부터 여동생이 병에 걸려 대학병원에 들어가 있는데, 그 아이가 바로 와달랍니다."라며 부산을 떠는 기색은 조금도 없었다. 산시로가 오히려 놀랐다. 노노미야 군의 여동생과 여동생의 병과 대학병원을 하나로 묶고, 거기에 연못가에서 만났던 여자를 더해서 그것을 한데 휘저어, 놀랐다.

"그럼, 아주 안 좋은 건가요?"

"뭐, 그렇지는 않을 겁니다. 사실은 어머니가 가서 간병을 하고 계신데, ―만약 병 때문이라면 전차를 타고 달려오는 편이 더 빠르니까요. ―아니, 동생의 장난일 겁니다. 맹한 아이라 이런 짓을 곧잘 합니다. 여기로 이사 온 뒤 한 번도 가지 않았는데 오늘은 일요일이니 올 것이라 생각하여 기다리고 있기라도 했던 거겠지요. 그래서."라고 말하고 고개를 옆으로 기울여 생각했다.

"그래도 가보시는 게 좋을 겁니다. 혹시 안 좋은 거면 큰일이니."

"그래. 사오일 가보지 않은 사이에 그렇게 갑자기 변했을 리도 없을 듯하지만, 어쨌든 가보기로 할까."

"가보시는 게 좋을 겁니다."

노노미야는 가기로 했다. 가기로 결정했는데 그에 관해서 산시로에게 부탁할 일이 있다고 말을 꺼냈다. 만약 병 때문에 전보를 친 거라면 오늘 밤에는 돌아올 수 없다. 그러면 하녀 혼자서 집을 보아야 한다. 하녀는 겁이 아주 많은데 동네가 의외로 뒤숭숭하다. 다행스럽게도 마침 잘 와주었으니 내일 과업에 지장이 없다면 묵어줄 수 없겠느냐, 물론 단순한 전보라면 바로 돌아오겠다. 일찌감치 알았다면 예의 사사키에게라도 부탁했을 테지만 이제 와서는 너무 늦었다. 딱 하룻밤이기는 하지만 병원에서 묵을지 묵지 않을지 아직 알기도 전부터 관계없는 사람에게 폐를 끼치는 것은 너무 이기적이어서 억지로 청하는 것은 아니지만, ―물론 노노미야가 이렇게 유창한 말로 부탁한 것은 아니었으나, 상대인 산시로는 그렇게 유창하게 부탁할 필요가 없는 사내였기에, 바로 승낙해버렸다.

하녀가 밥은, 하고
물은 것을, "안 먹어."
라고 대답한 채, 산시
로에게, "미안하지만
당신 혼자서 나중에 드
세요."라고 저녁밥까
지 내버려둔 채 나가버
렸다. 나갔나 싶었는

데 어두운 싸리 사이에서 커다란 목소리로,

"제 서재에 있는 책은 무엇이든 읽어도 됩니다. 특별히 재미있는
것도 없지만, 뭔가 보도록 하세요. 소설도 조금은 있으니."

라고 말한 채 사라져버리고 말았다. 툇마루까지 배웅을 나가서
산시로가 인사를 했을 때는, 3평(10㎡)쯤 되는 맹종죽 수풀의 대나무가
성긴 만큼 아직은 한 줄기씩 보였다.

잠시 후, 산시로는 8첩 서재 한가운데 조그만 상을 놓고 저녁을
먹었다. 상 위를 보니 주인의 말과 다름없이 그 노랑촉수가 놓여
있었다. 오랜만에 고향의 냄새를 맡은 듯해서 기뻤으나, 그에 비해서
밥은 맛있지 않았다. 시중을 들기 위해 온 하녀의 얼굴을 보니
그녀도 주인의 말대로 겁이 많게 생긴 얼굴이었다.

밥을 다 먹고 나자 하녀는 부엌으로 갔다. 산시로는 혼자가
되었다. 혼자가 되어 마음이 가라앉으니 노노미야 군의 동생이
갑자기 걱정되기 시작했다. 위독할 것 같은 기분이 들었다. 노노미야
군 너무 한가롭게 달려간 것 같다는 생각이 들었다. 그리고 동생이

얼마 전에 봤던 여자인 듯한 기분이 들어서 견딜 수가 없었다. 산시로는 다시 한 번 여자의 얼굴과 눈매와 복장을 그때 그대로 떠올리고, 그녀를 병원의 침대 위에 눕히고, 그 옆에 노노미야 군을 세워 두어 마디 대화를 시켜보았으나, 오빠로는 만족스럽지 않았기에 어느 틈엔가 자신이 대리가 되어 여러 가지로 친절하게 간호를 하고 있었다. 그때 기차가 굉음을 올리며 맹종죽 수풀 바로 아래를 지났다. 마룻귀틀의 상태 때문인지, 토질 때문인지 방이 조금 흔들리는 듯했다.

산시로는 간병을 그만두고 방 안을 둘러보았다. 과연 오래된 건물인 듯 기둥에 예스러운 정취가 있었다. 그 대신 장지문의 맞음새가 좋지 않았다. 천장은 새카맸다. 램프만이 당대풍으로 빛나고 있었다. 노노미야 군 같은 신식 학자가 별스럽게 이런 집을 빌려서 봉건시대의 맹종죽 수풀을 보며 생활하는 것과 동격이었다. 별스러운 것이야 본인 마음이지만, 만약 필요에 쫓겨서 교외로 스스로를 내몬 것이라면 참으로 딱한 일이었다. 듣자하니 그 정도의 학자인데 대학으로부터는 1달에 겨우 55엔밖에 받지 못한다고 한다. 그래서 어쩔 수 없이 사립학교에 가르치러 가는 것이리라. 그런데 동생이 입원해서는 버틸 수 없으리라. 오쿠보로 이사한 것 역시 어쩌면 그런 경제적 형편 때문일지도 몰랐다. ……

초저녁이지만 장소가 장소인 만큼 조용했다. 정원 앞에서 벌레소리가 들렸다. 혼자 앉아 있자니 쓸쓸한 가을의 초입이었다. 그때 멀리서 누군가가,

"아아아아, 이제 얼마 남지 않았어."

라고 말하는 소리가 들려왔다. 방향은 집의 뒤편인 듯도 했으나 멀었기에 확실히는 알 수 없었다. 또 방향을 알아낼 틈도 없이 그쳐버리고 말았다. 그러나 산시로의 귀에는 뚜렷하게 이 한마디가, 모든 것에게서 버림받은 사람의, 모든 것에게서부터 대답을 기대하지 않는 진실한 독백처럼 들렸다. 산시로는 기분이 좋지 않아졌다. 그때 다시 기차가 멀리에서부터 울리며 다가왔다. 그 소리가 점점 다가와서 맹종죽 수풀 아래를 지날 때에는 앞선 열차보다 배나 높다란 소리를 올리며 지나갔다. 방의 미동이 그칠 때까지 멍하니 있던 산시로는 전광석화처럼 조금 전의 탄성과 지금 들린 열차의 울림을 일종의 인과[因果]처럼 연결 지었다. 그리고 흠칫 자리에서 일어났다. 그 인과는 무시무시한 것이었다.

산시로는 그때 가만히 방에 앉아 있기가 극히 어렵다는 사실을 발견했다. 등줄기에서부터 발바닥까지가 의구심에서 오는 자극으로 근질거렸다. 일어나 변소로 갔다. 창으로 밖을 바라보니 별빛이 달빛처럼 가득한 밤으로 둑 아래 기찻길은 죽은 듯이 고요했다. 그래도 대나무 격자 사이로 코가 나올 정도로 해서 어두운 곳을 바라보고 있었다.

그러자 정거장 쪽에서 등롱을 밝힌 사내가 레일/鐵軌/ 위를 따라서 이쪽으로 오고 있었다. 목소리로 판단하건대 서너 명인 듯했다. 등롱의 불빛은 건널목에서 둑 아래로 숨었고 맹종죽 수풀 아래를 지날 때는 이야기소리만이 들려왔다. 그러나 그 말들은 아주 뚜렷하게 들려왔다.

"조금 더 앞이야."

발소리는 건너
편으로 멀어져갔
다. 산시로는 정원
앞쪽으로 돌아가
나막신을 걸치고
맹종죽 수풀이 있
는 곳에서 1간(1.8m)
남짓 둑을 기어 내
려가서 등롱의 뒤
를 따라갔다.

5, 6간(10m)이나 갔을까 싶었을 때, 다시 둑에서 뛰어내린 사람이
하나 있었다. ―

"치여 죽은 것 아닌가요?"

산시로는 무엇인가 대답하려 했으나 목소리가 얼른 나오지 않았
다. 그러는 사이에 검은 사내는 지나쳐갔다. 이 사람은 노노미야
군의 안쪽에서 살고 있는 집주인일 것이라고 뒤를 따라가며 생각했
다. 반 정(55m)쯤 가자 등불이 모여 있었다. 사람들도 모여 있었다.
사람들은 불을 치켜든 채 말이 없었다. 산시로는 말없이 불 아래를
보았다. 아래에는 시신 절반이 있었다. 기차는 오른쪽 어깨에서부터
젖꼭지 아래를 허리 위까지 보기 좋게 찢어내고 비스듬히 몸통만
남긴 채 가버린 것이었다. 얼굴에 상처는 없었다. 젊은 여자였다.

산시로는 그때의 기분을 아직도 기억하고 있다. 바로 돌아가려고
발걸음을 돌리려 했으나 발이 굳어서 거의 움직일 수 없었다. 둑을

기어올라 방으로 돌아오자 가슴이 두근거리기 시작했다. 물을 달라고 해야겠다 싶어서 하녀를 불렀는데 다행히 하녀는 아무것도 모르는 모양이었다. 잠시 있자니 안쪽 집에서 뭔가 소란을 떨기 시작했다. 산시로는 주인이 돌아온 것이라고 깨달았다. 곧 둑 아래가 왁자지껄했다. 그것이 그치자 다시 조용해졌다. 거의 견딜 수 없을 정도의 고요함이었다.

산시로의 눈앞으로 조금 전 여자의 얼굴이 생생하게 보였다. 그 얼굴과, '아아아아……'라고 말한 힘없는 목소리와, 이 두 가지 안쪽에 숨겨져 있는 잔인한 운명을 연결하여 생각해보니 인생이라는 튼튼한 것 같은 목숨의 뿌리가 자신도 모르는 사이에 느슨해져서 언제라도 어둠 속으로 떠오를 것처럼 여겨졌다. 산시로는 욕심도 이득도 필요 없을 정도로 무서웠다. 단지 우르르 하는 한순간이다. 그 전까지는 틀림없이 살아 있었다.

산시로는 이때 문득 기차 안에서 물복숭아를 주었던 남자가, 위험해, 위험해, 조심하지 않으면 위험해, 라고 말했던 것이 떠올랐다. 위험해, 위험해, 라고 말하면서도 그 남자는 한없이 침착했다.

그러니까 위험해, 위험해, 라고 말할 수 있을 정도로 자신은 위험하지 않은 위치에 서 있으면 그 남자처럼 될 수 있는 것이리라. 세상 속에 있으면서 세상 속을 방관하고 있는 사람은 여기에 재미가 있는 것일지도 모르겠다. 그 물복숭아를 먹는 모습에서부터 아오키도에서 차를 마시고는 담배를 피우고, 담배를 피우고는 차를 마시며 가만히 정면을 보고 있던 모습은 그야말로 이러한 종류의 인물인 듯했다. −비평가다. −산시로는 묘한 의미로 비평가라는 말을 써보았다. 써보고는 스스로 절묘하다고 감탄했다. 뿐만 아니라 자신도, 비평가로 미래에 존재할까, 라고까지 생각했다. 그 끔찍한 죽음의 얼굴을 보면 이런 마음도 일어난다.

산시로는 방 구석에 있는 테이블/洋机과 테이블 앞에 있는 의자와 의자 옆에 있는 책장과 그 책장 속에 예의바르게 늘어서 있는 양서들을 둘러보고, 이 조용한 서재의 주인은 그 비평가처럼 무사하고 행복하다고 생각했다. −광선의 압력을 연구하기 위해서 여자를 기차에 치여 죽게 만드는 일은 없으리라. 주인의 여동생은 병에 걸렸다. 그러나 오빠가 만든 병은 아니다. 스스로가 걸린 병이다. 머리가 이런저런 생각으로 차례차례 옮아가는 동안 11시가 되어버렸다. 나카노(中野)행 전차는 더 이상 오지 않았다. 혹은 병이 좋지 않아서 돌아오지 못하는 걸까 하고 다시 걱정이 되었다. 그때 노노미야에게서 전보가 왔다. 동생 무사, 내일 아침 돌아감, 이라고 적혀 있었다.

안심하고 잠자리에 들었으나 산시로의 꿈은 매우 위험했다. −기차에 치여 죽을 계획을 세운 여자는 노노미야와 관계가 있는 여자로, 노노미야는 그 사실을 알고 집에 돌아오지 않은 것이다. 단지 산시로를 안심시키기 위해서 전보만 친 것이다. 동생이 무사하다는 것은 거짓말로 오늘 밤 사고가 있던 시각에 동생도 숨을 거두어버리고 말았다. 그리고 그 동생이란 바로 산시로가 연못가에서 만났던 여자다. ……

이튿날 산시로는 전에 없이 일찍 일어났다.

낯선 곳에서 자고 난 잠자리의 흔적을 바라보며 담배를 한 대 피웠는데, 어젯밤의 일들이 전부 꿈만 같았다. 툇마루로 나가 나지막한 차양 밖에 있는 하늘을 올려다보니 오늘은 날씨가 좋았다. 세계가 지금 막 쾌청해진 듯한 빛깔을 띠고 있었다. 밥을 먹고 차를 마시고 툇마루로 의자를 가지고 나가서 신문을 읽고 있자니 약속한 대로 노노미야 군이 돌아왔다.

"어젯밤에 저기서 기차사고가 있었다고 하더군요."라고 말했다. 정거장이나 그쯤에서 들은 모양이었다. 산시로는 자신의 경험을 남김없이 이야기했다.

"그거 참 희한하군. 웬만해서는 볼 수 없는 일인데. 나도 집에 있었으면 좋았을 걸. 시신은 벌써 치웠겠지. 가도 못 보겠지."

"벌써 늦었을 겁니다."라고 한마디 대답했는데 태연한 노노미야 군의 모습에는 놀라지 않을 수 없었다. 산시로는 이 무신경함은 온전히 밤과 낮의 차이에서 일어난 것이라고 단정 지었다. 광선의 압력을 시험하는 사람의 버릇이 이러한 경우에도 똑같은 태도로 나타나는 것이라고는 조금도 깨닫지 못했다. 나이가 어리기 때문이리라.

산시로는 이 야기를 바꾸어 환자에 대해서 물어보았다. 노노미야 군의 대답에 의하면, 역시 자신이 추측한 대로 환자에게 이상은 없었다. 단지 지난 오

륙일 동안 가보지 않았기에 그것을 불만스럽게 생각하여 심심풀이로 오빠를 낚아서 불러들인 것이다. 오늘은 일요일인데 와주지 않는 건 너무하다고 말하며 화를 냈다고 한다. 그리고 노노미야 군은 동생을 맹하다고 말했다. 정말로 맹하다고 생각하고 있는 듯했다. 이렇게 바쁜 사람에게 소중한 시간을 낭비하게 만드는 것은 어리석은 짓이라고 말했다. 하지만 산시로는 그 의미를 거의 이해할 수가 없었다. 일부러 전보까지 쳐서 보고 싶어 하는 동생이라면 일요일 하룻밤이나 이틀 밤을 허비한들 아깝지 않을 터였다. 그런 사람을 만나서 보내는 시간이 참된 시간이고, 구덩이에서 광선의 시험을 하며 보내는 시간이야말로 오히려 인생에서 멀리 떨어져 삶을 소홀히 여기는 것이라고 해야 할 것이다. 내가 노노미야 군이라면 이 동생을 위해서 공부에 방해를 받는 것을 오히려 기쁘게 여기리라. 이런 정도로 느꼈는데, 그때는 기차사고에 대한 일은 잊고 있었다.

노노미야 군은 어젯밤에 잠을 제대로 못 잤기에 명해서 안 되겠다고 말했다. 오늘은 다행히 정오부터 와세다(早稲田)의 학교에 가는 날로 대학은 휴무이니 그때까지 자야겠다고 했다. "아주 늦게까지 안 주무셨나요?"라고 산시로가 묻자, 사실은 고등학교에서 전에 배웠던 선생님인 히로타라는 사람이 동생의 문안을 와주셨기에 여럿이서 이야기를 나누는 사이에 전차 시간을 놓쳐 결국은 묵기로 했다. 히로타의 집에서 묵었어야 했는데 동생이 이번에도, 무슨 일이 있어도 병원에서 묵으라고 떼를 쓰며 말을 듣지 않았기에 어쩔 수 없이 좁은 곳에서 잤더니 왠지 갑갑해서 잠을 잘 수가 없었다. 아무리 생각해도 동생은 어리석다, 라며 또 동생을 공격했다. 산시로는 우스웠다. 동생을 위해서 조금 변호를 해볼까 싶었으나, 왠지 말하기 거북했기에 그만두기로 했다.

그 대신 히로타 씨에 대해서 물었다. 이번으로 산시로는 히로타 씨의 이름을 서너 번 들었다. 그리고 물복숭아의 선생과 아오키도의 선생에게 가만히 히로타 씨라는 이름을 붙였다. 거기에 정문 안에서 심술궂은 말에게 시달려 기타도코 직원들의 웃음을 샀던 것도 역시 히로타 선생으로 삼고 있었다. 그런데 지금 듣자하니 말의 건은 역시 히로타 선생이었다. 그랬기에 물복숭아도 반드시 같은 선생임에 틀림없을 것이라고 정했다. 생각해보니 약간 억지스러운 듯도 했다.

돌아오려 할 때, 가는 길이니 오전 중에 가져다주었으면 좋겠다며 겹옷 한 벌을 병원까지 부탁받았다. 산시로는 굉장히 기뻤다.

산시로는 네모난 새 모자를 쓰고 있었다. 이 모자를 쓰고 병원에 갈 수 있다는 것이 조금은 자랑스러웠다. 맑고 상쾌한 얼굴로 노노미야 군의 집에서 나왔다.

오차노미즈에서 전차를 내려 바로 인력거에 올랐다. 평소의 산시로에게는 어울리지 않는 행동이었다. 위세 좋게 아카몬으로 들어서게 한 순간 법문과의 벨이 울리기 시작했다. 평소라면 노트와 잉크병/印氣壺/을 들고 8번 교실로 들어갈 때였다. 한두 시간의 강의쯤은 듣지 못해도 상관없다는 기분으로 곧장 아오야마(青山) 내과의 현관까지 타고 갔다.

계단 어귀를 안으로, 두 번째 모퉁이를 오른쪽으로 꺾어져 막다른 곳에서 왼쪽으로 돌아가면 동쪽에 있는 방이라고 가르쳐준 대로 가니 과연 있었다. 검게 칠한 표찰에 노노미야 요시코(野々宮 よし子)라고 가나35)로 적어서 문에 걸어놓았다. 산시로는 이 이름을 읽은 채 한동안 문 앞에 서 있었다. 시골출신이기에 노크/敲/하는 것과 같은 세련된 행동은 하지 못했다.

'이 안에 있는 사람이 노노미야 군의 동생으로, 요시코라는 여자다.'

산시로는 이렇게 생각하며 서 있었다. 문을 열어 얼굴을 보고 싶기도 했으며, 보고 실망하기가 싫기도 했다. 자신의 머릿속에서 오가는 여자의 얼굴은 아무래도 노노미야 소하치 씨와 닮지 않았기에 곤혹스러웠다.

---

35) 仮名. 한자에서 따온 일본의 표음문자. 가타카나와 히라가나가 있다.

　뒤에서부터 간호부가 조리 소리를 내며 다가왔다. 산시로는 과감하게 문을 반쯤 열었다. 그리고 안에 있는 여자와 얼굴을 마주했다. (한손으로 손잡이를 쥔 채)

　눈이 큰, 코가 가는, 입술이 얇은, 머리가 벗겨진 것이 아닐까 여겨질 정도로 이마가 넓고 턱이 야윈 여자였다. 생김새는 그것뿐이었다. 그러나 산시로는 그러한 생김새에서 나온, 그때 번뜩인 순간적인 표정을 태어나서 처음 보았다. 창백한 이마 뒤로 자연스럽게 늘어진 짙은 머리카락이 어깨까지 보였다. 거기에 동쪽 창으로 새어든 아침 햇살이 뒤에서부터 비추었기에 머리카락과 햇빛이 맞닿는 경계 부근이 진보라 빛으로 타올라 살아 있는 달무리를 업고 있었다. 그러면서도 얼굴과 이마는 모두 매우 어두웠다. 어둡고 창백했다. 그 가운데 아득한 느낌이 드는 눈이 있었다. 높다란 구름이 하늘 깊은 곳에 머물며 쉽사리 움직이지 않았다. 그러나 움직이지 않고 있을 수도 없었다. 단, 흘러내리듯 움직였다. 여자가 산시로를 보았을 때는 이런 눈매였다.

산시로는 이 표정 속에서 나른한 우울함과 숨길 수 없는 쾌활함의 통일을 보았다. 그 통일감은 산시로에게 있어서 가장 존귀한 인생의 한 조각이었다. 그리고 하나의 커다란 발견이었다. 산시로는 손잡이를 쥔 채, ─얼굴을 문 뒤에서 반쯤 방 안으로 내민 채, 이 순간의 느낌에 자신을 내던져버리고 말았다.

"들어오세요."

여자가 산시로를 기다리고 있었다는 듯 말했다. 그 말투에는 처음 대면하는 여자에게서는 볼 수 없는 평안한 음색이 있었다. 순진한 아이이거나, 온갖 남자를 다 접해본 여자가 아니라면 이렇게 나올 수는 없었다. 버릇이 없는 것과는 달랐다. 처음부터 오래된 지인이었다. 동시에 여자는 살이 풍만하지 않은 뺨을 움직여 생긋 웃었다. 창백함 속에 정겨운 따스함이 생겨났다. 산시로의 다리가 자연스럽게 방 안으로 들어섰다. 그때 청년의 머릿속으로는 멀리 고향에 계신 어머니의 그림자가 스치고 지나갔다.

문 뒤로 돌아서 비로소 정면을 향했을 때 쉰 남짓의 여자가 산시로에게 인사를 했다. 이 여자는 산시로의 몸이 아직 문 뒤에서 모습을 드러내기 전부터 자리에서 일어나 기다리고 있던 모양이었다.

"오가와 씨신가요?"라고 상대방이 물어주었다. 얼굴은 노노미야 군을 닮았다. 딸과도 닮았다. 그러나 단지 닮았을 뿐이었다. 부탁받은 보따리를 내밀자 받으며 감사의 말을 전한 뒤,

"앉으세요."라고 말하며 의자를 권한 채 자신은 베드/寢臺이하 침대/를 돌아 건너편으로 갔다.

침대 위에 깐 요를 보니 새하얬다. 위에 덮는 이불도 새하얬다. 그것을 절반쯤 비스듬히 들추고 끝자락이 두껍게 보이는 곳을 피하듯 해서 여자는 창을 등지고 걸터앉았다. 발은 바닥에 닿지 않았다. 손에 뜨개바늘을 들고 있었다. 털실 뭉치가 침대 아래로 굴러갔다. 여자의 손에서부터 빨간 실이 긴 줄을 그리고 있었다. 산시로는 침대 아래서 털실 뭉치를 꺼내줄까 생각했으나 여자가 털실에는 조금도 신경을 쓰지 않았기에 삼가기로 했다.

어머님이 건너편에서 어젯밤의 일에 대한 감사의 말을 거듭 건넸다. 바쁘신데, 등의 말을 했다. 산시로는 아니요, 어차피 놀고 있었기에, 라고 말했다. 두 사람이 이야기를 나누는 동안 요시코는 입을 다물고 있었다. 두 사람의 이야기가 끊겼을 때 갑자기,

"어젯밤의 기차사고를 보셨나요?"라고 물었다. 그러고 보니 방구석에 신문이 있었다. 산시로가,

"네."라고 말했다.

"무서웠죠?"라고 말하며 고개를 살짝 옆으로 갸웃해서 산시로를 보았다. 오빠를 닮아서 목이 긴 여자였다. 산시로는 무서웠다고도 무섭지 않았다고도 대답하지 않은 채, 여자 목의 기울어진 정도를

바라보고 있었다.
절반은 질문이 너
무 단순해서 대답
할 말이 없었던 것
이다. 절반은 대답
하기를 잊어버린
것이었다. 여자는
눈치를 챈 듯, 바로
고개를 똑바로 했
다. 그리고 창백한
뺨 안쪽을 살짝 붉

게 물들였다. 산시로는 그만 돌아가야 할 시간이라고 생각했다.

인사를 하고 방에서 나와 현관 정면까지 가서 앞을 보니 기다란 복도 끝이 사각형으로 잘려 활짝 밝았으며, 바깥의 녹음이 비친 계단 어귀에 연못의 여자가 서 있었다. 퍼뜩 놀란 산시로의 발은, 곧바로 발걸음이 헝클어졌다. 그때 투명한 공기로 이루어진 캔버스/ 畵布/ 속에 어둡게 그려졌던 여자의 모습이 한 걸음 앞으로 움직였다. 산시로도 이끌리듯 앞으로 움직였다. 두 사람은 한 줄기 복도의 어딘가에서 스쳐 지나야할 운명을 가지고 서로에게 다가갔다. 그런 데 여자가 뒤를 돌아보았다. 밝은 바깥의 공기 속에는 초가을의 녹음만이 떠 있을 뿐이었다. 뒤돌아본 여자의 시선에 응해서 사각형 속으로 모습을 드러낸 것도 없었으며, 그걸 기다리고 있던 것도 없었다. 산시로는 그 사이에 여자의 모습과 복장을 머릿속에 넣었다.

옷의 색은 뭐라고 부르는 건지 이름을 알 수 없었다. 대학의 연못물에 흐릿한 상록수가 비칠 때와 같았다. 그것을 선명한 줄무늬가 위에서부터 아래로 꿰뚫고 지나갔다. 그리고 그 줄무늬가 꿰뚫고 지나가면서 물결을 쳐서 서로 가까워지기도 하고 멀어지기도 하고, 겹쳐져서 굵어지기도 하고 갈라져서 2줄기가 되기도 했다. 불규칙하지만 헝클어져 있지 않은 위로 3분의 1쯤 되는 곳에 널따란 허리띠를 둘러 옆으로 잘라놓았다. 허리띠의 느낌에는 따스함이 있었다. 누른빛을 머금고 있기 때문이리라.

뒤를 돌아보았을 때 오른쪽 어깨가 뒤로 물러나고, 왼손이 허리에 얹혀진 채 앞으로 나왔다. 손수건을 들고 있었다. 그 손수건의 손가락에서 삐져나온 부분이 매끈하게 펼쳐져 있었다. 비단이기 때문이리라. ―허리부터 아래는 똑바른 자세였다.

여자는 곧 원래대로 몸을 돌렸다. 시선을 깔고 두 걸음쯤 산시로 쪽으로 다가오더니 갑자기 고개를 뒤쪽으로 조금 당겨 남자를 정면으로 보았다. 쌍꺼풀에 가늘고 긴 눈이 차분한 모습이었다. 두드러지게 검은 눈썹 아래에서 살아 있었다. 동시에 아름다운 이가 드러났다. 산시로에게 있어서 그 이와 얼굴색은 잊을 수 없는 대조였다.

오늘은 하얀 분을 옅게 발랐다. 하지만 본래의 바탕을 숨길 정도로 천박한 것은 아니었다. 고운 살이 보기 좋게 물들어 강한 햇살에도 지지 않을 것처럼 보이는 위로 매우 옅게 분이 발라져 있었다. 번쩍번쩍 빛나는 얼굴이 아니었다.

살은 뺨도 그렇고 턱도 그렇고 팽팽하게 야무졌다. 뼈 위에 쓸데없는 것은 얼마 없을 정도였다. 그러면서도 얼굴 전체가 부드러웠다. 살이 부드러운 것이 아니라 뼈 자체가 부드러운 듯 여겨졌다. 그윽한 느낌을 주는 얼굴이었다.

여자가 허리를 숙였다. 산시로는 낯선 사람에게 인사를 받아서 놀랐다기보다는 오히려 인사를 하는 모습이 절묘했기에 놀랐다. 허리 위가 바람을 탄 종이처럼 살포시 앞으로 떨어졌다. 게다가 빨랐다. 그러다 어느 각도까지 오자 별 어려움도 없이 딱 멈췄다. 물론 배워서 익힌 것은 아니었다.

"잠깐 여쭙겠습니다만……"하는 목소리가 하얀 이 사이에서 나왔다. 야무진 모습이었다. 그러나 누긋했다. 한여름에 모밀잣밤나무의 열매가 열렸는지 사람에게 그냥 물어볼 것처럼은 여겨지지 않았다. 산시로에게 그런 사실을 깨달을 만큼의 여유는 없었다.

"네에."라고 말하며 멈춰 섰다.

"15호실은 어디쯤에 있나요?"

15호는 산시로가 지금 막 나온 방이었다.

"노노미야 씨의 방 말인가요?"

이번에는 여자가, "네에."라고 말했다.

"노노미야 씨의 방은 말이죠, 저 모퉁이를 돌아 끝까지 가서 다시 왼쪽으로 꺾어지면 오른쪽 두 번째입니다."

"저 모퉁이를……"이라고 말하며 여자는 가느다란 손가락을 앞으로 내밀었다.

"네, 바로 저 앞의 모퉁이입니다."

"감사합니다."

여자는 지나쳐 갔다. 산시로는 자리에 선 채로 여자의 뒷모습을 지켜보았다. 여자가 모퉁이까지 갔다. 돌아들려는 순간 뒤를 돌아보았다. 산시로는 얼굴이 빨개질 정도로 당황했다. 여자가 생긋 웃으며, 이 모퉁이인가요, 라고 말하는 듯한 신호를 얼굴로 보냈다. 산시로는 자신도 모르게 고개를 끄덕였다. 여자의 모습이 오른쪽으로 돌아들어 하얀 벽 뒤로 숨었다.

산시로는 훌쩍 현관을 나섰다. 의과대학생으로 착각하여 방의 번호를 물은 걸까 생각하며 대여섯 걸음 걷다가 퍼뜩 깨달았다. 여자가 15호를 물었을 때, 다시 한 번 요시코의 방으로 발걸음을 돌려 안내를 해줬으면 좋았을 걸.

산시로는 이제 와서 발걸음을 되돌릴 용기도 나지 않았다. 어쩔 수 없이 다시 대여섯 걸음 옮기다가 이번에는 딱 멈춰 섰다. 산시로의 머릿속으로 여자가 매고 있던 리본의 색이 비춰졌다. 그 리본의 색과 질감이 모두 노노미야 군이 가네야스(兼安)에서 산 것과 틀림없이 같다는 생각이 든 순간, 산시로는 갑자기 다리가 무거워졌다. 도서관 옆을 꿈틀꿈틀 기어가듯 정문 쪽으로 나서니 어디에서 온 것인지 요지로가 갑자기 말을 걸어왔다.

"이봐, 안 들어온 거야? 오늘은 이탈리아 사람이 마카로니를 어떻게 먹는가 하는 강의를 들었어."라고 말하며 곁으로 다가와서 산시로의 어깨를 쳤다.

두 사람은 잠시 함께 걸었다. 정문 옆까지 왔을 때 산시로가,

"이봐, 요즘에도 얇은 리본을 매는 건가? 그건 혹서기에만 매는 거 아닌가?"라고 물었다. 요지로는 아하하하 웃고,

"○○ 교수님께 물어보면 될 거야. 뭐든 알고 있는 사람이니."라고 말하며 상대를 해주지 않았다.

정문이 있는 곳에서 산시로는 몸이 좋지 않아 오늘은 학교를 쉬겠다고 말했다. 요지로는 같이 따라와서 손해만 봤다는 듯한 표정이 되어 교실 쪽으로 되돌아갔다.

4

산시로의 영혼이 들썩거리기 시작했다. 강의를 들어도 아득하게 들려왔다. 아차 싶으면 중요한 부분의 필기를 놓쳤다. 심할 때는 돈을 내고 다른 사람의 귀를 빌려온 듯한 기분까지 들었다. 산시로는 한심해서 견딜 수가 없었다. 하는 수 없이 요지로에게 요즘에는 강의가 영 재미없다고 말했다. 요지로의 대답은 언제나 같은 것이었다. ─

"강의가 재미있을 리 없지. 너는 시골사람이니까 곧 훌륭해질 거라 생각해서 지금까지 참고 들은 거겠지. 어리석음의 극치야. 그들의 강의는 개벽 이래 이런 식이었어. 이제 와서 실망해봐야 소용없어."

"그런 건 아니지만……"하고 산시로는 변명을 했다. 요지로의 실없는 말투와 산시로의 답답하다는 듯 말하는 태도가 서로 어울리지 않아 매우 우스웠다.

이런 문답을 두어 번 되풀이하는 사이에 어느 틈엔가 보름쯤 지났다. 산시로의 귀는 점점 꾸어온 것이 아닌 것처럼 되어가기 시작했다. 그러자 이번에는 요지로가 산시로를 보고,

"참으로 묘한 얼굴이야. 마치 생활에 지친 듯한 얼굴이야. 세기말의 얼굴이야."라고 비평하기 시작했다. 산시로는 이 비평에 대해서

도 여전히,

"그런 건 아니지만……."을 되풀이했다. 산시로는 세기말이라는 등의 말을 듣고 기뻐할 만큼 아직은 인공적인 공기에 접하지는 않았다. 또한 그것을 흥미로운 장난감으로 사용할 수 있을 만큼 사회의 그런 소식에 정통하지도 않았다. 단지 생활에 지쳤다는 말이 조금은 마음에 들었다. 그 말처럼 지치기 시작한 것 같기도 했다. 산시로는 설사 때문만은 아니라고 생각했다. 그러나 대대적으로 지친 얼굴을 표방할 만큼 인생관이 하이칼라한 것도 아니었다. 그랬기에 이 대화는 그대로 발전하지 못하고 끝났다.

그러는 사이에 가을이 깊어졌다. 식욕이 왕성해졌다. 23세의 청년이 도저히 인생에 지쳐 있을 수 없는 시절이 왔다. 산시로는 곧잘 돌아다녔다. 대학의 연못 주위도 꽤나 돌아보았으나 특별한 이변도 없었다. 병원 앞도 몇 번이고 왕복했으나 평범한 사람들만 만날 뿐이었다. 다시 이과대학의 구덩이로 가서 노노미야 군에게 물어보니 동생은 벌써 병원에서 나왔다고 했다. 현관에서 만난 여자에 관해서 말해볼까 싶었으나, 상대방이 바쁜 듯했기에 조심스러워서 끝내 그만둬버리고 말았다. 다음에 오쿠보로 가서 천천히 이야기를 나누다보면 이름과 신상을 대략은 알 수 있을 테니 서두르지 않고 물러났다. 그리고 들뜬 마음으로 여기저기 돌아다녔다. 다바타(田端)네, 도칸야마(道灌山)네, 소메이(染井)의 묘지네, 스가모(巣鴨)의 감옥이네, 고코쿠지(護国寺)네, ─산시로는 아라이(新井)의 약사[藥師]에까지도 갔었다. 아라이의 약사에서 돌아오는 길에 오쿠보로 나가서 노노미야 군의 집에 들를까 싶었는데 오치아이(落合)의 화장장 근처에서 길을 잘못 들어 다카다(高田)로 나섰기에 메지로(目白)에서 기차를 타고 돌아왔다. 기차 안에서 선물로 산 밤을 혼자서 한껏 먹었다. 그 나머지는 이튿날 요지로가 와서 전부 먹어치웠다.

산시로는 들뜨면 들뜰수록 유쾌해지기 시작했다. 처음에는 강의에 너무 신경을 쓴 나머지 귀가 잘 들리지 않아서 필기에 애를 먹었으나, 요즘에는 대충 듣기에 아무렇지도 않았다. 강의 중에 여러 가지 일들을 생각했다. 조금은 놓쳐도 아깝다는 마음은 들지 않았다. 잘 관찰해보니 요지로를 비롯하여 모두가 똑같았다. 산시로는 이쯤이면 되는 것이라고 생각하기 시작했다.

산시로가 여러 가지로 생각을 하는 동안 종종 예의 리본이 떠올랐다. 그러면 신경이 쓰였다. 매우 불쾌해졌다. 곧장 오쿠보로 가보고 싶어졌다. 그러나 상상의 연쇄나 외계의 자극 때문에 잠시 시간이 흐르면 생각이 흩어져버리고 말았다. 그랬기에 대부분은 태연했다. 따라서 꿈을 꾸었다. 오쿠보에는 좀처럼 가지 않았다.

어느 날 오후, 산시로는 평소와 다름없이 어슬렁어슬렁 단고자카(団子坂언덕) 위에서 왼쪽으로 꺾어져 센다기하야시초(千駄木林町)의 넓은 길로 나섰다. 청명한 가을이었기에 요즘에는 도쿄의 하늘도 시골처럼 깊어 보였다. 이와 같은 하늘 아래서 산다는 생각만으로도 머리는 맑아졌다. 거기에 들판에 나서면 더할 나위가 없었다. 마음이 탁 트이고 영혼이 널따란 하늘만 한 크기가 되었다. 그러면서도 몸 전체가 단단해졌다. 눅늘어지는 봄의 한가로움과는 달랐다. 산시로는 좌우의 산울타리를 바라보고 태어나서 처음으로 도쿄의 가을 냄새를 맡으며 그곳에 이르렀다.

언덕 아래에서는 국화인형[36])이 이삼일 전부터 막 개업을 한 참이었다. 언덕을 돌아설 때는 깃발까지 보였다. 지금은 단지 소리만 들려왔다. 쿵짝쿵짝 멀리서 연주하고 있었다. 그 연주 소리가 아래쪽에서부터 점차 위로 떠올라와서 맑은 가을의 공기 속으로 전부 퍼지고 나면 마침내는 극히 희박한 파동이 되었다. 다시 그 여파가 산시로의 고막 옆까지 와서 자연스럽게 멈추었다. 시끄럽다기보다는 오히려 기분이 좋았다.

그때 왼쪽 골목에서 두 사람이 갑자기 나타났다. 그 가운데 한 사람이 산시로를 보고, "이봐."라고 말했다.

요지로의 목소리가 오늘은 유독 착실했다. 그 대신 동행이 있었다. 산시로는 그 동행을 본 순간, 평소 추측했던 대로 아오키도에서 차를 마시던 사람이 역시 히로타 씨였다는 사실을 깨달았다. 이 사람과는 물복숭아 이후로 묘한 관계에 있었다. 특히 아오키도에서 차를 마시며 담배를 피워, 자신을 도서관으로 달려가게 만든 이후부터 지금까지 한층 더 기억에 배어 있었다. 언제 봐도 신사의 신관 같은 얼굴에 서양인 같은 코를 달고 있었다. 오늘 역시 지난번의 여름옷 차림으로, 특별히 추운 것 같지도 않았다.

산시로는 무슨 말이든 해서 인사를 하고 싶었으나, 시간이 너무 흘렀기에 무슨 말을 해야 좋을지 알 수가 없었다. 그저 모자를 벗어 예를 취했다. 요지로에 대해서는 지나치게 정중했다. 히로타에

---

36) 국화꽃으로 꾸민 인형.

대해서는 조금 간략한 듯했다. 산시로는 이도저도 아닌 중간으로 나선 것이었다. 그러자 요지로가 바로,

"이 사람은 저의 동급생입니다. 구마모토의 고등학교에서 처음 도쿄에 올라온—."이라고 묻기도 전부터 시골사람이라고 떠들어댄 뒤, 이번에는 산시로 쪽을 향해서,

"이분이 히로타 선생님. 고등학교의……."라고 대수롭지도 않게 양쪽을 소개해버렸다.

이때 히로타 선생이, "알고 있어. 알고 있어."라고 2번 되풀이해서 말했기에 요지로는 묘한 얼굴을 했다. 그러나 어떻게 알고 있는 거냐는 둥 귀찮은 것은 묻지 않았다. 곧,

"이봐, 이 근처에 셋집 없는가? 넓고 깨끗하고 서생37)의 방이 딸린."하고 물었다.

"셋집이라면……, 있어."

"어디쯤이지? 지저분해서는 안 돼."

"아니, 깨끗한 게 있어. 커다란 돌문이 달린 집이 있어."

"그거 잘 됐군. 어디지? 선생님, 돌문이라니 좋은데요. 그냥 그 집으로 하지 않으시겠습니까?"라고 요지로는 매우 적극적이었다.

"돌문은 안 돼."라고 선생이 말했다.

"안 돼요? 그거 참 난처하군. 왜 안 되죠?"

"왜고 뭐고, 안 돼."

---

37) [書生] 사전적 의미로는 '남의 집 가사를 돌보며 공부하는 사람'이지만, 소세키는 이를 나이 어린 남자 하인 정도의 의미로도 사용한 듯하다.

"돌문은 좋지 않나요? 새로운 남작 같아서 좋지 않습니까, 선생님."

요지로는 진지했다. 히로타 선생은 생글생글 웃고 있었다. 결국은 진지한 쪽이 이겨서 일단은 보기로 결론이 났기에 산시로가 안내했다.

골목을 뒤로 되돌아가 뒷길로 나서서 반 정(55m)쯤 북쪽으로 간 곳에 막다른 곳이라 여겨지는 좁은 길이 있었다. 그 좁은 길 안으로 산시로는 두 사람을 데리고 들어갔다. 똑바로 가면 정원수를 파는 가게의 정원으로 나서게 되어 있었다. 세 사람은 입구의 5, 6간(10m)쯤 앞에서 멈춰 섰다. 오른쪽에 상당히 커다란 화강암 기둥이 2개 서 있었다. 문은 철제였다. 산시로가 여기라고 말했다. 과연 셋집이라는 표찰이 걸려 있었다.

"이거 굉장하군."이라고 말하며 요지로가 철문을 힘껏 밀었으나 자물쇠가 채워져 있었다. "잠깐 기다리세요, 물어보고 오겠습니다."라고 말하자마자 요지로는 정원수 가게 안쪽으로 달려 들어갔다. 히로타와 산시로는 버려진 듯한 형국이었다. 둘이서 이야기를 시작했다.

"도쿄는 어떤가요?"

"네에……."

"넓기만 하고 지저분한 곳이지요?"

"네에……."

"후지산에 비할 만한 건 아무것도 없지요?"

산시로는 후지산을 완전히 잊고 있었다. 히로타 선생이 가르쳐주어 기차의 창으로 처음 바라본 후지는, 생각해보니 과연 숭고한 것이었다. 지금 자신의 머릿속에서 그저 뒤죽박죽이 되어 있는 세상과는 도저히 비교조차 되지 않았다. 산시로는 그때의 인상을 언제부턴가 잊고 있었다는 사실이 부끄럽게 여겨졌다. 그 순간,

"후지산(不二山)을 번역해본 적이 있나요?"라는 뜻밖의 질문을 받았다.

"번역이라니……."

"자연을 번역하면 전부 사람으로 변해버리니, 재미있습니다. 숭고하다거나, 위대하다거나, 웅장하다거나."

산시로는 번역의 의미를 이해했다.

"전부 인격을 나타내는 말이 됩니다. 인격을 나타내는 말로 번역할 수 없는 자에게는, 자연이 인격상의 감화를 추호도 주지 않습니다."

산시로는 아직 이야기가 더 이어질까 싶어 말없이 듣고 있었다. 그러나 히로타 씨는 그것으로 그쳐버리고 말았다. 정원수 가게 안쪽을 들여다보더니,

"사사키는 뭘 하고 있는 건지. 너무 늦는데."라고 혼잣말을 했다.

"보고 올까요?"라고 산시로가 물었다.

"뭐, 보러 가봐야, 그렇다고 나올 사람도 아니고, 그보다는 여기서 기다리는 편이 품이 들지 않아서 좋을 겁니다."라고 말하더니 탱자나무 울타리 아래에 쭈그리고 앉아 돌멩이를 주워서는 흙 위에 무엇인가 그리기 시작했다. 태평스러웠다. 요지로의 태평함과 방향은 반대였으나, 서로의 정도가 거의 비슷했다.

그때 소나무 정원수 너머에서 요지로가 커다란 목소리로 말했다.

"선생님, 선생님."

선생은 여전히 무엇인가 그리고 있었다. 아무래도 등대인 듯했다. 대답을 하지 않았기에 요지로는 어쩔 수 없이 밖으로 나왔다.

"선생님 잠깐 가서 보세요. 좋은 집입니다. 이 정원수 가게가 소유하고 있어요. 문을 열어달라고 해도 되지만, 뒤로 돌아가는 편이 빠릅니다."

세 사람은 뒤로 돌아들었다. 덧문을 열고 한 칸 한 칸 보며 돌아다녔다. 중류층이 살기에 부끄럽지 않을 구조였다. 집세가 40엔이고 보증금이 3개월분이라고 했다. 세 사람은 다시 밖으로 나왔다.

"뭐 하러 저렇게 훌륭한 집을 보는 건가?"라고 히로타 씨가 말했다.

"뭐 하러, 라니. 그냥 보는 것뿐이니 상관없지 않습니까?"라고 요지로가 말했다.

"세들 것도 아니면서……."

"아니, 들어갈 생각이었습니다. 그런데 집세를 아무래도 25엔에 해주지 않아서……."

히로타 선생은, "당연하지."라고만 말했다. 그러자 요지로가 돌문의 역사에 대해서 이야기하기 시작했다. 얼마 전까지 드나들던 한 저택의 입구에 있던 것을 개축할 때 얻어와서 바로 저기에 세운 것이라고 했다. 누가 요지로 아니랄까봐 묘한 것을 연구해왔다.

그런 다음 세 사람은 원래의 큰길로 나서 도자카(動坂_{언덕})에서 다바타의 계곡으로 내려갔는데 내려선 때에는 세 사람 모두 그저 걷기만 했다. 셋집에 대해서는 모두가 잊고 말았다. 요지로가 홀로 돌문에 대해서 가끔 이야기했다. 고지마치(麴町)에서 그것을 센다기까지 끌고 오는 데 비용이 5엔 정도 들었다는 둥의 말을 했다. 그 정원사는 상당한 부자인 듯하다는 둥의 말도 했다. 그런 곳에 40엔짜리 셋집을 세우면, 대체 누가 빌릴까, 라는 둥의 쓸데없는 말까지 했다. 결국에는 세들 사람이 없어서 틀림없이 곧 집세를 내릴 테니, 그때 다시 한 번 담판을 해서 꼭 빌리기로 하지 않겠냐는 결론에 이르렀다. 히로타 선생은 딱히 그럴 생각도 없는 듯, 이렇게 말했다.

"자네가 너무 쓸데없는 말만 하느라 시간이 걸려서 견딜 수가 없었네. 적당히 하고 나왔어야지."

"아주 오래 걸렸었나요? 뭔가 그림을 그리고 계셨죠? 선생님도 참 한가하십니다."

"누가 한가한 건지 모르겠군."

"그건 무슨 그림이었습니까?"

선생은 말이 없었다. 그때 산시로가 진지한 얼굴로,

"등대 아니었습니까?"라고 물었다. 그림을 그린 사람과 요지로가 웃기 시작했다.

"등대라니 기발하군. 그럼 노노미야 소하치 씨를 그리신 셈입니다."

"어째서?"

"노노미야 씨는 외국에서야 반짝이고 있지만, 일본에서는 새카만 어둠이니. ―아는 사람이 전혀 없습니다. 그렇기에 쥐꼬리만 한 월급을 받으며 구덩이에 들어앉아서, ―정말 수지가 맞지 않는 장사야. 노노미야 씨의 얼굴을 볼 때마다 가엾어서 견딜 수가 없습니다."

"자네는 자신이 앉아 있는 주위의 사방 2자(60㎝)쯤을 희미하게 비추고 있을 뿐이니 둥근 암등[暗燈]인 셈이로군."

둥근 암등에 비교된 요지로가 갑자기 산시로를 향해서,

"오가와, 너 메이지 몇 년 생이지?"라고 물었다. 산시로는 간단하게,

"난 23살이야."라고 대답했다.

"그쯤이겠지. ―선생님, 저는 둥근 암등이네, 담배통이네 하는 것들이 영 싫습니다. 메이지 15년(1882) 이후에 태어난 탓인지 모르겠으나, 왠지 구식이어서 싫다는 생각이 듭니다. 너는 어때?"라며 다시 산시로 쪽을 보았다. 산시로는,

"나는 특별히 싫지는 않아."라고 말했다.

"하긴, 너는 규슈의 시골에서 나온 지 얼마 되지 않았으니 메이지 원년(1868) 정도의 머리와 다를 바 없겠지."

산시로도 히로타도 여기에 대해서는 이렇다 할 말을 하지 않았다. 조금 가니 오래된 절 옆의 삼나무 숲을 베어내고 깔끔하게 터를 닦은 위에 파란 페인트를 칠한 서양식 건물을 세우고 있었다. 히로타 선생은 절과 페인트칠한 건물을 똑같이 바라보고 있었다.

"아나크로니즘/시대착오/이야. 일본의 물질계와 정신계 모두가 이런 상태야. 자네, 구단의 등대를 알고 있겠지?"라고 다시 등대가

나왔다. "그건 오래된 것이어서 에도(江戶) 명소도회[名所図会]에도 나오네."

"선생님, 농담하시면 안 됩니다. 구단의 등대가 제아무리 오래되었다고 해도 에도 명소도회에 나와서는 큰일입니다."

히로타 선생은 웃기 시작했다. 실은 도쿄 명소라는 풍속화를 잘못 말한 것이라는 사실을 알게 되었다. 선생의 설에 의하면, 그처럼 오래된 등대가 아직 남아 있는 옆에 가이코샤[38] 라는 신식 벽돌건물이 생겼다. 둘을 나란히 보고 있자면 참으로 한심하다는 생각이 든다. 하지만 누구도 깨닫지 못하고 있다. 태연하다. 이것이 일본 사회를 대표하고 있다는 것이었다.

요지로도 산시로도 그렇군이라고 말한 채 절 앞을 지나서 5, 6정(600m)쯤 가자 크고 검은 문이 있었다. 요지로가 이곳으로 질러서 도칸야마로 나가자고 말했다. 질러가도 되는 거냐고 확인하듯 물어보니, 이건 사타케(佐竹) 집안의 별장으로 지은 저택인데 누구나

---

38) 偕行社. 육군 주둔지에 장교의 친목을 도모하기 위해서 세워진 클럽.

지나다닐 수 있으니 상관없다고 주장했기에 두 사람 모두 그럴 마음이 들어 문 안으로 들어가 수풀 아래를 지나서 오래된 연못 옆까지 갔는데, 관리인이 나와서 세 사람을 크게 야단쳤다. 그때 요지로는 네, 네, 하며 관리인에게 사과했다.

거기서 야나카(谷中)로 나갔고 네즈(根津)를 돌아서 저물녘에 혼고의 하숙으로 돌아왔다. 산시로는 근래 없이 마음 편한 한나절을 보낸 느낌이었다.

이튿날 학교에 가보니 요지로가 없었다. 오후부터 오려나 싶었지만 오지 않았다. 도서관에도 들어가보았으나 역시 보이지 않았다. 5시부터 6시까지 순수 문과만의 공통강의가 있었다. 산시로는 그 강의에 들어갔다. 필기를 하기에는 너무 어두웠다. 전등이 들어오기에는 너무 일렀다. 가늘고 긴 창밖으로 보이는 커다란 느티나무의 가지 안쪽이 점차 거뭇해지는 때였기에 실내는 강사의 얼굴도 청강생의 얼굴도 똑같이 흐릿했다. 그렇기에 어둠 속에서 만주[39]를 먹는 것처럼 어딘가 신비로웠다. 산시로는 강의를 이해할 수 없는 점이 묘하다고 생각했다. 턱을 괸 채 듣고 있자니 신경이 무뎌지고 정신이 아득해졌다. 바로 이래야만 강의의 가치가 있는 것이라는 기분이 들었다. 그때 전등이 팟 들어와서 만사가 약간 명료해졌다. 그러자 갑자기 하숙으로 돌아가서 밥을 먹고 싶어졌다. 선생도 모두의 마음을 살펴서 적당히 강의를 마쳐주었다. 산시로는 발걸음을 서둘러 오이와케로 돌아왔다.

---

39) 饅頭. 밀가루 등의 반죽에 팥 앙금을 넣어 만든 과자.

옷을 갈아입고 밥상을 마주하니 밥상 위에 계란찜과 함께 편지가 한 통 올려져 있었다. 그 겉봉투를 보자마자 산시로는 어머니에게서 온 것이라는 사실을 바로 깨달았다. 죄송스러운 일이나 지난 보름여 정도 어머니에 대해서는 까맣게 잊고 있었다. 어제부터 오늘에 걸쳐서는 아나크로니즘(시대착오)이네, 후지산의 인격이네, 신비스러운 강의네 등으로, 예의 여자의 그림자조차 전혀 머릿속에 떠오르지 않았었다. 산시로는 그것으로 만족스러웠다. 어머니의 편지는 나중에 천천히 보기로 하고 우선은 식사를 마친 뒤 담배를 피웠다. 그 연기를 보고 있자니 조금 전의 강의가 떠올랐다.

그때 요지로가 훌쩍 모습을 드러냈다. 어째서 학교를 쉰 거냐고 물었더니 셋집을 알아보아야 하기에 학교는 문제도 아니라는 것이었다.

"그렇게 서둘러 이사를 해야 하는 거야?"라고 산시로가 묻자,

"서두르는 게 아니라, 지난달 중에 이사를 했어야 했는데 모레 덴초세쓰40)까지 기다려달라고 해놓은 거기에 무슨 일이 있어도

내일 중으로 찾지 않으면 안 돼. 어디 짚이는 데 없나?"라고 말했다.

이렇게 바빠하면서 어제는 산책인지 셋집을 알아보려는 건지 알 수 없을 정도로 어슬렁거리며 시간을 보냈다. 산시로로서는 거의 이해를 할 수가 없었다. 요지로는 이를, 그건 선생님이 같이 있었기 때문이야, 라고 해석했다. "애초부터 선생님이 집을 알아본다는 것 자체가 잘못된 일이었어. 결코 알아본 적이 없는 사람인데, 어제는 어떻게 됐던 게 틀림없어. 덕분에 사타케의 저택에서 호되게 야단을 맞아 꼴이 말이 아니었어. ─이봐, 어디에 좀 없겠나?"라고 갑자기 재촉했다. 요지로가 온 것은 온전히 그것이 목적인 듯했다. 원인을 자세히 물어보니 지금의 집주인은 고리대금업자인데, 집세를 터무니없이 올리려 하기에 부아통이 터져서 요지로가 먼저 집을 비우겠다고 선언했다는 것이었다. 그렇다면 요지로에게 책임이 있는 셈이었다.

"오늘은 오쿠보까지 가보았지만, 역시 없었어. ─오쿠보라니까 생각났는데, 간 김에 소하치 씨의 집에 들러서 요시코 씨를 보고 왔어. 가엾게도 아직 안색이 좋지 않아. ─마늘쪽 같은 미인, ─어머님께서 자네에게 안부를 전해달라고 하셨어. 그런데 요즘에는 그 부근도 조용해. 기차사고도 그 이후로는 없대."

요지로의 이야기는 여기저기로 마구 튀었다. 평소부터 두서가 없는 데다가, 오늘은 집을 찾느라 조금 조급해하고 있었다. 이야기가 일단락 지어지면 장단이라도 맞추듯 어디 없는가, 없는가, 하고

---

40) 天長節. 천황의 생일을 축하하는 날. 메이지 천황은 11월 3일생.

물었다. 결국에는 산시로도 웃음을 터트리고 말았다.

시간이 흐르자 요지로의 엉덩이도 점차 차분해지기 시작해서 등화가친[燈火可親]의 계절이라는 등의 한자어까지 차용하며 기뻐하기 시작했다. 어쩌다보니 화제는 히로타 선생에게로 옮아갔다.

"너와 함께 사는 선생님의 이름은 어떻게 되셔?"

"이름은 조(萇)."라며 손가락으로 써보이고, "초두머리는 쓸데없어. 옥편에 있는지 모르겠네. 묘한 이름도 다 있어."라고 말했다.

"고등학교 선생님이셔?"

"옛날부터 오늘에 이르기까지 고등학교 선생님이야. 대단해. 십 년을 하루 같이라고들 말하지만, 벌써 12, 3년이 되었을 거야."

"자제분은 계신가?"

"자제는커녕, 아직 독신이셔."

산시로는 약간 놀랐다. 그 나이까지 혼자 있을 수 있는 건가 의심스럽기도 했다.

"어째서 사모님을 들이지 않는 걸까?"

"그게 바로 선생님의 선생님다운 점으로, 그래 봬도 상당한 이론가야. 아내를 얻어보기도 전부터, 이론적으로 아내는 안 된다고 정해져 있다는 거야. 어리석어. 그래서 하나에서부터 열까지 다 모순되어 있어. 선생님, 도쿄만큼 더러운 곳도 없는 것처럼 말씀하셔. 그런데 돌문을 보면 겁에 질려서 안 돼, 안 돼, 라거나, 너무 훌륭하다거나 말씀하시잖아."

"그럼, 아내도 시험 삼아 두어보면 좋을 텐데."

"아주 좋다고 하실지도 몰라."

"선생님께서는 도쿄가 더럽다거나, 일본인은 추하다거나, 그런 말씀을 하시는데 서양에라도 다녀오신 적이 있는 거야?"

"그럴 리가 있겠어? 그냥 그런 사람이야. 무슨 일에나 머리 쪽이 사실보다 더 발달해 있어서 그렇게 되는 거겠지. 그 대신 서양은 사진으로 연구하고 계셔. 파리/巴里/의 개선문이네, 런던/倫敦/의 의사당이네, 제법 가지고 계셔. 그 사진으로 일본을 규정지으려 하니 견딜 수가 없는 거야. 더러울 수밖에. 그런데 당신이 살고 있는 곳은 아무리 더러워도 의외로 태연한 게 신기해."

"삼등 기차에 타고 계셨어."

"더러워, 더러워, 라며 불평하지 않으셨나?"

"아니, 특별히 불평은 하지 않으셨어."

"하지만 선생님은 철학자야."

"학교에서 철학이라도 가르치시나?"

"아니, 학교에서는 영어만 담당하고 계시지만, 그 사람이 스스로 철학적으로 생겨먹었기에 재미있어."

"저술이라도 있으신가?"

"하나도 없어. 가끔 논문을 쓰는 적은 있지만 반향이 조금도 없어. 그래서는 글렀어. 세상에서 조금도 알아주지 않으니 어쩔 수 없지. 선생님, 나를 보고 둥근 암등이라고 하셨지만, 부자[夫子] 당신은 위대한 어둠이야."

"어떻게든 해서 세상으로 나가시면 좋을 텐데."

"나가시면 좋겠다고? —선생님 자신은 아무것도 하지 않는 분이셔. 무엇보다 내가 없으면 세 끼 식사도 하시지 않는 양반이야."

산시로는 설마, 라고 말하기라도 하듯 웃기 시작했다.

"거짓말이 아니야. 딱할 정도로 아무것도 하지 않으셔서 말이지. 내가 하녀에게 말해서 선생님의 마음에 들도록 일을 처리하고는 있지만……. 그런 자잘한 일이야 어찌 됐든, 지금부터 대대적으로 움직여서 선생님을 일단은 대학교수로 만들어줄 생각이야."

요지로는 진지했다. 산시로는 그 큰소리에 놀랐다. 놀라도 상관하지 않았다. 놀란 채로 진행하더니 결국에는,

"이사를 할 때는 꼭 도와주러 와야 돼."라고 부탁했다. 마치 약속이라도 된 집이 예전부터 있었다는 듯한 말투였다.

요지로가 돌아간 것은 그럭저럭 10시 가까이가 되어서였다. 혼자 앉아 있자니 어딘가 으스스한 느낌이 들었다. 문득 바라보니 책상 앞의 창문을 아직 닫지 않은 채로 놓아두었다. 방 문을 열어보니 달밤이었다. 눈에 띌 때마다 불쾌한 노송나무에 푸르스름한 빛이 비추어 거뭇한 모습의 테두리가 조금 뿌옇게 보였다. 노송나무에 가을이 오다니 신기하다고 생각하며 덧문을 닫았다.

산시로는 바로 잠자리에 들었다. 산시로는 공부에 열성적이라기

보다 오히려 저회취미[低徊趣味]를 가지고 있었기에 책은 비교적 읽지 않았다. 그 대신 어떤 깊은 정취가 느껴지는 정경을 만나면, 머릿속에서 몇 번이고 새로이 그려보며 기뻐했다. 그러는 편이 생명의 깊이가 더 느껴지는 듯했다. 오늘도 평소 같았으면 신비적인 강의 중에 팟 전등이 들어온 순간 등을 거듭 기뻐했을 테지만, 어머니의 편지가 있었기에 우선은 그쪽부터 처리하기 시작했다.

편지에는 신조(新蔵)가 꿀을 주었기에 소주를 섞어서 매일 밤 술잔으로 한 잔씩 마시고 있다고 적혀 있었다. 신조는 산시로네 집의 소작인으로 매해 겨울이 되면 소작료로 쌀 20가마니씩을 가지고 온다. 매우 정직한 사람이지만 불같은 성격이어서 가끔 아내를 장작으로 때리는 경우가 있었다. —산시로는 잠자리 속에서 신조가 벌을 치기 시작한 옛날의 일까지 떠올렸다. 그것은 5년쯤 전이었다. 뒤뜰의 모밀잣밤나무에 벌 2, 3백 마리가 매달려 있는 것을 발견하자마자 바로 깔때기가 달린 통에 술을 뿌려서 전부를 산 채로 잡았다. 그런 다음 그것을 상자에 넣고 드나들 수 있도록 구멍을 낸 뒤, 햇빛이 잘 드는 돌 위에 자리를 잡아주었다. 그러자 벌이 점점 늘어나기 시작했다. 상자 하나로는 부족해졌다. 2개가 되었다. 다시 부족해졌다. 3개가 되었다. 이런 식으로 늘려나간 결과, 지금은 자그마치 6상자였나, 7상자가 되었다. 그 가운데 1상자를 1년에 한 번씩 돌에서 내려 벌을 위해서 꿀을 떼어낸다고 말했었다. 매해 여름방학에 집에 갈 때마다 꿀을 드리겠다고 말하지 않은 적이 없었으나, 끝내 가져다준 적은 없었다. 그런데 올해는 기억력이 갑자기 좋아져서 예전의 약속을 이행한 것이리라.

헤이타로(平太郞)가 아버지의 석탑을 세웠으니 와서 보라고 청하러 왔다고 적혀 있었다. 가서 보니 나무도 풀도 돋아 있지 않은 정원의 붉은 흙 한가운데에 화강암으로 만들어놓았다고 한다. 헤이타로는 그 화강암을 자랑스러워하는 것이라고 적혀 있었다. 산에서 캐내는 데 며칠인가가 걸렸고, 그런 다음 석공에게 부탁했더니 10엔을 뜯어갔다는 것이었다. 농부나 그런 사람들은 모르겠지만, 댁의 젊은 나리는 대학에 들어가셨을 정도이니 돌의 좋고 나쁨은 틀림없이 알고 계실 것이다. 다음에 편지를 보내는 김에 물어봐달라, 그리고 10엔이나 들여서 아버지를 위해 마련해준 석탑을 칭찬해달라고 청해주기 바란다고 말했다고 한다. —산시로는 혼자서 큭큭 웃었다. 센다기의 돌문보다 훨씬 더 심하다.

대학 제복을 입은 사진을 보내달라고 적혀 있었다. 산시로가 언젠가 찍어서 보내줘야겠다고 생각하며 다음으로 옮겨가니 아니나 다를까 미와타의 오미쓰 씨가 나왔다. ―얼마 전에 오미쓰의 어머니가 와서 산시로 씨도 조만간 대학을 졸업하실 테니 졸업을 하면 우리 딸을 아내로 맞아주지 않겠느냐는 말을 꺼냈단다. 오미쓰는 용모도 좋고 마음씨도 곱고 집에 전답도 제법 있고, 또 집안과 집안의 지금까지의 관계도 있고 하니 그렇게 하면 서로에게 좋을 것이라고 적고 그 뒤에 의견을 덧붙였다. ―오미쓰도 기뻐할 것이다. ―도쿄 사람은 속내를 알 수 없어서 나는 싫다.

산시로는 편지를 접어 봉투에 넣고 머리맡에 둔 채 눈을 감았다. 쥐가 갑자기 천장에서 날뛰기 시작했으나, 곧 조용해졌다.

산시로에게는 3가지 세계가 생겨났다. 하나는 멀리에 있었다. 요지로의 말처럼 이른바 메이지 15년(1882) 이전의 냄새가 났다. 모든 것이 평온한 대신 모든 것이 잠결에 빠져 있었다. 그러나 돌아가려면 어려울 것도 없었다. 돌아가려고 마음만 먹으면 바로 돌아갈 수 있었다. 단지, 그럴 수밖에 없는 경우가 닥치지 않는 이상 돌아갈 마음은 들지 않았다. 말하자면 최후의 피난처 같은 곳이었다. 산시로는 벗어버린 과거를 이 최후의 피난처 속에 가두어버렸다. 그리운 어머니까지 거기에 묻은 걸까 싶자 갑자기 죄스러운 마음이 들었다. 그랬기에 편지가 왔을 때만은 잠시 그 세계를 저회하며 옛정을 되살렸다.

두 번째 세계 속에는 이끼가 낀 벽돌건물이 있었다. 한쪽 끝에서 다른 한쪽 끝을 건너다보면 맞은편 사람의 얼굴이 잘 보이지 않을 정도로 넓은 열람실이 있었다. 사다리를 걸쳐놓지 않으면 손이 닿지 않을 정도로 높이 쌓아놓은 책이 있었다. 손길에 닳고 손때가 묻어 거뭇해져 있었다. 금박 글자로 번쩍이고 있었다. 양가죽, 소가죽, 200년 전의 종이, 그리고 모든 것 위에 쌓인 먼지가 있었다. 그 먼지는 2, 30년에 걸쳐서 조금씩 쌓인 귀한 먼지였다. 조용한 세월에 이길 정도로 조용한 먼지였다.

두 번째 세계에서 움직이고 있는 사람들의 모습을 살펴보면, 대부분 덥수룩한 수염을 기르고 있었다. 어떤 사람은 하늘을 보며 걷고 있었다. 어떤 사람은 고개를 숙인 채 걷고 있었다. 복장은 반드시 지저분했다. 생계는 틀림없이 궁핍했다. 그리고 편안했다. 전차에 둘러싸였으면서, 하늘에 통한 사람처럼 태평한 공기를 거칠 것 없다는 듯 호흡했다. 그 속에 있는 자들은 현세를 모르기에 불행했으며, 화택41)에서 벗어났기에 행복했다. 히로타 선생은 그 가운데 있었다. 노노미야 군도 그 가운데 있었다. 산시로는 그 속의 분위기를 거의 이해한 곳에 있었다. 밖으로 나오려면 나올 수도 있었다. 그러나 기껏 이해하기 시작한 정취를 단번에 버리기도 아까운 일이었다.

세 번째 세계는 봄처럼 찬란하게 꿈틀거리고 있었다. 전등이 있었다. 은수저가 있었다. 환성이 있었다. 담소가 있었다. 거품이 이는 샴페인/三鞭/ 잔이 있었다. 그리고 모든 것들 가운데 가장 뛰어난 존재로 아름다운 여성이 있었다. 산시로는 그 여성 가운데 한 사람에게 말을 걸었다. 한 사람을 두 번 보았다. 이 세계는 산시로에게 있어서 가장 의미 깊은 세계였다. 이 세계는 코앞에

---

41) [火宅] 불타고 있는 집이라는 뜻으로, 번뇌와 고통으로 가득한 이 세상을 빗대어 일컫는 불교용어.

있었다. 그러나 다가가기 어려웠다. 다가가기 어렵다는 점에 있어서, 하늘 밖의 번개와 일반이었다. 산시로는 멀리서 이 세계를 바라보며 이상하다는 생각이 들었다. 자신이 이 세계의 어딘가로 들어가지 않으면 그 세계의 어딘가에 결함이 생길 듯한 기분이 들었다. 자신은 이 세계 어딘가의 주인공이 되어야 할 자격을 가지고 있는 듯 여겨졌다. 그럼에도 불구하고 원만한 발달을 간절히 바라야 할 이 세계가 오히려 스스로를 속박하여 자신이 자유롭게 출입해야 할 통로를 막고 있었다. 산시로에게는 이것이 이상한 것이었다.

산시로는 잠자리 속에서 이 3개의 세계를 나란히 늘어놓고 서로 비교를 해보았다. 이어서 이 3개의 세계를 한데 뒤섞어놓고 그 속에서 하나의 결과를 얻었다. ─요컨대 고향에서 어머니를 불러오고, 아름다운 아내를 얻고, 또 몸은 학문에 맡기는 것보다 좋은 일은 없었다.

결과는 더할 나위 없이 평범했다. 그러나 이 결과에 도착하기 전에 여러 가지로 생각을 했기에, 사색의 노력을 헤아려 결론의 가치를 매기려 하는 사색가 자신의 입장에서 보자면 그렇게 평범하지는 않았다.

단, 이렇게 되면 널따란 제3의 세계를 일개 하찮은 아내로 대표하게 된다. 아름다운 여성은 많다. 아름다운 여성을 번역하면 여러 가지가 된다. ─산시로는 히로타 선생에게서 배워, 번역이라는 말을 써보았다. ─적어도 인격상의 말로 번역할 수 있는 한은 그 번역에서 생겨나는 감화의 범위를 넓혀서 자기 개성을 완성하기 위해, 가능한 한 많이 아름다운 여성과 접촉하지 않으면 안 되었다.

아내 한 사람만을 알고 만족한다는 것은 스스로 자신의 발달을 불완전하게 하는 것과 다를 바 없는 일이었다.

산시로는 논리를 여기까지 연장시켜보고, 히로타 선생님에게 얼마간 물들었구나 생각했다. 실제로는 이 정도로 절실하게 부족함을 느끼고 있지는 않았기 때문이었다.

이튿날 학교에 가보니 강의는 여느 때처럼 지루했으나 실내의 분위기는 여전히 속세를 떠나 있었기에 오후 3시까지 동안은 완전히 제2의 세계 속 사람이 되어버려 마치 위인인 듯한 태도로 오이와케의 파출소 앞까지 왔는데 요지로와 딱 마주쳤다.

"아하하하. 아하하하."

위인의 태도는 이것 때문에 완전히 무너졌다. 파출소의 순사조차 옅은 웃음을 짓고 있었다.

"왜 그래?"

"왜 그러냐고? 조금은 평범한 사람처럼 걷도록 해. 마치 로맨틱/浪漫的/ 아이러니 같잖아."

산시로는 이 외래어의 의미를 잘 알지 못했다. 어쩔 수 없었기에,

"집은 구했나?"라고 물었다.

"그 일로 너희 집에 갔었어. ─내일 드디어 이사야. 도와주러 와줘."

"어디로 이사하는데?"

"니시카타마치(西片町) 10번지 헤(へ)의 3호. 9시까지 거기로 가서 청소를 해놓고 말이지, 기다려줘. 그 뒤에 갈 테니. 알았지? 9시까지야. 헤의 3호야. 가볼게."

요지로는 서둘러 지나쳐갔다. 산시로도 서둘러 하숙으로 돌아갔다. 그날 밤 도서관으로 되돌아가서 로맨틱 아이러니[42]라는 말을 살펴보았더니 독일의 슐레겔[43]이 제창한 말로, 자세히는 모르겠으나 천재는 목적도 노력도 없이 종일 빈둥빈둥 빈둥거리지 않으면 안 된다는 설이라고 적혀 있었다. 산시로는 마침내 안심하고 하숙으로 돌아와 바로 잠자리에 들었다.

약속을 했기에 이튿날은 덴초세쓰임에도 불구하고 평소와 다름없이 일어나 학교에 가는 듯한 마음으로 니시카타마치 10번지로 들어가 헤의 3호를 찾아보았더니 묘하게 가늘고 긴 길의 가운데쯤에 있었다. 오래된 집이었다.

현관 대신 서양식 방이 하나 튀어나와 있고, 그것과 직각으로 일본식 방이 있었다. 일본식 방 뒤가 거실이고, 거실 너머로 부엌과 하녀의 방이 순서대로 늘어서 있었다. 그 외에도 2층이 있었다. 단, 몇 첩인지는 알 수 없었다.

산시로는 청소를 부탁받았으나 특별히 청소를 할 필요도 없겠다고 판단했다. 물론 깨끗하지는 않았다. 하지만 그렇다고 해서 딱히 내다버려야 할 물건도 보이지 않았다. 굳이 버려야 한다면 다다미와 창호 정도일 것이라고 생각하며 덧문만 열고 일본식 방의 툇마루에

---

42) Romantische Ironie. 독일의 낭만파인 슐레겔, 티크 등이 예술적 창작 및 비평의 원리로 주장한 말. 모든 것을 초월하여 예술가의 자의식에만 의지해야 한다는 정신적 자유성을 의미한다. 여기서는 초월적 태도에 대한 비유.

43) Friedrich Schlegel(1772~1829). 독일 낭만파의 이론체계를 확립한 독일의 미학자.

앉아 정원을 바라보았다.

커다란 백일홍이 있었다. 그러나 그것은 뿌리가 이웃집에 있었기에 줄기의 절반 이상만이 삼나무 울타리에서부터 옆으로 이쪽 영역을 침범하고 있는 것일 뿐이었다. 커다란 벚나무가 있었다. 이것은 틀림없이 울타리 안에서 자라고 있었다. 그 대신 가지의 절반이 길가 쪽으로 달아나기 시작해서, 조금만 더 자라면 전화선의 방해가 될 듯했다. 국화가 한 그루 있었다. 그러나 한국[寒菊]인지 꽃은 전혀 피어 있지 않았다. 그 외에는 아무것도 없었다. 안쓰러울 정도의 정원이었다. 단, 흙만은 평탄하고 결이 고와서 매우 아름다웠다. 산시로는 흙을 보고 있었다. 실제로 흙을 보게끔 만들어진 정원이었다.

그러는 사이에 고등학교에서 덴초세쓰 식의 시작을 알리는 벨이 울렸다. 산시로는 벨소리를 들으며 9시가 된 것이라고 생각했다. 아무것도 하지 않고 있기도 미안했기에 벚나무의 낙엽이라도 쓸어야겠다고 마침내 생각한 순간, 이번에는 빗자루가 없다는 사실을 깨달았다. 다시 툇마루에 걸터앉았다. 앉은 지 2분쯤 지났을까 싶었을 때 정원의 쪽문이 슥 열렸다. 그리고 생각지도 못했던 연못의 여자가 정원 안으로 모습을 드러냈다.

양쪽은 산울타리로 나뉘어 있었다. 네모난 정원은 10평(33㎡)도 되지 않았다. 산시로는 이 좁은 울타리 안에 선 연못의 여자를 본 순간 퍼뜩 깨달았다. ―꽃은 반드시 꺾어서 병 속에 놓고 보아야 한다.

이때 산시로의 엉덩이가 툇마루에서 떠났다. 여자는 접이문에서 떠났다.

"실례합니다만……."

여자는 이 말을 먼저 하고 가볍게 몸을 숙여 인사했다. 허리에서 위는 먼젓번처럼 앞으로 살짝 숙였으나 얼굴은 결코 숙이지 않았다. 인사를 하며 산시로를 바라보았다. 정면에서 바라보니 여자의 목이 길게 늘어졌다. 동시에 그 눈이 산시로의 눈동자에 비쳤다.

이삼일 전에 산시로는 미학교사가 소개한 그뢰즈[44]의 그림을 보았다. 그때 미학교사는, 이 사람이 그린 여자의 초상은 전부

---

44) Jean Baptiste Greuze(1725~1805). 프랑스의 화가로 시정의 풍속을 소재로 한 그림을 다수 그렸다.

벌럽추어스[45]한 표정으로 넘쳐나고 있다고 설명했다. 벌럽추어스! 연못의 여자의 그 눈빛을 형용할 수 있는 말은 이것밖에 없었다. 무엇인가를 불러일으켰다. 요염한 무엇인가를 불러일으켰다. 그리고 바로 관능에 호소하고 있었다. 그러나 관능의 뼈를 뚫고 들어가 골수에까지 닿는 호소였다. 견딜 수 있을 정도의 달콤함을 넘어서 격렬한 자극으로 변하는 호소였다. 달콤하다기보다는 고통이었다. 천박하게 교태를 부리는 것과는 물론 달랐다. 그 눈에 비친 사람이 반드시 교태를 부리고 싶어질 정도로 잔혹한 눈빛이었다. 그런데 이 여자에게 그뢰즈의 그림과 닮은 점은 하나도 없었다. 눈은 그뢰즈의 그림보다 절반이나 작았다.

"히로타 씨가 오실 곳이 여기인가요?"

"네, 여깁니다."

여자의 목소리와 말투에 비해서 산시로의 대답은 매우 무뚝뚝했

---

45) Voluptuous. 육감적인.

다. 산시로도 깨닫고는 있었다. 그러나 달리 대답할 방법이 없었다.

"아직 오시지 않으셨나요?" 여자의 말은 분명했다. 일반적인 경우처럼 말끝을 흐리지 않았다.

"아직 안 오셨습니다. 곧 오시겠지요."

여자는 잠시 주춤했다. 손에 커다란 바스켓/藍이하 바구니/을 들고 있었다. 여자의 기모노는 언제나처럼 알 수 없었다. 단 평소처럼 반짝이지 않는 것만은 눈에 띄었다. 천이 어딘가 오톨도톨했다. 거기에 줄무늬인지 다른 무늬인지가 있었다. 그 무늬가 참으로 엉성했다.

위에서부터 벚나무 잎이 종종 떨어져내렸다. 그 가운데 하나가 바구니 위로 떨어졌다. 떨어졌나 싶었는데 곧 바람에 날려갔다. 바람이 여자를 감쌌다. 여자는 가을 속에 서 있었다.

"당신은……."

바람이 옆집으로 넘어갔을 무렵, 여자가 산시로에게 물었다.

"청소를 부탁받고 왔습니다."라고 말했으나 실제로는 멍하니 앉아 있는 모습을 보였기에 산시로는 스스로도 우스워졌다. 그러자 여자도 웃으며,

"그럼 저도 잠깐 기다리기로 할까요."라고 말했다. 그 말투가 산시로에게 허락을 구하는 것처럼 들렸기에 산시로는 아주 기뻤다. 그랬기에, "아, 네."라고 대답했다. 산시로의 생각으로는, '아, 네. 기다리세요.'를 줄인 것이었다. 여자는 그래도 여전히 서 있었다. 산시로는 어쩔 줄 몰랐기에,

"당신은……."하고 상대방이 물었던 것과 같은 것을 자신도 물어

보았다. 그러자 여자는 바구니를 툇마루 위에 놓고, 허리띠 사이에서 명함 한 장을 꺼내 산시로에게 주었다.

명함에는 사토미 미네코(里見 美禰子)라고 적혀 있었다. 혼고 마사고초이니 골짜기를 넘으면 바로 맞은편이었다. 산시로가 그 명함을 바라보고 있는 동안 여자는 툇마루에 앉았다.

"당신과는 만난 적이 있었지요."라며 명함을 소맷자락에 넣은 산시로가 얼굴을 들었다.

"네에. 언젠가 병원에서……"라고 말하며 여자도 산시로를 보았다.

"또 있었습니다."

"그리고 연못가에서……"라고 여자가 바로 말했다. 잘도 기억하고 있었다. 산시로는 그것으로 할 말이 없어졌다. 여자가 마지막에,

"정말 실례가 많았습니다."라고 말을 맺었기에 산시로는,

"아니요."라고 대답했다. 매우 간결했다. 두 사람은 벚나무 가지를 보고 있었다. 우듬지에 벌레 먹은 듯한 잎만 조금 남아 있었다. 이삿짐은 좀처럼 오지 않았다.

"선생님께 뭔가 볼일이라도 있으신가요?"

산시로가 갑자기 이렇게 물었다. 높다란 벚나무의 오래된 가지를 멍하니 바라보고 있던 여자가 갑자기 산시로 쪽을 돌아보았다. 어머, 놀랐잖아요, 너무해요, 하는 표정이었다. 그러나 답은 심상했다.

"저도 도와달라는 부탁을 받았어요."

산시로가 이때 비로소 깨닫고보니 여자가 앉아 있는 툇마루에

모래가 잔뜩 쌓여 있었다.

"모래가 많네요. 옷이 더러워지겠어요."

"네."라며 좌우를 둘러볼 뿐이었다. 자리에서 일어나지 않았다. 한동안 툇마루를 둘러보던 눈을 산시로 쪽으로 옮기자마자,

"청소는 벌써 다 하셨나요?"라고 물었다. 웃고 있었다. 산시로는 그 웃음 속에서 정감이 느껴지는 무엇인가를 발견했다.

"아직 하지 않았습니다."

"도와드릴 테니, 같이 시작하실래요?"

산시로는 바로 자리에서 일어났다. 여자는 움직이지 않았다. 앉은 채로 빗자루와 먼지떨이가 있는 곳을 물었다. 산시로가 그저 빈손으로 왔기에 어디에도 없다, 필요하다면 밖에 나가서 사올까, 하고 물었더니, 그래서는 낭비이니 옆집에서 빌려오는 것이 좋을 듯하다고 말했다. 산시로는 당장 옆집으로 갔다. 얼른 빗자루와 먼지떨이, 거기에 양동이와 걸레까지 빌려 서둘러 돌아와보니, 여자는 여전히 원래 그 자리에 앉아서 높다란 벚나무 가지를 바라보고 있었다.

"있나요……"라고 한마디 했을 뿐이었다.

산시로는 빗자루를 어깨에 걸치고 양동이를 오른손에 든 채, "네, 있어요."라고 당연한 대답을 했다.

여자는 하얀 버선발로 모래투성이인 툇마루에 올랐다. 걸으니 가느다란 발자국이 생겼다. 소맷자락에서 하얀 앞치마를 꺼내 허리띠 위에 묶었다. 그 앞치마 가장자리가 레이스처럼 휘갑쳐져 있었다. 청소를 하기에는 아까울 정도로 아름다운 색이었다. 여자는 빗자루

를 쥐었다.

　"일단 쓰기 시작할게요."라고 말하며 소매 안에서 오른손을 내밀
어 흔들거리는 소맷자락을 어깨 위에 걸쳤다. 아름다운 팔이 상박까
지 드러났다. 어깨에 걸친 소맷자락 끝으로는 아름다운 주반46)의
소매가 보였다. 멍하니 서 있던 산시로는 갑자기 양동이를 울리며
부엌문 쪽으로 돌아들었다.

---

46) 襦袢. 기모노 안에 입는 속옷.

미네코가 쓸어낸 뒤를 따라서 산시로가 걸레로 훔쳤다. 산시로가 다다미를 터는 동안, 미네코는 장지문의 먼지를 털었다. 그럭저럭 청소가 대충 끝났을 때는 두 사람 모두 매우 친해져 있었다.

산시로가 양동이의 물을 갈러 부엌으로 간 뒤에 미네코는 먼지떨이와 빗자루를 들고 2층으로 올라갔다.

"잠깐 와보세요."라고 위에서 산시로를 불렀다.

"왜 그러세요."라고 양동이를 든 산시로가 계단 아래서 말했다. 여자는 어두운 곳에 서 있었다. 앞치마만 새하얗게 보였다. 산시로는 양동이를 든 채 두어 단 올랐다. 여자는 가만히 서 있었다. 산시로는 다시 2단을 올라갔다. 어두컴컴한 곳에서 미네코의 얼굴과 산시로의 얼굴이 1자(30㎝)쯤의 거리로 좁혀졌다.

"왜 그러죠?"

"어두워서 뭐가 뭔지 모르겠어요."

"왜요?"

"왠지는 모르죠."

산시로는 더 캐물을 마음이 들지 않았다. 미네코 옆으로 빠져나가 위로 올라섰다. 양동이를 어두운 복도에 놓고 문을 열어보았다. 과연 빗장이 어떻게 걸린 건지 잘 알 수가 없었다. 그러는 사이에 미네코도 위로 올라왔다.

"아직 못 열었나요?"

미네코는 반대편 쪽으로 갔다.

"이쪽이에요."

산시로는 말없이 미네코 쪽으로 다가갔다. 미네코의 손에 자신의 손이 거의 닿으려던 순간, 양동이에 발이 걸렸다. 커다란 소리가 났다. 간신히 문을 하나 열자 강렬한 해가 정면에서 비춰들었다. 눈이 부실 정도였다. 두 사람은 얼굴을 마주보고 무심결에 웃기 시작했다. 안쪽의 창도 열었다. 창에는 대나무 격자가 달려 있었다. 집주인의 정원이 보였다. 닭을 치고 있었다. 미네코는 전과 마찬가지로 빗자루질을 시작했다. 산시로는 네 발로 엎드려 뒤를 따라 걸레질을 시작했다. 미네코가 빗자루를 양손에 쥔 채 산시로의 모습을 보고,

"어머." 하고 말했다.

마침내 빗자루를 다다미 위에 내던지고 안쪽 창가로 가서 선 채로 밖을 바라보았다. 잠시 후 산시로도 걸레질을 마쳤다. 물걸레를 양동이 속에 텀벙 던져넣고 미네코 옆으로 가서 섰다.

"뭘 보고 계시나요?"

"맞혀보세요."

"닭인가요?"

"아니요."

"저 커다란 나무인가요?"

"아니요."

"그럼 뭘 보고 계신 거죠? 전 모르겠습니다."

"저, 아까부터 저 하얀 구름을 보고 있었어요."

아니나 다를까 하얀 구름이 널따란 하늘을 건너가고 있었다. 한없이 맑아서 어디까지고 파란 하늘 위를, 솜이 빛나는 것 같은 짙은 구름이 부지런히 흘러가고 있었다. 바람의 힘이 격렬한 듯,

구름 끝자락이 바람에 흩어져 파란 바탕이 비쳐보일 정도로 얇아졌다. 혹은 바람에 흐트러지며 뭉텅이가 되어 희고 부드러운 바늘을 모아 놓은 듯 꺼끌꺼끌해졌다. 미네코가 그 뭉텅이를 가리키며 말했다.

"타조 깃털로 만든 보아47) 같죠?"

산시로는 보아라는 말을 알지 못했다. 그래서 모른다고 말했다. 미네코는 다시,

"어머."라고 말했으나, 곧 자세하게 보아를 설명해주었다. 그때 산시로는,

"응, 그거라면 알고 있지."라고 말했다. 그리고 저 하얀 구름은 전부 눈가루이며 아래에서 보아 저 정도로 움직이고 있으니 태풍 이상의 속도가 아니면 안 될 것이라고 지난번에 노노미야 씨에게서 들은 대로 가르쳐주었다. 미네코는,

"어머, 그래요?"라고 말하며 산시로를 보더니,

---

47) /襟巻/ 목도리.

"눈이라니 재미없네요."라고 부정을 용납할 수 없다는 듯한 투로
말했다.

"어째서죠?"

"어째서든 간에 구름은 구름이 아니면 안 돼요. 이렇게 멀리서
바라보고 있는 보람이 없잖아요."

"그런가요?"

"그런가요, 라니. 당신은 눈이어도 상관없나요?"

"당신은 높은 곳 보기를 좋아하시나보네요."

"네."

미네코는 대나무 격자 안에서 아직 하늘을 바라보고 있었다. 하얀 구름이 꼬리에 꼬리를 물고 날아왔다.

그때 멀리서 짐수레 소리가 들려왔다. 지금 조용한 골목길을 돌아서 이쪽으로 다가오고 있는 것을 땅의 울림으로 잘 알 수 있었다. 산시로는, "왔다."라고 말했다. 미네코는, "빠르네요."라고 말한 채 가만히 있었다. 수레 소리의 움직임이 하얀 구름의 움직임과 관계라도 있는 양 귀를 기울였다. 수레는 차분하게 가라앉은 가을 속으로 거침없이 다가왔다. 마침내 문 앞에 와서 멈췄다.

산시로는 미네코를 내버려두고 2층에서 달려 내려갔다. 산시로가 현관을 나선 것과 요지로가 대문으로 들어선 것이 같은 시각이었다.

"일찍 왔군."하고 요지로가 먼저 말을 걸었다.

"늦었잖아."라고 산시로가 응수했다. 미네코와는 반대였다.

"늦었다니, 짐을 한꺼번에 끄집어냈기에 어쩔 수가 없었어. 거기다 나 혼자잖아. 나머지는 하녀와 수레꾼뿐이니 어쩔 수가 없었어."

"선생님은?"

"선생님은 학교."

두 사람이 이야기를 나누는 사이에 수레꾼이 짐을 내리기 시작했다. 하녀도 들어왔다. 부엌 쪽은 하녀와 수레꾼에게 부탁하고, 요지로와 산시로는 책을 서양식 방으로 옮겼다. 책이 많았다. 정리하는 것도 큰일이었다.

"사토미 댁의 아가씨(미네코)는 아직 안 왔어?"

"왔어."

"어디?"

"2층에 있어."

"2층에서 뭐 하는데?"

"뭐 하는지, 2층에 있어."

"말도 안 돼."

요지로는 책을 한 권 든 채 복도를 따라 계단 아래까지 가서 예의 그 목소리로,

"사토미 씨, 사토미 씨. 책을 정리해야 하니 좀 도와주세요."라고 말했다.

"지금 갈게요."

빗자루와 먼지떨이를 들고 미네코가 조용히 내려왔다.

"뭘 하고 있었어요?"라고 아래에서 요지로가 볶아치듯 물었다.

"2층 청소."라고 위에서 대답이 있었다.

내려오기를 안절부절 기다렸다가 요지로가 미네코를 서양식 방의 문가로 데리고 왔다. 수레꾼이 부려놓은 책이 한가득 쌓여 있었다. 산시로는 그 속에서 등을 돌린 채 쭈그리고 앉아 부지런히 무엇인가를 읽고 있었다.

"어머, 큰일이네요. 이걸 어떻게 할 거죠?"라고 미네코가 말한 순간, 산시로가 쭈그려 앉은 채 돌아보았다. 싱글벙글 웃고 있었다.

"큰일이고 뭐고 없습니다. 이걸 방 안으로 들여 정리해야 합니다. 곧 선생님도 오셔서 도와주실 테니 힘들 거 없습니다. ―이봐, 쭈그리고 앉아서 책 같은 걸 읽으면 어떻게 해? 빌려가서 나중에 천천히 읽도록 해."라고 요지로가 잔소리를 했다.

미네코와 산시로가 문가에서 책을 모으면 요지로가 그것을 받아 방 안의 책꽂이에 정리하는 역할을 맡게 되었다.

"그렇게 함부로 막 꺼내서는 안 돼. 이 뒤에 아직 한 권이 더 있을 텐데."라며 요지로가 파란색 넓적한 책을 흔들었다.

"하지만 없는 걸요."

"아니, 없을 리가 없어요."

"있다, 있어."라고 산시로가 말했다.

"어디, 봐요."라며 미네코가 얼굴을 들이밀었다. "히스토리, 오브, 인털렉추얼, 디벨롭먼트48). 어머, 있었네요."

"어머, 있었네요는 또 뭐예요. 얼른 이리 주세요."

세 사람은 약 30분쯤 끈질기게 일했다. 결국에는 그 요지로마저도 그다지 붐아치지 않게 되었다. 바라보니 책꽂이 쪽을 향해 책상다리를 하고 앉아 말이 없었다. 미네코가 산시로의 어깨를 슬쩍 찔렀다. 산시로가 웃으며,

"이봐, 왜 그래?"라고 물었다.

---

48) History of Intellectual Development(지적 진화사). 전2권. 영국의 철학자이자 역사가인 크로지어의 저서로 1897년부터 1901년에 걸쳐서 간행되었다.

"응. 선생님도 참, 이렇게 필요하지도 않은 책을 모아서 어쩌실 생각인 걸까? 정말 사람을 피곤하게 해. 지금 이걸 팔아서 주식이라도 사두면 돈을 벌 수 있을 테지만, 어쩔 수 없지."라고 탄식만 한 채, 역시 벽을 향해 책상다리를 하고 앉아 있었다.

산시로와 미네코는 얼굴을 마주보고 웃었다. 가장 중요한 주뇌[主腦]가 움직이지 않았기에 두 사람 모두 책 모으기를 보류하고 있었다. 산시로는 시집을 뒤적이기 시작했다. 미네코는 커다란 화첩을 무릎 위에서 펼쳤다. 부엌 쪽에서 임시로 고용한 수레꾼과 하녀가 자꾸만 논쟁을 벌였다. 아주 떠들썩했다.

"잠깐 보세요."하고 미네코가 작은 목소리로 말했다. 산시로가 엉거주춤한 자세가 되어 화첩 위로 얼굴을 내밀었다. 미네코의 머리에서 향수 냄새가 났다.

그림은 머메이드였다. 나체인 여자의 허리 아래가 물고기였는데, 물고기의 몸이 빙글 허리를 돌려 그 너머로 꼬리만 나와 있었다. 여자는 긴 머리카락을 빗으로 빗으며, 빗에서 남아 있는 것을 손으로 받친 채 이쪽을 향하고 있었다. 배경은 넓은 바다였다.

"머메이드/人魚/."

"머메이드."

머리를 맞댄 두 사람이 같은 말을 중얼거렸다. 이때 책상다리를 하고 있던 요지로가 무슨 생각을 한 것인지,

"뭐야, 뭘 보고 있는 거야"라고 말하며 마루로 나왔다. 세 사람은 머리를 모으고 화첩을 한 장씩 넘겨나갔다. 여러 가지 비평이 있었다. 전부 엉터리였다.

그때 프록코트 차림의 히로타 선생이 덴초세쓰 식에서 돌아왔다. 세 사람은 인사를 할 때 화첩을 덮어버렸다. 선생이 책만 얼른 정리하자고 했기에 세 사람은 다시 끈기를 가지

고 정리하기 시작했다. 이번에는 주인공이 있었기에 그렇게 딴짓을 할 수도 없었던 듯, 1시간 후에는 그럭저럭 마루의 책이 책꽂이 안에 채워졌다. 네 사람은 나란히 서서 깔끔하게 정리된 책을 일단 바라보았다.

"나머지 정리는 내일이야."라고 요지로가 말했다. 이것으로 참으라고 말하는 듯한 투였다.

"꽤 많이 모으셨네요."라고 미네코가 말했다.

"선생님, 이만큼을 전부 읽으신 건가요?"라고 마지막으로 산시로가 물었다. 산시로는 실제의 참고를 위해서 이 사실을 확인해둘 필요가 있었던 듯 보였다.

"전부 읽었을 리가 없지. 사사키라면 읽을지도 모르겠지만."

요지로는 머리를 긁었다. 산시로가 진지한 표정으로, 사실은 얼마 전부터 대학의 도서관에서 조금씩 책을 빌려 읽고 있는데

어떤 책을 빌려도 반드시 누군가가 읽었다. 시험 삼아 애프라 벤이라는 사람의 소설을 빌려보았는데 역시 누군가가 읽은 흔적이 있었기에 독서범위의 한계를 알고 싶어서 물어본 것이라고 말했다.

"애프라 벤이라면 나도 읽었어."

히로타 선생의 이 한마디에는 산시로도 놀랐다.

"놀랍군. 하여튼 선생님은 다른 사람들이 읽지 않는 것을 읽는 버릇이 있으셔."라고 요지로가 말했다.

히로타는 웃으며 일본식 방 쪽으로 갔다. 옷을 갈아입기 위해서이리라. 미네코도 따라 나섰다. 뒤에 남아서 요지로가 산시로에게 이렇게 말했다.

"저래서 위대한 어둠이라고 하는 거야. 뭐든 읽지 않은 게 없어. 그런데도 조금도 빛나지 않아. 조금 더 유행하는 것을 읽고, 조금 더 나대주었으면 좋으련만."

요지로의 말은 결코 냉평이 아니었다. 산시로는 말없이 책꽂이를 바라보았다. 그러자 일본식 방에서 미네코의 목소리가 들려왔다.

"음식을 준비했으니 두 사람 모두 오세요."

두 사람이 서재에서 마루를 따라 일본식 방으로 가보니 방 한가운데에 미네코가 가지고 온 바구니가 놓여 있었다. 뚜껑을 열어두었다. 안에는 샌드위치가 잔뜩 들어 있었다. 미네코는 그 옆에 앉아서 바구니 안의 것을 작은 접시에 나누어 담고 있었다. 요지로와 미네코의 문답이 시작되었다.

"잊어먹지 않고 잘도 가지고 오셨네요."

"하지만 일부러 주문까지 하셨잖아요."

"그 바구니도 사오신 건가요?"

"아니요."

"집에 있던 건가요?"

"네."

"상당히 크네요. 차부라도 데리고 오셨나요? 온 김에 잠깐 남겨서 일을 시켰으면 좋았을 텐데."

"차부는 오늘 심부름을 나갔어요. 여자라도 이 정도의 물건은 들 수 있어요."

"당신이라 드는 거예요. 다른 아가씨였다면, 아마 그만뒀을 거예요."

"그런가요? 그럼 저도 그만두었으면 좋았을 걸."

미네코는 먹을 것을 작은 접시에 담으며 요지로와 이야기를 나누고 있었다. 말에 조금도 막힘이 없었다. 게다가 느긋하고 차분했다. 요지로의 얼굴은 거의 보지도 않았을 정도였다. 산시로는 감탄했다.

부엌에서 하녀가 차를 가지고 왔다. 바구니를 둘러싸고 앉은 사람들이 샌드위치를 먹기 시작했다. 잠시 동안은 조용했으나 생각나기라도 했다는 듯 요지로가 히로타 선생에게 다시 말을 걸었다.

"선생님, 말이 나온 김에 잠깐 여쭙겠습니다만, 아까 말했던 무슨 벤 말인데요."

"애프라 벤 말인가?"

"대체 누굽니까, 그 애프라 벤이라는 사람은?"

"영국의 규방작가야. 17세기의."

"17세기라면 너무 오래 됐군. 잡지에 글을 쓸 재료로는 안 되겠네요."

"오래 됐지. 하지만 직업으로써 소설에 종사한 첫 번째 여성이기에, 그래서 유명해."

"유명해서는 곤란한데. 조금 더 들어봐야겠군. 어떤 것을 썼습니까?"

"나는 오루노코49)라는 소설을 읽었는데, 오가와 군, 그런 제목의 소설이 전집 가운데 있었지요?"

산시로는 새카맣게 잊고 있었다. 선생에게 그 대략의 줄거리를 물어보니, 오루노코라는 흑인 왕족이 영국의 선장에게 속아 노예로 팔려서 커다란 어려움을 겪는 이야기가 적혀 있다고 했다. 게다가 그 이야기는 작가가 실제로 본 경험담으로 후세에 믿어지고 있다는 것이었다.

"재미있군. 사토미 씨, 어떤가요, 오루노코라도 한번 써보는 게."라며 요지로가 다시 미네코를 보았다.

"써도 상관은 없지만 제게는 그런 것을 본 경험이 없는걸요."

"검둥이 주인공이 필요하다면, 이 오가와 군이라도 상관없지 않나요? 규슈 사람으로 피부가 검으니까."

"입이 험하네요."라고 미네코는 산시로를 변호하듯 말했으나, 바로 뒤를 이어서 산시로를 보며,

"써도 되나요?"라고 물었다. 그 눈을 본 순간 산시로는 오늘

---

49) Oroonoko, the royal slave. 벤의 대표작으로 1688년에 집필했다. 근대 소설의 원형 가운데 하나로 중요한 역사적 의의를 가지고 있다.

아침에 바구니를 들고 쪽문으로 모습을 드러냈을 때의 여자를 떠올렸다. 저절로 취한 듯한 기분이었다. 하지만 취해서 움츠러든 듯한 마음이었다. 잘 부탁드리겠습니다, 라고는 물론 말할 수 없었다.

히로타 선생은 평소와 다름없이 담배를 피우기 시작했다. 요지로는 이를, 코로 철학의 연기를 내뿜는 것이라고 평했다. 과연 연기가 나오는 모습이 조금 달랐다. 굵고 힘 있어 보이는 막대기가 2개, 구멍을 빠져나왔다. 요지로는 그 연기 기둥을 바라보며 등의 절반을 당지[唐紙]에 기댄 채 말이 없었다. 산시로의 눈은 멍하니 정원 위에 있었다. 이사가 아니었다. 마치 조그만 모임처럼 보였다. 따라서 대화도 마음 편한 것이었다. 단, 미네코만은 히로타 선생 뒤에서 선생이 조금 전에 벗어놓은 양복을 개기 시작했다. 선생에게 일본 옷을 입힌 것도 미네코의 소행인 듯했다.

"조금 전에 말한 오루노코 말인데, 자네는 덜렁대는 성격이어서 착각을 하면 안 되니 얘기하는 김에 말해두겠는데."라며 선생의 연기가 잠시 끊겼다.

"네에, 들어두겠습니다."라고 요지로가 고분고분 말했다.

"그 소설이 나온 이후, 서던50)이라는 사람이 그 이야기를 각본으로 구성한 것이 따로 있어. 역시 같은 제목으로. 그걸 혼동해서는 안 돼."

"네에, 혼동하지 않겠습니다."

---

50) Thomas Southerne(1660~1746). 영국의 극작가. 1696년에 오루노코를 각색하여 발표, 호평을 얻었다.

　양복을 개고 있던 미네코가 요지로의 얼굴을 잠깐 보았다.

　"그 각본 속에 유명한 구절이 있어. 피티즈 아킨 투 러브(Pity's akin to love)라는 구인데……." 여기까지만 말하고 다시 철학의 연기를 활발히 내뿜었다.

　"일본에도 있을 법한 구절입니다."라고 이번에는 산시로가 말했다. 다른 사람들도 전부 있을 법하다고 말하기 시작했다. 그러나 누구에게도 떠오르지는 않았다. 그럼 한번 번역을 해보면 되지 않겠느냐는 말이 나와서 네 사람이 각자 시도를 해보았으나 그럴

듯한 것이 전혀 나오지 않았다. 결국에는 요지로가,

"이건 아무래도 속요로 하지 않으면 안 됩니다. 구절의 성격이 속요 같으니까요."라고 요지로다운 의견을 제출했다.

이에 세 사람은 번역권을 요지로에게 전부 위임하기로 했다. 요지로는 잠시 생각에 잠겼다가,

"조금 억지스럽지만, 이런 건 어떻겠습니까? 가엾음은 마음을 빼앗겼음이네."

"안 돼, 안 돼, 천박함의 극치야."라며 선생은 바로 씁쓸한 얼굴을 했다. 그 말하는 투가 참으로 천박한 듯했기에 산시로와 미네코는 한꺼번에 웃음을 터뜨렸다. 그 웃음소리가 채 그치기도 전에 정원의 쪽문이 끼익 하고 열리더니 노노미야 씨가 들어왔다.

"벌써 얼추 끝난 겁니까?"라고 말하며 노노미야 씨는 툇마루 정면까지 와서 방 안에 있는 네 사람을 훔쳐보듯 둘러보았다.

"아직 안 끝났어요."라고 요지로가 바로 대답했다.

"조금 도와주세요."라고 미네코가 요지로의 말에 장단을 맞추었다. 노노미야 씨는 빙그레 웃으며,

"아주 흥겨운 듯하네요. 뭐 재미있는 일이라도 있었나요?"라고 말하고 빙글 등을 돌려 툇마루에 걸터앉았다.

"지금 막 제가 번역을 했다가 선생님께 야단을 맞은 참이었습니다."

"번역을? 어떤 번역인가요?"

"아니, 별거 아닙니다. ―가엾음은 마음을 빼앗겼음이네, 라는 겁니다."

"흠."하고 말한 노노미야 군이 툇마루에서 비스듬히 방향을 틀었다. "그건 대체 뭡니까? 전 무슨 의미인지 모르겠습니다."

"누군들 알겠는가?"라고 이번에는 선생이 말했다.

"아니, 말을 조금 많이 줄여서 그렇지, —평범한 말로 늘리면 이렇습니다. 가엾다고 생각하는 것은 마음을 빼앗겼다는 뜻이네."

"아하하하. 그런데 그 원문은 대체 어떤 겁니까?"

"Pity's akin to love."라고 미네코가 되풀이했다. 아름답고 세련된 발음이었다.

노노미야 씨는 툇마루에서 일어나 두어 걸음 정원 쪽으로 걸어갔다가 곧 다시 빙그르 방향을 돌려 방을 정면으로 향해 멈춰 섰다.

"이야, 좋은 번역이군."

산시로는 노노미야 군의 태도와 시선에 주의하지 않을 수 없었다.

미네코는 부엌으로 갔다. 찻잔을 씻어 새로 차를 따라다 툇마루 끝까지 가지고 갔다.

"차를."이라고 말한 채 거기에 앉았다. "요시코 씨는 어떤가요?"라고 물었다.

"네, 몸은 이제 회복되었지만."이라며 다시 걸터앉아서 차를 마셨다. 그리고 선생 쪽으로 몸을 약간 돌렸다.

"선생님, 기껏 오쿠보로 이사를 했는데, 이쪽으로 다시 나오지 않으면 안 될 듯합니다."

"어째서?"

"동생이 학교에 오가면서 도야마(戸山)의 벌판을 지나기가 싫다고 해서 말이죠. 거기다 제가 밤에 실험을 하기에, 늦게까지 기다리기가 외로워서 안 되겠답니다. 물론 당분간은 어머니가 계셔서 상관없지만, 얼마 안 있어서 어머니가 고향으로 돌아가시고 나면 하녀만 남게 되니까요. 겹쟁이 둘이서는 도저히 견딜 수 없을 겁니다. ─정말 귀찮게 됐어."라고 반은 농담 삼아 한탄한 뒤, "어떻습니까, 사토미 씨? 당신 집에라도 객식구로 받아주시지 않으시겠습니까?"라며 미네코의 얼굴을 보았다.

"언제라도 받아드릴게요."

"어느 쪽인가요? 소하치 씨 쪽인가요, 요시코 씨 쪽인가요?"라고 요지로가 끼어들었다.

"어느 쪽이든."

산시로만 입을 다물고 있었다. 히로타 선생은 조금 진지해져서,

"그럼 자네는 어쩔 생각인가?"

"동생만 정리되면 당분간은 하숙을 해도 상관없습니다. 그렇지 않으면 또 어딘가로 이사를 해야 합니다. 차라리 학교의 기숙사에도 넣을까 싶습니다만. 워낙 어린애라 제가 늘 갈 수 있는 데나, 그 애가 늘 올 수 있는 데가 아니면 곤란합니다."

"그럼 사토미 씨 댁이 딱이네"라고 요지로가 다시 주의를 주었다. 히로타 선생은 요지로를 상대하지 않겠다는 듯,

"우리 집 2층에 들어도 상관은 없지만, 워낙 사사키 같은 사람이 있어놔서 말이지."라고 말했다.

"선생님, 2층에는 무슨 일이 있어도 사사키를 들여놓으시기 바랍니다."라고 요지로 자신이 의뢰했다. 노노미야 군이 웃으며,

"뭐, 어떻게든 해보겠습니다. ─덩치만 컸지 맹해서 정말 골칫거

립니다. 그러면서도 단고자카의 국화인형이 보고 싶으니 데려가 달라고 하니."

"데려가주면 되잖아요. 저도 보고 싶어요."

"그럼 같이 갈까요?"

"네, 반드시요. 오가와 씨도 같이 가요."

"네, 가겠습니다."

"사사키 씨도."

"국화인형은 싫습니다. 국화인형을 볼 바에는 활동사진을 보러 가겠습니다."

"국화인형은 좋지."라고 이번에는 히로타 선생이 말하기 시작했다. "그것만큼 인공적인 건 아마 외국에도 없을 거야. 인공적으로 그런 것을 잘도 만들었다는 점을 봐둘 필요가 있어. 그게 평범한 인간처럼 만들어져 있다면 아마 단고자카에 가는 사람은 한 명도 없을 거야. 평범한 인간이라면 어느 집에나 네다섯 명은 반드시 있어. 단고자카에 갈 필요도 없어."

"선생님 특유의 논리야."라고 요지로가 평했다.

"옛날에 교실에서 배울 때도 저기에 곧잘 당하곤 했었지."라고 노노미야가 말했다.

"그럼 선생님도 같이 가요."라고 미네코가 마지막으로 말했다. 선생은 입을 다물고 있었다. 모두가 웃었다.

부엌에서 할멈이, "누군가 잠깐."하고 말했다. 요지로가, "응."하며 바로 일어섰다. 산시로는 역시 앉아 있었다.

"그럼 나도 실례를 할까."라며 노노미야 씨가 자리에서 일어났다.

"어머, 벌써 가시게요? 너무하시네요."라고 미네코가 말했다.

"지난번 건은 조금 기다려주게."라고 히로타 선생이 말한 것을, "네, 괜찮습니다."라고 받은 뒤, 노노미야 씨는 정원을 통해서 밖으로 나갔다. 그 모습이 쪽문 밖으로 사라지자마자 미네코가 갑자기 떠올랐다는 듯, "그래, 맞아."라고 말하며, 정원 앞에 벗어놓은 나막신을 신고 노노미야의 뒤를 따라갔다. 밖에서 뭔가 이야기를 나누고 있었다.

산시로는 말없이 앉아 있었다.

5

문으로 들어서자 지난번의 싸리가 사람 키보다 높이 우거졌고 줄기 아래에 검은 그림자가 드리워져 있었다. 이 검은 그림자가 땅 위를 기어서 안쪽으로 들어가더니 보이지 않게 되었다. 잎과 잎이 겹쳐지는 곳의 뒤쪽까지 올라간 것이라고도 여겨졌다. 그 정도로 바깥쪽에는 짙은 해가 비추고 있었다. 손 씻는 물을 담아놓은 곳 옆에 남천[南天]이 있었다. 이것도 일반적인 것보다는 키가 컸다. 3그루가 비실비실 모여 있었다. 잎은 변소의 창 위에 있었다.

싸리와 남천 사이로 툇마루가 조금 보였다. 툇마루는 남천을 기점으로 하여 비스듬히 맞은편으로 뻗어 있었다. 싸리의 그림자가 진 곳은 가장 먼 끝 쪽이었다. 그리고 싸리는 가장 앞쪽에 있었다. 요시코는 그 싸리의 그림자에 있었다. 툇마루에 앉은 채.

산시로는 싸리와 닿을 듯한 곳에 섰다. 요시코가 툇마루에서 몸을 일으켰다. 다리는 평평한 돌 위에 있었다. 산시로는 그 커다란 키에 새삼스럽게 놀랐다.

"들어오세요."

여전히 산시로를 기다리고 있었다는 듯한 말투였다. 산시로는 병원에서 봤을 당시를 떠올렸다. 싸리를 지나서 툇마루까지 갔다.

"앉으세요."

산시로는 구두를 신고 있었다. 명령받은 대로 앉았다. 요시코가
방석을 가지고 왔다.

"깔고 앉으세요."

산시로는 방석을 깔았다. 문으로 들어선 이후 산시로는 아직
한마디도 입을 열지 않았다. 이 단순한 소녀는 그저 자신의 생각
그대로를 산시로에게 말했으나, 산시로로부터는 추호도 대답을
요구하지 않는 듯 여겨졌다. 산시로는 천진한 여왕 앞에 나선 기분이
들었다. 명령을 듣기만 할 뿐이었다. 비위를 맞추는 말은 할 필요가
없었다. 한마디라도 상대방의 뜻에 영합하는 말을 하면 갑자기
비루해진다. 벙어리 노예처럼 상대방의 말에 따라서 행동하면 유쾌

해진다. 산시로는 어린아이 같은 요시코로부터 어린아이 취급을 받으면서도 자존심에 상처를 입었다는 느낌은 조금도 받을 수 없었다.

"오빠를 보러 오셨나요?"라고 요시코가 그 다음으로 물었다.

노노미야를 보러 온 것도 아니었다. 보러 오지 않은 것도 아니었다. 왜 온 것인지 사실은 산시로도 알지 못했다.

"노노미야 씨는 아직 학교에 있나요?"

"네, 언제나 밤 늦게가 아니면 오지 않아요."

이는 산시로도 알고 있는 일이었다. 산시로는 할 말이 궁해졌다. 둘러보니 툇마루에 그림도구상자가 있었다. 그리다 만 수채화가 있었다.

"그림을 배우시나요?"

"네, 좋아해서 그리고 있어요."

"선생님은 누구신가요?"

"선생님께 배울 정도로 잘 그리진 못해요."

"잠깐 볼게요."

"이거? 이건 아직 다 그리지 못했어요."라며 그리다 만 것을 산시로에게 내밀었다. 과연 자기 집의 정원을 그리다 말았다. 하늘과 앞집의 감나무와 대문의 싸리만이 완성되어 있었다. 그 가운데서도 감나무는 매우 붉게 그려져 있었다.

"꽤 잘 그리시네요."라고 산시로가 그림을 바라보며 말했다.

"이게?"라고 요시코는 조금 놀랐다. 정말로 놀랐다. 산시로처럼 만들어 보이는 듯한 태도는 조금도 없었다.

산시로는 이제 와서 자신의 말을 농담으로 돌릴 수도 없었으며, 또 진담으로 만들 수도 없게 되었다. 어느 쪽이든 요시코로부터 경멸당할 것 같았다. 산시로는 그림을 바라보며 마음속으로 부끄러웠다.

툇마루에서 방 안을 둘러보니 한없이 조용했다. 거실은 물론 부엌에도 사람은 없는 듯했다.

"어머님은 벌써 고향으로 돌아가셨나요?"

"아직 가지 않으셨어요. 곧 떠날 예정이지만."

"지금 계신가요?"

"지금은 잠깐 장을 보러 가셨어요."

"당신이 사토미 씨 댁으로 옮기신다는 게 사실인가요?"

"어떻게?"

"그게, ─지난번에 히로타 선생님 댁에서 그런 얘기가 있었기에."

"아직 정해지진 않았어요. 어쩌면 그렇게 될지도 모르지만."

산시로는 약간 실마리를 얻었다.

"노노미야 씨는 원래부터 사토미 씨와 친하신가요?"

"네, 친구예요."

남자와 여자 사이의 친구라는 의미일까 싶었으나, 왠지 우스워졌다. 그래도 산시로는 그 이상을 물을 수는 없었다.

"히로타 선생님은 전에 노노미야 씨를 가르쳤던 선생님이신가요?"

"네."

이야기는, "네."에서 막혀버리고 말았다.

"당신은 사토미 씨 댁으로 가는 편이 좋으신가요?"

"저? 글쎄요. 하지만 미네코 씨의 오빠께 죄송해서."

"미네코 씨의 오빠가 계신가요?"

"네. 저희 오빠랑 같은 해에 졸업했어요."

"역시 이학사이신가요?"

"아니요, 과는 달라요. 법학사예요. 그 위의 오빠가 히로타 선생님과 친구였는데 일찍 돌아가셔서 지금은 교스케(恭助) 씨밖에 없어요."

"아버님과 어머님은?"

요시코는 살짝 웃으며,

"없어요."라고 말했다. 미네코의 부모님의 존재를 상상하는 것은 우스운 일이라고 말하기라도 하는 듯했다. 아주 일찍 돌아가신 모양이었다. 요시코의 기억에는 전혀 없는 것이리라.

"그런 관계이기에 미네코 씨가 히로타 선생님 댁에 드나드는 거군요."

"네. 돌아가신 오빠가 히로타 선생님하고 아주 친한 사이였대요. 그리고 미네코 씨는 영어를 아주 좋아하시니, 가끔 영어를 배우러 가시는 거겠죠."

"여기에도 오나요?"

요시코는 언제부턴가 수채화를 뒤이어 그리고 있었다. 산시로가 옆에 있는 것을 전혀 거슬려하지 않았다. 그러면서도 대답은 잘도 했다.

"미네코 씨?"라고 물으며 감나무 아래에 있는 초가지붕에 그림자를 더하더니,

"조금 짙네요."라며 그림을 산시로 앞으로 내밀었다. 산시로는 이번에는 정직하게,

"네, 조금 짙습니다."라고 대답했다. 그러자 요시코는 붓에 물을 묻혀 검은 곳을 닦아내며,

"오시죠."라고 마침내 산시로에게 대답했다.

"자주?"

"네, 자주."라며 요시코는 여전히 도화지를 향해 있었다. 산시로는 요시코가 그림을 이어서 그리기 시작한 뒤부터 이야기를 주고받기가 매우 편해졌다.

잠시 입을 다문 채 그림 속을 들여다보고 있자니 요시코는 정성스럽게 초가지붕의 검은 그림자를 닦아내고 있었는데, 물이 너무 많았고 붓을 놀리는 손길이 매우 서툴렀기에 검은 것이 사방으로 마구 번져서 기껏 붉게 완성된 감이 응달에서 말린 떫은 감 같은 색이 되어버렸다. 붓을 쥔 손을 멈춘 요시코는 양손을 뻗고 목을 뒤로 당겨 와트만[51]을 가능한 한 멀리서 바라보다가 결국에는 조그만 목소리로,

---

51) 영국의 켄트 주에서 만드는 희고 두꺼운 고급용지. 수채화에 사용한다.

"완전히 망쳤네요."라고 말했다. 실제로 망쳤으니 어쩔 수가 없었다. 산시로는 안됐다는 생각이 들었다.

"이젠 그만두세요. 그리고 다시 새로 그리세요."

요시코는 얼굴을 그림으로 향한 채, 곁눈질로 산시로를 보았다. 크고 촉촉한 눈이었다. 산시로는 더욱 안되었다는 생각이 들었다. 그런데 여자가 갑자기 웃기 시작했다.

"한심하네. 2시간쯤 손해를 보다니."라고 말하며 기껏 그린 수채화 위에 종횡으로 두어 줄기 굵은 막대기를 그리더니 그림도구상자의 뚜껑을 탁 닫았다.

"이젠 그만두어야겠네요. 방으로 들어가세요. 차를 내드릴 테니." 라고 말하며 자신은 안으로 들어갔다. 산시로는 구두를 벗기가 귀찮았기에 역시 툇마루에 걸터앉아 있었다. 마음속으로는 이제 와서 차를 내주겠다는 여자를 매우 재미있다고 생각했다. 산시로에게 엉뚱한 여자를 재미있어하는 마음은 조금도 없었으나, 갑자기 차를 내드리겠다는 말을 들었을 때에는 일종의 유쾌함을 느끼지 않을 수 없었던 것이다. 그 느낌은 도저히 이성에게 다가가서 얻을 수 있는 느낌이 아니었다.

거실에서 이야기소리가 들려왔다. 하녀는 있었던 것임에 틀림없었다. 잠시 후, 장지문을 열고 다기를 든 요시코가 모습을 드러냈다. 그 얼굴을 정면에서 바라본 순간 산시로는 다시, 여성 중에서도 가장 여성스러운 얼굴이라고 생각했다.

요시코는 차를 따라서 툇마루로 내어주고 자신은 방의 다다미 위에 앉았다. 산시로는 그만 돌아가야겠다고 생각했으나, 이 여자

곁에 있으면 돌아가지 않아도 상관없다는 마음이 들었다. 병원에서는 이 여자의 얼굴을 너무 빤히 바라보아서 살짝 얼굴을 붉히게 만들었기에 얼른 물러났으나, 오늘은 아무렇지도 않았다. 차를 내준 것을 계기로 툇마루와 방 사이에서 다시 담화가 시작되었다. 여러 가지 이야기를 나누던 중에 요시코가 산시로에게 묘한 것을 물었다. 그것은 자신의 오빠인 노노미야가 좋은지 싫은지를 묻는 질문이었다. 얼핏 듣기에는 마치 철부지 어린아이나 할 법한 말이었으나, 요시코의 뜻은 조금 더 깊은 곳에 있었다. 연구심이 강하고 학문을 좋아하는 사람은 만사를 연구하는 듯한 마음으로 보기에 애정이 옅어지는 법이다. 사람의 정으로 사물을 보면 모든 것이 좋고 나쁨 2가지로 나뉜다. 연구하려는 마음 따위는 일어나지 않는 법이다. 자신의 오빠는 이학자여서 자신을 연구하기에 좋지 않다. 자신을 연구하면 연구할수록 자신을 아껴주는 정도가 줄어들기 때문에 여동생에 대해서 불친절해진다. 하지만 그 정도로 연구를 좋아하는 오빠가 이 정도로 자신을 아껴주고 있으니 그 점을 생각한다면 오빠는 일본에서 가장 좋은 사람임에 틀림없다는 결론이었다.

이 설을 들은 산시로는 참으로 옳은 말인 듯한, 또 어딘가 빈틈이 있는 듯한 느낌이 들었으나 그렇다면 어디에 빈틈이 있는 것인지는 머리가 멍해서 얼핏 알 수가 없었다. 그랬기에 겉으로는 이 설에 대해서 별다른 비평을 가하지 않았다. 단지 마음속에서, 이 정도 여자의 말조차 명료하게 비평하지 못하는 것은 남자로서 한심스러운 일이라며 크게 부끄러워했다. 동시에 도쿄의 여학생은 결코 얕잡아볼 수 없는 존재라는 사실을 깨달았다.

산시로는 요시코에 대한 경애의 마음을 품은 채 하숙으로 돌아왔
다. 엽서가 와 있었다. 〈내일 오후 1시쯤부터 국화인형을 보러
갈 테니 히로타 선생님 댁으로 와주세요. 미네코〉

그 글씨가 노노미야 군의 주머니에서 반쯤 삐져나와 있던 봉투의
글씨와 비슷했기에 산시로는 몇 번이고 거듭 읽어보았다.

이튿날은 일요일이었다. 산시로는 점심을 먹자마자 곧 니시카타
마치로 갔다. 새로 지은 제복을 입고 반짝이는 구두를 신고 있었다.
조용한 골목을 히로타 선생의 집 앞까지 가자 사람의 목소리가
들려왔다.

선생의 집은 대문으로 들어서면 왼쪽이 바로 정원인데 쪽문을 열면 현관을 통하지 않고 방의 툇마루로 갈 수 있었다. 산시로는 홍가시나무 울타리 사이로 보이는 빗장을 벗기려다 문득 정원 안에서 들려오는 이야기소리를 들었다. 노노미야와 미네코가 이야기를 주고받고 있었다.

"그렇게 하면 땅바닥에 떨어져 죽을 뿐입니다." 이건 남자의 목소리였다.

"죽어도 그러는 편이 낫다고 생각해요." 이건 여자의 대답이었다.

"하긴 그런 무모한 사람은 높은 곳에서 떨어져 죽을 만큼의 가치는 충분히 있습니다."

"잔혹한 소리를 하시네요."

산시로는 여기서 쪽문을 열었다. 정원 한가운데 서 있던 대화의 주인들이 두 사람 모두 이쪽을 보았다. 노노미야는 단지 "아."하고 평범하게 말하며 머리를 끄덕였을 뿐이었다. 머리에 새로운 갈색 중절모를 쓰고 있었다. 미네코는 바로,

"엽서는 언제쯤 도착했나요?"라고 물었다. 두 사람이 지금까지 나누던 대화는 이것으로 중단되었다.

툇마루에서는 주인이 양복을 입고 앉아서 변함없이 철학을 내뿜고 있었다. 그는 서양 잡지를 손에 들고 있었다. 옆에 요시코가 있었다. 두 손을 뒤쪽에 대서 몸을 허공에 지탱한 채 뻗은 다리에 신고 있는 두툼한 조리를 바라보고 있었다. —모두가 산시로를 기다리고 있었던 모양이었다.

주인이 잡지를 내려놓았다.

"그럼 가볼까. 결국은 끌려가는군."

"욕보십니다."라고 노노미야 씨가 말했다. 여자는 둘이서 얼굴을 마주보고 남몰래 웃음을 흘렸다. 정원을 나설 때 여자 둘이 앞뒤로 걸었다.

"키가 크네."라고 미네코가 뒤에서 말했다.

"꺽다리."라고 요시코가 한마디 대답을 했다. 문 옆에 나란히 섰을 때, "그래서 될 수 있으면 조리를 신는 거예요."라고 변호했다. 산시로도 뒤를 이어서 정원을 나서려던 순간, 2층의 창문이 드르륵 열렸다. 요지로가 난간 부근까지 나왔다.

"가는 거야?"라고 물었다.

"응, 너는?"

"안 가. 국화세공 따위 봐서 뭐하겠다는 건지. 한심하기는."

"같이 가자. 집에 있어봐야 할 일도 없잖아."

"지금 논문을 쓰고 있어. 굉장한 논문을 쓰는 중이야. 지금 그러고 있을 때가 아니야."

산시로는 어처구니없다는 듯한 웃음을 지은 뒤, 네 사람의 뒤를 따라갔다. 네 사람은 가느다란 골목을 3분의 2쯤 큰길 쪽으로 멀어져간 참이었다. 이 일단의 모습을 높다란 공기 아래서 발견했을 때, 산시로는 자신의 지금 생활이 구마모토 당시의 그것보다 훨씬 더 의미 깊은 것이 되어가고 있다고 느꼈다. 예전에 생각했던 세 가지 세계 가운데 두 번째, 세 번째 세계는 바로 이 일단의 모습으로 대표되고 있었다. 모습의 절반은 거뭇했다. 절반은 꽃이 핀 들판처럼 선명했다. 그리고 산시로의 머릿속에서는 이 양쪽이 혼연히 조화를

이루고 있었다. 뿐만 아니라 자신도 어느 틈엔가 자연스럽게 이 날줄과 씨줄 속에 얽혀 있었다. 단, 그 속의 어딘가에 불안정한 부분이 있었다. 그것이 불안했다. 걸으며 생각해보니 조금 전 정원 속에서 노노미야와 미네코가 주고받은 화두가 가까운 원인이었다. 산시로는 이 불안감을 내몰기 위해서 두 사람의 화두를 다시 파헤쳐 보고 싶다는 생각이 들었다.

네 사람은 벌써 모퉁이에 가 있었다. 네 사람 모두 발걸음을 멈추고 뒤를 돌아보았다. 미네코는 이마 위로 손을 대고 있었다.

산시로는 1분도 걸리지 않아서 따라붙었다. 따라붙었으나 아무도 뭐라고 하지 않았다. 그저 걷기 시작했을 뿐이었다. 잠시 후 미네코가,

　"노노미야 씨는 이학자라서 그런 말씀을 하시는 거겠죠."라고 말을 시작했다. 이야기를 이어나가려는 것인 듯했다.

　"아니, 이학을 하지 않아도 마찬가지입니다. 높이 날겠다고 말하기 위해서는 날 수 있을 만큼의 장치를 생각한 뒤가 아니면 안 된다는 건 당연한 일입니다. 분명히 머리가 먼저 필요하지 않습니까?"

　"그렇게 높이 날고 싶지 않은 사람은 그것으로 참을지도 몰라요."

　"참지 않으면 죽을 뿐인 걸요."

　"그렇다면 안전하게 땅바닥 위에 서 있는 게 제일 좋은 셈이네요. 왠지 시시한 것 같아요."

　노노미야 씨는 대답을 그만두고 히로타 선생 쪽을 향해서,

　"여자 중에는 시인이 많네요."라고 웃으며 말했다. 그러자 히로타 선생이,

　"남자의 폐해는 오히려 순수한 시인이 되지 못한다는 점에 있는 거겠지."라고 묘한 말을 했다. 노노미야 씨는 그것으로 입을 다물었다. 요시코와 미네코는 뭔가 서로의 이야기를 시작했다. 산시로는 마침내 질문할 기회를 얻었다.

　"조금 전에는 무슨 얘기였습니까?"

　"그냥 공중비행기 얘기였습니다."라고 노노미야 씨가 대수롭지 않게 말했다. 산시로는 만담의 결말을 들은 듯한 기분이 들었다.

그 이후부터는 특별
히 대화도 나누지 않았
다. 또 길게 대화를 나눌
수 없을 정도로 사람들
이 줄지어 걷는 곳까지
오기도 했다. 대관음 앞
에 거지가 있었다. 이마
를 땅바닥에 대고 커다
란 목소리를 끊임없이

내서 기세 좋게 애원하고 있었다. 가끔 얼굴을 들면 이마 부분만이
모래로 하얗게 되어 있었다. 아무도 돌아보는 사람이 없었다. 다섯
명도 아무렇지 않게 지나쳤다. 대여섯 간(10m)쯤 갔을 때, 히로타
선생이 갑자기 뒤를 돌아보더니 산시로에게 물었다.

"자네, 저 거지에게 돈을 주었나요?"

"아니요."라며 산시로가 뒤를 돌아보니 예의 거지는 하얀 이마
아래로 두 손을 모으고 여전히 커다란 목소리를 내고 있었다.

"줄 마음이 들지 않아요."라고 요시코가 바로 말했다.

"어째서?"라며 요시코의 오빠가 동생을 보았다. 나무라는 것처럼
강한 어조는 아니었다. 노노미야의 표정은 오히려 냉정했다.

"저렇게 시종일관 들이밀기만 해서는 들이미는 효과가 없어서
안 돼요."라고 미네코가 평했다.

"아니, 장소가 좋지 않기 때문이야"라고 이번에는 히로타 선생이
말했다. "사람들이 너무 많이 지나다녀서 좋지 않아. 산 위의 한적한

곳에서 저런 사내를 만나면 누구라도 줄 마음이 드는 법이야."

"그 대신 하루 종일 기다려도 아무도 안 지나갈지도 몰라."라며 노노미야가 킥킥 웃었다.

산시로는 네 사람의 거지에 대한 비평을 듣고 자신이 오늘까지 양성해온 덕의상의 관념을 얼마간 훼손당한 듯한 느낌이 들었다. 그러나 자신이 거지 앞을 지날 때 한 푼이라도 줄 생각이 일어나지 않았을 뿐만 아니라, 솔직히 말하자면 오히려 불쾌한 기분이 커졌다는 사실을 되돌아보면 자신보다도 이 네 사람이 차라리 스스로에게 성실한 것이라는 사실을 알게 되었다. 또한 그들은 자신에게 성실할 수 있을 만큼 널따란 천지 아래서 숨 쉬고 있는 도회의 인종이라는 사실도 깨닫게 되었다.

갈수록 사람이 많아졌다. 한동안 가다가 미아 한 명을 보았다. 일곱 살쯤의 여자아이였다. 울면서 사람들의 소매 밑을 오른쪽으로 갔다가 왼쪽으로 갔다가 우왕좌왕하고 있었다. 할머니, 할머니, 하고 마구 외쳤다. 여기에는 거리의 사람들 모두 마음이 움직인 모양이었다. 멈춰 서는 사람도 있었다. 가엾다고 말하는 사람도 있었다. 그러나 누구도 손을 내밀지는 않았다. 아이는 모든 사람들의 주의와 동정을 끌면서 할머니를 찾느라 자꾸만 울부짖었다. 신기한 현상이었다.

"이것도 장소가 좋지 않기 때문 아닌가?"라고 노노미야 군이 멀어지는 아이의 모습을 바라보며 말했다.

"곧 순사가 처리를 해줄 게 뻔하기에 모두 책임을 회피하려는 거야."라고 히로타 선생이 설명했다.

"내 옆으로 오면
파출소까지 데려다
줄 거야."라고 요시
코가 말했다.

"그럼, 따라가서
데려다주면 되잖
아."라고 오빠가 주
의를 주었다.

"따라가기는 싫
어요."

"왜?"

"왜냐하면―, 사람이 이렇게 많은 걸요. 꼭 내가 해야 할 일은
아니에요."

"역시 책임을 회피하는군."이라고 히로타가 말했다.

"역시 장소가 좋지 않아."라고 노노미야가 말했다. 남자는 둘이서
웃었다. 단고자카(언덕) 위까지 가자 파출소 앞에 사람들이 시커멓게
모여 있었다. 미아가 결국에는 순사의 손에 넘겨진 것이었다.

"이젠 안심, 됐어요."라고 미네코가 요시코를 돌아보며 말했다.
요시코는, "어머, 다행이네."라고 말했다.

언덕 위에서 보니 언덕길은 굽어 있었다. 검의 날 끝 같았다.
폭은 물론 좁았다. 오른쪽의 2층 건물이 왼쪽의 높다란 오두막
앞을 절반쯤 가로막고 있었다. 그 뒤로는 다시 높다란 깃발이 몇
개고 세워져 있었다. 사람들이 갑자기 골짜기 바닥으로 떨어지는

듯 여겨졌다. 그 떨어지는 자들이 기어오르는 자와 뒤죽박죽이 되어 길을 가득 메우고 있었기에 골짜기 바닥에 해당하는 곳은 폭 전체가 이상하게 움직였다. 바라보고 있자면 눈이 피곤해질 정도로 불규칙하게 꿈틀대고 있었다. 히로타 선생은 이 언덕 위에 서서,

"이거 큰일이군."하고 마치 돌아가고 싶어 하는 것 같았다. 네 사람이 뒤에서 선생을 떠밀듯 하여 골짜기로 들어갔다. 그 골짜기가 도중에서 완만하게 맞은편으로 굽어도는 곳의 왼쪽과 오른쪽 모두 에 갈대발을 걸쳐놓은 커다란 오두막을 좁은 길의 양쪽 편에 높다랗 게 세워놓았기에 뜻밖에도 하늘조차 갑갑하게 보였다. 길은 어둡게 느껴질 정도로 붐비고 있었다. 그러한 가운데서 흥행장의 문지기가 목청껏 커다란 소리를 냈다. "사람에게서 나오는 소리가 아니야. 국화인형이 내는 소리야."라고 히로타 선생이 평했다. 그 정도로 그들의 목소리는 심상함을 넘어서 있었다.

일행은 왼편의 오두막으로 들어갔다. 소가(曽我)의 습격[52]이 있었다. 고로(五郎)도 주로(十郎)도 요리토모도 모두 평등하게 국화 옷을 입고 있었다. 단, 얼굴과 손발은 전부 나무로 조각한 것이었다. 그 다음은 눈이 내리고 있었다. 젊은 여자가 화를 내고 있었다. 이것도 인형의 심 전면에 국화를 감아 꽃과 잎이 평평하게 빈틈없이 옷과 같은 모양이 되도록 만들어놓은 것이었다.

---

52) 1193년에 미나모토노 요리토모(源 頼朝)가 후지산에서 행한 사냥 때, 소 가 씨의 형제인 고로와 주로가 아버지의 원수를 갚기 위해 구도 스케쓰네 (工藤 祐経)를 습격한 사건. 일본의 3대 복수 가운데 하나로 꼽힌다.

요시코는 넋을 놓고 바라보았다. 히로타 선생과 노노미야는 자꾸만 이야기를 시작했다. 국화의 재배법이 다르네 어쩌네 이야기하는 부근에서 산시로는 다른 구경꾼들에게 밀려 1간(1.8m)쯤 떨어졌다. 미네코는 이미 산시

로보다 앞에 있었다. 구경꾼들은 대부분 서민이었다. 교육을 받은 듯한 사람은 극히 드물었다. 미네코가 그 사이에 서서 뒤를 돌아보았다. 목을 길게 빼서 노노미야가 있는 쪽을 보았다. 노노미야는 오른손을 대나무 난간 너머로 내밀어 국화의 눈을 가리키며 무엇인가 열심히 설명하고 있었다. 미네코는 다시 앞쪽을 보았다. 구경꾼들에게 떠밀려 출구 쪽으로 빠르게 갔다. 산시로는 군중을 헤집으며 나머지 세 사람은 버린 채 미네코의 뒤를 따라갔다.

간신히 미네코의 옆까지 가서,

"사토미 씨."라고 부르자 미네코는 푸른 대나무 난간에 손을 댄 채 고개를 약간 돌려 산시로를 보았다. 아무런 말도 하지 않았다. 난간 안에는 요로의 폭포53)가 있었다. 둥근 얼굴의, 허리에 도끼를 지른 사내가 호리병을 들고 용소[龍沼] 옆에 웅크려 앉아 있었다.

산시로가 미네코의 얼굴을 보았을 때는 푸른 대나무 안에 무엇이 있는지 거의 깨닫지 못했다.

"왜 그러세요?"라고 자신도 모르게 말했다. 미네코는 아직 아무런 대답도 하지 않았다. 검은 눈을 마치 괴롭다는 듯 산시로의 이마 위에 고정시키고 있었다. 그때 산시로는 미네코의 쌍꺼풀에서 무엇인가 짐작할 수 없는 어떤 의미를 발견했다. 그 의미 속에는 영혼의 피로가 있었다. 육체의 이완이 있었다. 고통에 가까운 호소가 있었다. 산시로는 미네코의 대답을 예기하고 있는 지금의 상황을 잊고, 그 눈동자와 그 눈꺼풀 사이에서 모든 것을 망각했다. 그때 미네코가 말했다.

"그만 나가요."

눈동자와 눈꺼풀의 거리가 점점 가까워지는 것처럼 보였다. 가까워져감에 따라서 산시로의 마음에는 여자를 위해서 나가지 않으면 미안할 것이라는 생각이 싹트기 시작했다. 그것이 정점에 달했을 무렵, 여자는 고개를 내던지듯 하여 맞은편을 보았다. 손을 푸른 대나무 난간에서 떼더니 출구 쪽으로 걸어갔다. 산시로는 바로 뒤를 따라서 나갔다.

두 사람이 밖에 나란히 섰을 때, 미네코는 고개를 숙이고 오른손을 이마에 댔다. 주위에서는 사람들이 소용돌이치고 있었다. 산시로는 여자의 귓가로 입을 가져갔다.

---

53) 養老の滝. 기후(岐阜) 현 요로초에 있는 높이 32m, 폭 4m의 폭포. 술이 솟아오르는 샘을 발견한 겐 조나이(源 丞内)가 그 술을 아버지에게 올려 기쁘게 했다는 전설이 있다.

"왜 그러세요?"

여자는 인파 속을 야나카 쪽으로 걷기 시작했다. 산시로도 물론 함께 걷기 시작했다. 반 정(55m)쯤 갔을 때 여자가 사람들 속에서 멈춰 섰다.

"여기는 어디죠?"

"이쪽으로 가면 야나카의 덴노지(天王寺) 쪽으로 나가버립니다. 집에 가는 길과 정반대입니다."

"그래요? 저 몸이 좋지 않아서……."

산시로는 길 한가운데서 도움의 손길을 얻을 길이 없는 고통을 느꼈다. 선 채로 생각했다.

"어디 조용한 데는 없을까요?"라고 여자가 물었다.

야나카와 센다기가 골짜기에서 만나고, 그 가장 낮은 곳에 시냇물이 흐르고 있었다. 그 시냇물을 따라서 거리를 왼쪽으로 꺾어지자 바로 들판이 나왔다. 시냇물은 북쪽으로 똑바로 흐르고 있었다. 산시로는 도쿄에 온 이후 이 시냇물 건너편을 몇 번 걷고 시냇물 이쪽을 몇 번 걸었는지 분명히 기억하고 있었다. 미네코가 서 있는 곳은 이 시냇물이 야나카의 거리를 바로 가로질러 네즈로 들어가는 돌다리의 옆이었다.

"1정(109m)쯤 더 걸을 수 있겠어요?"라고 미네코에게 물어보았다.

"걸을게요."

두 사람은 곧 돌다리를 건너 왼쪽으로 꺾어졌다. 집의 정원에 난 길 같은 곳을 끝자락까지 10간(18m)쯤 가서 문 앞에서 널다리를 이쪽으로 다시 건너 잠시 냇가를 따라 오르니 더는 사람이 지나지 않았다. 널따란 들판이었다.

이 고요한 가을 속으로 나서자 산시로가 갑자기 말을 하기 시작했다.

"몸은 좀 어떤가요? 머리라도 아픈가요? 사람들이 너무 붐빈 탓이겠지요. 그 인형을 보러 온 사람들 중에는 꽤나 천박한 사람도 있는 것 같던데— 무슨 실례되는 일이라도 있었나요?"

여자는 말이 없었다. 마침내 시냇물에서 눈을 들더니 산시로를 보았다. 쌍꺼풀에는 뚜렷하게 생기가 돌았다. 산시로는 그 눈빛에 반쯤은 마음이 놓였다.

"고마워요. 많이 좋아졌어요."라고 말했다.

"쉴까요?"

"네."

"조금 더 걸을 수 있겠어요?"

"네."

"걸을 수 있으면 조금만 더 걸으세요. 여기는 지저분해요. 저기까지 가면 쉬기 딱 좋은 곳이 있으니."

"네."

1정쯤 갔다. 또 다리가 있었다. 1자(30cm)도 되지 않는 낡은 널빤지를 되는 대로 걸쳐놓은 위를 산시로는 성큼성큼 걸었다. 여자도 뒤를 이어서 지났다. 기다리고 있던 산시로의 눈에 여자의 다리는, 평소 땅을 밟을 때와 마찬가지로 가볍게 보였다. 이 여자는 곧게 뻗은 다리를 앞으로 똑바로 내딛는다. 일부러 여성스럽게 수줍다는 듯 걷지는 않는다. 그렇기에 이쪽에서 함부로 손을 내밀 수도 없었다.

저 너머에 초가지붕이 있었다. 지붕 아래 전체가 붉었다. 다가가서 보니 고추를 말리고 있었다. 여자는 그 붉은 것이 고추라는 사실을 알아볼 수 있는 곳까지 가서 멈춰 섰다.

"아름다워라."라고 말하며 풀 위에 앉았다. 풀은 시냇가에 좁은 폭으로 자라 있을 뿐이었다. 그것조차 한여름처럼 파랗지는 않았다. 미네코는 화려한 기모노가 더러워지는 것을 전혀 마음에 두지 않았다.

"조금 더 걸을 수 없겠어요?"라고 산시로가 멈춰 서며 재촉하듯 말해보았다.

"고마워요. 여기면 충분해요."

"역시 몸이 좋지 않은가요?"

"너무 피곤해서."

산시로는 마침내 지저분한 풀 위에 앉았다. 미네코와 산시로 사이는 4자(120㎝)쯤 떨어져 있었다. 두 사람 발 아래서는 조그만 시내가 흐르고 있었다. 가을이 되어 수량이 줄었기에 얕았다. 모서리가 드러난 돌 위에 할미새가 한 마리 앉아 있을 정도였다. 산시로는 물 속을 바라보고 있었다. 물이 점점 탁해지기 시작했다. 바라보니 상류 쪽에서 농부가 무를 씻고 있었다. 미네코의 시선은 멀리 저 너머에 있었다. 저 너머는 널따란 밭이고, 밭 뒤가 숲이고 숲 위가 하늘이었다. 하늘의 빛깔이 점점 바뀌기 시작했다.

그저 단조롭게 맑기만 하던 곳 속에 몇 가지고 색이 생기기 시작했다. 투명할 정도로 파랗던 바탕이 사라져가듯 점차 옅어졌다. 그 위로 하얀 구름이 느릿느릿 겹치기 시작했다. 겹쳤던 것이 흩어져 흐르기 시작했다. 어디서 바탕이 다하고 어디서 구름이 시작되는지 알 수 없을 만큼 흐릿한 위로 살짝 노란 빛이 슥 전면에 걸쳤다.

"하늘빛이 탁해졌어요."라고 미네코가 말했다.

산시로는 시내에서 눈을 떼어 위를 보았다. 이런 하늘빛을 본 것은 처음이 아니었다. 하지만 하늘이 탁해졌다는 말을 들은 것은 이때가 처음이었다. 듣고 보니 탁해졌다고 형용하는 것 외에는 형용할 길이 없는 색이었다. 산시로가 무언가 대답하려 하기 전에 여자가 다시 말했다.

"묵직하네요. 마블/대리석/처럼 보여요."

미네코는 쌍꺼풀 진 눈을 가느다랗게 떠서 높은 곳을 바라보고 있었다. 그러다 그 가늘게 뜬 눈 그대로를 조용히 산시로 쪽으로 향했다. 그리고,

"마블처럼 보이죠?"라고 물었다. 산시로는,

"네, 마블처럼 보입니다."라고 대답할 수밖에 없었다. 여자는 그것으로 더 이상 말을 하지 않았다. 잠시 후, 이번에는 산시로가 말했다.

"이런 하늘 아래 있으면 마음은 무거워지지만 기분은 가벼워져요."

"어째서죠?"라고 미네코가 물었다.

산시로에게는 아무런 이유도 없었다.

"안심하고 꿈을 꾸고 있는 듯한 날씨예요."

"움직이는 듯하면서도 좀처럼 움직이지 않네요."라며 미네코는 다시 먼 구름을 바라보기 시작했다.

국화인형 전시장에서 손님을 부르는 소리가 종종 두 사람이 앉아 있는 곳까지 들려왔다.

"꽤나 커다란 목소리네요."

"아침부터 밤까지 저런 목소리를 내는 걸까요? 대단하네요."라고 말하다가 산시로는 갑자기 거기에 두고 온 세 사람이 떠올랐다. 무엇인가 말하려 하는 사이에 미네코가 대답했다.

"직업인 걸요. 대관음 앞의 거지와 같은 거예요."

"장소가 나쁘지는 않나요?"

산시로답지 않게 농담을 하고 혼자서 재미있다는 듯 웃었다. 거지에 대해서 한 히로타의 말을 아주 흥미롭게 받아들였기 때문이었다.

"히로타 선생님은 곧잘 그런 말씀을 하시는 분이세요."라고 아주 가볍게 혼잣말처럼 중얼거리더니 갑자기 말투를 바꿔서,

"이런 곳에 이렇게 앉아 있으면, 괜찮아, 합격이야."라고 비교적 활달하게 덧붙였다. 그리고 이번에는 자신이 재미있다는 듯 웃었다.

"과연 노노미야 씨가 말한 대로 언제까지 기다려도 아무도 지날 것 같지 않네요."

"마침 잘 됐잖아요."라고 빠르게 말했다가, 뒤에 "구걸을 하지

않는 거지이니."라고 마무리 지었다. 이는 앞의 말에 대한 해석을 위해서 덧붙인 것처럼 들렸다.

그때 낯선 사람이 불쑥 모습을 드러냈다. 고추를 말리고 있던 집 뒤쪽에서 나타나 어느 틈엔가 시내를 맞은편으로 건넌 것인 듯했다. 두 사람이 앉아 있는 쪽으로 점점 다가왔다. 양복을 입고 수염을 기르고, 나이로 봐서 히로타 선생 정도쯤 되는 듯한 사내였다. 두 사람 앞까지 온 그 남자가 얼굴을 휙 돌려 산시로와 미네코를 정면에서 노려보았다. 그 눈 속에는 노골적인 증오의 빛이 어려 있었다. 산시로는 가만히 앉아 있을 수 없을 정도의 속박을 느꼈다. 남자는 곧 지나쳐 갔다. 그 뒷모습을 바라보며 산시로는,

"히로타 선생님과 노노미야 씨는 뒤에 틀림없이 저희를 찾았겠지요?"라고 비로소 생각이 났다는 듯 말했다. 미네코는 오히려 냉담했다.

"뭐, 괜찮아요. 커다란 미아니까."

"미아니까 찾았겠지요."라고 산시로는 여전히 앞서의 설을 주장했다. 그러자 미네코가 더욱 냉담한 투로,

"책임을 지고 싶어 하지 않는 사람이니 마침 잘된 거죠."

"누가? 히로타 선생님이요?"

미네코는 대답하지 않았다.

"노노미야 씨가요?"

미네코는 역시 대답하지 않았다.

"이제 몸은 좀 좋아졌나요? 좋아졌으면 그만 돌아가기로 할까요?"

미네코는 산시로를 보았다. 몸을 일으키려던 산시로는 다시 풀 위에 앉았다. 그때 산시로는, 이 여자에게는 도저히 당해낼 수 없을 것 같다는 기분이 어딘가에서 들었다. 동시에 자신의 속내를 들켜버렸다는 자각에서 오는 일종의 굴욕감을 어렴풋이 느꼈다.

"미아."

여자가 산시로를 바라본 채로 이 한마디를 되풀이했다. 산시로는 대답하지 않았다.

"미아를 영어로 어떻게 번역하는지 아세요?"

산시로는 안다고도, 모른다고도 말할 수 없을 정도로 이 물음을 예상하고 있지 못했다.

"가르쳐드릴까요?"

"네."

"스트레이 십─, 아시나요?"

산시로는 이러한 경우에 처하면 무슨 말을 해야 좋을지 모르는 사람이었다. 그 순간이 지나서 머리가 냉정하게 돌아가기 시작하면, 과거를 되돌아보고 이렇게 말했으면 좋았을 걸, 저렇게 했으면 좋았을 걸, 하고 후회한다. 그렇다고 해서 나중의 후회를 예상하여

억지로 대답을 짜
내서 마치 자연스
럽다는 듯 당당하
게 내뱉을 만큼 경
박하지는 않았다.
그랬기에 그저 입
을 다물고 있었다.
그러면서도 입을
다물고 있는 것이
한없이 얼간이 같
다고 스스로 느끼
고 있었다.

스트레이 십이라는 말은 알고 있는 듯도 했다. 한편으로는 모르고 있는 듯도 했다. 알 것 같기도 하고 모를 것 같기도 한 것은 이 말의 의미보다 오히려 여자가 한 이 말의 의미였다. 산시로는 하릴없이 여자의 얼굴을 바라본 채 입을 다물고 있었다. 그러자 여자가 갑자기 진지해졌다.

"제가 그렇게 건방지게 보이나요?"

그 말투에는 변명의 마음이 담겨 있었다. 산시로는 뜻밖의 느낌을 받았다. 지금까지는 안개 속에 있었다. 안개가 걷혔으면 좋겠다고 생각했다. 이 말로 안개가 걷혔다. 명료한 여자가 모습을 드러냈다. 맑아진 것이 원망스럽다는 기분이 들었다.

산시로는 미네코의 태도를 원래대로, -두 사람의 머리 위에 펼쳐져 있는 맑다고도 흐리다고도 말할 수 없는 하늘처럼, ―의미가 있는 것으로 되돌리고 싶었다. 그러나 그것은 여자의 비위를 맞추기 위한 말 정도로 되돌릴 수 있는 것이 아니라고 생각했다. 여자가 갑자기,

"그럼 이만 가기로 해요."라고 말했다. 비아냥거리는 듯한 말투는 아니었다. 단지 산시로에게 있어서 자신은 흥미롭지 못한 사람이라고 체념한 것처럼 조용한 말투였다.

하늘이 다시 바뀌기 시작했다. 바람이 멀리서부터 불어왔다. 널따란 밭 위로는 그늘이 져서 보고 있으면 싸늘할 정도로 쓸쓸했다. 풀에서 올라온 수증기로 몸이 차가워져 있었다. 그러고 보니 이런 곳에 지금까지 잘도 털썩 앉아 있었다는 생각이 들었다. 자기 혼자였다면 벌써 다른 곳으로 가버렸을 것임에 틀림없었다. 미네코도― 미네코는 이런 곳에 앉는 여자일지도 몰랐다.

"조금 쌀쌀해진 듯하니 어쨌든 가기로 해요. 몸이 식으면 좋지 않으니. 그런데 몸은 이제 완전히 좋아졌나요?"

"네, 완전히 좋아졌어요."라고 분명히 말하고 갑자기 자리에서 일어났다. 일어서면서 조그만 목소리로 혼잣말처럼,

"스트레이 십."이라고 길게 꼬리를 끌며 말했다. 산시로는 물론 대답하지 않았다.

미네코는 조금 전에 양복을 입은 남자가 나타났던 쪽을 가리키며, 길이 있다면 저 고추 옆을 지나서 가고 싶다고 말했다. 두 사람은 그쪽으로 걸어갔다. 초가집 뒤쪽으로 과연 3자(90㎝) 정도의 가느다란 길이 있었다. 그 길을 절반쯤 갔을 때 산시로가 물었다.

"요시코 씨는 당신 집에 들어가기로 결정 났나요?"

여자는 한쪽 뺨으로 웃었다. 그리고 반문했다.

"왜 물으시는 거죠?"

산시로가 무슨 말인가 하려고 했는데 발 앞에 웅덩이가 있었다. 4자(120㎝)쯤 되는 곳에 땅이 움푹 파여서 물이 찰랑찰랑 고여 있었다. 그 한가운데에 발을 딛기에 맞춤한 돌이 놓여 있었다. 산시로는 돌의 도움을 얻지 않고 바로 건너편으로 뛰었다. 그리고 미네코를 돌아보았다. 미네코가 오른쪽 발을 웅덩이 한가운데에 있는 돌 위에 얹었다. 돌의 앉음새가 그다지 좋지 않았다. 다리에 힘을 주고 어깨를 흔들어 균형을 잡고 있었다. 산시로는 이쪽에서 손을 내밀었다.

"잡으세요."

"아니, 괜찮아요."라며 여자는 웃고 있었다. 손을 내밀고 있는 동안에는 균형을 잡기만 할 뿐, 건너지 않았다. 산시로는 손을 거두었다. 그러자 미네코는 돌 위에 있는 오른쪽 발에 체중을 실어 왼쪽 발로 훌쩍 이쪽으로 건넜다. 나막신을 더럽히지 않으려 너무 조심했기에 힘이 남아서 몸이 기울었다. 고꾸라질 듯 가슴이 앞으로 쏠렸다. 그 자세 그대로 미네코의 두 손이 산시로의 두 팔 위에 얹어졌다.

"스트레이 십."하고 미네코가 입 속에서 말했다. 산시로는 그 숨결을 느낄 수 있었다.

6

벨이 울리고, 강사는 교실에서 나갔다. 산시로는 잉크가 묻은 펜/洋筆/을 털고 노트를 덮으려 했다. 그때 옆에 있던 요지로가 말을 걸었다.

"이봐, 잠깐 빌려줘. 적지 못한 곳이 있어."

요지로가 산시로의 노트를 잡아당겨 위에서 들여다보았다. 스트레이 십(stray sheep)이라는 글자가 마구 적혀 있었다.

"이게 뭐야?"

"강의를 필기하기가 싫어져서 장난으로 써본 거야."

"그렇게 불성실해서는 안 돼. 칸트의 유심론[唯心論]이 버클리의 초절실재론[超絶實在論]에 어쨌다고 하지 않았나?"

"어쨌다고 했어."

"안 들은 거야?"

"아니."

"그야말로 스트레이 십이로군. 못 말리겠어."

요지로는 자신의 노트를 끌어안고 자리에서 일어났다. 책상 앞에서 멀어지며 산시로에게,

"이봐, 잠깐 와봐."라고 말했다. 산시로는 요지로를 따라 교실에서 나왔다. 계단을 내려가 현관 앞의 풀밭까지 갔다. 커다란 벚나무가

있었다. 두 사람은 그 아래에 앉았다.

이곳은 초여름이 되면 클로버가 가득 자라난다. 요지로가 입학원서를 들고 사무실로 찾아갔을 때, 이 벚나무 아래에 두 학생이 누워 있었다. 그 가운데 한 사람이 한 사람에게 구술시험을 도도이쓰[54]로 대신해준다면 얼마든지 노래를 불러줄 수 있다고 말하자, 한 사람이 작은 목소리로 풍류를 아는 박사 앞에서 사랑의 시험을 보고 싶네, 라고 읊조렸다. 그때부터 요지로는 이 벚나무 아래가 좋아져서 무슨 일만 있으면 산시로를 이곳으로 끌어냈다. 그 역사를 들었을 때 산시로는, 과연 요지로는 속요로 피티즈 러브(pity's love)를 번역할 만한 사람이라고 생각했다. 그러나 오늘은 요지로가 평소와 달리 진지했다. 풀 위에 책상다리를 하고 앉자마자 품속에서 문예시평이라는 잡지를 꺼내 펼쳐진 채로 있는 한 페이지를 거꾸로 해서 산시로 쪽으로 향했다.

"어때?"라고 말했다. 바라보니 커다란 활자로 「위대한 어둠」이라는 제목이 적혀 있었다. 그 아래에 레이요시[55]라는 아호[雅號]를

---

54) 都々逸. 7·7·7·5조의 속요. 주로 남녀 간의 애정에 관한 내용.
55) 零余子. 주아[珠芽]를 뜻한다. 주아란, 변태한 곁눈의 하나. 양분을 저장하여 살이 많으며, 식물의 모체에서 땅에 떨어져 무성적으로 새 개체가 된다. 참나리나 마 따위 식물의 잎겨드랑이에 생긴다.

사용했다. 위대한 어둠은 요지로가 늘 히로타 선생을 평하는 말로 산시로도 두어 번 들어본 것이었다. 그러나 레이요시는 전혀 모르는 이름이었다. 어때, 라는 말을 들었을 때, 산시로는 대답을 하기 위한 전제로써 우선은 요지로의 얼굴을 보았다. 그러자 요지로는 아무런 말도 하지 않고 그 납작한 얼굴을 앞으로 내밀더니 오른쪽 검지 끝으로 자신의 콧등을 누르고 가만히 있었다. 맞은편에 서 있던 한 학생이 이 모습을 보고 히죽히죽 웃기 시작했다. 그 사실을 깨달은 요지로는 마침내 손가락을 코에서 떼었다.

"내가 쓴 거야."라고 말했다. 산시로는 아하 그렇게 된 거로군, 하고 깨달았다.

"우리가 국화인형을 보러 갔을 때 쓴 게 이거야?"

"아니, 그건 겨우 이삼일 전이잖아. 그렇게 빨리 활판이 될 리 있겠어? 그건 다음 달에 나올 거야. 이건 훨씬 전에 쓴 거야. 뭘 쓴 건지 제목으로 알 수 있겠지?"

"히로타 선생님에 대해서야?"

"응. 이렇게 해서 여론을 환기시켜서 말이지. 그렇게 해서 선생님이 대학에 들어올 수 있는 기반을 다지는⋯⋯."

"그 잡지는 그렇게 영향력이 있는 잡지야?"

산시로는 잡지의 이름조차 알지 못했다.

"아니, 영향력이 없어서, 사실은 난감해."라고 요지로가 대답했다. 산시로는 웃지 않을 수 없었다.

"몇 부 정도나 팔리는데?"

요지로는 몇 부 팔린다고도 말하지 않았다.

"아무렴 어때. 쓰지 않는 거보다는 낫지."라고 변명했다.

차근차근 들어보니 요지로는 예전부터 이 잡지와 관계를 맺고 있어서 시간만 나면 거의 매 호마다 붓을 쥐고 있는데 그 대신 아호도 매 호 바꾸기 때문에 두어 명의 동인 외에는 아무도 모른다는 것이었다. 과연 그럴 법도 했다. 산시로는 지금 처음으로 요지로와 문단과의 교섭을 들었을 정도이니. 그런데 요지로가 무엇 때문에 쓸데없이 늘 익명으로 그의 이른바 대논문을 남몰래 공표하는 건지, 산시로는 그 점을 이해할 수가 없었다.

얼마간이라도 용돈을 벌기 위해서 하고 있는 일이냐고 거침없이 물었을 때, 요지로는 눈을 둥그렇게 떴다.

"너는 규슈의 시골에서 올라온 지 얼마 안 돼서 중앙문단의 추세를 모르기에 그런 한가로운 소리를 하는 거겠지. 지금 사상계의 중심에 머물며 그 격심하게 동요하는 모습을 목격하고 있으면서, 생각 있는 사람이 어떻게 모르는 척 시치미를 떼고 있을 수 있겠어. 실제로 오늘날 문단의 권력은 온전히 우리 청년의 손에 있으니 한마디든 반 마디든 적극적으로 말할 수 있는 만큼 말하지 않으면 손해 아닌가? 문단은 급전직하[急轉直下]의 기세로 눈에 띄게 혁명을 겪고 있어. 모든 것이 전부 움직여서 새로운 기운을 향해 가고 있으니 뒤떨어져서는 큰일이지. 앞장서서 스스로 이 기운을 만들어가지 않으면 살아 있는 보람이 없어. 문학, 문학이라고 싸구려처럼 말하지만, 그건 대학 같은 데서 듣는 문학이야. 우리의 이른바 새로운 문학은 인생 그 자체의 커다란 반사야. 문학의 새로운 기운은 일본 전체 사회의 활동에 영향을 주지 않으면 안 돼. 또 실제로 영향을 주고 있어. 그들이 낮잠을 자며 꿈을 꾸고 있는 사이에 언제부턴가 영향을 주고 있어. 무서운 일이야. ……."

산시로는 말없이 듣고 있었다. 약간 허풍 같다는 생각이 들었다. 그러나 허풍이라 할지라도 요지로는 꽤나 열심히 떠들어대고 있었다. 적어도 당사자만은 지극히 진지한 것처럼 보였다. 산시로는 상당히 마음이 움직였다.

"그런 정신으로 임하고 있었던 거야? 그럼 너는 원고료 따위 아무래도 상관없었던 거였군."

"아니, 원고료는 받고 있어. 받을 수 있을 만큼 받아. 하지만 잡지가 팔리지 않아서 좀처럼 건네주질 않아. 어떻게 해서든 조금 더 팔 궁리를 하지 않으면 안 돼. 뭐 좋은 방법 없겠는가?"라고 이번에는 산시로에게 상의했다. 이야기가 갑자기 실제 문제로 떨어져버리고 말았다. 산시로는 묘한 마음이 들었다. 요지로는 태연했다. 벨이 요란스럽게 울리기 시작했다.

"어쨌든 이 잡지를 1부 너에게 줄 테니 읽어봐줘. 위대한 어둠이라는 제목이 재미있지? 이 제목이라면 사람들도 분명히 놀랄 거야. —놀라게 하지 않으면 읽지 않아서 안 돼."

두 사람은 현관을 올라 교실로 들어가서 책상에 앉았다. 잠시 후 선생이 들어왔다. 두 사람 모두 필기를 시작했다. 산시로는 「위대한 어둠」에 신경이 쓰였기에 노트 옆에 문예시평을 펼쳐놓고 필기하는 사이사이에 선생에게 들키지 않도록 읽기 시작했다. 선생은 다행히 근시였다. 뿐만 아니라 자신의 강의 속에 완전히 매몰되어 있었다. 산시로의 분별없는 행동에는 전혀 관여하지 않았다. 산시로

는 신이 나서 이쪽을 필기하기도 하고, 저쪽을 읽어나가기도 했으나 애초부터 둘이서 해야 할 일을 혼자서 겸하는 억지스러운 재주였기에 결국에는 「위대한 어둠」도 강의의 필기도, 양쪽 모두 관계를 알 수 없게 되어버리고 말았다. 단, 요지로의 글 가운데 한 구절만은 분명하게 머릿속에 들어왔다.

〈자연은 보석을 만들기 위해 몇 년의 성상(星霜)을 소비했는지. 또 이 보석이 채굴이라는 행운을 만나기까지 몇 년의 성상을 조용히 빛나고 있었는지.〉라는 구절이었다. 그 외에는 글의 내용을 이해하지 못한 채 끝나버리고 말았다. 그 대신 이 시간에는 스트레이십이라는 글자를 한 번도 쓰지 않고 지났다.

강의가 끝나자마자 요지로가 산시로에게,

"어때?"라고 물었다. 사실은 아직 제대로 읽지 못했다고 대답하자 시간의 경제를 모르는 사람이라며 비난했다. 꼭 읽어보라고 말했다. 산시로는 집에 가서 꼭 읽어보겠다고 약속했다. 마침내 점심시간이 되었다. 두 사람은 나란히 문을 나섰다.

"오늘 밤에 참석할 거지?"라며 요지로가 니시카타마치로 들어가는 골목의 모퉁이에서 멈춰 섰다. 오늘 밤에는 동급생들의 친목회가

있었다. 산시로는 까먹고 있었다. 가까스로 떠올랐기에 갈 생각이라고 대답하자 요지로가,

"가기 전에 잠깐 들러줘. 너에게 할 말이 있어."라고 말했다. 귀 위에 펜대/洋筆軸/를 끼우고 있었다. 어딘가 자신에 넘쳐 흥분된 모습이었다. 산시로는 승낙했다.

하숙으로 돌아와 목욕을 마치고 좋은 기분으로 방에 들어가니 책상 위에 그림엽서가 있었다. 시내를 그리고 풀을 텁수룩하게 심어놓고 그 가장자리에 양을 2마리 눕혀놓고 그 맞은편에 커다란 사내가 스틱/洋杖/을 들고 서 있는 모습을 그려놓은 것이었다. 사내의 얼굴이 매우 험상궂게 생겨먹었다. 완전히 서양의 그림에 있는 데블/악마/을 모사한 것으로 혹시나 싶었는지 옆에 데블(デ ヴィル)이라고 일본어로 떡하니 적어놓았다. 앞에는 산시로의 이름 아래에 길 잃은 아이라고 조그맣게 적어놓았을 뿐이었다. 산시로는 길 잃은 아이가 누구인지를 금방 깨달을 수 있었다. 뿐만 아니라 엽서 뒤에 길 잃은 아이를 두 마리 그려놓고 그 가운데 한 마리를 암암리에 자신에 비유해준 것을 매우 기쁘게 생각했다. 길 잃은 아이 속에는 미네코뿐만 아니라 자신도 처음부터 들어 있었던 것이다. 그것이 미네코의 생각이었던 듯 여겨졌다. 미네코가 사용한 스트레이 십의 의미가 이것으로 마침내 명확해졌다.

요지로에게 약속한 「위대한 어둠」을 읽어야겠다고 생각했으나 조금도 읽을 마음이 들지 않았다. 자꾸만 그림엽서를 바라보며 생각했다. 이솝에도 없을 것 같은 골계미가 있었다. 순수하게 보이기도 했다. 담백하고 솔직하기도 했다. 그리고 모든 것 속에 산시로의

마음을 움직이는 어떤 것이 있었다.

솜씨만 놓고 봐도 지극히 감탄스러웠다. 모든 것이 명료하게 이루어져 있었다. 요시코가 그렸던 감나무에 비할 바가 아니었다. ─라고 산시로에게는 여겨졌다.

한동안 시간이 흐른 뒤에야 산시로는 마침내 「위대한 어둠」을 읽기 시작했다. 사실은 들뜬 기분으로 읽기 시작했는데 두어 페이지 읽자 점차 빨려 들어가듯 마음이 쏠렸고, 자신도 모르는 사이에 다섯 페이지, 여섯 페이지 읽어 나갔으며 결국에는 27페이지나 되는 긴 논문을 별 어려움도 없이 읽어냈다. 마지막 한 문장을 읽고 난 뒤에야 비로소 이것으로 끝이라는 사실을 깨달았다. 눈을 잡지에서 떼고서야, 아아 다 읽었다, 라고 생각했다.

그런데 다음 순간에 무엇을 읽었더라 생각해보니 아무것도 떠오르지 않았다. 우스울 정도로 아무것도 떠오르지 않았다. 그저 한껏, 그리고 치열하게 읽었다는 마음뿐이었다. 산시로는 요지로의 기량에 감탄했다.

논문은 지금의 문학자를 공격하는 데서 시작하여 히로타 선생을 칭찬하는 것으로 끝났다. 특히 대학 문과의 서양인을 호되게 매도했다. 얼른 적당한 일본인을 초빙하여 대학에 상당하는 강의를 개설하지 않으면 학문의 최고 학부인 대학도 옛날의 서당 같은 꼴이 되어 벽돌의 미라와 다를 바 없이 되어버리고 말 것이다. 물론 사람이 없다면 어쩔 수 없는 일이겠지만, 여기에 히로타 선생이 있다. 선생은 10년을 하루 같이 고등학교에서 교편을 잡은 채 박봉과 무명에 만족하고 있다. 그러나 진정한 학자다. 학문의 바다의 새로운 기운에 공헌하고 일본의 살아 있는 사회와 교섭하는 교수를 담임할 만한 인물이다. ─요약하자면 이것뿐이지만, 그 '이것뿐'이 매우 그럴 듯한 말솜씨와 찬란한 경구에 의해서 전후 27페이지로 늘어나 있었다.

그 가운데에는 〈대머리를 자랑스럽게 여기는 것은 노인뿐이다.〉라거나, 〈비너스는 파도에서 태어났으나, 살아 있는 눈을 가진 인사는 대학에서 태어나지 않는다.〉라거나, 〈박사를 학계의 명산품이라 여기는 것은 해파리를 다고노우라[56]의 명산품이라고 생각하는 것과 다를 바 없는 일이다.〉라거나, 여러 가지 재미있는 문장이 많았다. 하지만 그것 외에는 아무것도 없었다. 특히 묘한 것은 히로타 선생을 위대한 어둠에 비유하면서 다른 학자는 둥근 암등에 비유하고 기껏해야 사방 2자(60cm) 정도만을 희미하게 비추는 데 지나지 않는다고, 자신이 히로타에게서 들은 말 그대로를 적었다는 점이었다. 그리고 둥근 암등이네 담배통 등은 전부 구시대의 유물로 우리 청년에게는 전혀 필요 없는 것이라고 지난번에 말한 대로

---

56) 田子の浦. 시즈오카 현 후지 시 남부에 있는 해안으로 후지산 조망, 하얀 모래, 푸른 소나무로 유명한 곳이다.

보란 듯이 적어놓았다.

가만히 생각해보니 요지로의 논문에는 활기가 있었다. 마치 자기 혼자서 새로운 일본을 대표하고 있는 듯했기에 읽는 동안에는 덩달아 그런 생각이 들었다. 그러나 알맹이가 전혀 없었다. 근거지가 없는 전쟁과도 같은 것이었다. 뿐만 아니라 나쁘게 해석하자면 정략적 의도가 있을지도 모를 서술법이었다. 촌놈이기에 산시로는 콕 집어서 바로 여기라고 잘난 척 말할 수는 없었지만, 단지 읽고 난 뒤 자신의 마음을 살펴보니 어딘가에 만족스럽지 못한 부분이 있는 듯 여겨졌다. 다시 미네코의 그림엽서를 집어 두 마리의 양과 예의 데블을 바라보기 시작했다. 그러자 그쪽은 만사가 쾌감이었다. 그 쾌감 때문에 앞선 불만족이 더욱 현저해졌다. 그랬기에 논문에 대해서는 그것을 끝으로 생각하지 않게 되었다. 미네코에게 답장을 보내야겠다고 생각했다. 불행하게도 그림은 그리지 못했다. 글로 해야겠다고 생각했다. 글로 하려면 이 그림엽서에 필적할 만한 내용이 아니면 안 되었다. 그것은 쉽게 떠오르지 않았다. 우물쭈물하고 있는 사이에 4시가 지나버렸다.

하카마[57]를 입고 요지로를 데리러 니시카타마치로 향했다. 뒷문으로 들어서니 거실에서 히로타 선생이 조그만 식탁을 놓고 저녁을 먹고 있었다. 옆에 요지로가 얌전히 앉아서 식사를 거들고 있었다.

"선생님, 어떻습니까?"라고 묻고 있었다.

선생은 뭔가 질긴 것을 입에 잔뜩 넣은 모양이었다. 식탁 위를

---

57) 袴. 일본 옷의 겉에 입는 주름 잡힌 하의. 상의인 하오리와 함께 정장으로 입는다.

바라보니 회중시계만 한 크기의 벌겋게 타기도 하고 거뭇하게 타기도 한 것이 10개 정도 접시 속에 놓여 있었다.

산시로는 자리에 앉았다. 인사를 했다. 선생은 입을 우물우물했다.

"이봐, 너도 하나 먹어봐."라며 요지로가 젓가락으로 접시 속의 것을 집어서 내밀었다. 손바닥에 올려놓고 바라보니 말린 개량조개의 속살이었는데, 거기에 양념을 발라 구운 것이었다.

"묘한 것을 다 먹네."라고 묻자,

"묘한 것이라고? 맛있어, 먹어봐. 이건 말이지 내가 선생님을 위해서 일부러 선물로 사온 거야. 선생님은 아직 이걸 드셔보신 적이 없다고 하셔."

"어디서?"

"니혼바시에서."

산시로는 우스웠다. 이런 면에 있어서는 조금 전의 논문과 결이 약간 달랐다.

"선생님, 어떻습니까?"

"질겨."

"질겨도 맛있죠? 잘 씹지 않으면 안 됩니다. 씹으면 맛이 납니다."

"맛이 날 때까지 씹으면 이가 피곤해져버려. 어째서 이런 고풍스러운 음식을 사온 거지?"

"안 되나요? 이건 어쩌면 선생님께는 안 맞을지도 모르겠습니다. 사토미 미네코 씨라면 괜찮을 겁니다."

"어째서?"라고 산시로가 물었다.

"그렇게 차분하니 틀림없이 맛이 날 때까지 씹을 거야."

"그 여자는 차분하고, 난폭해."라고 히로타가 말했다.

"네, 난폭합니다. 입센[58]의 여자 같은 면이 있어요."

"입센의 여자는 노골적이지만, 그 여자는 마음이 난폭해. 물론 난폭하다고는 해도, 보통의 난폭함과는 의미가 다르지만."

"사토미의 것은 난폭함의 내홍인가요?"

산시로는 말없이 두 사람의 비평을 듣고 있었다. 누구의 비평에도 납득을 할 수 없었다. 난폭이라는 말이 어떻게 미네코에게 쓰일 수 있는 건지, 무엇보다 그것부터가 의문이었다.

---

58) Henrik Ibsen(1828~1906). 노르웨이의 극작가. 근대극의 선구자라 불리며 여러 작품에서 새로운 여성상을 창조했다. 대표작인 『인형의 집』의 주인공 노라는 여자이기 이전에 인간이기를 추구하여 집과 남편, 자식까지 버리고 가출한다.

요지로는 곧 하카마를 입고 격식을 갖춘 차림으로 나와서,

"잠깐 다녀오겠습니다."라고 말했다. 선생은 말없이 차를 마시고 있었다. 두 사람은 밖으로 나왔다. 밖은 벌써 어두웠다. 문을 나와서 두어 간(5m)쯤 갔을 때, 산시로가 바로 말을 걸었다.

"선생님은 사토미 씨 댁의 아가씨를 난폭하다고 하셨지?"

"응. 선생님은 멋대로 말씀하시는 분이라 경우와 때에 따라서는 무슨 말이든 하셔. 무엇보다 선생님이 여자를 평한다는 것 자체가 우스운 일이야. 선생님의 여자에 대한 지식은 아마도 0일거야. 러브를 해본 적이 없는 사람이 여자를 알기나 하겠어?"

"선생님은 그렇다 치고, 너도 선생님의 설에 찬성했었잖아."

"응, 난폭하다고 했었지. 왜?"

"어떤 점이 난폭하다는 거지?"

"어떤 점이고 저떤 점이고 없어. 현대의 여성들은 모두 난폭하기 마련이야. 그 여자뿐만이 아니야."

"너는 그 여자를 입센의 인물과 닮았다고 말했잖아."

"말했지."

"입센의 누구와 닮았다고 생각한 거지?"

"누구냐니……, 닮았어."

산시로는 물론 납득할 수 없었다. 그러나 추궁도 하지 않았다. 말없이 1간(2m)쯤 걸었다. 그러자 요지로가 갑자기 이렇게 말했다.

"입센의 인물과 닮은 건 사토미 씨 댁의 아가씨만이 아니야. 요즘의 일반적인 여성들은 모두 닮았어. 여성뿐만이 아니야. 적어도 새로운 공기를 접한 남자는 모두 입센의 인물과 닮은 구석이 있어.

단지 남자고 여자고 입센처럼 자유행동을 취하지 않는 것일 뿐이야. 마음속은 대부분이 물들어 있어."

"나는 별로 물들어 있지 않아."

"그렇지 않다고 스스로가 속이고 있는 거야. ―어떤 사회든 결함 없는 사회는 없잖아."

"그야 없겠지."

"없다면 그 속에서 생식하고 있는 동물은 어딘가에서 부족함을 느낄 거야. 입센의 인물은 현대 사회제도의 결함을 가장 분명하게 느낀 사람들이야. 우리도 결국은 그렇게 될 거야."

"너는 그렇게 생각해?"

"나뿐만이 아니야. 안식이 있는 사람들은 모두가 그렇게 생각하고 있어."

"너희 집의 선생님도 같은 생각이야?"

"우리 선생님? 선생님은 모르겠는데."

"하지만 조금 전에 사토미 씨를 차분하고, 난폭해, 라고 평하셨잖아. 그것을 해석해보자면 주위와 조화를 이루며 나아갈 수 있기에 차분할 수 있는 거고, 어딘가에 불만이 있기에 깊은 곳이 난폭하다는 의미잖아."

"그렇군. ―선생님은 훌륭한 면이 있어. 그런 점에 있어서는 역시 훌륭해."

라고 요지로는 갑자기 히로타 선생을 칭찬하기 시작했다. 산시로는 미네코의 성격에 대해서 조금 더 논의의 발걸음을 전진시키고 싶었으나 요지로의 이 한마디로 완전히 따돌림을 당하고 말았다.

그때 요지로가 말
했다.

"오늘 너에게 할
말이 있다고 한 건
사실 말이지. —음,
그보다 먼저, 너 그
위대한 어둠을 읽
었어? 그걸 읽지 않
았다면 나의 말이
머릿속에 잘 들어
오지 않을 거야."

"오늘 그 뒤로 집에 가서 읽었어."

"어땠어?"

"선생님은 뭐하고 하셨지?"

"선생님이 읽으셨겠어? 전혀 모르고 계셔."

"글쎄. 재미있기는 재미있었는데, —어딘가 배가 차지 않는 맥주
를 마신 듯한 느낌이었어."

"그거면 충분해. 읽고 흥이 나기만 하면 돼. 그래서 익명으로
한 거야. 어차피 지금은 준비 시대야. 이렇게 해둔 다음 아주 적당한
때에 본명을 밝히며 나서는 거야. —그건 그렇고, 아까 말했던
용건이라는 걸 얘기해둘게."

요지로의 용건이라는 건 이런 것이었다. —오늘 밤의 모임에서
자신들 과의 부진을 거듭 개탄할 테니 산시로도 같이 개탄을 하지

않으면 안 된다는 것이었다. 부진한 것은 사실이니 다른 사람들도 틀림없이 개탄할 것이다. 그러면 여럿이서 함께 만회책을 마련하게 될 것이다. 무엇보다 적당한 일본인을 한 명 대학에 받아들이는 것이 급선무라고 말을 꺼낸다. 모두 찬성할 것이다. 당연한 일이니 물론 찬성할 것이다. 다음으로 누가 좋을까 하는 이야기로 넘어간다. 그때 히로타 선생님의 이름을 꺼낸다. 그러면 산시로는 요지로의 말을 거들어 극력 선생님을 칭찬하라는 것이었다. 그렇게 하지 않으면 요지로가 히로타의 집에서 더부살이한다는 사실을 알고 있는 사람이 의심을 품지 않으리라고는 장담할 수 없다. 자신은 실제로 더부살이를 하고 있으니 어떻게 여겨져도 상관없지만, 혹시라도 불똥이 히로타 선생님에게로 튀면 미안해진다. 물론 동지가 서너 명 더 있으니 문제없을 테지만, 한 사람이라도 더 아군이 많은 편이 편리할 테니 산시로도 할 수 있는 만큼 말을 하는 것이 좋으리라는 의견이었다. 그렇게 해서 마침내 모두의 뜻이 하나로 모아지면 전체의 대표를 뽑아 학장을 찾아간다, 그리고 총장을 찾아간다. 물론 오늘 밤 안으로 거기에까지 이르지는 못할지도 모른다. 또 갈 필요도 없다. 그 점은 임기응변으로 임한다. ……

요지로는 굉장한 능변이었다. 안타깝게도 그 능변이 매끈매끈하기에 중량감이 없었다. 어떤 지점에 다다르면 농담을 진지하게 해설하고 있는 게 아닐까 의심이 들기도 했다. 하지만 애초부터 좋은 취지의 운동이었기에 산시로도 대부분에 있어서는 찬성의 뜻을 표했다. 단, 그 방법이 약간 술수를 부리는 듯해서 마음에 들지 않는다고 말했다. 그러자 요지로는 거리 한가운데서 멈춰 섰다. 두 사람은 마침 모리카와초(森川町) 신사의 도리이59) 앞에 있었다.

"술수를 부리는 것 같다고 하는데 내가 쓰는 방법은 자연의 순리가 어긋나지 않도록 사람의 힘으로 미리 장치를 해두는 것일 뿐이야. 자연을 배반하는 맹꽁이 같은 짓을 계획하는 것과는 질이 달라. 술수를 부리는 것이라고 해도 상관없어. 술수를 부리는 게 나쁜 게 아니야. 좋지 않은 술수를 부리는 게 나쁜 거지."

산시로는 찍소리도 할 수가 없었다. 뭔가 불만이 있는 듯했으나 입 밖으로는 나오지 않았다. 요지로의 주장 가운데서 자신이 아직 생각해본 적이 없는 부분만이 확실하게 머릿속에 그려졌다. 산시로는 오히려 그 점에 감탄했다.

"그도 그렇군."하고 매우 애매한 대답을 한 뒤, 다시 어깨를 나란히 하고 걷기 시작했다. 정문으로 들어서자 눈앞이 갑자기 탁 트였다. 커다란 건물이 곳곳에 거뭇하게 서 있었다. 그 지붕이 선명하게 끝나는 곳에서부터 밝은 하늘이 펼쳐졌다. 별이 헤아릴 수도 없이 많았다.

"아름다운 하늘이야."라고 산시로가 말했다. 요지로도 하늘을 보며 1간(2m)쯤 걸었다. 갑자기,

"이봐, 저기."하고 산시로를 불렀다. 산시로는 조금 전에 했던 이야기를 다시 계속하려는 걸까 싶어, "왜."라고 대답했다.

"너, 이런 하늘을 보고 어떤 느낌이 들었어?"

---

59) 鳥居. 신사 입구에 세운 기둥 문.

요지로에게는 어울리지 않는 말을 했다. 무한이네, 영원이네 하는 뻔한 대답은 얼마든지 있었으나, 그런 말을 하면 요지로가 비웃을 것이라 생각했기에 산시로는 아무런 말도 하지 않았다.

"참으로 초라해, 우리는. 내일부터 이런 운동은 이제 그만두기로 할까. 위대한 어둠을 써봐야 아무런 도움도 될 것 같지 않아."

"왜 갑자기 그런 소리를 하는 거야?"

"저 하늘을 보면 그런 생각이 들어. ─너, 여자를 마음에 품어본 적 있어?"

산시로는 즉석에서 대답을 할 수가 없었다.

"여자는 무시무시한 존재야."라고 요지로가 말했다.

"무시무시한 존재지, 나도 알고 있어."라고 산시로도 말했다. 그러자 요지로가 커다란 소리로 웃기 시작했다. 고요한 밤 속에서 매우 커다랗게 들렸다.

"알지도 못하면서. 알지도 못하면서."

산시로는 허탈한 마음이 들었다.

"내일도 날씨가 좋을 거야. 운동회는 행복한 거야. 아름다운 여자가 여럿 올 테니 꼭 보러 오도록 해."

어두운 가운데 두 사람은 학생집회소 앞까지 갔다. 안에서는 전등이 반짝이고 있었다.

목조로 된 복도를 돌아 방으로 들어서니 일찌감치 온 사람들이 벌써부터 무리를 짓고 있었다. 그 무리가 큰 것과 작은 것을 합쳐서 3개 정도 있었다. 개중에는 말없이 가져온 잡지나 신문을 보며 일부러 무리에서 떨어져 있는 사람도 있었다. 이야기 소리는 여기저기서 들려왔다. 이야기의 숫자는 무리의 숫자보다 많은 듯 여겨졌다. 그러나 비교적 차분하고 조용했다. 담배 연기가 맹렬하게 솟아올랐다.

그러는 사이에 점점 몰려들었다. 검은 그림자가 어둠 속에서 옥외의 복도 위로 불쑥 모습을 드러내면 그것이 한 사람 한 사람씩 밝아졌고 방 안으로 들어왔다. 때로는 대여섯 명이 연달아 밝아지는 경우도 있었다. 마침내 인원이 대부분 모였다.

요지로는 아까부터 담배연기 속을 이리저리 부지런히 오갔다. 가는 곳에서 뭔가 작은 목소리로 이야기를 나누었다. 산시로는 드디어 운동을 시작했구나 생각하며 바라보고 있었다.

잠시 시간이 흐른 뒤에 간사가 커다란 목소리로, 모두 자리에 앉으라고 말했다. 식탁은 물론 진작부터 준비가 되어 있었다. 모두 어수선하게 자리에 앉았다. 순서고 뭐고 없었다. 식사가 시작되었다.

산시로는 구마모토에서 아카자케[60]만 마셨다. 아카자케란 그곳

---

60) 赤酒. 부패를 막기 위해 발효 후 짜내기 전에 잿물을 첨가해 만드는 적색 술. 단맛이 강해서 축하주나 새해맞이 술로 마시는 외에 조미료로도 사용

에서 나는 하등한 술이었다. 구마모토의 학생들은 모두 아카자케를 마신다. 그것이 당연한 일이라고 알고 있다. 가끔 들어가는 음식점은 소고기집이었다. 그 소고기집의 소가 말고기일지도 모른다는 혐의가 있었다. 학생들은 접시에 담긴 고기를 손으로 집어 방의 벽에 내던졌다. 떨어지면 소고기고 붙어버리면 말고기라는 것이었다. 무슨 주술 같은 짓을 했었다. 그런 산시로에게 있어서 이런 신사적인 학생 친목회는 신기한 것이었다. 기꺼이 나이프/肉刀/와 포크/肉叉/를 움직였다. 그러는 사이사이에는 맥주를 부지런히 마셨다.

"학생집회소의 요리는 맛이 없지요?"라고 산시로 옆에 앉은 사내가 말을 걸었다. 그 사내는 머리를 빡빡 밀고 금테 안경을 낀 얌전한 학생이었다.

"그러네요."라고 산시로는 건성으로 대답했다. 상대가 요지로였다면 나 같은 촌놈에게는 아주 맛있다고 솔직한 심정을 말했을 테지만, 그 솔직함이 오히려 비아냥거림으로 들리면 좋지 않다고 생각했기에 그만두기로 했다. 그러자 그 사내가,

"당신은 어느 고등학교인가요?"라고 물었다.

"구마모토입니다."

"구마모토입니까? 구마모토에는 저희 사촌도 있었는데, 아주 형편없는 곳이라고 하더군요."

"야만스러운 곳입니다."

두 사람이 이야기를 나누고 있는데 맞은편에서 갑자기 커다란

한다. 구마모토 현 특산.

목소리가 들려왔다. 바라보니 요지로가 옆자리의 두어 명을 상대로 무엇인가 열심히 이야기하고 있었다. 가끔 데 테 파불라[61]라고 말했다. 무슨 말인지 알 수 없었다. 그러나 요지로의 상대들은 이 말을 들을 때마다 웃었다. 요지로는 더욱 신이 나서 데 테 파불라, 우리 신시대의 청년은……, 하고 떠들어댔다. 산시로와 비스듬히 맞은편에 앉아 있던 하얀 피부의 품위 있어 보이는 학생이 잠시 나이프를 쥔 손을 멈추고 요지로 무리를 바라보다가 마침내 웃으며 일 아 레 디아블레 오 코르(Il a le diable au corps. 악마가 들렸어.)라고 반은 농담처럼 프랑스/佛蘭西/어로 말했다. 맞은편

---

61) de te fabulra. 라틴어로 '너에 관한 이야기'라는 뜻.

무리들에게는 전혀 들리지 않은 모양으로 이때 맥주 컵/洋盃/이 4개쯤 한꺼번에 높이 올려졌다. 자신만만하게 축배를 들었다.

"저 사람은 매우 활기 넘치네요."라고 산시로 옆자리의 금테안경을 쓴 학생이 말했다.

"네. 잘도 떠들어댑니다."

"언젠가 저 사람이 제게 요도미켄에서 라이스카레를 사준 적이 있었습니다. 전혀 모르는 사이였는데 갑자기 와서, 이봐, 요도미켄에 가세, 라며 끝끝내 끌고 가서⋯⋯."

학생은 하하하 웃었다. 산시로는 요지로가 요도미켄에서 라이스카레를 사준 것이 자신만이 아니라는 사실을 알게 되었다.

잠시 후, 커피/珈琲/가 나왔다. 한 사람이 의자에서 일어났다. 요지로가 힘껏 손뼉을 치자 다른 사람들도 곧 장단을 맞추었다.

일어선 사람은 새로 지은 검은 제복을 입고, 코 아래에 벌써 수염을 기르고 있었다. 키가 매우 컸다. 일어서기에는 안성맞춤인 사내였다. 연설 비슷한 것을 하기 시작했다.

우리가 오늘 밤 여기에 모여 친목을 위해 하루 저녁을 마음껏 즐기는 것은 그것 자체로 유쾌한 일이지만, 이 친목이 단순한 사교상의 의미뿐만 아니라 그 이외에도 일종의 중요한 영향을 빚어낼 수 있다고 우연히도 깨달았기에 나는 자리에서 일어서고 싶어진 것이다. 이 회합은 맥주로 시작해서 커피로 끝나고 있다. 참으로 평범한 회합이다. 그러나 이 맥주를 마시고 커피를 마신 40명 가까운 사람들은 평범한 사람들이 아니다. 게다가 그 맥주를 마시기 시작한 이후부터 커피를 다 마시는 동안에 이미 나의 운명이 팽창했음을 자각할 수 있었다.

정치의 자유를 주장한 것은 옛날의 일이다. 언론의 자유를 주장한 것도 과거의 일이다. 자유란 단지 이들 표면에 드러나기 쉬운 사실들을 위해서만 전유되어서는 안 될 말이다. 우리 신시대의 청년은 위대한 마음의 자유를 주장하지 않으면 안 될 시운[時運]에 직면해 있다고 믿는다.

우리는 낡은 일본의 압박을 참을 수 없는 청년이다. 동시에 새로운 서양의 압박도 참을 수 없는 청년임을 세상에 발표하지 않으면 안 될 상황 아래에서 살아가고 있다. 새로운 서양의 압박은 사회 면에 있어서도, 문예 면에 있어서도 우리들 신시대 청년에게는 낡은 일본의 압박과 마찬가지로 고통이다.

우리는 서양의 문예를 연구하는 자들이다. 그러나 연구는 어디까지나 연구일 뿐이다. 그 문예 아래에 굴종하는 것과는 근본적으로 차이가 있다. 우리는 서양의 문예에 사로잡히기 위해서 이것을 연구하는 것이 아니다. 사로잡힌 마음을 해탈시키기 위해서 이것을 연구하고 있는 것이다. 이러한 방편에 맞지 않는 문예는 어떠한 억압 아래에서 강요받는다 할지라도 배움을 과감히 거부할 자신감과 결심을 가지고 있다.

우리는 이러한 자신감과 결심을 가지고 있다는 점에서 평범한 사람들과 다르다. 문예는 기술이 아니다, 사무도 아니다. 보다 많은 인생의 근본의[根本義]에 닿아 있는 사회의 원동력이다. 우리는 이러한 의미에서 문예를 연구하고, 이러한 의미에서 앞서 말한 자신감과 결심을 가지고 있고, 이러한 의미에서 오늘 밤의 모임에서 일반 이상의 중대한 영향을 생각해볼 수 있는 것이다.

사회는 격렬하게 움직이고 있다. 사회의 산물인 문예도 역시 움직이고 있다. 움직이는 기세에 올라타 우리의 이상에 따라서 문예를 인도하기 위해서는 영쇄한 개인을 단결시켜 자신의 운명을 충실하게 발전시키고 팽창시키지 않으면 안 된다. 오늘 저녁의 맥주와 커피는 이 숨겨진 목적을 한 발 앞으로 전진시켰다는 점에서 평범한 맥주와 커피보다 백 배 이상의 가치를 지닌 귀한 맥주와 커피라고 할 수 있다.

연설의 내용은 대충 이런 것이었다. 연설이 끝나자 자리에 있던 학생들 모두가 갈채를 보냈다. 산시로는 가장 열심히 갈채를 보낸 자 가운데 한 명이었다. 그러자 요지로가 갑자기 일어섰다.

"데 테 파불라, 셰익스피어/沙翁/가 사용한 단어가 몇 만 단어라는 둥, 입센의 흰머리가 몇 천 개라는 둥 얘기해봐야 아무런 도움도 되지 않아. 물론 그런 한심한 강의를 들어봐야 사로잡힐 마음은 들지 않으니 걱정할 건 없지만, 대학이 너무 가엾어지잖아. 어떻게 해서든 신시대의 청년을 만족시킬 만한 사람을 끌어오지 않으면 안 돼. 서양인은 안 돼. 무엇보다 영향력이 없어. ……."

회당에 가득 모인 사람들 모두가 갈채를 보냈다. 그리고 모두가 웃었다. 요지로 옆에 있던 사람이,

"데 테 파불라를 위해서 축배를 듭시다."라고 말했다. 조금 전에 연설을 했던 학생이 바로 찬성했다. 마침 맥주가 전부 떨어져버렸다. 좋아, 하며 요지로가 곧 주방으로 달려갔다. 급사가 술을 가지고 나왔다. 축배를 들자마자,

"한 가지 더. 이번에는 위대한 어둠을 위해서."라고 말한 사람이 있었다. 요지로 주위에 있던 사람들이 한 목소리로 아하하하 웃었다.

요지로는 머리를 긁고 있었다.

해산할 시각이 되어 젊은 남자들이 모두 밤의 어둠 속으로 흩어졌을 때, 산시로가 요지로에게 물었다.

"데 테 파불라는 무슨 뜻이지?"

"그리스어/希臘語/야."

요지로는 그 외에 다른 대답은 하지 않았다. 산시로도 그 외의 다른 것은 묻지 않았다. 두 사람은 아름다운 하늘을 이고 집으로 돌아갔다.

이튿날은 예상대로 날씨가 좋았다. 올해는 예년보다 기후가 훨씬 온화했다. 오늘은 특히 더 따뜻했다. 산시로는 아침 중에 목욕탕에 갔다. 한가한 사람이 적은 세상이었기에 오전에는 매우 한산했다. 산시로는 탈의실에 걸려 있는 미쓰코시 고후쿠텐62)의

---

62) 三越 吳服店. 현 미쓰코시 백화점의 전신. 미쓰코시 백화점은 일본 최초의 현대적 백화점.

간판을 보았다. 아름다운 여자가 그려져 있었다. 그 여자의 얼굴이 어딘가 미네코를 닮았다. 자세히 보니 눈매가 달랐다. 치열을 알 수가 없었다. 미네코의 얼굴 가운데서 산시로를 가장 놀라게 한 것은 눈매와 치열이었다. 요지로의 설에 의하면 그 여자는 이가 약간 뻐드러졌기에 늘 그렇게 이가 보이는 것이라고 했지만 산시로 에게는 결코 그렇게 여겨지지 않았다. …….

산시로는 탕에 잠겨서 이런 것들을 생각했기에 몸은 그다지 씻지 않고 나왔다. 어제 저녁부터 신시대의 청년이라는 자각이 강해졌으나, 강해진 것은 자각일 뿐 몸 쪽은 원래 그대로였다. 쉬는 날이면 다른 사람보다 훨씬 더 편안히 지낸다. 오늘은 오후부터 대학의 육상운동회를 보러갈 생각이었다.

산시로는 원래부터 운동을 그렇게 좋아하지는 않았다. 고향에 있을 때 토끼 사냥을 두어 번 나간 적이 있었다. 그리고 고등학교의 보트/端艇/경주 때에 깃발을 들고 신호수 역할을 맡은 적이 있었다. 그때 파란색과 빨간색을 잘못 휘둘러서 커다란 불평이 터져나왔다. 그런데 결승의 총포를 쏘는 역할을 맡은 교수가 총포를 잘못 쏘았다. 쏘기는 쏘았으나 소리가 나지 않았다. 그것이 산시로가 당황한 원인이었다. 그 이후부터 산시로는 운동회에 얼씬도 하지 않았다. 그러나 오늘은 상경 이후 처음 있는 경기회[競技會]이니 반드시 가서 볼 생각이었다. 요지로도 꼭 가서 보라고 권했다. 요지로의 말에 의하면 경기보다 여자 쪽이 보러 갈 만한 가치가 있다는 것이었다. 여자 가운데는 노노미야 씨의 동생도 있으리라. 노노미야 씨의 동생과 함께 미네코도 있으리라. 그곳으로 가서 안녕하세요가 됐든 뭐가 됐든 인사를 하고 싶었다.

정오가 지났기에 집을 나섰다. 회장의 입구는 운동장의 남쪽 구석에 있었다. 커다란 일장기와 영국의 국기가 교차하고 있었다. 일장기는 이해할 수 있었으나, 영국의 국기는 무엇 때문인지 이해할 수가 없었다. 산시로는 영일동맹[63] 때문일까도 생각해보았다. 하지만 영일동맹과 대학의 육상운동회가 무슨 관계가 있다는 건지 거의 짐작조차 할 수 없었다.

운동장은 직사각형의 잔디였다. 가을이 깊었기에 잔디의 색이 많이 퇴색해 있었다. 경기를 보는 곳은 서쪽에 있었다. 뒤에 돌을 쌓아 인공 산을 커다랗게 만들어놓았으며 앞은 운동장과 목책으로 구분 지어져 있는 사이에 모두를 몰아넣은 구조로 되어 있었다. 좁은 데 비해서 보러 온 사람들이 많았기에 매우 비좁았다. 다행히 햇살이 좋았기에 춥지는 않았다. 그래도 외투를 입은 사람들이 상당수 있었다. 그 대신 양산을 쓰고 온 여자들도 있었다.

산시로가 실망한 것은 여성석이 따로 마련되어 있어서 일반 남자는 다가갈 수 없다는 사실이었다. 그리고 플록코트네 뭐네 입고 있는 지체 높아 보이는 남자들이 여럿 모여 있어서, 뜻밖에도 자신은 초라하게 보인다는 사실이었다. 신시대의 청년을 자처하던 산시로는 약간 움츠러들었다. 그래도 사람들 사이로 여성석 쪽 바라보기를 잊지 않았다. 옆에서 보아야 했기에 잘은 모르겠으나,

---

63) 러시아의 남진정책에 대항하기 위해서 1902년에 맺은 영국과 일본의 동맹. 당시 이 동맹의 성립을 기념하기 위해서 양국의 국기를 교차시킨 동맹기가 제작되었다.

그쪽은 과연 아름다웠다. 한결같이 치장을 하고 있었다. 게다가 원거리였기에 얼굴이 모두 아름다웠다. 그 대신 누구 하나 눈에 띄게 아름다운 사람도 없었다. 그저 전체가 전체로서 아름다웠다. 여자가 남자를 정복하는 색이었다. 갑이라는 여자가 을이라는 여자를 이기는 그런 색이 아니었다. 그랬기에 산시로는 다시 실망했다. 그러나 주의해서 보면 어딘가에 있으리라 생각했기에 잘 살펴보니 앞줄의 목책에서 가장 가까운 곳에 과연 둘이 나란히 있었다.

산시로는 눈여겨보아야 할 곳을 마침내 알게 되었기에 우선 한 가지 일은 마무리 지은 느낌으로 안심하고 있었는데, 곧 대여섯 명의 남자들이 눈 안으로 뛰어들었다. 200m 경주가 끝난 것이었다. 결승점은 미네코와 요시코가 앉아 있는 곳의 정면이었으며, 그것도 코앞이었기에 두 사람을 바라보고 있던 산시로의 시선 속으로 그들 건장한 사내들이 반드시 들어오게 되어 있었던 것이다. 대여섯 명이 곧 열두어 명으로 늘어났다. 모두 숨을 몰아쉬고 있는 것처럼 보였다. 산시로는 이들 학생의 태도와 자신의 태도를 비교해보고 그 차이에 놀랐다. 어째서 저처럼 무분별하게 달릴 마음이 든 것일까

생각해보았다. 그러나 여성들은 하나같이 열심히 보고 있었다. 그중에서도 미네코와 요시코는 가장 열성적인 듯했다. 산시로는 자신도 무분별하게 달려보고 싶어졌다. 1등으로 도착한 사람이 자줏빛 팬츠를 입고 여성석 쪽을 향해 서 있었다. 자세히 보니 어젯밤의 친목회에서 연설을 한 학생을 닮았다. 저렇게 키가 크니 1등을 하는 것도 당연하리라. 계측원이 칠판에 25초 74라고 적었다. 쓰기를 마친 뒤 남은 분필을 저쪽으로 던지고 이쪽을 향한 모습을 보니 노노미야 씨였다. 노노미야 씨는 평소와 달리 새카만 플록코트를 입고 가슴에 계측원의 휘장을 달았는데, 꽤나 품위가 있어 보였다. 손수건을 꺼내서 양복의 소매를 두어 번 털더니 곧 칠판에서 멀어져 잔디 위를 가로질러왔다. 미네코와 요시코가 앉아 있는 바로 앞까지 왔다. 낮은 목책 너머에서 얼굴을 여성석 안으로 밀어넣어 무슨 말인가를 하고 있었다. 미네코가 자리에서 일어났다. 노노미야 씨가 있는 곳까지 걸어갔다. 목책 너머와 이쪽에서 이야기를 시작한 듯 보였다. 미네코가 갑자기 돌아보았다. 기꺼운 웃음으로 가득한 얼굴이었다. 산시로는 멀리서 두 사람을 열심히 지켜보았다. 그러자 요시코가 자리에서 일어났다. 역시 목책 옆으로 가다았다. 두 사람이, 세 사람이 되었다. 잔디 안에서는 포환던지기가 시작되었다.

포환던지기만큼 팔의 힘이 필요한 것도 없으리라. 힘이 필요한데 비해서 이처럼 재미없는 것도 그리 많지는 않았다. 글자 그대로 그냥 포환을 던지는 것이었다. 기술이고 뭐고 없었다. 노노미야 씨는 목책 부근에서 잠시 그 모습을 보고 웃었다. 그러나 관객에게 방해가 되면 안 된다고 생각한 것이리라. 목책에서 멀어져 잔디

안으로 되돌아갔다. 두 여자도 원래의 자리로 돌아갔다. 포환은
드문드문 던져지고 있었다. 무엇보다 얼마만큼 멀리까지 가는 건지
산시로로서는 거의 알 수가 없었다. 산시로는 이게 뭐 하자는 건가
싶었다. 그래도 참고 서 있었다. 마침내 결판이 난 것인지 노노미야
씨가 칠판에 다시 11m 38이라고 적었다.

그런 다음 다시 경주가 있었고 멀리뛰기가 있었고 그 다음으로
해머던지기가 시작되었다. 산시로는 이 해머던지기에 이르러 마침
내는 인내심의 한계에 다다랐다. 운동회는 각자가 멋대로 열면
되는 것이다. 남들에게 보여줄 만한 것이 못 된다. 저런 것을 열심히
구경하고 있는 여자들은 전부 틀려먹은 것이다, 라는 생각까지
들어 회장에서 뛰쳐나와 뒤편의 인공으로 쌓은 산까지 갔다. 막이
둘러쳐져 있어서 지날 수가 없었다. 되돌아서 자갈을 깔아놓은
곳을 조금 지나자 회장에서 빠져나온 사람들이 드문드문 걷고
있었다. 한껏 차려입은 여성도 보였다. 산시로는 다시 오른쪽으로

꺾어져 완만한 비탈길을 언덕의 꼭대기까지 갔다. 길은 꼭대기에서 끊어져 있었다. 커다란 돌이 있었다. 산시로는 그 위에 걸터앉아 높다란 벼랑 아래에 있는 연못을 바라보았다. 아래쪽 운동회장에서 수많은 사람들이 와아 하는 소리가 들려왔다.

산시로는 한 5분쯤 멍하니 돌에 걸터앉아 있었다. 마침내 다시 움직일 마음이 들었기에 엉덩이를 들어 자리에서 일어서며 발길을 돌리자 언덕으로 들어서는 길목의 옅게 물든 단풍잎 사이로 조금 전 여자의 모습이 보였다. 나란히 언덕 기슭을 지났다.

산시로는 위에서 두 사람을 내려다보고 있었다. 두 사람이 가지 사이에서 밝은 양지로 나섰다. 입을 다물고 있자니 앞을 지나쳐버리고 말았다. 산시로는 말을 걸까 싶었다. 거리가 너무 멀었다. 서둘러 풀 위를 기슭 쪽으로 두어 걸음 내려갔다. 내려가기 시작하자 다행스럽게도 여자 하나가 마침 이쪽을 돌아보았다. 그랬기에 산시로는 멈춰 섰다. 사실은 이쪽에서 너무 호감을 드러내고 싶지는 않았던 것이다. 운동회 때문에 약간 기분이 상해 있었다.

"저런 곳에……"하고 요시코가 말했다. 놀라서 웃고 있었다. 이 여자는 제아무리 진부한 것을 보아도 신기한 것을 보는 듯한 눈을 하는 것처럼 여겨졌다. 그 대신 제아무리 신기한 것을 만나도 역시 기다리고 있었다는 듯한 눈빛으로 맞아들이지 않을까 여겨졌다. 그랬기에 이 여자를 만나면 답답한 구석은 조금도 없었으며, 게다가 차분해지는 느낌이 들었다. 산시로는 멈춰 선 채, 그것은 온전히 그 크고 늘 젖어 있는, 검은 눈동자 덕분이라고 생각했다.

미네코도 멈춰 섰다. 산시로를 보았다. 그러나 이때만은 그 눈에 호소하는 듯한 것은 아무것도 없었다. 마치 큰 나무를 바라보는 듯한 눈이었다. 산시로의 마음속에서는 불이 꺼진 램프를 보고 있는 것 같다는 느낌이 들었다. 멈춰 선 자리에 그대로 서 있었다. 미네코도 움직이지 않았다.

"왜 경기를 보지 않으시는 거예요?"라고 요시코가 아래쪽에서 물었다.

"지금까지 보고 있었는데 재미없어서 그만두고 나왔어요."

요시코가 미네코를 돌아보았다. 미네코는 역시 안색을 바꾸지 않았다. 산시로는,

"그보다, 당신들이야말로 왜 나왔나요? 아주 열심히 보고 계셨잖아요."라고 맞받아치는 것 같기도 하고 아닌 것 같기도 한 말을 커다랗게 했다. 미네코는 이때 비로소 살짝 웃었다. 산시로는 그 웃음의 의미를 잘 알 수 없었다. 두 걸음쯤 여자 쪽으로 다가갔다.

"벌써 집에 가시는 건가요?"

여자는 둘 모두 대답하지 않았다. 산시로는 다시 두 걸음쯤 여자 쪽으로 다가갔다.

"어디에 가시는 건가요?"

"네, 잠깐."하고 미네코가 조그만 목소리로 말했다. 잘 들리지 않았다. 산시로는 드디어 여자 앞까지 내려왔다. 그러나 어디에 가는 거냐고 추궁하지도 않고 서 있었다. 회장 쪽에서 갈채소리가 들려왔다.

"높이뛰기예요."라고 요시코가 말했다. "이번에는 몇 미터가 될까요?"

미네코는 가볍게 웃었을 뿐이었다. 산시로도 입을 다물고 있었다. 산시로는 높이뛰기에 대해서 말하기를 좋아하지 않을 터였다. 그러자 미네코가 물었다.

"이 위에는 뭔가 재미있는 것이 있나요?"

이 위에는 돌이 있고 벼랑이 있을 뿐이었다. 재미있는 것이 있을 리가 없었다.

"아무것도 없습니다."

"그래요?"라며 의심이 풀리지 않았다는 듯 말했다.

"잠깐 올라가볼까요?"라고 요시코가 기분 좋게 말했다.

"당신, 아직 여기를 모르나요?"라고 상대 여자는 차분하게 나왔다.

"상관없으니 따라오세요."

요시코가 앞장서서 올랐다. 두 사람 역시 따라갔다. 요시코는 발을 잔디 끝까지 내민 채 돌아보며,

"절벽이네요."라고 과장스러운 말을 썼다. "사포[64]라도 뛰어들

─────────────────

64) Sappho. 영국의 여성시인으로 기원전 7세기 무렵의 인물. 아름다운 용모를 지녔으나 미소년과의 사랑이 깨져 레우카디아의 바다에 몸을 던졌다고

것 같은 곳이잖아요."

미네코와 산시로는 소리를 내서 웃었다. 그렇지만 산시로는 사포가 어떤 곳에서 투신했는지 잘 알지 못했다.

"당신도 뛰어내려보세요."라고 미네코가 말했다.

"저요? 뛰어내려볼까요? 하지만 물이 너무 더러워요."라고 말하며 이쪽으로 돌아왔다.

마침내 여자 둘 사이에서 볼일에 대한 이야기가 시작되었다.

"당신, 가실 건가요?"

"네. 당신은요?"라고 요시코가 말했다.

"어떻게 할까요?"

"마음대로. 내키지 않으면 저 혼자 금방 다녀올 테니 여기서 기다리세요."

"어쩌지."

좀처럼 결론이 나지 않았다. 산시로가 물어보니 여기까지 온 김에 요시코가 병원의 간호부에게 잠깐 인사를 하고 오겠다는 것이었다. 미네코는 이번 여름에 자신의 친척이 입원했을 때 친해진 간호부를 찾아가려면 찾아갈 수도 있지만 그것은 필요한 일도 아무것도 아니라는 것이었다.

요시코는 순수하게 마음이 가벼운 여자였기에 결국에는 금방 다녀오겠다는 말을 내뱉듯 하고 빠른 걸음으로 혼자 언덕을 내려갔다. 굳이 말릴 필요도 없고 함께 가야 할 정도의 일도 아니었기에

한다.

두 사람은 자연스럽게 뒤에 남게 되었다. 두 사람의 소극적인 태도로 봐서는, 남았다기보다 남겨진 꼴이 되어버린 듯도 했다.

산시로는 다시 돌에 걸터앉았다. 여자는 서 있었다. 가을 해가 거울처럼 흐릿한 연못 위에 떨어졌다. 가운데에 작은 섬이 있었다. 섬에는 그저 나무 2그루가 자라 있을 뿐이었다. 푸른 소나무와 옅게 물든 단풍이 보기 좋게 가지를 교차하여 조그만 상자 속 모형 정원 같은 느낌을 주었다. 섬 너머 맞은편 끝이 울창해서 거뭇하게 빛나고 있었다. 여자가 언덕 위에서 그 어두운 나무그늘을 가리켰다.

"저 나무를 아시나요?"라고 말했다.

"저건 모밀잣밤나무."

여자가 웃기 시작했다.

"잘도 기억하고 계시네요."

"그때의 간호부인가요? 당신이 조금 전에 찾아가려 했던 분은."

"네."

"요시코 씨의 간호부와는 다른가요?"

"달라요. 이건 모밀잣밤나무―라고 했던 간호부예요."

이번에는 산시로가 웃기 시작했다.

두 사람이 있는 곳은 높다랗게 연못 쪽으로 튀어나와 있었다. 이 언덕과는 전혀 인연이 없는 야트막한 산이 하나 한 단 낮게 오른쪽으로 뻗어 있었다. 커다란 소나무와 어전의 한쪽 귀퉁이와 운동회의 막의 일부와 완만한 잔디가 보였다.

"더운 날이었죠. 병원이 너무 더워서 끝내 참지 못하고 밖으로

나왔던 거예요. —당신은 왜 또 그런 곳에 웅크려 앉아 있었나요?"

"더웠기 때문입니다. 그날은 처음으로 노노미야 씨를 만났고, 그런 다음 저기로 가서 멍하니 있었던 겁니다. 왠지 불안해져서."

"노노미야 씨를 만나고 나서 불안한 마음이 들었나요?"

"아니요, 그런 건 아니고"라고 말하다 미네코의 얼굴을 보더니 갑자기 화제를 돌렸다.

"노노미야 씨는 오늘 열심히 일하시던데요."

"네, 평소와 달리 플록코트를 입으시고—. 꽤나 귀찮을 거예요. 아침부터 밤까지 있어야 하니."

"하지만 아주 자랑스러워하는 것 같던데요."

"누가요? 노노미야 씨가요? ―당신도 너무하시네요."

"어째서요?"

"하지만 설마 운동회의 계측원이 됐다고 해서 자랑스러워할 분이 아니신 걸요."

산시로는 다시 화제를 바꾸었다.

"조금 전에 당신이 있는 곳으로 가서 무슨 말인가를 했었죠?"

"회장에서?"

"네, 운동장의 목책이 있는 곳에서."라고 말했다가 산시로는 이 질문을 갑자기 철회하고 싶어졌다. 여자는, "네."라고만 말한 채 남자의 얼굴을 가만히 보았다. 아랫입술을 약간 젖혀서 웃으려 하고 있었다. 산시로는 참을 수가 없어졌다. 무슨 말인가를 해서 얼버무리려 한 순간 여자가 입을 열었다.

"당신은 지난번에 보낸 그림엽서에 대한 답장을 아직 안 주셨죠."

산시로는 당황해서, "보내겠습니다."라고 대답했다. 여자는 달라고도 뭐라고도 말하지 않았다.

"당신, 하라구치라는 화공을 알고 계시나요?"라고 다시 물었다.

"모릅니다."

"그래요?"

"왜 그러시죠?"

"아니요, 그 하라구치 씨가 오늘 보러 와서 말이죠, 사람들을 사생하고 있으니 저희도 조심하지 않으면 펀치화의 소재가 될지도 모른다고, 노노미야 씨가 일부러 주의를 주러 오셨던 거예요."

미네코가 옆으로 와서 앉았다. 산시로는 자신이 더없이 어리석은 사람처럼 느껴졌다.

"요시코 씨는 오빠와 같이 돌아가시지 않나요?"

"같이 돌아가고 싶어도 돌아갈 수가 없어요. 요시코 씨는 어제부터 저희 집에 머물고 있으니까요."

산시로는 이때 비로소 미네코로부터 노노미야의 어머니가 고향으로 돌아갔다는 사실을 들었다. 어머니가 고향으로 돌아감과 동시에 오쿠보에서 나와 노노미야 씨는 하숙을 하고, 요시코는 당분간 미네코의 집에서 학교를 다니기로 이야기가 마무리 지어졌다는 것이었다.

산시로는 오히려 노노미야 씨의 태평스러움에 놀랐다. 그렇게 쉽게 하숙생활로 되돌아갈 정도라면 처음부터 집을 구하지 않는 편이 좋았으리라. 무엇보다 냄비, 솥, 들통 등과 같은 살림살이는 어떻게 처분했을까 하는 쓸데없는 일까지 생각했으나 입 밖에 내어 말할 정도의 일도 아니었기에 별다른 비평은 가하지 않았다. 게다가 노노미야 씨가 일가의 가장에서 예전으로 돌아가 다시 순수한 서생과 다를 바 없는 생활상태로 복귀한다는 것은 바꿔 말하자면 가족제도에서 한 걸음 멀어졌다는 것과 마찬가지 일로 자신에게 있어서는 눈앞의 번거로움을 조금 먼 곳으로 밀쳐놓은 것처럼 잘된 일이기도 했다. 그 대신 요시코가 미네코의 집에서 동거하게 되었다. 이 오누이는 끊임없이 왕래하지 않으면 마음 편히 지낼 수 없는 사이다. 끊임없이 왕래하는 동안에는 노노미야 씨와 미네코의 관계도 점차점차 변하리라. 그렇다면 노노미야 씨가 또 어느 틈엔가 하숙생활을 영원히 그만둘 시기가 오지 말라는 법도 없으리라.

산시로는 머릿속에서 이런 의문이 드는 미래를 그리며 미네코를 대하고 있었다. 도무지 신이 나지 않았다. 그것을 외부의 태도만이라도 평소처럼 꾸미자니 고통스럽게 느껴졌다. 그럴 때 다행스럽게도 요시코가 돌아와주었다. 여자들 사이에서는 다시 한 번 경기를 보러 갈까 하는 말이 나왔으나, 짧아지기 시작한 가을 해가 상당히 기울었고 기울어감에 따라서 널따란 실외의 쌀쌀함이 점점 더해졌기에 집에 돌아가기로 얘기가 정해졌다.

산시로도 여자들과 헤어져 하숙으로 돌아가야겠다고 생각했으나 세 사람이 이야기를 나누며 어영부영 걷기 시작했기에 인사를 할 적당한 기회를 잡지 못했다. 두 사람이 자신을 끌고 가는 것처럼 보였다. 자신도 역시 끌려가고 싶은 듯한 기분이 들었다. 그랬기에 두 사람 뒤를 바싹 따라가다 도서관 옆 연못가에서 방향이 다른 아카몬 쪽으로 향해 갔다. 그때 산시로가 요시코에게,

"오빠는 하숙을 하신다고 하더군요."라고 물었더니 요시코는 바로,

"네, 결국은 사람을 미네코 씨 댁에 밀어 넣고, 정말 너무하죠?"라고 동의를 구하는 투로 말했다. 산시로는 뭔가 대답을 하려 했다. 그 전에 미네코가 입을 열었다.

"소하치 씨 같은 분은 저희 생각으로는 이해할 수 없어요. 훨씬 높은 곳에서 커다란 일을 생각하고 계시니."라고 노노미야 씨를 한껏 칭찬하기 시작했다. 요시코는 말없이 듣고 있었다.

학문을 하는 사람이 번거로운 속세의 일들을 피해서 가능한 한 단순한 생활을 견디는 것은 전부 연구를 위해서 그러는 것이니 어쩔 수가 없다. 노노미야처럼 외국에까지 이름이 알려졌을 정도의 일을 하는 사람이 평범한 학생과 다를 바 없이 하숙집에 들어간 것도 결국은 노노미야가 훌륭하기 때문으로, 하숙이 지저분하면 지저분할수록 더 존경하지 않으면 안 된다. ―이어진 미네코의 노노미야에 대한 찬사는 대충 이런 것이었다.

　산시로는 아카몬 부근에서 두 사람과 헤어졌다. 오이와케 쪽으로 발걸음을 향하며 생각했다. ―그래, 맞아. 미네코가 말한 대로야. 나와 노노미야를 비교해보면 커다란 격차가 있어. 나는 시골에서 올라와 이제 막 대학에 들어왔어. 이렇다 할 학문도 없고 이렇다 할 식견도 없어. 내가 노노미야에 대한 것만큼의 존경을 미네코에게서 받지 못하는 건 당연한 일이야. 그러고보니 그 여자로부터 어딘가 무시당하고 있는 듯한 느낌이 들기도 해. 조금 전, 운동회가 재미없어서 여기에 있다고 언덕 위에서 대답했을 때, 미네코는 진지한 얼굴로 이 위에는 뭔가 재미있는 것이 있나요, 라고 물었어. 그때는 깨닫지 못했지만, 지금 해석해보니 고의로 나를 우롱한 말일지도 몰라. ―산시로는 문득 이런 생각이 들었기에 지금까지 자신을 대할 때 보인 미네코의 태도와 말을 하나하나 되짚어보니 하나에서부터 열까지 전부 좋지 않은 의미로 해석할 수도 있었다. 산시로는 거리 한가운데서 새빨개진 얼굴로 고개를 숙였다. 문득 얼굴을 드니 맞은편에서 요지로와 어제 저녁의 모임에서 연설을 했던 학생이 나란히 오고 있었다. 요지로는 위아래로 고개를 흔들었을 뿐, 말이

없었다. 학생이 모자를 벗어 예를 갖춘 뒤,

"어젯밤에는 어땠습니까? 사로잡혀서는 안 됩니다."라고 웃으며 지나쳐갔다.

7

뒤뜰로 돌아들어 할머니에게 물으니 할머니가 조그만 목소리로, 요지로 씨는 어제부터 돌아오시지 않았다고 말했다. 산시로는 부엌문에 서서 생각했다. 할머니는 마음을 써주느라, 어쨌든 들어와요 선생님은 서재에 계시니, 라고 말하면서도 손을 쉬지 않고 설거지를 했다. 조금 전에 막 저녁식사를 마친 참인 듯했다.

산시로는 거실을 지나 복도를 따라서 서재의 입구까지 갔다. 문이 열려 있었다. 안에서, "이봐." 하고 사람을 부르는 소리가 들려왔다. 산시로는 문턱 안으로 들어갔다. 선생은 책상을 향해 있었다. 책상 위에는 무엇이 있는지 알 수 없었다. 높다란 등이 연구를 감추고 있었다. 산시로는 문 근처에 앉아서,

"공부를 하시나요?"라고 정중하게 물었다. 선생이 고개를 비틀어 뒤를 보았다. 수염의 윤곽이 불명료하게 덥수룩했다. 사진판에서 본 누군가의 초상과 비슷했다.

"아아, 요지로인 줄 알았는데, 자네였나요? 실례했네요."라고 말하며 자리에서 일어났다. 책상 위에는 붓과 종이가 있었다. 선생은 무엇인가를 쓰고 있었다. 요지로는 이야기 중에, 우리 선생님은 가끔 무엇인가를 쓰신다. 하지만 무엇을 쓰시는지 다른 사람은 읽어도 전혀 이해를 하지 못한다. 살아 계신 동안에 위대한 저술로라

도 정리하면 다행이겠지만 그렇게 죽어버리면 폐지만 쌓이게 될 뿐이다. 정말 한심하다, 라고 탄식한 적이 있었다. 산시로는 히로타의 책상 위를 보고 바로 요지로의 이야기를 떠올렸다.

"방해가 된다면 돌아가겠습니다. 별다른 용무가 있는 것도 아닙니다."

"아니, 발걸음을 돌려야 할 정도로 방해가 되는 것도 아니에요. 저의 용무도 별다른 건 아니니까. 그렇게 급하게 해치워야 할 성질의 일을 하고 있었던 것도 아니에요."

산시로는 얼핏 무슨 말을 해야 좋을지 몰랐다. 그러나 마음속으로는, 이 사람 같은 마음가짐이 될 수 있다면 공부도 편안히 할 수 있어서 좋을 듯하다고 생각했다. 잠시 시간이 흐른 뒤 이렇게 말했다.

"사실은 사사키 군을 보러 왔는데 집에 없기에……"

"아아. 요지로는 아무래도 어젯밤부터 돌아오지 않은 듯합니다. 가끔 방랑을 해서 골칫거립니다."

"뭔가 급한 용무라도 생겼습니까?"

"용무는 결코 생기는 사람이 아닙니다. 단지 용무를 만들어내는 사람입니다. 그런 바보도 드물 겁니다."

산시로는 별수 없었기에,

"꽤나 마음 편하네요."라고 말했다.

"마음 편한 거라면 좋겠지만. 요지로의 경우는 마음이 편한 게 아닙니다. 마음이 변하기에─ 예를 들자면 논 사이를 흐르는 시내 같은 거라고 생각하면 틀림없습니다. 얕고 좁고, 하지만 물만은

끊임없이 변합니다. 그렇기에 하는 일이 조금도 야무지지 못합니다. 엔니치[65]에 눈요기나 하려고 가면 갑자기 생각났다는 듯, 선생님 소나무를 한 그루 사라는 둥 묘한 말을 합니다. 그리고 사겠네 어쩌겠네 말도 하기 전부터 값을 깎아서 사버립니다. 그 대신 노점에서 물건을 사는 일 같은 건 아주 잘합니다. 그 아이에게 사게 하면 아주 싸게 살 수 있습니다. 그런데 여름이 되어 모두가 집을 비울 때면 소나무를 방 안에 들여놓은 채 덧문을 닫고 자물쇠를 걸어버립니다. 돌아와서 보면 소나무가 온기에 물크러져 새빨갛게

---

65) 縁日. 신불을 공양하고 재를 올리는 날. 참배객이 몰리기에 신사나 절 앞에 노점상이 늘어선다.

되어 있습니다. 만사 이런 식이기에 참으로 난처합니다."

사실을 말하자면 산시로는 얼마 전에 요지로에게 20엔을 빌려주었다. 2주일 후면 문예시평사에서 원고료가 들어올 예정이니 그때까지 빌려달라는 것이었다. 사정을 들어보니 딱하게 되었기에 고향에서 막 보내온 우편환 가운데서 5엔을 빼고 나머지를 전부 빌려주었다. 아직 받을 기한은 되지 않았으나 히로타의 말을 듣고 나니 약간 걱정이 되었다. 그렇다고 선생에게 그런 사실을 밝힐 수는 없었기에 반대로,

"그래도 사사키 군은 선생님께 크게 감복해서 뒤에서는 선생님을 위해 여러 가지로 진력하고 있습니다."라고 말하자 선생은 진지해져서,

"어떤 진력을 하고 있습니까?"라고 캐물었다. 그러나 「위대한 어둠」과 그 외의 히로타 선생에 관한 요지로의 모든 행위는 선생에게 이야기해서는 안 된다고 당사자로부터 봉인을 당한 상태였다. 일을 시작했는데 도중에 그런 사실이 알려지면 선생님께 야단을 맞을 것이 뻔하니 입을 다물고 있어야 한다는 것이었다. 말해도 좋을 때가 오면 자신이 말하겠다고 명언했으니 하는 수 없었다. 산시로는 얘기를 다른 곳으로 돌려버렸다.

산시로가 히로타의 집에 오는 데에는 여러 가지 의미가 있었다. 첫 번째로는, 이 사람의 생활 및 그 외의 것이 평범한 사람과는 달랐다. 특히 자신의 성격과는 전혀 맞지 않는 부분이 있었다. 그랬기에 산시로는 어떻게 하면 저렇게 될 수 있는 걸까 하는 호기심에서 참고를 위해 연구를 하러 오는 것이었다. 다음으로

이 사람 앞에 있으면 마음이 느긋해졌다. 세상의 경쟁이 그다지 고민스럽지 않았다. 노노미야 씨도 히로타 선생과 마찬가지로 속세를 떠난 듯한 느낌은 있었으나, 속세 밖의 공명심을 위해서 세속을 즐기려는 욕심을 멀리하고 있는 듯 여겨졌다. 그렇기에 노노미야 씨를 상대로 단둘이서 이야기를 나누다보면 나도 빨리 제대로 된 일을 해서 학계에 공헌하지 않으면 안 될 것 같은 마음이 들었다. 초조해서 견딜 수가 없어졌다. 그런 점에서 히로타 선생은 태평했다. 선생은 고등학교에서 그저 어학을 가르칠 뿐, 그 외에는 아무런 재주도 없었다. ─이렇게 말하면 실례가 될 테지만, 그 외에 어떤 연구도 공적으로 발표하지 않았다. 그러면서도 태연하게 아무렇지도 않았다. 거기에 이 느긋함의 근원이 숨어 있는 것이라 여겨졌다. 산시로는 요즘 여자에게 사로잡혔다. 연인에게 사로잡힌 것이라면 오히려 재미있을 테지만, 자신을 좋아하고 있는 건지 무시하고 있는 건지, 무서워해야 하는 건지 경멸해야 하는 건지, 그만두어야 하는 건지 계속해야 하는 건지 가늠을 할 수 없는 상태에 사로잡혀 있었다. 산시로는 지긋지긋해졌다. 그럴 때면 히로타 선생만큼 좋은 사람도 없었다. 30분쯤 선생을 상대하다보면 마음이 누긋해졌다. 여자 한 명이나 두 명쯤은 아무래도 상관없다는 생각이 들었다. 솔직히 말하자면 산시로가 오늘 밤 찾아온 것은 7할쯤이 이러한 의미에서였다.

방문하는 이유의 세 번째는 상당히 모순되는 것이었다. 자신은 미네코 때문에 괴로워하고 있었다. 미네코 옆에 노노미야 씨를 놓으면 한층 더 괴로워졌다. 그 노노미야 씨와 가장 가까운 사람이

이 선생이었다. 따라서 선생 댁에 오면 노노미야 씨와 미네코의 관계가 저절로 명료해지리라 생각했다. 그것이 명료해지기만 한다면 자신의 태도도 분명하게 결정할 수 있으리라. 그러면서도 지금까지 두 사람에 관해서 물어본 적은 한 번도 없었다. 오늘 밤에는 한번 물어볼까 마음을 움직여보았다.

"노노미야 씨는 하숙을 시작했다고 하던데요."

"네, 하숙을 시작했다고 합니다."

"살림을 꾸렸던 사람이 다시 하숙을 하면 불편하리라 여겨집니다만 노노미야 씨는 잘도……."

"네, 그런 일에는 전혀 무관심한 사람입니다. 그 복장을 봐도 알 수 있습니다. 가정적인 사람이 아닙니다. 그 대신 학문에 있어서는 매우 신경질적입니다."

"당분간은 그렇게 지내실 생각이신 걸까요?"

"모르지요. 또 갑자기 살림을 꾸릴지도 모릅니다."

"아내라도 들일 생각은 없는 걸까요?"

"있을지도 모릅니다. 좋은 사람이 있으면 주선해주기 바랍니다."

산시로는 쓴웃음을 짓고 쓸데없는 말을 했다고 생각했다. 그러자 히로타 씨가,

"당신은 어떻습니까?"라고 물었다.

"저는……."

"아직 이르지요? 벌써부터 아내를 맞아서는 큰일입니다."

"고향 사람은 권하고 있습니다만."

"고향의 누가?"

"어머니입니다."

"어머님 말씀대로 들일 생각이 드시나요?"

"좀처럼 들지 않습니다."

히로타 씨가 수염 밑으로 이를 드러내며 웃었다. 비교적 고른 치아를 가지고 있었다. 산시로는 그때 갑자기 정겹다는 생각이 들었다. 그러나 그 정겨움은 미네코를 떠나 있는 것이었다. 노노미야를 떠나 있는 것이었다. 산시로의 눈앞에 있는 이해관계를 초월한 정겨움이었다. 산시로는 그때부터 노노미야 등에 대해서 묻는 것이 부끄럽게 여겨졌기에 질문을 멈춰버렸다. 그러자 히로타 선생이 다시 말하기 시작했다.

"어머님 말씀은 가능한 한 들어드리는 것이 좋습니다. 요즘 청년들은 우리 시대의 청년들과는 달리 자아의식이 강해서 탈입니다. 우리가 학생이었을 때는 무슨 일이든 남을 떠나서는 생각할 수 없었습니다. 모든 것을 임금이네, 부모네, 나라네, 사회네, 전부 타인 위주로 생각했습니다. 그것을 한마디로 말하자면, 교육을 받은 사람 모두가 위선자였습니다. 사회의 변화로 그 위선을 끝까지 관철시킬 수 없게 된 결과, 점차 사상 행위에 자기본위를 수입하게 되었고, 이번에는 자아의식이 너무 지나치게 발전해버리고 말았습니다. 예전의 위선가에 대해서 지금은 노악가[露惡家]들뿐인 상태입니다. ─노악가라는 말을 들어본 적이 있나요?"

"아니요."

"지금 내가 즉석에서 만들어낸 말입니다. 당신도 그 노악가 가운데 한 명─일지 어떨지. 아마도 맞을 겁니다. 요지로 같은 사람은 그 대표적 인물입니다. 당신도 알고 있는 사토미라는 여자가 있지요? 그 사람도 일종의 노악가이고, 다음으로 노노미야의 동생. 그 사람도 역시 그 사람 나름대로 노악가이기에 재미있습니다. 옛날에는 지체 높은 양반과 아버지만이 노악가일 뿐이었는데, 요즘에는 각자가 동등한 권리로 노악가가 되고 싶어 합니다. 하지만 나쁜 것도 아무것도 아닙니다. 냄새가 지독한 것의 뚜껑을 제거하면 기름통이고, 멋진 형식을 벗겨내면 대부분은 노악해진다는 것은 누구나 알고 있는 사실입니다. 형식만 멋져봐야 귀찮을 뿐이기에 모두 생략하고 칠을 하지 않은 나무만으로 일을 처리합니다. 매우 통쾌합니다. 천추난만[66]합니다. 그런데 이 난만이 도를 넘어서면 노악가들이 서로 불편을 느끼기 시작합니다. 그 불편함이 점점 고조되어 극단에 이르렀을 때 이타주의가 다시 부활합니다. 이것이 다시 형식으로 흘러 부패하면 이기주의로 다시 돌아갑니다. 다시 말해서 끝이 없습니다. 우리는 그런 식으로 살아가는 법이라고 생각해도 크게 다르지 않을 겁니다. 그렇게 살아가는 동안 진보합니다. 영국을 보십시오. 이 2개의 주의가 옛날부터 평형을 잘 유지하고 있습니다. 그렇기에 움직이지 않습니다. 그렇기에 진보하지 못합니다. 입센도 나오지 않고 니체도 나오지 않습니다. 딱한 일입니다. 스스로는 자랑스럽게 여기고 있는 듯하지만, 바깥에서 보자면 딱딱해져서 화석화하고 있습니다. ……."

　　산시로는 내심 감탄하기는 했으나, 얘기가 옆길로 벗어나 엉뚱한

---

66) [天醜爛漫] 천진난만[天眞爛漫]에서 진[眞]을 추[醜]로 바꾼 말.

곳으로 튀더니, 튄 그대로 점점 굵어져갔기에 조금 놀랐다. 그러자 히로타 씨도 마침내 눈치를 챘다.

"대체 무슨 얘기를 하고 있었죠?"

"결혼에 대해섭니다."

"결혼?"

"네, 제가 어머니의 말을 듣고……."

"응, 그래 맞아. 가능한 한 어머님의 말씀은 듣지 않으면 안 됩니다."라고 말하고 생글생글하고 있었다. 마치 어린아이를 대하는 듯했다. 산시로는 특별히 화가 나지는 않았다.

"저희가 노약가인 건 상관없지만, 선생님 시대의 사람들이 위선가라는 건 어떤 의미입니까?"

"당신, 사람들이 친절하게 대해주면 유쾌한가요?"

"네, 그야 유쾌합니다."

"정말? 저는 그렇지 않습니다. 커다란 친절을 받으면 불쾌해지는 경우도 있습니다."

"어떤 경우입니까?"

"형식만은 친절에 어긋나지 않습니다. 그러나 친절 그 자체가 목적이 아닌 경우."

"그런 경우가 있습니까?"

"당신, 설에 근하신년67)이라는 말을 들으면 정말 축하한다는 마음이 드나요?"

---

67) [謹賀新年] 삼가 새해를 축하한다는 말.

"그야……."

"들지 않을 겁니다. 그것과 마찬가지로 배를 움켜쥐고 웃었다는 둥, 나뒹굴며 웃었다는 둥 말하는 녀석들 가운데 실제로 웃은 녀석은 한 사람도 없습니다. 친절도 마찬가지입니다. 직무상 친절을 베푸는 사람이 있습니다. 내가 학교에서 교사를 하고 있는 것처럼 말입니다. 실제 목적은 의식[衣食]에 있으니 학생 입장에서 보자면 틀림없이 불쾌할 겁니다. 그에 반해서 요지로 같은 자는 노악한 무리의 수령인 만큼 종종 나를 귀찮게 해서 어찌해야 좋을지 모를 장난꾸러기지만 악의는 없습니다. 귀여운 구석이 있습니다. 미국사람이 금전에 대해서 노골적인 것과 거의 같습니다. 그것 자체가 목적입니다. 그것 자체가 목적인 행위만큼 정직한 것도 없고, 정직한 것만큼 불쾌감이 없는 것도 없으니, 만사 정직하게 행동하지 못하는 우리 시대의 까다로운 교육을 받은 사람은 모두 눈꼴사납습니다."

여기까지의 논리는 산시로도 이해할 수 있었다. 하지만 산시로에게 있어서 당장 뼈아픈 문제는 대체로 논리가 아니었다. 실제로 관계를 맺고 있는 어떤 각별한 사람이 정직한 건지 정직하지 않은 건지를 알고 싶은 것이었다. 산시로는 마음속에서 자신에 대한 미네코의 언동을 다시 한 번 생각해보았다. 그러나 눈꼴사나운 건지 아닌 건지 거의 판단을 할 수가 없었다. 산시로는 자신의 감수성이 남들보다 훨씬 둔한 것은 아닐까 의심이 들기 시작했다.

그때 히로타 씨가 갑자기 음, 하며 무엇인가 떠올린 모양이었다.

"음, 또 있군. 이번 20세기에 들어서부터 묘한 것이 유행하고 있습니다. 이타본위의 내용을 이기본위로 채우려 하는 어려운 수법입니다만, 그런 사람을 본 적 있습니까?"

"어떤 사람입니까?"

"다른 말로 하자면 노악으로 위선을 행한다. 아직 모르겠지요?
설명이 조금 좋지 않은 듯합니다. ―예전의 위선가는 말이죠, 무슨
일에서든 남들에게 잘 보이고 싶다는 마음이 앞서지 않았습니까?
그런데 그와는 반대로 남들의 감촉을 해하기 위해서 일부러 위선을
행합니다. 이리 보아도, 저리 보아도 상대방에게는 위선으로밖에
여겨지지 않도록 대하는 겁니다. 상대방은 물론 혐오스러운 마음이
듭니다. 그것으로 본인의 목적은 달성됩니다. 위선을 위선 그대로
상대방에게 통용시키려 하는 정직함이 노악가의 특색인데, 거기에
표면상의 행위와 언어는 어디까지나 선임에 틀림없으니, ―그러니
까 2위1체인 셈입니다. 이 방법을 교묘하게 사용하는 사람이 최근
꽤나 늘어난 듯합니다. 신경이 극히 예민해진 문명 인종이 가장
우아하게 노악가가 되려 한다면, 이것이 가장 좋은 방법입니다.
피를 흘리지 않으면 사람을 죽이지 못한다는 것은 굉장히 야만스러
운 이야기이기에 점점 유행하지 않게 됩니다."

히로타 선생의 화법은 마치 안내자가 옛 전장을 설명하는 것과
같아서, 실제를 멀리서 바라보는 위치에 자신을 두고 있었다. 그것이
상당히 낙천적 정취를 자아냈다. 마치 교실에서 강의를 들을 때와
같은 감정을 불러일으켰다. 그러나 산시로에게는 자극을 주었다.
염두에 미네코라는 여자가 있어서 이 이론을 바로 적용할 수 있었기
때문이었다. 산시로는 머릿속에 이것을 표준으로 세워두고 미네코
의 모든 것을 가늠해보았다. 그러나 가늠할 수 없는 부분이 아주

많았다. 선생은 입을 다물고 언제나처럼 코로 철학의 연기를 뿜기 시작했다.

그때 현관에서 발소리가 들려왔다. 안내도 청하지 않고 복도를 따라서 들어왔다. 잠시 후 요지로가 서재의 입구에 앉아,

"하라구치 씨가 오셨습니다."라고 말했다. 다녀왔습니다, 라는 인사는 생략되어 있었다. 일부러 생략한 것일지도 몰랐다. 산시로에게는 대충 눈인사만 하고 바로 밖으로 나갔다.

문턱 부근에서 요지로와 스쳐지나듯 해서 하라구치 씨가 들어왔다. 하라구치 씨는 프랑스식 수염을 기르고, 머리를 상고머리로 짧게 쳐올렸으며, 지방이 많은 남자였다. 노노미야 씨보다 나이가 두어 살 많은 듯 보였다. 히로타 선생보다 훨씬 말쑥한 일본 옷을 입고 있었다.

"이거 오랜만이군. 지금까지 사사키가 우리 집에 와 있었어. 같이 밥을 먹기도 하고 어영부영─ 그러다 결국은 끌려와서……."라며 아주 낙천적인 투로 말했다. 옆에 있으면 저절로 흥이 날 듯한 목소리를 냈다. 산시로는 하라구치라는 이름을 들었을 때부터 대충 그 화공일 것이라 짐작하고 있었다. 그야 어찌 됐든 요지로는 사교가였다. 대부분의 선배들과 전부 알고 지내니 대단하다며 감탄하여 몸이 굳었다. 산시로는 연장자 앞에 서면 몸이 굳는다. 규슈식의 교육을 받은 결과라고 스스로 해석하고 있었다.

잠시 후 집의 주인이 하라구치에게 소개를 해주었다. 산시로는 정중하게 머리를 숙였다. 상대방은 가볍게 머리를 끄덕였다. 산시로는 이후부터 말없이 두 사람의 담화를 듣고 있었다.

하라구치 씨는 우선 용무부터 처리하겠다며, 조만간에 모임을 가질 테니 나와달라고 청했다. 회원이라고 부를 만큼 대단한 것을 준비할 생각은 아니지만, 통보를 하는 것은 문학자네 예술가네 대학교수네 얼마 되지 않는 숫자에 한정될 테니 상관없다. 게다가 대부분 아는 사람들이니 형식은 전혀 필요 없다. 목적은 단지 여러 사람들이 모여서 저녁을 먹는 것. 그리고 문예상 유익한 담화를 교환하는 것. 그런 모임이다.

히로타 선생은 한마디, "나가기로 하지."라고 말했다. 용무는 그것으로 끝나버렸다. 용무는 그것으로 끝났으나 그 뒤부터 하라구치 씨와 히로타 선생이 나눈 대화가 매우 재미있었다.

히로타 선생이, "자네는 요즘 뭘 하고 있는가?"라고 하라구치 씨에게 묻자, 하라구치 씨는 이렇게 말했다.

"역시 잇추부시68)를 배우고 있네. 얼추 다섯 곡쯤은 익혔어. 하나모미지 요시와라 핫케이69)네, 고이나 한베에 가라사키 신주70)네, 꽤나 재미있는 것들이 있어. 자네도 좀 해보지 않겠는가? 그런데 그건 너무 커다란 목소리를 내서는 안 된다고 하네. 원래는 4첩 반짜리 방에서만 해야 한다는 거야. 하지만 나는 목소리가 이렇게 크잖아. 게다가 가락이 상당히 복잡해서 아무래도 제대로 되지가 않아. 다음에 한번 해볼 테니 들어보게."

히로타 선생은 웃고 있었다. 그러자 하라구치 씨가 이런 식으로

---

68) 一中節. 음곡에 맞추어 낭창하는 옛이야기인 조루리 가운데 하나.
69) 花紅葉 吉原 八景. 꽃과 단풍의 요시와라(유곽지) 팔경이라는 뜻.
70) 小稲 半兵衛 唐崎 心中. 게이샤인 고이나와 한베에가 가라사키라는 곳에서 정사한 이야기를 다룬 내용.

말을 이었다.

"그래도 나는 그나마 나은 편인 게, 사토미 교스케(里見 恭助)는 완전히 엉망이거든. 어떻게 된 일인지 모르겠어. 여동생은 그렇게 잘하는데. 얼마 전에는 결국 포기하고 앞으로 노래는 그만두겠네, 그 대신 뭔가 악기를 배워야겠다고 말하자, 바카바야시[71]를 배우시지 않으시겠습니까, 라고 말한 사람이 있어서 말이지. 한바탕 웃었어."

"그게 사실인가?"

"사실이고말고. 실제로 사토미가 내게, 자네가 한다면 나도 하겠네, 라고 말했을 정도니까. 그런데 바카바야시에는 8종류의 연주법이 있다고 하더군."

"자네, 해보는 게 어떻겠는가? 그거라면 평범한 사람이라도 할 수 있을 것 같은데."

"아니, 바카바야시는 싫어. 그보다는 장구를 쳐보고 싶어. 어떤 이유에서인지는 모르겠지만 장구 소리를 듣고 있으면 20세기라는 기분이 전혀 들지 않아서 좋아. 요즘 같은 세상에서 어떻게 저렇게 넋을 놓은 채 있을 수 있는 걸까 생각하면 그것만으로도 아주 편안해져. 내가 아무리 태평하다 해도 장구 소리 같은 그림은 도무지 그릴 수가 없으니."

"그리려고도 하지 않잖아."

"그릴 수가 없는 걸. 지금 도쿄에 있는 사람이 한가로운 그림을

---

71) 馬鹿囃. 신사의 행사 때 박자를 맞추고 흥을 돋우기 위해 북, 꽹과리, 피리 등으로 반주하는 것.

그릴 수 있겠는가? 물론 그림뿐만이 아닐 테지만. ―그림 얘기가 나와서 말인데, 얼마 전에 대학의 운동회에 가서 사토미와 노노미야 씨의 동생을 캐리커처로 그려볼까 생각했는데 결국은 둘 모두 달아나버리고 말았어. 다음에 진짜 초상화를 그려서 전람회에라도 한번 내볼까 싶어서 말이지."

"누구의?"

"사토미의 동생. 아무래도 평범한 일본 여자의 얼굴은 우타마로[72]식이나 그런 것뿐이기에 서양의 캔버스에는 옮기기가 어려워서 좋지 않지만, 그 여자나 노노미야 씨는 어울려. 두 사람 모두 그림이 돼. 그 여자가 부채로 이마 부근을 가리고 나무를 배경으로 밝은 곳을 향해 서 있는 모습을 라이브사이즈/等身/로 그려볼까 생각 중이네. 서양의 부채는 불쾌감이 들어서 안 되지만, 일본의 부채는 새로워서 재미있을 거야. 어쨌든 빨리 하지 않으면 안 돼. 당장에 시집이라도 가버리면, 그렇게 내 마음대로는 그릴 수 없을지 모르니까."

산시로는 커다란 흥미를 가지고 하라구치의 이야기를 들었다. 특히 미네코가 부채로 이마 부근을 가리고 있는 구도는 산시로에게 커다란 감동을 주었다. 신비한 인연이 두 사람 사이에 존재하고 있는 것 아닐까 여겨질 정도였다. 그런데 히로타 선생이, "그런 그림은 그렇게 재미있을 것 같지도 않은데."라고 서슴지 않고 말했다.

---

72) 기타가와 우타마로(喜多川 歌麿, 1753~1806). 에도 중후기의 우키요에 화공. 독자적인 미인화를 창안하여 여성의 관능적 미를 묘사했다.

"하지만 당사자의 희망인 걸. 부채로 이마 부근을 가리고 있는 모습은 어떨까요, 라고 말하기에 아주 절묘할 겁니다, 라고 승낙했어. 아니, 나쁜 구도가 아니야. 어떻게 그리느냐에 따라서 달라지겠지만."

"너무 예쁘게 그리면 결혼 신청이 많아져서 곤란해질 거야."

"하하하, 그럼 중간 정도로 그리기로 하지. 결혼이라, 그 여자도 벌써 시집을 갈 때가 됐어. 어떤가? 어디 좋은 자리라도 없는가? 사토미에게도 부탁을 받기는 했지만."

"자네가 맞아들이는 건 어떻겠나?"

"내가? 나라도 상관없다면 맞아들이겠지만, 아무래도 그 여자에게는 신용을 얻지 못해서 말이지."

"왜?"

"하라구치 씨는 서양으로 가실 때 아주 의욕에 넘쳐서 일부러 카쓰부시[73]까지 사서는 이걸로 파리의 하숙에서 농성할 거야, 라고 한껏 큰소리를 쳤지만, 파리에 도착하자마자 갑자기 표변하셨다면서요, 하고 웃으니 어찌해야 좋을지 모르겠네. 대충 오빠에게서라도 이야기를 들은 거겠지."

"그 여자는 자신의 마음이 끌리는 곳이 아니면 시집을 갈 리가 없어. 권해봐야 소용없어. 좋아하는 사람이 생길 때까지 독신으로 내버려두는 게 좋아."

"그야말로 서양식이군. 하지만 앞으로의 여자들은 전부 그렇게

---

73) 鰹節. 쪄서 말린 가다랑어를 발효시켜 만든 식품. 육수를 낼 때나 고명으로 사용한다. 원래는 카쓰오부시로 카쓰부시는 구어.

될 테니 그것도 상관없을 테지만."

이후부터 둘 사이에서는 오래도록 회화에 대한 이야기가 오갔다. 산시로는 히로타 선생이 서양 화공들의 이름을 여럿 알고 있다는 사실에 놀랐다. 돌아갈 때 부엌 쪽의 문에서 나막신을 찾고 있자니 선생이 계단 아래로 와서, "이봐, 사사키. 잠깐 내려와봐."라고 말했다.

밖은 추웠다. 하늘이 높고 맑아 어딘가에서 이슬이 내리는 걸까 싶을 정도였다. 손이 옷에 닿으면 닿은 곳만 선뜩했다. 사람의 통행이 적은 골목을 두어 번쯤 꺾어들기도 하고 접어들기도 하며 가고 있자니 갑자기 길거리 점쟁이의 모습이 보였다. 크고 둥근 초롱을 달아놓았기에 허리 아래를 시뻘겋게 물들이고 있었다. 산시로는 점괘를 사보고 싶어졌다. 그러나 굳이 사지는 않았다. 삼나무 울타리에 하오리74)의 어깨가 닿을 정도로 붉은 초롱을 피해서 지나쳤다. 잠시 후, 어두운 곳을 비스듬히 질러나가자 오이와케 거리가 나왔다. 모퉁이에 메밀국수집이 있었다. 산시로는 이번에는 망설이지 않고 포렴 안으로 들어섰다. 술을 약간 마시기 위해서였다.

고등학교 학생이 3명 있었다. 요즘 들어 학교의 선생 가운데 점심 도시락으로 메밀국수를 먹는 사람이 많아졌다는 이야기를 하고 있었다. 메밀국수집의 배달부가 정오를 알리는 포가 올리면 나무찜통과 식재료들을 산더미처럼 어깨에 걸치고 서둘러 교문으로 들어온다. 이 메밀국수집은 덕분에 돈을 많이 벌 것이라는 이야기

---

74) 羽織. 일본 옷의 겉에 입는 짧은 상의. 하카마와 함께 정장으로 입는다.

였다. 아무개 선생은 여름에도 가마아게우동75)을 먹는데 어떻게
된 일일까, 라고 말했다. 아마도 위가 좋지 않기 때문일 것이라고
말했다. 그 외에 여러 가지 것들을 이야기했다. 대부분은 교사를
이름만으로 불렀다. 그러던 중에 히로타 씨라고 말한 사람이 하나
있었다. 그러더니 히로타 씨는 어째서 독신일까 하는 논의가 시작되
었다. 히로타 씨 댁에 가면 여자의 나체화가 걸려 있으니 여자를
싫어하는 건 아닐 것이라는 설이었다. 하지만 그 나체화는 서양인이
니 믿을 수 없다. 일본 여자는 싫은 걸지도 모른다는 설이었다.
아니, 실연을 당한 결과임에 틀림없다는 설도 나왔다. 실연을 당해서
그런 괴짜가 된 걸까, 라고 질문한 사람도 있었다. 그런데 젊은

---

75) 釜揚饂飩. 삶은 우동을 물로 식히지 않고 그 위에 소스나 간장을 뿌려
　　그냥 먹는 음식.

미인이 출입한다는 소문이 있던데 정말일까, 라고 캐물은 사람도 있었다.

차차 듣고 있자니 요컨대 히로타 선생은 훌륭한 사람이라는 말이 되어버렸다. 어째서 훌륭한 건지는 산시로도 잘 이해할 수 없었으나, 어쨌든 이 세 사람은 세 사람 모두 요지로가 쓴 「위대한 어둠」을 읽었다. 실제로 그것을 읽은 뒤에 히로타 선생이 갑자기 좋아졌다고 말했다. 때로는 「위대한 어둠」 속에 있는 경구를 인용하기도 했다. 그리고 요지로의 글을 크게 칭찬했다. 레이요시란 누구일까 궁금해 했다. 어쨌든 틀림없이 히로타 씨를 아주 잘 알고 있는 사람일 것이라는 사실에는 세 사람 모두가 동의했다.

곁에 있던 산시로는 그렇구나, 하고 감탄했다. 요지로가 「위대한 어둠」을 쓰는 것도 당연했다. 문예시평의 판매량이 많지 않다는 사실은 본인이 자백한 대로이니 그의 이른바 대논문을 보란 듯이 실어놓고 자랑스러워하는 것은 허영심의 만족 외에 무슨 도움이 되는 걸까 의심하고 있었는데, 얘기를 듣고보니 활판의 위력은 역시 대단한 것이었다. 요지로가 주장한 대로 한마디가 됐든 반마디가 됐든 말하지 않는 쪽이 손해였다. 사람에 대한 평판은 이런 곳에서 오르고, 또 이런 곳에서 떨어지는 것이라는 생각이 들자 붓을 쥔 자의 책임감이 두렵게 느껴져, 산시로는 메밀국수집에서 나왔다.

하숙에 돌아오니 술은 벌써 깨어버렸다. 뭔가 허전해서 견딜 수가 없었다. 책상 앞에 멍하니 앉아 있자니 하녀가 아래층에서부터 물 잔에 뜨거운 물을 담아온 김에 편지를 1통 놓고 갔다. 또 어머니의 편지였다. 산시로는 바로 봉투를 뜯었다. 오늘은 어머니의 글씨를 보는 것이 매우 기뻤다.

편지는 상당히 길었으나 이렇다 할 내용은 적혀 있지 않았다. 특히 미와타의 오미쓰에 대해서는 한마디도 하지 않았기에 아주 고마웠다. 그런데 그 가운데 묘한 조언이 있었다.

너는 어렸을 때부터 배짱이 없어서 걱정이다. 배짱이 없는 건 커다란 손해로 시험 같은 걸 볼 때 얼마나 곤란한지 모른다. 오키쓰(興津)의 다카(高) 씨는 그렇게 공부를 잘해서 중학교 선생을 하고 있지만, 검정시험을 볼 때마다 몸이 떨려서 답안을 제대로 작성하지 못하기 때문에 딱하게도 아직 월급이 오르지 않았다. 의학사라는 친구에게 부탁해서 떨림이 멈추는 환약을 마련해가지고 시험 전에 먹고 나섰으나 역시 떨렸다고 한다. 너의 경우는 부들부들 떨 정도는 아닌 듯하니 도쿄의 의사에게 만들어달라고 해서 평소에도 가지고 다니며 배짱이 좋아지는 약을 먹어보도록 해라. 낫지 말라는 법도 없으니, 라는 것이었다.

산시로는 한심하다고 생각했다. 그러나 한심함 속에서도 커다란 위로를 얻었다. 어머니는 정말 친절한 법이라고 뼈저리게 느꼈다. 그날 밤 1시 무렵까지 걸려서 어머니께 긴 답장을 썼다. 그 가운데 도쿄는 별로 재미있는 곳이 아니라는 한 구절이 있었다.

8

산시로가 요지로에게 돈을 빌려준 경위는 이런 것이었다.

며칠 전 밤 9시 무렵이 되었을 때 요지로가 빗속을 뚫고 느닷없이 찾아와서 대뜸 아주 난처하게 됐다고 말했다. 얼굴을 보니 평소와는 달리 안색이 좋지 않았다. 처음에는 가을비에 젖은 차가운 바람을 너무 많이 맞았기 때문이라고 생각했으나 방에 앉아 다시 보니 좋지 않은 것은 안색뿐만이 아니었다. 드물게도 소침해 있었다. 산시로가, "몸이라도 좋지 않은 거야?"라고 묻자, 요지로는 사슴 같은 눈을 2번쯤 껌뻑인 뒤 이렇게 대답했다.

"사실은 돈을 잃어버려서 말이지. 난처하게 됐어."

그리고 약간 걱정스럽다는 듯한 얼굴로 담배 연기를 두어 번 코로 내뱉었다. 산시로는 입을 다물고 기다릴 수만도 없었다. 어떤 종류의 돈을 어디서 잃어버렸는지 차근차근 물어보고, 바로 알 수 있었다. 요지로는 담배 연기를 두어 번 코로 전부 내뱉을 동안에만 참고 있었을 뿐, 그 뒤부터는 어떻게 된 일인지를 처음부터 끝까지 술술 이야기해버렸다.

요지로가 잃어버린 돈은 금액으로 20엔, 단 다른 사람의 것이었다. 작년에 히로타 선생이 전에 살던 집을 빌릴 때 3개월분의 보증금이 모자라서 부족한 부분을 잠시 노노미야 씨에게서 빌린

일이 있었다. 그런데 그 돈은 노노미야 씨가 동생에게 바이올린을 사주지 않으면 안 된다며 고향에 계신 아버지에게 일부러 말해서 보내게 한 돈이었다고 한다. 따라서 오늘내일 당장 필요한 돈은 아니었으나, 그 대신 늦어지면 늦어질수록 요시코가 곤란해진다. 요시코는 실제로 아직까지 바이올린을 사지 못한 채였다. 히로타 선생이 갚지 않기 때문이었다. 선생도 갚을 수 있었다면 벌써 갚았겠지만, 다달이 여유가 한 푼도 없었을 뿐만 아니라 월급 이외에는 결코 돈을 벌지 않는 사내였기에 결국은 그대로 내버려두게 되었다. 그런데 지난여름, 고등학교 수험생의 답안 채점을 맡았을 때의 수당을 60엔, 최근이 되어서야 마침내 받았다. 그것으로 드디어진 빚을 갚을 수 있게 되었고 요지로가 그 심부름을 맡게 되었다.

"그 돈을 잃어버렸으니 미안하게 된 거야"라고 요지로가 말했다. 실제로 미안하다는 듯한 표정이기도 했다. 어디서 없어졌는데, 라고 묻자 아니, 없어진 게 아니야. 마권[馬券]을 몇 장인가 샀는데 전부 잃어버리고 만 거야, 라고 말했다. 이 말에는 산시로도 어처구니가 없었다. 무분별함의 도를 훌쩍 뛰어넘어 있었기에 자신의 의견을 낼 마음조차 들지 않았다. 게다가 당사자가 의기소침해 있었다. 그것을 평소의 생기발랄함과 비교해보자면 요지로라는 사람이 2명 있다고밖에 여겨지지 않았다. 그 대조가 너무나도 극명했다. 그랬기에 우습다는 생각과 안쓰럽다는 생각이 한꺼번에 산시로를 덮쳐왔다. 산시로는 웃었다. 그러자 요지로도 웃기 시작했다.

"뭐, 괜찮아. 어떻게든 되겠지."라고 말했다.

"선생님은 아직 모르시나?"라고 묻자,

"아직 모르셔."

"노노미야 씨는?"

"물론 아직 몰라."

"돈은 언제 받았는데?"

"돈은 이번 달 초에 받았으니 오늘로 정확히 2주일쯤 됐어."

"마권을 산 건?"

"받은 다음 날이야."

"그 뒤부터 오늘까지 그냥 있었던 거야?"

"여러 가지로 뛰어다녔지만 마련하지 못했으니 어쩔 수 없지. 아무래도 수가 나지 않는다면 이번 달 말까지 그냥 내버려둘 생각이야."

"이번 달 말이 되면 돈이 나올 만한 데라도 있는 거야?"

"문예시평사에서, 어떻게든 되겠지."

산시로는 자리에서 일어나 책상의 서랍을 열었다. 어제 막 어머니에게서 온 편지 안을 들여다보며,

"돈은 여기에 있어. 이번 달은 고향에서 빨리 부쳐줬어."라고 말했다. 요지로는,

"고맙네. 친애하는 오가와 군."하며 갑자기 생기 넘치는 목소리로 만담가처럼 말했다.

두 사람은 10시 넘어서 비를 뚫고 오이와케 거리로 나가 모퉁이의 메밀국수집으로 들어갔다. 산시로는 이때 메밀국수집에서 술 마시는 법을 배웠다. 그날 밤에는 두 사람 모두 유쾌하게 마셨다. 계산은 요지로가 했다. 요지로는 웬만해서는 다른 사람이 사게 내버려두지 않는 사내였다.

그로부터 오늘에 이르기까지 요지로는 돈을 갚지 않았다. 산시로는 정직한 사람이었기에 하숙비를 낼 수 있을까 걱정이 되었다. 재촉은 하지 않았으나 어떻게든 해주었으면 좋겠다고 생각하며 날을 보내는 동안 월말이 다가왔다. 이제는 하루나 이틀밖에 남아 있지 않았다. 일이 어긋나면 하숙비 내는 날을 뒤로 미루어두어야겠다는 생각은 아직 산시로의 머릿속에 떠오르지 않았다. 반드시 요지로가 가지고 올 것이다—라고까지는 물론 그도 믿고 있지 않았지만, 어떻게든 마련해보자는 정도의 친절함은 있을 것이라고 생각했다. 히로타 선생의 평에 의하면 요지로의 머리는 얕은 여울물

처럼 끊임없이 변해가고 있다고 하는데, 멋대로 변하기만 할 뿐 책임을 잊어서는 곤란했다. 설마 그 정도는 아니리라.

산시로는 2층 창에서 거리를 바라보고 있었다. 그러자 맞은편에서 요지로가 빠른 걸음으로 다가왔다. 창 아래까지 와서 고개를 들더니 산시로의 얼굴을 올려다보며, "아아, 있어?"라고 말했다. 산시로는 위에서 요지로를 내려다보며, "응. 있어." 라고 말했다. 이 바보형제 같은 인사가 위아래에서 한마디씩 교환되고 난 뒤에 산시로는 방안으로 머리를 집어넣었다. 요지로는 계단을 쿵쿵 올라왔다.

"기다리고 있지는 않았어? 다른 사람도 아니고 너니까 하숙비를 걱정하고 있을 거라 생각해서 아주 분주히 뛰어다녔어. 한심한 얘기야."

"문예시평에서 원고료를 줬어?"

"원고료라니, 원고료는 전부 받았어."

"하지만 지난번에는 월말에 받을 것처럼 얘기했었잖아."

"그랬었나? 그건 잘못 안 거겠지. 더 이상 받아야 할 돈은 한 푼도 없어."

"이상한데. 하지만 너는 분명히 그렇게 말했어."

"그게 아니라, 가불을 해보겠다고 말한 거였어. 그런데 좀처럼 해주지 않더군. 내게 꿔주면 갚지 않을 거라 생각하고 있어. 괘씸한 놈들. 겨우 20엔밖에 안 되는 돈 가지고. 아무리 위대한 어둠을 써줘도 믿어주지를 않아. 한심해. 지긋지긋해졌어."

"그럼 돈은 마련하지 못한 거야?"

"아니, 다른 데서 마련했어. 네가 난감해 하고 있을 것 같아서."

"그래? 그거 딱하게 됐군."

"그런데 난처한 일이 생겼어. 돈은 여기에 없어. 네가 가지러 가야 돼."

"어디로?"

"사실은 문예시평이 틀렸기에 하라구치네 어디네 두어 군데를 돌아다녀보았지만, 월말이라 전부 형편이 좋지 않았어. 그랬기에 마지막으로 사토미의 집으로 가서― 사토미라는 사람은 모르나? 사토미 교스케. 법학사야. 미네코 씨의 오빠야. 그 집으로 찾아갔는데 이번에는 집에 없어서 역시 마련할 수가 없었어. 그러는 사이에 배가 고파서 돌아다니기가 귀찮아졌기에 결국에는 미네코 씨를 만나서 이야기했어."

"노노미야 씨의 동생이 있지는 않았어?"

"응, 정오 조금 지난 시간이었기에 학교에 가 있을 때였어. 거기에 응접실이었기에 있었다 해도 상관없었을 거야."

"그렇군."

"그랬더니 미네코 씨가 알겠다며 돈을 마련해주겠다고 했어."

"그 여자는 자기 돈이 있는 건가?"

"그건 어떤지 모르지. 하지만 어쨌든 걱정할 것 없어. 알겠다고 했으니. 그 사람은 묘한 여자여서 나이도 많지 않은 주제에 누님처럼 구는 걸 좋아하는 성격이니 알았다고 말한 이상 안심해도 돼. 걱정할 것 없어. 잘 부탁해두기만 하면 문제없어. 그런데 가장 마지막이 되어서 돈은 여기에 있지만 당신에게는 건넬 수 없어요, 라고 말하기에 깜짝 놀랐어. 저는 그렇게 신용이 없나요, 라고 물었더니 네 하며 웃더라고. 기분이 팍 상했어. 그럼 오가와를 보낼까요, 라고 다시 물었더니, 네, 오가와 씨에게 건네줄게요, 라고 말하더군. 어떻게 하든 마음대로 하라고 해. 너, 받으러 갈 수 있겠어?"

"받으러 가지 않으면 고향에 전보라도 쳐야겠지."

"전보는 그만둬. 한심하기는. 아무리 너라도 받으러 갈 수 있잖아."

"갈 수 있지."

이것으로 마침내 20엔 문제는 마무리 지어졌다. 그것이 끝나자 요지로는 곧 히로타 선생에 관한 사건을 보고하기 시작했다.

운동은 착착 진척되어가고 있다. 시간만 나면 한 사람 한 사람 하숙으로 찾아가서 이야기를 나눈다. 이야기는 한 사람 한 사람하고만 나눈다. 여럿이 모이면 각자 자신의 존재를 주장하려 하기에 틈만 나면 이의를 제기한다. 그렇게 하지 못하면 자신의 존재가 등한히 여겨지고 있다는 마음이 들어 애초부터 냉담한 자세를 취한다. 상의는 무슨 일이 있어도 한 사람 한 사람하고만 하는 것이 최고다. 그 대신 시간이 필요하다. 돈도 필요하다. 그것을 아까워해서는 운동을 할 수 없다. 그리고 이야기를 나눌 때는 히로타 선생님의 이름을 그다지 꺼내지 않는다. 우리를 위해서 상의하는 것이 아니라 히로타 선생님을 위해서 상의하는 것이라 여겨지면 의견을 하나로 모을 수가 없다.

요지로는 이러한 방법으로 운동을 진척시켜나가고 있다는 것이었다. 그렇게 해서 오늘까지는 생각대로 되어갔다. 서양인만으로는 안 되니 무슨 일이 있어도 일본인을 받아들이게 해야 한다는 데까지는 이야기가 왔다. 앞으로는 다시 한 번 모여서 위원을 뽑아 학장에게 가 됐든 총장에게가 됐든 우리의 희망을 이야기하라고 보내기만 하면 된다. 물론 회합만은 거의 형식적인 것이니 생략해도 된다. 위원이 될 만한 학생들도 대부분은 정해져 있다. 모두 히로타 선생님에게 동정심을 품고 있는 사람들이니 담판의 추이에 따라서는 이쪽에서 선생님의 이름을 당국자에게 제시할지도 모른다. ……

듣고 있자면 요지로 혼자서 천하를 제멋대로 주무르고 있는 듯 여겨졌다. 산시로는 요지로의 수완에 적잖이 감탄했다. 요지로는 또 지난번 밤에 하라구치 씨를 선생 댁으로 데려갔던 일에 대해서 이야기하기 시작했다.

"그날 밤, 하라구치 씨가 선생님께 문예가 모임을 열 테니 참석하라고 말했었잖아."라고 말했다. 산시로는 물론 기억하고 있었다. 요지로의 말에 의하면 사실은 그것도 자신이 발기한 일이라는 것이었다. 그 이유는 여러 가지가 있지만 우선 첫 번째로 비근한 이유를 말하자면, 그 회원 가운데는 대학 문과의 유력한 교수가 있다. 이러한 때에 그 사람과 히로타 선생님을 접촉시키는 것은, 선생님에게 매우 유리한 일이다. 선생님은 괴짜이기에 일부러 누구와도 교제하지 않는다. 그러나 이쪽에서 적당한 기회를 만들어 접촉시키면 괴짜 나름대로 관계를 유지하기는 한다. …….

"그런 의미가 있었던 거로군. 하나도 몰랐어. 그런데 네가 발기인이라고 했는데, 모임을 열 때 네 이름으로 통지를 해도 그렇게 대단한 사람들이 전부 모여들까?"

요지로는 잠시 산시로를 진지하게 바라보고 있다가, 곧 쓴웃음을 지으며 고개를 돌렸다.

"한심한 소리 하지 마. 발기인이라고 했지만, 표면적인 발기인은 아니야. 그냥 내가 그런 모임을 꾀한 거야. 그러니까 내가 하라구치 씨에게 권해서 모든 일을 하라구치 씨가 주선하도록 만든 거야."

"그래?"

"그래는 촌스럽잖아. 그건 그렇고 너도 그 모임에 나오도록 해. 조만간에 열릴 예정이니."

"그런 훌륭한 사람들만 모이는 곳에 가봐야 무슨 소용 있겠어. 난 그만두기로 하겠어."

"또 촌티 낸다. 훌륭한 사람이고 훌륭하지 않은 사람이고, 단지 사회에 머리를 들이민 순서가 다른 것일 뿐이야. 그런 사람들이 뭐라고, 박사나 학사라고 해봐야 만나서 이야기를 해보면 아무것도 아닌 사람들이야. 무엇보다 그 사람들이 그렇게 훌륭하다고는 생각하고 있지 않아. 꼭 참석하도록 해. 너의 장래를 위해서이니."

"어디서 모이는데?"

"아마 우에노의 세이요켄(精養軒)이 될 거야."

"나는 그런 데 가본 적이 없어. 회비도 비쌀 거 아니야."

"아마 2엔쯤 할 거야. 회비 같은 건 걱정하지 않아도 돼. 없으면 내가 내줄 테니."

산시로는 곧 조금 전의 20엔에 관한 일이 떠올랐다. 그러나 신기하게도 우습다는 생각은 들지 않았다. 게다가 요지로는 긴자(銀座)의 어딘가 하는 곳으로 튀김을 먹으러 가자고 했다. 돈은 있다고 했다. 알 수 없는 사내였다. 늘 하자는 대로 하던 산시로도 이것은 거절했다. 그 대신 함께 산책을 나섰다. 돌아오는 길에 오카노(岡野)에 들러서 요지로는 밤만주를 잔뜩 샀다. 이걸 선생님께 선물로

드릴 거라며 봉투를 끌어안고 집으로 갔다.

그날 밤, 산시로는 요지로의 성격에 대해서 생각했다. 도쿄에서 오래 살다보면 그렇게 되는 걸까 싶었다. 그리고 사토미에게로 돈을 꾸러 가는 일을 생각했다. 미네코의 집에 가야 할 일이 생긴 것은 기쁜 일인 듯한 기분이 들었다. 그러나 머리를 숙여 돈을 빌린다는 것은 고마운 일이 아니었다. 산시로는 태어나서 오늘까지 남에게서 돈을 꾼 경험이 없는 사람이었다. 게다가 빌려주겠다고 한 당사자가 아가씨였다. 독립한 사람이 아니었다. 설령 자유롭게 쓸 수 있는 돈이라 할지라도 오빠의 허락을 얻지 않고 비상금을 빌리면, 빌리는 자신은 그렇다 해도 나중에 빌려준 사람에게 폐가 될지도 모를 일이었다. 혹은 그 여자가 하는 일이니 처음부터 폐가 되지 않도록 해놓은 걸까 싶기도 했다. 어쨌든 만나보자. 만나보고 나서 빌리는 것이 좋지 않을 듯하면 거절하고 하숙비 내는 날을 조금 미뤄달라고 한 뒤 고향에 보내달라고 하면 그것으로 그만이다. ─이 일은 여기까지 생각한 뒤 마무리를 지었다. 이후부터는 미네코에 관한 일들이 산만하게 머릿속에 떠올랐다. 미네코의 얼굴이네, 손이네, 목깃이네, 허리띠네, 옷이네 하는 것들을 상상에 맡긴 채 곱하기도 하고 나누기도 했다. 특히 내일 만나면 어떤 태도로 어떤 말을 할지, 그 광경이 10가지고 20가지고 여러 가지로 나타났다. 산시로는 원래부터 이런 사내였다. 할 이야기가 있어서 누군가와 만날 약속을 하면 상대방이 어떻게 나올까 하는 것만 상상했다. 자신이 이런 얼굴로 이런 말을 이런 목소리로 해야겠다고는 결코 생각지 않았다. 그런데 만남이 끝나고 나면 반드시 그쪽을 생각했다.

그리고 후회하곤 했다.

특히 오늘 밤에는 자신을 상상할 여지가 없었다. 산시로는 얼마 전부터 미네코를 의심하고 있었다. 그러나 의심하기만 할 뿐, 조금도 결론은 나지 않았다. 그렇다고 해서 면전에 대고 캐물을 만한 사건은 하나도 없었기에 일도양단[一刀兩斷]과 같은 해결 따위는 생각할 수도 없는 일이었다. 만약 산시로가 마음을 놓기 위해서 해결이 필요하다면 그것은 오로지 미네코와 접촉하는 기회를 이용해 상대 방의 모습에서 적당히 최후의 판결을 자신에게 내려버리는 것뿐이었다. 내일의 회견은 이 판결에 없어서는 안 될 재료였다. 그렇기에 여러 가지로 상대방을 상상해보았다. 그런데 어떻게 상상을 해보아도 자신에게 유리한 광경밖에 떠오르지 않았다. 그러나 실제로는 매우 의심스러웠다. 마치 지저분한 곳을 아름다운 사진으로 찍어서 바라보고 있는 듯한 기분이 들었다. 사진은 사진으로서 어디까지나 사실임에 틀림없으나, 실물이 지저분한 것도 이론의 여지가 없는 사실인 것과 마찬가지로, 같아야만 할 2가지가 결코 일치하지 않았다.

마지막으로 기쁜 일을 떠올렸다. 미네코는 요지로에게 돈을 빌려주겠다고 말했다. 하지만 요지로에게는 건네주지 않겠다고 말했다. 실제로 요지로는 금전 문제에 있어서는 신용하기 어려운 사내일지도 몰랐다. 그러나 그런 의미에서 미네코가 건네주지 않은 것인지 어떤지는 의심스러운 일이었다. 만약 그런 의미가 아니라면 자신에게는 매우 희망적인 일이 된다. 단지 돈을 빌려준다는 것만 해도 충분한 호의였다. 나를 만나서 건네주고 싶다고 말한 것은─산시로는 여기까지 우쭐해져 보았다가 곧,

'역시, 우롱하려는 것 아닐까?' 라는 생각이 들어 갑자기 부끄러워졌다. 만약 어떤 사람이 있어서, 그 여자는 어째서 자네를 우롱하는건가, 라고 물었다면 산시로는 아마 대답하지 못했으리라. 억지로 짜내서라도 생각해보라고 말했다면, 산시로는 우롱 그 자체에 흥미를 가지고 있는 여자이기에, 라고까지는 대답했을지도 몰랐다. 자신의 우쭐함을 벌하기 위해서라고는 조금도 생각지 못했을 것임에 틀림없었다. ─산시로는 미네코 때문에 우쭐해진 것이라 믿고

있었다.

　이튿날에는 다행히도 교사 둘이 결석하여 오후부터의 수업은 휴강이었다. 하숙집으로 돌아가기도 귀찮았기에 도중에 단품요리로 배를 채운 뒤 미네코의 집으로 갔다. 앞을 지난 적은 몇 번이고 있었다. 그러나 들어가는 것은 처음이었다. 기와로 인 문의 기둥에 사토미 교스케라는 문패가 걸려 있었다. 산시로는 이곳을 지날 때마다 사토미 교스케는 어떤 남자일까 생각했다. 아직 만난 적이 없었다. 문은 닫혀 있었다. 쪽문으로 들어서자 현관까지의 거리는 의외로 짧았다. 직사각형의 화강암이 띄엄띄엄 깔려 있었다. 현관은 가늘고 고운 격자문이 굳게 닫혀 있었다. 벨/電鈴/을 눌렀다. 문을 열어주러 나온 하녀에게, "미네코 씨 댁에 계십니까?"라고 말한 순간, 산시로는 스스로도 멋쩍은 듯한 묘한 기분이 들었다. 남의 집 현관에서 묘령의 여인이 집에 있는지를 물은 적은 아직 없었다. 묻기 매우 거북하다는 느낌이 들었다. 하녀는 뜻밖에도 진지했다. 더구나 공손했다. 일단 안으로 들어갔다가 다시 나와서는 공손하게 인사를 한 뒤, 들어오세요, 라고 하기에 뒤를 따라 들어가니 응접실로 안내해주었다. 묵직한 커튼/窓掛/이 걸려 있는 서양식 방이었다. 조금 어두웠다.

　하녀는 다시, "잠시, 여기서……."라고 인사를 한 뒤 나갔다. 산시로는 조용한 방 안의 자리에 앉았다. 정면에 벽을 도려내 만든 작은 난로가 있었다. 그 위가 옆으로 기다란 거울이었으며 거울 앞에 촛대가 2개 있었다. 산시로는 좌우의 촛대 한가운데에 자신의 얼굴을 비춰보고 다시 앉았다.

그러자 안쪽에서 바이올린 소리가 들려왔다. 어딘가에서 바람이 실어왔다가 버리고 간 것처럼 그것은 곧 사라져버렸다. 산시로는 안타까운 마음이 들었다. 두툼하게 만들어진 의자의 등받이에 기대어 조금 더 연주해주었으면 좋겠다고 생각하며 귀를 기울였으나 소리는 그것으로 그쳐버렸다. 약 1분쯤 지나는 사이에 산시로는 바이올린에 대해서는 잊고 말았다. 맞은편에 있는 거울과 촛대를 바라보고 있었다. 묘하게 서양의 냄새가 났다. 그리고 가톨릭/加徒力/을 연상케 했다. 어째서 가톨릭인지 산시로도 알 수 없었다. 그때 바이올린이 다시 울렸다. 이번에는 높은 음과 낮은 음이 두어 번 급하게 이어지며 들려왔다. 그러더니 뚝 끊어져버렸다. 산시로는 서양음악에 대해서는 전혀 알지 못했다. 그러나 지금의 소리는 결코 제대로 된 곡의 일부분을 연주한 것이라고는 여겨지지 않았다. 그냥 켜본 것일 뿐이었다. 그 멋대로 그냥 켜봤다는 점이 산시로의 정서와 잘 어울렸다. 갑자기 하늘에서 두어 덩이 떨어져내린, 얼치기 우박 같았다.

산시로가 반쯤 감각을 잃은 눈을 거울 속으로 옮기자, 어느 틈엔가 거울 안에 미네코가 서 있었다. 하녀가 닫았다고 생각했던 문이 열려 있었다. 문 뒤에 걸어놓은 막을 한 손으로 밀쳐 연 미네코의 가슴 윗부분이 선명하게 비춰 있었다. 미네코는 거울 속에서 산시로를 보았다. 산시로는 거울 속의 미네코를 보았다. 미네코는 빙그레 웃었다.

"어서 오세요."

여자의 목소리는 뒤에서 들려왔다. 산시로는 뒤를 돌아보지 않으면 안 되었다. 여자와 남자는 직접 얼굴을 마주보았다. 그때 여자는 풍성하게 올린 머리를 살짝 앞으로 움직여 예를 갖췄다. 인사를 할 필요도 없을 정도로 친밀하다는 듯한 태도였다. 남자 쪽은 오히려 의자에서 일어나 머리를 숙였다. 여자는 모르는 척하며 맞은편으로 돌아가 거울을 등에 지고 산시로의 정면에 앉았다.

"드디어 오셨네요."

마찬가지로 친밀한 말투였다. 산시로에게는 이 한마디가 매우 기쁘게 들렸다. 여자는 반짝이는 비단을 입고 있었다. 아까부터 상당히 기다리게 한 것으로 미루어보건대 응접실로 오기 위해서 일부러 아름다운 옷으로 갈아입은 것일지도 몰랐다. 그리고 단정하게 앉아 있었다. 눈과 입에 웃음을 머금은 채 말없이 산시로를 바라보는 모습에, 남자는 오히려 달콤한 고통을 느꼈다. 가만히 바라보는 시선을 견딜 수 없다는 생각이 든 것은 그 괴벽[怪癖]스러운 여자가 자리에 앉은 직후부터였다. 산시로는 바로 입을 열었다. 거의 발작에 가까웠다.

"사사키가."

"사사키 씨가 당신을 찾아갔었지요?"라고 말한 뒤 예의 하얀 이를 드러냈다. 여자 뒤로는 조금 전의 촛대가 맨틀피스/煖爐臺/ 좌우에 놓여 있었다. 금으로 세공을 한 묘한 모양의 대였다. 그것을 촛대라고 본 것은 산시로의 억측으로 사실은 무엇인지 알 수 없었다. 그 신기한 촛대 뒤에 맑은 거울이 있었다. 광선은 두툼한 커튼에 차단되어 충분히 들어오지 못했다. 게다가 날씨가 흐렸다. 산시로는 그러한 속에서 미네코의 하얀 이를 보았다.

"사사키가 왔었습니다."

"뭐라고 하시던가요?"

"내게 당신을 찾아가라고 말했습니다."

"그랬겠지요. ―그래서 오신 건가요?"라고 일부러 물었다.

"네."라고 말한 뒤 잠시 망설였다. 뒤이어, "뭐, 그렇게 된 겁니다." 라고 대답했다. 여자는 이를 완전히 감추었다. 조용히 자리에서 일어나 창가로 가더니 밖을 내다보기 시작했다.

"흐려졌네요. 춥죠, 밖은?"

"아니요, 의외로 따뜻합니다. 바람이 전혀 없습니다."

"그래요?"라고 말하며 자리로 돌아왔다.

"사실은 사사키가 돈을……"하고 산시로가 먼저 말을 꺼냈다.

"알고 있어요."라고 도중에서 말을 끊었다. 산시로도 입을 다물었다. 그리고,

"어쩌다 잃어버리신 거죠?"라고 물었다.

"마권을 샀습니다."

여자는, "세상에."라고 말했다. 세상에, 라고 말한 것에 비해서

얼굴은 놀라지 않았다. 오히려 웃고 있었다. 조금 지나서, "좋지 않은 분이시네요."라고 덧붙였다. 산시로는 대답하지 않았다.

"마권을 맞히기는 사람의 마음을 맞히기보다 더 어렵지 않나요? 당신은 색인이 붙어 있는 사람의 마음조차 맞혀보려 하시지 않는 한가로운 분이시면서."

"내가 마권을 산 게 아닙니다."

"어머나. 누가 산 거죠?"

"사사키가 산 겁니다."

여자는 갑자기 웃기 시작했다. 산시로도 우스워졌다.

"그럼, 돈이 필요했던 건 당신이 아니었군요. 한심하기는."

"필요하기는 내가 필요합니다."

"정말?"

"정말."

"하지만 그건 좀 이상하잖아요."

"그러니 빌려주지 않으셔도 됩니다."

"왜요? 싫으신가요?"

"싫은 건 아니지만, 오빠한테 말도 없이 당신에게 빌리는 건 좋지 않기 때문입니다."

"어째서요? 하지만 오빠는 승낙을 한걸요."

"그런가요? 그럼 빌려도 되겠습니다. ─하지만 빌리지 않아도 상관없습니다. 집에 사정을 말하기만 하면 일주일쯤 지나서 올 테니."

"폐가 된다면 굳이……."

　미네코는 갑자기 냉담해졌다. 지금까지 곁에 있던 사람이 1정
(109m)쯤 멀어진 느낌이 들었다. 산시로는 빌릴 걸 그랬다고 생각했다.
하지만 이제는 어쩔 수가 없었다. 촛대를 보며 마음을 가라앉혔다.
산시로는 자신이 먼저 타인의 비위를 맞춰준 적이 없는 남자였다.
여자도 멀어진 채 다가오지 않았다. 잠시 지나자 다시 자리에서
일어났다. 창으로 밖을 내다보더니,

　"비는 올 것 같지 않네요."라고 말했다. 산시로도 같은 말투로,
"비는 올 것 같지 않습니다."라고 대답했다.

　"오지 않으면, 나 잠깐 나갔다 올까."라고 창가에 선 채로 말했다.
산시로는 돌아가달라는 의미로 해석했다. 반짝이는 비단으로 갈아
입은 것도 자신을 위해서가 아니었다.

"그만 돌아갈게요."라며 자리에서 일어났다. 미네코는 현관까지 배웅을 나갔다. 섬돌로 내려가 구두를 신고 있자니 위에서 미네코가,

"저기까지 같이 가요. 괜찮죠?"라고 말했다. 산시로는 구두의 끈을 묶으며, "네, 편할 대로 하세요."라고 대답했다. 여자는 어느 틈엔가 회삼물 바닥 위로 내려섰다. 내려서면서 산시로의 귓가로 입을 가져와서, "화나셨나요?"라고 속삭였다. 그 순간 하녀가 허둥지둥 배웅을 나왔다.

두 사람은 반 정(55m)쯤 입을 다문 채 나란히 걸었다. 그 사이에 산시로는 미네코에 대해서만 생각했다. 이 여자는 틀림없이 자기 하고 싶은 대로 하며 자랐을 거야. 그리고 가정 안에서 평범한 여성 이상의 자유를 누리며 틀림없이 만사 자신의 뜻대로 행동했을 거야. 이렇게 누구의 허락도 받지 않고 나와 함께 거리를 걷는 것만 봐도 알 수 있어. 나이 드신 부모님이 안 계시고 젊은 오빠가 방임주의이기에 이렇게 할 수도 있는 거겠지만, 여기가 시골이었다면 틀림없이 골칫거리였을 거야. 이 여자에게 미와타의 오미쓰 씨와 같은 생활을 하라고 하면 어떻게 할 생각인 걸까? 도쿄는 시골과 달라서 만사가 개방되어 있으니 이쪽 여자들은 대체로 이런 걸지도 모르겠지만, 멀리서 상상해보자면 조금은 구식인 듯도 해. 그렇다면 요지로가 미네코를 입센의 등장인물 같다고 평한 것도 수긍이 가기는 해. 단지 세속의 예절에 구애받지 않는다는 점만이 입센류인 건지, 혹은 마음속의 사상까지 그런 건지. 그건 잘 모르겠어.

그러는 사이에 혼고 거리로 나왔다. 함께 걷고 있는 두 사람은

함께 걷고 있으면서 상대방이 어디로 가는 것인지 전혀 알지 못했다. 지금까지 골목을 3번 정도 돌아들었다. 돌아들 때마다 두 사람의 발걸음은 약속하기라도 한 듯 말없이 같은 방향으로 돌아들었다. 혼고 거리를 4번가의 모퉁이 쪽으로 가는 중에 여자가 물었다.

"어디로 가시나요?"

"당신은 어디로 가십니까?"

두 사람은 잠깐 얼굴을 마주보았다. 산시로는 지극히 진지했다. 여자는 끝내 참지 못하고 다시 하얀 이를 드러냈다.

"같이 가요."

두 사람은 4번가의 모퉁이에서 언덕 사이로 난 길 쪽으로 꺾어졌다. 30간(55m)쯤 가자 오른쪽에 커다란 서양건물이 있었다. 미네코는 그 앞에 멈춰 섰다. 허리띠 사이에서 얇은 통장과 도장을 꺼내더니,

"부탁드릴게요."라고 말했다.

"뭐죠?"

"이걸로 돈을 찾아주세요."

산시로는 손을 내밀어 통장을 받아들었다. 한가운데에 소액당좌예금통장이라 적혀 있고 옆에 사토미 미네코 님이라고 쓰여 있었다. 산시로는 통장과 도장을 쥔 채 여자의 얼굴을 바라보며 서 있었다.

"30엔"이라고 여자가 금액을 말했다. 마치 매일 은행으로 돈을 찾으러 늘 다니는 사람에게 하는 듯한 말투였다. 다행히 산시로는 고향에 있을 때 이런 통장을 들고 종종 도요쓰(豊津)까지 간 적이 있었다. 바로 돌계단을 올라 문을 열고 은행 안으로 들어갔다. 통장과 도장을 담당자에게 건네주고 필요한 금액을 넘겨받은 뒤

밖으로 나와보니 미네코는 기다리고 있지 않았다. 벌써 언덕 사이에 난 길 쪽으로 20간(36m)쯤 걸어가고 있었다. 산시로는 서둘러 뒤를 따라갔다. 바로 넘겨받은 것을 건네주려 주머니 속으로 손을 넣자 미네코가,

"단세이카이(丹靑会)의 전람회를 보셨나요?"라고 물었다.

"아직 못 봤습니다."

"초대권을 2장 받았는데 그만 시간이 나지 않아서 아직 가보지 못했으니 같이 가보실래요?"

"가도 상관없습니다."

"가기로 해요. 이제 곧 전람회도 끝날 테니. 저, 한번쯤 봐두지 않으면 하라구치 씨에게 죄송해요."

"하라구치 씨가 초대권을 주신 건가요?"

"네. 당신도 하라구치 씨를 알고 계신가요?"

"히로타 선생님 댁에서 한 번 뵀습니다."

"재미있는 분이시죠? 바카바야시를 배우고 계시대요."

"지난번에는 장구를 배우고 싶다고 하셨습니다. 그리고–."

"그리고?"

"그리고 당신의 초상을 그리겠다고 하셨습니다. 정말인가요?"

"네, 고등 모델이에요."라고 말했다. 남자는 이 이상 세련된 말을 하지 못하는 성격이었다. 그랬기에 입을 다물어버렸다. 여자는 무슨 말이든 해주기를 바랐던 모양이었다.

산시로는 다시 주머니에 손을 넣었다. 은행 통장과 도장을 꺼내 여자에게 건네주었다. 돈은 통장 사이에 끼워놓았을 터였다. 그런데 여자가,

"돈은?"하고 말했다. 바라보니 사이에는 없었다. 산시로는 다시 포켓/衣囊/을 뒤졌다. 안에서 닳아빠진 지폐를 끄집어냈다. 여자는 손을 내밀지 않았다.

"맡아두도록 하세요."라고 말했다. 산시로는 얼마간 당혹스럽다는 기분이 들었다. 그러나 이러할 때 논쟁하기를 좋아하지 않는 남자였다. 더구나 길거리였기에 더욱 삼갔다. 애써 꺼냈던 지폐를 다시 원래의 자리에 넣고 묘한 여자라고 생각했다.

학생들이 많이 지나갔다. 스쳐지날 때면 반드시 두 사람을 보았다. 개중에는 멀리서부터 쳐다보며 오는 사람도 있었다. 산시로는 연못 끝자락에 이르기까지의 길이 매우 길게 느껴졌다. 그래도 전차를 탈 마음은 들지 않았다. 두 사람 모두 천천히 걸었다. 회장에 도착한 것은 거의 3시 가까이 되어서였다. 묘한 간판이 서 있었다. 단세이카 이라는 글자도, 글자 주위에 딸려 있는 도안도 산시로의 눈에는 전부 새로웠다. 그러나 구마모토에서는 볼 수 없다는 의미에서 새로운 것일 뿐, 오히려 어딘가 이상한 느낌이 들었다. 안은 더더욱 그랬다. 산시로의 눈에는 단지 유화와 수채화를 뚜렷하게 구별할

수 있을 정도의 것
에 지나지 않았다.

그래도 호불호
는 갈렸다. 사도 괜
찮겠다 싶은 것도
있었다. 그러나 교
졸[巧拙]은 전혀
알 수 없었다. 따라
서 감별력이 없는
것이라고 애초부
터 포기한 산시로
는 단 한마디도 입
을 열지 않았다.

미네코가 이건 어떤가요, 라고 물으면 글쎄요, 라고 말했다.
이건 재미있지 않나요, 라고 말하면, 재미있는 것 같네요, 라고
말했다. 전혀 의욕이 없었다. 이야기를 나눌 줄 모르는 바보이거나,
이쪽을 상대로 삼지 않는 대단한 남자이거나, 둘 중 하나인 것처럼
보였다. 바보라고 한다면 아는 척하지 않는다는 점에 애교가 있었다.
대단하다고 한다면 상대를 해주지 않는다는 점이 얄미웠다.

오랫동안 외국을 여행하며 돌아다닌 오누이의 그림이 여럿 있었
다. 양쪽 모두 같은 성인 데다가 한 곳에 나란히 걸려 있었다.
미네코가 그 한 폭 앞에 멈춰 섰다.

"베니스(베네치아)죠?"

이것은 산시로도 알 수 있었다. 어딘지 베니스 같았다. 곤돌라/畵舫/에라도 타보고 싶다는 마음이 들었다. 산시로는 고등학교에 다닐 때 곤돌라라는 말을 알게 되었다. 그때부터 이 말이 좋아졌다. 곤돌라는 여자와 함께 타지 않으면 안 될 것 같은 기분이 들었다. 말없이 파란 물과 물 좌우의 높다란 집과 거꾸로 비친 집의 그림자와 그림자 속에서 반짝이는 빨간 조각을 바라보고 있었다. 그러자,

"오빠 쪽이 훨씬 더 잘 그리는 것 같네요."라고 미네코가 말했다. 산시로는 의미를 알 수가 없었다.

"오빠라니……."

"이 그림은 오빠가 그린 거잖아요."

"누구의?"

미네코가 이해할 수 없다는 듯한 얼굴로 산시로를 보았다.

"그러니까 저쪽이 동생의 그림이고, 이쪽이 오빠의 그림이잖아요."

산시로는 한 걸음 물러나 지금 지나온 길의 한쪽 구석을 돌아보았다. 마찬가지로 외국의 풍경을 그린 것이 몇 점이고 걸려 있었다.

"다른 건가요?"

"한 사람이라고 생각하셨나요?"

"네."라고 말하고 멍하니 있었다. 마침내 두 사람이 얼굴을 마주보았다. 그리고 한꺼번에 웃기 시작했다. 미네코는 놀랐다는 듯 일부러 눈을 동그랗게 뜨고, 거기에 어조를 한 단 낮추어 조그만 목소리로,

"너무하시네요."라고 말하며 1간(2m)쯤 빠르게 앞으로 가버렸다. 산시로는 자리에 선 채 다시 한 번 베니스의 물길을 바라보았다.

앞서 가던 여자가 이때 뒤를 돌아보았다. 산시로는 여자 쪽을 보고 있지 않았다. 여자는 앞서 가던 발걸음을 딱 멈췄다. 맞은편에서 산시로의 옆얼굴을 유심히 바라보고 있었다.

"사토미 씨."

느닷없이 커다란 목소리로 부르는 사람이 있었다.

미네코와 산시는 똑같이 얼굴을 돌렸다. 사무실이라고 적어놓은 입구에서 1간쯤 떨어진 곳에 하라구치 씨가 서 있었다. 하라구치 씨 뒤에, 약간 겹쳐진 상태로 노노미야 씨가 서 있었다. 미네코는 자신을 부른 하라구치 씨가 아니라, 하라구치보다 멀리에 있는 노노미야를 보았다. 보자마자 두어 걸음 뒤로 돌아가 산시로 옆으로 갔다. 사람들 눈에 띄지 않을 정도로 자신의 입을 산시로의 귓가로 가져갔다. 그리고 무엇인가를 속삭였다. 산시로는 무슨 말을 한 것인지 전혀 알 수가 없었다. 다시 물어봐야겠다고 생각하는 사이에 미네코는 두 사람 쪽으로 되돌아가버렸다. 벌써 인사를 하고 있었다. 노노미야가 산시로를 향해서,

"묘한 사람하고 오셨네요."라고 말했다. 산시로가 무슨 대답인가 하려는 사이에 미네코가,

"잘 어울리죠?"라고 말했다. 노노미야 씨는 아무런 말도 하지 않았다. 휙 몸을 뒤로 돌렸다. 뒤에는 다다미 1첩 정도의 커다란 그림이 있었다. 그 그림은 초상화였다. 그런데 전면이 검은빛이었다. 옷도 모자도 배경과 구별이 되지 않을 정도로 빛을 받지 못하고 있는 가운데 얼굴만 희었다. 얼굴은 야위어 뺨의 살이 홀쭉했다.

"모사네요."라고 노노미야 씨가 하라구치 씨에게 말했다. 하라구

치는 지금 미네코에게 무엇인가 열심히 이야기하고 있었다. —이제
는 전람회도 끝이다. 관람객도 상당히 줄었다. 전람회를 처음 시작했
을 때는 매일 사무소에 나와 있었으나 요즘에는 거의 얼굴을 내밀지
않는다. 오늘은 오랜만에 이쪽에 볼일이 있어서 노노미야 씨를
끌고 온 참이었다. 마침 잘 만났다. 이번 전람회를 마치면 곧 내년
준비에 들어가야 하기에 매우 바쁘다. 원래는 꽃이 필 시기에 여는데
내년은 회원들에게 약간 사정이 있어서 일찍 열 예정이기에 마치
전람회를 2번 연속해서 여는 것과 다를 바 없다. 필사적으로 노력을
하지 않으면 안 된다. 그때까지 무슨 일이 있어도 미네코의 초상을
완성할 생각이다. 폐가 될지도 모르겠지만 연말에라도 그렇게 해줬
으면 한다.

"그 대신 여기에 걸 생각입니다."

하라구치 씨는 이때 비로소 검은 그림 쪽을 향했다. 노노미야

씨는 그 동안에도 멍하니 그림을 바라보고 있었다.

"어떤가요? 벨라스케스76)는? 물론 모사지만. 게다가 그렇게 잘 그리지는 못했어."라고 하라구치가 처음으로 설명했다. 노노미야 씨는 아무런 말도 할 필요가 없어졌다.

"누가 그리신 건가요?"라고 여자가 물었다.

"미쓰이(三井)입니다. 원래 미쓰이는 더 잘 그리지만, 이 그림은 그다지 감탄할 수 없습니다."라며 한두 걸음 물러나서 보았다. "아무래도 원화가 기교의 극점에 달한 사람의 것이기에 생각대로 되지 않은 것이겠지."

하라구치는 고개를 갸웃거렸다. 산시로는 하라구치가 고개를 갸웃거리는 모습을 보고 있었다.

"이제 다 보셨나요?"라고 화공이 미네코에게 물었다. 하라구치는 미네코에게만 말을 걸었다.

"아직."

"어떤가요? 이제 그만 보고 같이 나가시는 게? 세이요켄에서 차라도 대접하겠습니다. 아니, 저는 볼일이 있어서 어차피 잠깐 가야 합니다. —회의 일로 말이죠, 매니저와 상의해두고 싶은 일이 있어서. 친하게 지내는 사람이기에. —지금은 마침 차 마시기에 좋은 시간입니다. 조금 더 지나면 차를 마시기에는 늦고 디너/晩餐/에는 이르고, 애매한 시간이 됩니다. 같이 가십시다."

미네코는 산시로를 보았다. 산시로는 아무래도 상관없다는 얼굴

---

76) Diego Rodriguez Velazquez(1599~1660). 스페인의 궁정화가. 화려한 색채와 유형에서 탈피한 개성적인 묘사로 후세에 커다란 영향을 주었다.

을 하고 있었다. 노노미야는 선 채로 관계하지 않았다.

"이왕 왔으니 전부 보고 갈게요. 그렇게 해요, 오가와 씨."

산시로는 네, 라고 말했다.

"그럼 이렇게 하세요. 이 안쪽의 별실에 말이죠, 후카미(深見) 씨의 유작이 있으니 그것만 보고 돌아가는 길에 세이요켄에 들르도록 하세요. 먼저 가서 기다리고 있을 테니."

"감사합니다."

"후카미 씨의 수채화는 평범한 수채화라는 생각으로 봐서는 안 됩니다. 어디까지나 후카미 씨의 수채화이니. 실물을 보려는 마음이 아니라, 후카미 씨의 기운[氣韻]을 읽겠다는 마음으로 보면 꽤 재미있는 점이 보일 겁니다."라고 주의를 주고 하라구치는 노노미야와 밖으로 나갔다. 미네코는 고맙다는 말을 하고 그 뒷모습을 바라보았다. 두 사람은 뒤돌아보지 않았다.

여자는 발걸음을 돌려 별실로 들어갔다. 남자는 한 걸음 뒤에서 따라갔다. 빛이 충분하지 않은 어두운 방이었다. 길고 좁다란 벽에 일렬로 걸려 있는 후카미 선생의 유작을 보니, 과연 하라구치 씨가 주의를 준 대로 거의 수채화뿐이었다. 산시로가 현저하게 느낀 것은, 그 수채화의 색이 하나같이 엷고 다채롭지 못하고 대비가 뚜렷하지 않아서 해가 드는 곳에라도 내어놓지 않으면 돋보이지 않으리라 여겨질 만큼 소박하게 그려졌다는 점이었다. 그 대신 붓에는 조금도 막힘이 없었다. 거의 일기가성[一氣呵成]으로 완성한 듯한 정취가 있었다. 물감 밑으로 연필의 윤곽이 뚜렷하게 비쳐 보이는 것만으로도 담백한 화풍을 알 수 있었다. 인물에 이르러서는 가늘고 길어서 마치 도리깨 같았다. 여기에도 베니스가 한 장 있었다.

"이것도 베니스네요."라며 여자가 다가왔다.

"네."라고 말했는데, 베니스라는 말에 갑자기 생각이 났다.

"아까 무슨 말을 했던 거죠?"

여자는, "아까?"라고 되물었다.

"아까, 내가 서서 저쪽의 베니스를 보고 있을 때 말입니다."

여자는 다시 새하얀 이를 드러냈다. 그러나 아무런 말도 하지 않았다.

"무슨 일이 있었던 게 아니라면 안 들어도 됩니다."

"특별히 일이 있었던 건 아니에요."

산시로는 아직도 이상한 얼굴을 하고 있었다. 흐린 가을날은 벌써 4시를 지났다. 방이 어둑해지기 시작했다. 관람객은 극히 적었다. 별실 안에는 단지 남녀 두 사람의 모습만이 있을 뿐이었다. 여자는 그림에서 멀어져 산시로의 정면에 섰다.

"노노미야 씨. 있잖아요, 있잖아요."

"노노미야 씨……."

미네코가 한 말의 의미가 커다란 파도가 무너지듯 단번에 산시로의 가슴을 적셨다.

"노노미야 씨를 우롱하신 건가요?"

"어째서요?"

여자의 어조는 참으로 천진난만했다. 산시로는 갑자기 뒷말을 할 용기가 나지 않았다. 말없이 두어 걸음 움직이기 시작했다. 여자는 의지하듯 뒤를 따라왔다.

"당신을 우롱한 게 아니에요."

산시로는 다시 멈춰 섰다. 산시로는 키가 큰 남자였다. 위에서부터 미네코를 내려다보았다.

"그만 됐습니다."

"뭐가 나쁘다는 거죠?"

"그러니까 됐습니다."

여자는 얼굴을 돌렸다. 두 사람 모두 문 쪽으로 걸어갔다. 문을 나서려다 서로의 어깨가 닿았다. 남자는 갑자기 기차에 함께 탔던 여자가 떠올랐다. 미네코의 살에 닿았던 곳이 꿈에서 쑤실 듯한 기분이 들었다.

"정말 된 건가요?"라고 미네코가 작은 목소리로 물었다. 맞은편에서 관람객들 일행 두어 명쯤이 다가오고 있었다.

"어쨌든 나갑시다."라고 산시로가 말했다. 벗어놓았던 신을 받아 들고 밖으로 나서니 문 밖은 비였다.

"세이요켄에 가실 건가요?"

미네코는 대답하지 않았다. 비에 그대로 젖으며 박물관 앞의 널따란 들판 속에 섰다. 다행히 비는 지금 막 내리기 시작한 참이었다. 더구나 거세지는 않았다. 여자는 빗속에 서서 주위를 둘러보더니 맞은편의 숲을 가리켰다.

"저 나무 아래로 들어가요."

조금 기다리면 그칠 것 같았다. 두 사람은 커다란 삼나무 아래로 들어갔다. 비를 긋기에는 그리 좋은 나무가 아니었다. 그러나 두 사람 모두 움직이지 않았다. 비에 젖어도 서 있었다. 두 사람 모두 추워졌다. 여자가, "오가와 씨."
라고 말했다. 남자는 미간을 찌
푸린 채 하늘을 보고 있던 얼굴
을 여자 쪽으로 돌렸다.

"잘못한 건가요? 아까의 일"

"됐습니다."

"하지만."이라고 말하며 곁
으로 다가왔다. "전 왠지는 모르
겠지만 그렇게 하고 싶었어요.
노노미야 씨에게 실례를 범할
생각은 없었지만."

여자는 눈동자를 고정시켜
산시로를 보았다. 산시로는 그
눈동자 속에서 말로 하는 것보다 더 깊은 호소를 보았다. ─결국은
당신을 위해서 한 것이잖아요, 라고 쌍꺼풀 안쪽에서 호소하고
있었다. 산시로는 다시 한 번,

"그러니까 됐습니다."라고 대답했다.

비는 점점 짙어졌다. 빗방울이 떨어지지 않는 곳은 아주 조금밖에
없었다. 두 사람은 점점 한 곳으로 다가서게 되었다. 어깨와 어깨가
맞닿을 정도로 가까이에 서 있었다. 빗소리 속에서 미네코가,

"조금 전의 돈을 쓰시도록 하세요."라고 말했다.

"빌리겠습니다. 필요한 만큼만."이라고 대답했다.

"전부, 쓰시도록 하세요."라고 말했다.

9

　요지로가 권했기에 산시로는 결국 세이요켄에서의 모임에 참석했다. 그때 산시로는 검은 명주로 지은 하오리를 입고 있었다. 이 하오리는 미와타의 오미쓰의 어머니가 짜준 것을 몬쓰키[77]로 염색해서 오미쓰가 바느질한 것이라고 어머니의 편지에 기다란 설명이 있었다. 소포가 도착했을 때 일단 입어보기는 했으나 마음에 들지 않았기에 장에 넣어두었다. 그것을 요지로가 아까우니 꼭 입어라, 입어라, 라고 말했다. 산시로가 입지 않으면 자신이 가져가서 입을 듯한 기세였기에 마침내 입을 마음이 들었다. 입어보니 나쁘지는 않은 듯했다.

　산시로는 그런 차림으로 요지로와 함께 둘이서 세이요켄의 현관에 서 있었다. 요지로의 설에 의하면 손님은 이렇게 맞이해야 한다는 것이었다. 산시로는 그런 줄은 몰랐었다. 무엇보다 자신이 손님이라 생각하고 있었다. 이렇게 되고보니 명주 하오리로는 어딘가 천박한 접수처의 사람인 듯한 기분이 들었다. 제복을 입고 왔으면 좋았을 것이라고 생각했다. 곧 회원들이 하나둘 모이기 시작했다. 요지로는 오는 사람들을 붙들고 반드시 무슨 말인가를 했다. 전부 알고 지내는

---

77) 紋付. 가문을 넣은 예복.

사람인 것처럼 대했다. 손님이 모자와 외투를 급사에게 건네주고 널따란 계단 옆을 어두운 복도 쪽으로 꺾어지면 산시로를 향해서 지금 저 사람은 아무

개라고 가르쳐주었다. 산시로는 덕분에 유명한 사람들의 얼굴을 꽤나 알게 되었다.

얼마 후, 손님이 대부분 모였다. 약 30명 가까이 되었다. 히로타 선생도 있었다. 노노미야 씨도 있었다. —노노미야 씨는 이학자지만, 그림과 문학을 좋아하지 않느냐며 하라구치 씨가 억지로 끌고 온 것이라고 했다. 하라구치 씨는 물론 있었다. 가장 먼저 와서 일을 거들기도 하고, 상냥하게 인사를 하기도 하고, 프랑스식 수염을 집어보기도 하는 등 만사 바쁜 듯했다.

마침내 자리에 앉았다. 각자 앉고 싶은 자리에 앉았다. 양보하는 사람도 없었고 다투는 자도 없었다. 그 가운데서도 히로타 선생은 굼뜬 몸에 어울리지 않게 상석에 자리를 잡고 앉았다. 단, 요지로와 산시로만은 하나가 되어 입구에서 가까운 곳에 자리를 잡았다. 그 외에는 전부 우연히 맞은편과 옆자리에 앉은 사람들뿐이었다.

노노미야 씨와 히로타 선생 사이에 줄무늬 하오리를 입은 비평가가 앉았다. 맞은편에는 쇼지(庄司)라는 박사가 자리를 잡고 앉았다. 요지로의 말에 의하면 그는 문과에서 유력한 교수였다. 플록코트를 입은 품격 있는 남자였다. 수염을 보통보다 배 이상 기르고 있었다. 그것이 전등의 빛 때문에 검게 소용돌이 치고 있는 것처럼 보였다. 히로타 선생의 까까머리와 비교하자면 매우 커다란 차이가 있었다. 하라구치 씨는 상당히 떨어져서 자리를 잡았다. 저쪽의 모퉁이였기에 산시로와 멀리로 정면에 있었다. 밖으로 접히는 목깃에 폭이 넓은 검은색 공단을 묶은 것의 끝이 가슴 가득 활짝 펼쳐져 있었다. 요지로가 프랑스의 아티스트/畫工/는 모두 저런 장식을 양복 깃에 다는 법이라고 가르쳐주었다. 산시로는 수프/肉汁/를 먹으며 마치 헤코오비[78]의 매듭 같다고 생각했다. 그러는 사이에 담화가 점점 시작되었다. 요지로는 맥주를 마셨다. 평소와는 달리 말을 하지 않았다. 평소 거칠 것 없던 사내도 오늘은 약간 삼가는 듯 보였다. 산시로가 작은 목소리로,

"데 테 파불라를 좀 해보지 그래"라고 말하자, "오늘은 안 돼"라고 대답했으나, 곧 옆을 향하더니 옆자리의 남자와 이야기를 시작했다. 당신의 그 논문을 읽고 커다란 이익을 얻었다는 둥 인사를 하고 있었다. 그런데 그 논문은 그가 자신 앞에서 거침없이 매도하던 것이었기에 산시로에게는 매우 이상한 느낌이 들었다. 요지로는 다시 이쪽을 향했다.

---

78) 兵児帶. 어린아이나 남자가 매는 한 폭으로 된 허리띠.

"그 하오리는 아주 훌륭해. 잘 어울려."라며 하얀 문양을 특히 주의해서 바라보았다. 그때 맞은편 끝에서 하라구치 씨가 노노미야에게 말을 걸었다. 원래 목소리가 큰 사람이었  기에 멀리서 응대하기에는 안성맞춤이었다. 지금까지 마주보고 말을 주고받던 히로타 선생과 쇼지라는 교수는 두 사람의 응답을 도중에서 막을까 염려하여 담화를 그쳤다. 그 외의 사람들도 모두 입을 다물었다. 모임의 중심점이 비로소 생겨났다.

"노노미야 씨, 광선의 압력에 관한 시험은 이제 끝났습니까?"

"아니, 아직 좀처럼."

"꽤나 수고로운 일이네요. 우리의 직업도 끈기가 필요한 일이지만, 당신 쪽은 훨씬 더 심한 듯합니다."

"그림은 인스피레이션[79]으로 당장에 그릴 수 있으니 상관없지만, 물리의 실험은 그렇게 생각대로는 되지 않는 법입니다."

"인스피레이션이라면 지긋지긋해. 지난 여름에 어떤 곳을 지났는데 할머니 둘이서 이야기를 나누고 있었습니다. 들어보니 장마는

---

79) Inspiration. 영감.

이제 끝난 건가 만 건가 하는 것에 대한 연구였는데, 한 할머니가 옛날에는 천둥이 치기만 하면 틀림없이 장마가 끝났는데 요즘에는 그렇지가 않다고 불평을 했습니다. 그러자 다른 할머니가, 모르는 소리, 모르는 소리, 천둥 정도로는 끝날 리가 없다고 분개했습니다. ―그림도 그와 같아서 지금의 그림은 인스피레이션 정도로는 그릴 수가 없습니다. 안 그런가, 다무라(田村). 소설도 마찬가지지?"

옆에 다무라라는 소설가가 앉아 있었다. 이 남자가 자신의 인스피레이션은 원고의 재촉 외에 아무것도 없다고 답했기에 커다란 웃음이 터졌다. 그런 다음 다무라는 분위기를 바꾸어 노노미야 씨에게 광선에 압력이 있는지, 그것은 어떻게 시험하는 것인지를 물었다. 노노미야 씨의 대답은 재미있었다. ―

마이카/雲母/나 그런 것으로 장기 알 정도 크기의 얇은 원반을 만들고 수정으로 만든 실에 매달아서 진공 속에 놓고 그 원반의 면에 아크등/弧光燈/의 빛을 직각으로 쏘이면 그 원반이 빛에 밀려서 움직인다는 것이었다.

일동은 귀를 기울여 듣고 있었다. 그중에서도 산시로는 마음속으로, 그 통조림 깡통 속에 그런 장치가 되어 있는 거겠지 하고 막 상경했을 때 망원경 때문에 놀랐던 옛일을 떠올렸다.

"이봐, 수정으로 만든 실이 있는 거야?"라고 작은 목소리로 요지로에게 물어보았다. 요지로는 머리를 흔들었다.

"노노미야 씨, 수정으로 만든 실이 있는 겁니까?"

"네, 수정 가루를 말이죠, 산수소 취관의 불꽃으로 녹인 다음 두 손으로 좌우로 잡아당기면 가느다란 실이 만들어집니다."

산시로는, "그렇습니까?"라고만 말한 채 물러났다. 이번에는 노노미야 씨 옆자리의 줄무늬 하오리를 입은 비평가가 참견을 했다.

"저희는 그 방면으로는 전혀 무지합니다만, 맨 처음 어떻게 그런 생각을 하게 되었습니까?"

"이론상으로는 맥스웰[80] 이후 예상되었는데, 그것을 레베데프[81]라는 사람이 처음 실험으로 증명했습니다. 최근에는, 혜성의 꼬리는 태양 쪽으로 끌려가야 할 터인데 나타날 때마다 늘 반대 방향으로 나부끼는 것은 빛의 압력 때문에 반대쪽으로 날리는 것이 아닐까 생각한 사람도 있을 정도입니다."

비평가는 크게 감탄한 듯했다.

"착상도 재미있지만 무엇보다 광대함이 좋습니다."라고 말했다.

"광대한 것만이 아니야. 죄가 될 것이 없어서 유쾌해."라고 히로타 선생이 말했다.

"더구나 그 착상이 엇나가면 더욱 죄가 될 것이 없어서 좋아."라며 하라구치 씨가 웃었다.

"아니, 아무래도 맞는 것 같습니다. 광선의 압력은 반지름의 제곱에 비례하는데, 인력은 반지름의 세제곱에 비례하기에 물체가 작아지면 작아질수록 인력 쪽이 약해지고 광선의 압력이 강해집니다. 만약 혜성의 꼬리가 매우 자잘한 파티클/小片/로 이루어져

---

80) James Clerk Maxwell(1831~1879). 영국의 물리학자. 전자파가 빛과 같은 속도로 전파된다는 사실을 이론적으로 증명했다.
81) Pyoty Lebedev(1866~1912). 러시아의 물리학자. 1899년에 맥스웰의 이론을 실험으로 증명했다.

있다고 한다면 아무래도 태양과는 반대쪽으로 나부끼게 됩니다."

노노미야는 어느덧 진지해져 있었다. 그러자 하라구치가 예의 어조로,

"죄가 될 것은 없지만 계산이 아주 귀찮아지기 시작했군. 역시 일장일단이 있어."라고 말했다. 이 한마디로 사람들은 종전처럼 맥주의 기분으로 돌아갔다. 히로타 선생이 이런 말을 했다.

"아무래도 물리학자는 자연파여서는 안 되는 모양이야."

물리학자와 자연파라는 두 단어가 자리에 있던 사람들의 흥미를 적잖이 자극했다.

"그건 무슨 뜻입니까?"라고 당사자인 노노미야 씨가 물었다. 히로타 선생은 설명을 할 수밖에 없는 입장에 놓였다.

"그러니까 광선의 압력을 시험하기 위해서는 눈만 떠서 자연을 관찰해봐야 소용없는 일이기 때문이야. 자연의 메뉴 가운데 광선의 압력이라는 사실은 인쇄가 되어 있지 않은 모양이니. 그렇기에 인공적으로 만든 수정 실이네, 진공이네, 마이카네 하는 장치를 해서 그 압력이 물리학자의 눈에 보이도록 시도하는 것 아닌가? 그러니 자연파는 아니야."

"하지만 로만파/浪漫派이하 낭만파/도 아니지 않나?"라고 하라구치 씨가 껴들었다.

"아니, 낭만파야."라고 히로타 선생이 모르는 소리 말라는 듯 해명했다. "광선과 광선을 받는 사물을, 평범한 자연계에서는 발견할 수 없는 위치 관계에 두는 것 자체가 이미 낭만파 아닌가?"

"하지만 일단 그런 위치 관계에 둔 이후부터는 광선 고유의

압력을 관찰할 뿐이니 그 이후부터는 자연파 아닙니까?"라고 노노미야 씨가 말했다.

"그렇다면 물리학자는 낭만적 자연파로군요. 문학 쪽으로 말하자면 입센 같은 사람 아닐까요?"라고 대각선으로 맞은편에 앉아 있던 박사가 비교를 꺼내들었다.

"글쎄요. 입센의 극에 노노미야 군과 마찬가지 정도의 장치가 있기는 있지만 그 장치 아래서 움직이는 인물이 광선처럼 자연의 법칙에 따르고 있는지는 의심스럽습니다." 이것은 줄무늬 하오리를 입은 비평가의 말이었다.

"그럴지도 모르겠지만 이런 일은 인간을 연구하는 데 있어서 기억해두어야 할 것이라고 생각해. —즉, 어떤 상황 아래에 놓인 인간은 반대 방향으로 움직일 능력과 권력을 가지고 있어. 그렇기는 하지. —하지만 인간도 광선과 다를 바 없이 기계적 법칙에 따라서 활동한다고 생각하려는 묘한 습관이 있어서 때로는 엉뚱한 착각이 일어나. 화를 내게 만들어야겠다고 생각해서 장치를 했는데 웃기도 하고, 웃길 목적으로 대했는데 화를 내기도 하고, 정반대야. 하지만 어떤 경우든 인간임에는 틀림이 없어."라고 히로타 선생이 다시 문제를 크게 만들어버렸다.

"그렇다면 어떤 상황 아래서 어떤 사람이 어떤 언행을 하든 자연스럽다는 말씀이 되는군요."라고 맞은편의 소설가가 질문했다. 히로타 선생은 바로,

"네, 네. 어떤 사람을 어떻게 묘사해도 세상에 그런 사람이 한 명 정도는 있지 않습니까?"라고 대답했다. "실제로 인간인 우리는

인간답지 못한 행위나 동작을 아무리 해도 상상해내지 못하는 법입니다. 단지, 어설프게 쓰기에 인간이라 여겨지지 않는 것 아니겠습니까?"

소설가는 그것으로 입을 다물었다. 이번에는 박사가 다시 말했다.

"물리학자라도 갈릴레오가 사원에 매달린 램프의 진동 시간이 진동의 폭과는 상관없이 일정하다는 사실을 알아낸 것이나, 뉴턴이 사과가 인력 때문에 낙하한다는 사실을 발견한 것은 애초부터 자연파겠지요?"

"그런 자연파라면, 문학 쪽에서도 환영할 겁니다. 하라구치 씨, 그림 쪽에도 자연파가 있습니까?"라고 노노미야 씨가 물었다.

"있고말고. 쿠르베[82]라는 무시무시한 자가 있었어. 베리티 브레[83]. 무엇이든 사실이 아니면 용납하지 않았어. 하지만 그다지 창궐하지는 못했어. 단지 일파로서 존재를 인정받고 있을 뿐이야. 또 그렇지 않으면 곤란하기도 하고, 이봐, 소설도 마찬가지 아닌가? 역시 모로[84]나 드샤반[85] 같은 사람도 있을 것 같은데."

"있을 거야."라고 옆의 소설가가 대답했다.

---

82) Gustave Courbet(1819~1877). 프랑스의 화가. 철저한 객관주의를 표방했으며, 평범한 시정의 일들과 사람, 풍경에서 그림의 소재를 얻었다. '나는 날개 달린 천사를 그리지 않는다. 왜냐하면 나는 그런 것을 본 적이 없기 때문이다.'라는 신조를 가지고 있었다.

83) Vérité vraie. 프랑스어로 참된 진실.

84) Gustave Moreau(1826~1898). 프랑스의 화가. 환상적 이미지를 치밀한 묘사로 표현했다.

85) Pierre Cécile Puvis de Chavannes(1824~1898). 프랑스의 화가. 극적인 분방함을 피했으며, 우아하고 담백한 색조로 정숙한 분위기를 정교하게 표현했다.

식사 후에는 탁상연설도 그 무엇도 없었다. 단지 하라구치 씨가 구단의 언덕 위에 있는 동상[86]에 대해서 쉴 새 없이 비난을 해댔다. 그런 동상을 함부로 세워서는 도쿄 시민들에게 폐가 된다. 그보다는 아름다운 기생의 동상이라도 세우는 편이 운치 있는 일이라는 설이었다. 요지로가 산시로에게 구단의 동상은 하라구치 씨와

사이가 좋지 않은 사람이 만든 것이라고 가르쳐주었다.

모임이 끝나 밖으로 나와보니 달이 좋았다. 오늘 밤의 히로타 선생님은 쇼지 박사에게 좋은 인상을 주었을까 하고 요지로가 물었다. 산시로는 주었을 것이라고 대답했다. 요지로는 공동수돗가 옆에 서서, 이번 여름밤에 산책을 나섰다가 너무 더워 여기서 물을 끼얹었는데 순사한테 들켜서 스리바치야마(摺鉢山)로 달려 올라갔었다고 말했다. 두 사람은 스리바치야마 위에서 달을 보고 돌아왔다.

집으로 가는 길에 요지로가 산시로에게 갑자기 빌린 돈에 대한 변명을 하기 시작했다. 달이 맑고 비교적 차가운 밤이었다. 산시로는

---

86) 야스쿠니 신사 경내에 있는 오무라 마스지로의 동상. 서양식 동상의 개척자인 오쿠마 우지히로의 작품.

돈에 대해서는 거의 생각하고 있지 않았다. 변명을 듣는 것조차 진심이 아니었다. 어차피 갚을 일은 없을 것이라 생각하고 있었다. 요지로도 결코 갚겠다고는 말하지 않았다. 단지 갚지 못하는 사정을 여러 가지로 이야기했다. 그 이야기하는 방법이 산시로에게는 훨씬 더 재미있었다. ―자신이 알고 있는 한 남자가 실연을 당한 결과 세상이 싫어져서 마침내 자살을 하기로 결심했으나 바다도 싫고 강도 싫고 분화구는 더욱 싫고 목을 매기는 제일 싫었기에 어쩔 수 없이 피스톨/短銃/을 사왔다. 사와서 아직 목적을 수행하기 전에 친구가 돈을 빌리러 왔다. 돈은 없다고 거절했으나 제발 어떻게 좀 해달라고 애원했기에 어쩔 수 없이 소중한 피스톨을 빌려주었다. 친구는 그것을 전당포에 잡혀 당장 급한 불을 껐다. 돈이 마련되어 물건을 찾아다 돌려주었을 때, 피스톨의 주인은 정작 죽을 마음이 사라져버리고 말았다. 그러니 이 남자는 돈을 빌리러 와준 덕분에 목숨을 건질 수 있었던 것이나 다를 바 없다.

"그런 일도 있으니까."라고 요지로가 말했다. 산시로에게는 그저 우스울 뿐이었다. 그 외에는 아무런 의미도 없었다. 높다란 달을 올려다보며 커다란 소리를 내어 웃었다. 돈을 돌려받지 못한다 할지라도 유쾌했다. 요지로는,

"웃어서는 안 돼."라고 주의를 주었다. 산시로는 더욱 우스워졌다.

"웃지 말고 잘 생각해봐. 내가 돈을 갚지 못했기에 너는 미네코 씨에게 돈을 꾸게 된 거잖아."

산시로는 웃음을 멈췄다.

"그래서?"

"그거면 충분하잖아. —너, 그 여자를 사랑하고 있지?"

요지로는 잘도 알고 있었다. 산시로는 흥이라고 말하고 다시 높은 달을 보았다. 달 옆으로 하얀 구름이 나왔다.

"너, 그 여자에게 벌써 갚았어?"

"아니."

"언제까지고 빌린 채로 두도록 해."

한가로운 소리를 했다. 산시로는 아무런 대답도 하지 않았다. 그러나 언제까지고 빌린 채로 둘 마음은 물론 없었다. 사실은 필요한 20엔을 하숙에 지불하고 나머지 10엔은 그 이튿날에 바로 사토미의 집으로 가져가야겠다고 생각했으나, 지금 돌려주어서는 오히려 호의를 배반하는 일이 되어 좋지 않으리라 생각이 바뀌었기에 기껏 집으로 찾아갈 기회를 희생하면서까지 마음을 돌렸다. 그때 어떤 이유로 마음이 느슨해져서 그 10엔을 깨버리고 말았다. 사실은 오늘 밤의 회비도 거기서 나온 것이었다. 자신의 것뿐만이 아니었다. 요지로의 것도 거기서 나왔다. 이제는 겨우 이삼 엔이 남아 있을 뿐이었다. 산시로는 그것으로 겨울 셔츠를 사야겠다고 생각하고 있었다.

사실은 요지로가 도저히 갚을 것 같지 않았기에 산시로는 얼마 전에 눈을 딱 감고 고향에 부족한 30엔을 청했다. 다달이 충분한 학비를 받고 있는데 그냥 부족하니 보내달라고 할 수는 없었다. 산시로는 거짓말을 해본 적이 별로 없는 남자였기에 청구 이유에 이르러서는 애를 먹었다. 하는 수 없이 그저 친구가 돈을 잃어버려 어려움을 겪고 있기에 측은한 마음이 들어 그만 빌려주고 말았다. 그 결과 이번에는 내가 어려움을 겪게 되었다. 모쪼록 보내주었으면 좋겠다고만 적었다.

바로 답장을 보냈다면 벌써 도착했을 시간이었으나 아직 오지 않았다. 어쩌면 오늘 밤쯤에는 와 있을지도 모르겠다는 정도로만 생각하며 하숙으로 돌아가보니, 과연 어머니의 필체로 적은 봉투가 떡하니 책상 위에 놓여 있었다. 평소에는 반드시 등기로 왔었는데 이상하게도 오늘은 3센[87])짜리 우표 한 장으로 편지를 보내왔다. 열어보니 안은 전에 없이 짧았다. 어머니로서는 불친절하다 싶을 정도로 용건만을 적어놓았다. 의뢰한 돈은 노노미야 씨에게 보냈으니 노노미야 씨에게서 받으라는 지시뿐이었다. 산시로는 이부자리를 깔고 누웠다.

이튿날도, 그 이튿날도 산시로는 노노미야 씨를 찾아가지 않았다. 노노미야 쪽에서도 아무런 말이 없었다. 그러는 사이에 일주일쯤이 흘렀다. 결국에는 노노미야 씨가 하숙의 하녀를 보내서 편지를 전해왔다. 어머님께 부탁받은 것이 있으니 잠깐 와달라는 내용이었다. 산시로는 강의가 빈 시간에 다시 이과대학의 구덩이로 내려갔다. 거기서 잠깐 이야기를 나누는 것으로 용무를 마쳐야겠다고 생각했으나 그렇게 뜻대로는 되지 않았다. 지난 여름에는 노노미야 씨 혼자서 점령하고 있던 방에 수염을 기른 사람이 두엇 있었다. 제복을 입은 학생도 두어 명 있었다. 그들 모두가 열심히, 정숙하게, 머리

---

87) 錢. 일본의 화폐단위로 1엔의 100분의 1.

위의 해가 드는 세계를 외면한 채 연구를 하고 있었다. 그 가운데서도 노노미야 씨는 제일 바빠 보였다. 방의 입구로 얼굴을 내민 산시로를 슬쩍 보더니 말없이 다가왔다.

"고향에서 돈이 왔으니 가지러 오세요. 지금 여기에는 가지고 있지 않으니. 그리고 그 외에도 할 얘기가 있습니다."

산시로는 네에 하고 대답했다. 오늘 밤이라도 괜찮겠냐고 물었다. 노노미야는 잠시 생각하다가 결국에는 결심한 듯 괜찮다고 말했다. 산시로는 그것으로 구덩이에서 나왔다. 나오면서 이학자는 과연 끈기가 있다고 감탄했다. 지난 여름에 보았던 통조림 깡통과 망원경이 여전히 예전과 같은 자리에 장치되어 있었다.

다음 강의 시간에 요지로를 만나서 이러이러하게 되었다고 말했더니 요지로는 바보라고 말하기라도 하는 듯한 눈으로 산시로를 바라보며,

"그러니까 언제까지 빌린 채로 두라고 말했잖아. 쓸데없는 짓을 해서 노인네에게는 걱정을 끼치고, 소하치 씨에게는 훈계를 듣고. 그보다 어리석은 짓도 없어."라고 자신 때문에 일이 시작된 것이라고는 전혀 인정하지 않는 듯 말했다. 산시로도 이 문제에 관해서는 요지로의 책임을 이미 잊어버리고 말았다. 따라서 요지로의 마음을 거스르지 않는 대답을 했다.

"언제까지고 빌린 채로 두기는 싫어서 집에 그렇게 말한 거야."

"너는 싫어도 상대방은 기뻐해."

"어째서?"

이 어째서가 산시로 자신에게는 얼마간 허위의 울림처럼 들렸다.

그러나 상대방에게는 아무런 영향도 주지 않은 듯했다.

"당연한 일 아니겠어? 나를 다른 사람이라고 생각해봐도 마찬가지야. 나한테 여윳돈이 있다고 해보자고. 그럼 그 돈을 너에게서 돌려받기보다는 네게 빌려준 채로 두는 게 더 기분 좋을 거야. 사람은 말이지 자신이 곤란하지 않은 정도 안에서 가능한 한 남에게 친절을 베풀고 싶어지는 법이야."

산시로는 대답하지 않고 강의를 필기하기 시작했다. 두어 줄 쓰기 시작했는데 요지로가 다시 귓가로 입을 가져왔다.

"나 역시 돈이 있을 때는 종종 사람들에게 빌려준 적이 있어. 하지만 누구도 결코 갚은 사람이 없어. 그렇기 때문에 나는 이렇게 유쾌한 거야."

산시로는 설마 그럴기야 하겠어, 라고도 말하지 못했다. 옅은 웃음을 짓기만 하고 다시 펜을 움직이기 시작했다. 요지로도 이후부터는 차분해져서 시간이 끝날 때까지 입을 열지 않았다.

벨이 울려 두 사람이 어깨를 나란히 하고 교실에서 나설 때 요지로가 갑자기 물었다.

"그 여자는 네게 마음을 주고 있어?"

두 사람 뒤에서부터 속속 청강생들이 나왔다. 산시로는 어쩔 수 없이 입을 다문 채 계단을 내려가 옆쪽에 있는 현관을 통해서 도서관 옆의 공터로 나가 비로소 요지로를 돌아보았다.

"잘 모르겠어."

요지로는 잠시 산시로를 보았다.

"그럴 수도 있지. 하지만 잘 알고 있다고 해도, 너, 그 여자의 허스밴드/夫/가 될 수 있겠어?"

산시로는 아직 한 번도 이 문제를 생각해본 적이 없었다. 미네코에게서 사랑을 받고 있다는 사실 자체가 그녀의 허스밴드가 될 유일한 자격일 것이라 생각하고 있었다. 말을 듣고보니, 과연 의문이었다. 산시로는 고개를 갸웃했다.

"노노미야 씨라면 될 수 있을 거야."라고 요지로가 말했다.

"노노미야 씨하고 그 사람 사이에, 지금까지 무슨 관계가 있었던 거야?"

산시로의 얼굴은 새겨놓은 것처럼 진지했다. 요지로는 한 마디, "몰라."라고 말했다. 산시로는 말이 없었다.

"어쨌든 노노미야 씨를 찾아가서 훈계라도 듣고 와."라고 내뱉듯 말하고 상대방은 연못 쪽으로 가려했다. 산시로는 어리석음의 간판마냥 그대로 서 있었다. 요지로는 대여섯 걸음 발걸음을 옮겼다가, 웃으며 다시 되돌아왔다.

"너, 차라리 요시코 씨를 맞아들이는 게 어때?"라고 말하며 산시로를 잡아끌어 연못 쪽으로 데리고 갔다. 걸으면서 그 사람이라면 괜찮아, 그 사람이라면 괜찮아, 라고 두 번쯤 되풀이했다. 그러는 사이에 다시 벨이 울렸다.

그날 저녁, 산시로는 노노미야 씨의 집으로 가기 위해 길을 나섰으나 시간이 아직 조금 일렀기에 산책도 할 겸 4번가까지 가서 셔츠를 사려고 커다란 양품점에 들어갔다. 어린 점원이 안쪽에서 여러 가지로 들고 나온 것을 쓰다듬어보기도 하고 펼쳐보기도 하며 쉽게 사지 않았다. 이유도 없이 느긋한 태도를 취하고 있었는데

우연히도 미네코와 요시코가 향수를 사기 위해 함께 들어왔다. 어머 하고 인사를 한 뒤 미네코가,

"전에는 감사했습니다."라고 사례했다. 산시로는 이 사례의 의미를 분명히 알 수 있었다. 미네코에게서 돈을 빌린 이튿날 다시 한 번 방문해서 여분을 바로 되돌려주어야 했으나 잠시 미룬 대신 이틀쯤 기다렸다가 산시로는 정중한 감사의 편지를 미네코에게 보냈다.

편지의 내용은 쓴 사람의, 쓸 당시의 기분을 진솔하게 표현한 것이기는 했으나 물론 너무 지나친 것이었다. 산시로는 할 수 있는 말들을 층층이 배열하여 열렬하게 감사의 뜻을 전했다. 평범한 사람들이 보기에는 거의 돈을 빌려준 것에 대한 감사 편지라고는 여겨지지 않을 정도로 뜨거운 김이 피어오르는 것이었다. 그러나 감사의 말 이외에는 아무것도 쓰지 않았다. 그렇기에 자연스럽게 감사의 말이 감사의 말 이상이 되어버린 것이기도 했다. 산시로는 이 편지를 포스트/郵函/에 넣을 때 미네코가 지체 없이 답장을 보낼 것이라고 예상했다. 그러나 기껏 봉투에 담아 보낸 편지는 가기만 한 채 그대로였다. 그날 이후로 미네코를 만날 기회는 오늘까지 없었다. 산시로는 이 미약한, "전에는 감사했습니다."라는 반항에 대해서 확고한 대답을 할 용기도 나지 않았다. 커다란 셔츠를 두 손으로 눈앞에서 펼쳐 바라보며 요시코가 있어서 저렇게 냉담한 걸까 하고 생각했다. 그리고 이 셔츠도 이 여자의 돈으로 사는구나, 하고 생각했다. 점원이 어떤 것으로 하시겠느냐고 재촉했다.

두 여자가 웃으며 곁으로 다가와 함께 셔츠를 봐주었다. 마지막으

로 요시코가, "이걸로 하세요."라고 말했다. 산시로는 그것으로 했다. 이번에는 산시로에게 향수에 대한 의견을 물었다. 전혀 알 수가 없었다. 헬리오트로프[88]라고 적혀 있는 병을 들고 적당히, 이건 어떨  까요, 라고 말하자 미네코가, "그걸로 할게요."라고 바로 결정했다. 산시로는 안쓰럽다는 마음이 들 정도였다.

밖으로 나가서 헤어지려 했는데 여자들이 서로 인사를 시작했다. 요시코가, "그럼, 다녀올게요."라고 말하자 미네코가, "어서……." 라고 말했다. 물어보고 나서야 동생이 오빠의 하숙으로 가던 참이었다는 사실을 알게 되었다. 산시로는 다시 아름다운 여자와 둘이서 오이와케 쪽으로 걸어야 할 저녁이 되었다. 해는 아직 전혀 떨어지지 않았다.

산시로는 요시코와 함께 걸어야 한다는 사실보다, 요시코와 함께 노노미야의 하숙에서 얼굴을 마주해야 한다는 사실에서 얼마

---

88) 페루의 향수초라고도 불리는 식물.

간 당혹감을 느꼈다. 차라리 오늘 밤에는 집으로 돌아갔다가 다음에 다시 나설까도 싶었다. 그러나 요지로가 말한 이른바 훈계를 듣기에는 요시코가 곁에 있어주는 편이 좋을지도 모르겠다. 설마 다른 사람 앞에서, 어머니께서 이런 의뢰를 하셨다고 거리낌 없이 주의를 줄 리는 없으리라. 어쩌면 단지 돈만 건네받고 끝날지도 모른다. ―산시로는 마음속으로 약간 교활한 결심을 했다.

"저도 노노미야 씨를 찾아가는 길입니다."

"그래요? 놀러?"

"아니요, 잠깐 볼일이 있습니다. 당신은 놀러 가시는 건가요?"

"아니요, 저도 볼일이 있어요."

양쪽이 비슷한 질문을 해서 비슷한 답을 얻었다. 그러나 양쪽 모두 거북함을 느끼고 있는 듯한 기색은 전혀 없었다. 산시로는 혹시나 싶어서 방해가 되지 않겠느냐고 물어보았다. 조금도 방해가 되지 않는다는 것이었다. 여자는 말로 방해를 부정한 것만이 아니었다. 얼굴로는 오히려 왜 그런 질문을 하는 것이냐고 놀라고 있었다. 산시로는 가게 앞의 가스등/瓦斯燈/ 불빛으로 여자의 검은 눈 속에서 그 놀라움을 보았다고 생각했다. 실제로는 그저 크고 검게 보였을 뿐이었다.

"바이올린을 사셨나요?"

"어떻게 아셨어요?"

산시로는 대답이 궁해졌다. 여자는 신경 쓰지 않고 곧 이렇게 말했다.

"오빠한테 아무리 사달라고 말해도 그저 사줄게, 사줄게, 라고만 말할 뿐 조금도 사주지 않았어요."

산시로는 마음속으로 노노미야보다도, 히로타보다도, 오히려 요지로를 비난했다.

두 사람은 오이와케 거리에서 좁은 골목으로 꺾어졌다. 꺾어지니 그 안에 집들이 많았다. 어두운 길을 대문마다의 헌등이 밝히고 있었다. 그 헌등 가운데 하나 앞에 멈춰 섰다. 노노미야는 그 안에 있었다.

산시로의 하숙과는 거의 1정(109m)쯤 떨어진 거리였다. 노노미야가 이곳으로 옮긴 이후 산시로는 3번 방문한 적이 있었다. 노노미야의 방은 널따란 복도를 끝까지 가서 2단쯤 똑바로 오르면 왼쪽에 떨어져 있는 2칸짜리 방이었다. 남향으로 옆집의 널따란 정원을 거의 툇마루 아래에 두고 있어서 밤이고 낮이고 매우 조용했다. 이 별채에 들어앉은 노노미야 씨를 보고, 그래 집을 정리하고 하숙을 하는 것도 나쁜 생각은 아니었군, 이라고 처음 왔을 때부터 감탄했을 정도로 아늑한 곳이었다. 그때 노노미야 씨는 복도에 내려서서 아래에서부터 자기 방의 처마를 올려다보더니, 잠깐 보세요, 초가지붕이에요, 라고 말했다. 그 말처럼 드물게도 지붕에 기와를 이지 않았다.

오늘은 밤이기에 지붕은 물론 보이지 않았으나 방 안에는 전등이 켜져 있었다. 산시로는 전등을 보자마자 초가지붕이 떠올랐다. 그리고 우스워졌다.

"묘한 손님들끼리 합류를 했군. 문 앞에서 만났어?"라고 노노미야 씨가 동생에게 물었다. 동생은 그렇지 않다는 사실을 설명했다.

내친김에 산시로가 산 것과 같은 셔츠를 사면 좋을 것이라고 조언했다. 그리고 지난번의 바이올린은 일본제로 소리가 좋지 않아서 안 되겠다. 사는 것을 지금까지 미루었으니 조금 더 좋은 것으로 사서 바꿔달라고 청했다. 하다못해 미네코 씨 정도의 것이라면 참겠다고 말했다. 그 외에도 어슷비슷한 것들을 자꾸만 졸라댔다. 노노미야 씨는 특별히 무서운 얼굴도 하지 않고, 그렇다고 해서 다정한 말도 하지 않고 그저, 그러냐, 그러냐 하며 듣고만 있었다.

그러는 동안 산시로는 아무런 말도 하지 않았다. 요시코는 어리석은 소리만 늘어놓았다. 거기에 조금도 거칠 것이 없었다. 그것이 바보라고도 여겨지지 않았으며, 버릇이 없다고도 받아들여지지 않았다. 오빠와의 대화를 옆에서 듣고 있자니 볕이 잘 드는 널따란 밭에 나와 있는 듯한 기분이 들었다. 산시로는 앞으로 찾아올 훈계에 대해서는 까맣게 잊고 말았다. 그러다 갑자기 놀라고 말았다.

"맞아, 잊고 있었네. 미네코 씨가 부탁한 말이 있었어요."

"그러냐?"

"기쁘시죠? 기쁘지 않으신가요?"

노노미야 씨는 답답하다는 듯한 얼굴을 했다. 그리고 산시로를 돌아보았다.

"우리 동생은 바봅니다."라고 말했다. 산시로는 어쩔 수 없이 그냥 웃기만 했다.

"바보 아니에요. 그죠, 오가와 씨?"

산시로는 다시 웃었다. 마음속에서는 이제 웃기가 싫어졌다.

"미네코 씨가 말이죠, 오빠한테 문예협회[89]의 연예회[90]에 데려

가달래요."

"사토미 씨랑 같이 가면 되잖아."

"볼일이 있으시대요."

"너도 갈 거냐?"

"물론이죠."

노노미야 씨는 가겠다고도, 가지 않겠다고도 대답하지 않았다.
다시 산시로를 돌아보고 오늘 밤에 동생을 부른 건 진지하게 할
얘기가 있어서였는데, 저런 한가로운 소리만 해서 난감하다고 말했
다. 들어보니 학자답게 의외로 담백했다. 요시코에게 혼담이 들어왔

---

89) 1906년에 창립한 단체로 처음에는 문예계 전체의 혁신을 목표로 삼았으
나 1909년에 순수한 연극단체로 개편, 신극의 기초를 다졌다.

90) 소설 속의 연예회는 1908년 11월 24일부터 나흘 동안 문예협회가 혼고
자(本郷座)에서 개최한 제2회 연예회를 소재로 한 것이다.

다. 고향에 그렇게 말했더니 부모님도 이견은 없다고 대답했다. 그에 대해서 본인의 의견을 분명히 확인해둘 필요가 생겼다는 것이었다. 산시로는 단지 잘 됐네요, 라고만 대답하고 가능한 한 빨리 자신의 일을 처리하고 돌아가려 했다. 그랬기에,

"어머니께서 당신께 번거로운 일을 부탁하셨다고 하던데."라고 말을 꺼냈다. 노노미야 씨는,

"뭐, 크게 번거로운 일도 아닙니다만."하고 바로 책상의 서랍에서 맡고 있던 것을 꺼내어 산시로에게 건네주었다.

"어머님께서 걱정이 되셔서 긴 편지를 적어 보내셨습니다. 산시로는 어쩔 수 없는 사정이 있어서 다달이 받는 학자금을 친구에게 빌려주었다고 하지만, 아무리 친구라 할지라도 그렇게 함부로 돈을 빌리지는 않을 것이며, 혹시 빌렸다 할지라도 갚을 것이라고 하셨습니다. 시골사람은 정직하니 그렇게 생각하는 것도 당연합니다. 그리고 이어서, 산시로가 빌려줬다 해도 빌려준 금액이 너무 크다. 부모에게서 다달이 학자금을 받는 처지에 있으면서 한꺼번에 20엔이네, 30엔이네 다른 사람에게 빌려주다니 참으로 부분별한 행동이라고 적혀 있었습니다만─ 어딘가 제게 책임이 있는 듯 적혀 있었기에 난처했습니다. ……"

노노미야 씨는 산시로를 보고 빙그레 웃고 있었다. 산시로는 진지하게, "죄송하게 됐습니다."라고만 말했다. 노노미야 씨는 젊은 이를 꾸짖을 생각으로 말한 것은 아닌 듯 약간 어조를 바꾸었다.

"아니, 걱정할 건 없습니다. 별것도 아닌 일이니. 단지 어머님은 시골 물가로 돈의 가치를 매기고 계시기에 30엔이 아주 무거워지는

겁니다. 편지에는 30엔이
면 4인 가족이 반년은 먹
고살 수 있다고 적혀 있던
데, 그런가요?"라고 물었
다. 요시코가 커다란 목소
리로 웃었다. 산시로에게
도 터무니없다는 점이 매
우 우스웠으나 어머니의

말이 현실에서 완전히 동떨어진, 만들어낸 말은 아니었기에 그
점을 깨달은 순간에는 과연 경솔한 짓을 해서 미안하게 되었다고
약간 후회했다.

"그렇다면 한 달에 5엔인 셈이니, 1인당 1엔 25센이 되는군.
그걸 30일로 나누면 4센쯤 되는 건데ㅡ. 아무리 시골이라도 너무
적은 것 같아."라고 노노미야 씨가 계산을 했다.

"무엇을 먹으면 그 정도로 살아갈 수 있는 거죠?"라고 요시코가
진지하게 물었다. 산시로도 후회할 틈이 없어져서 자신이 알고
있는 시골생활의 모습을 여러 가지로 들려주었다. 그 가운데는
미야고모리(宮籠)라는 관례도 있었다. 산시로의 집에서는 1년에
1번씩 마을 전체에 10엔을 기부하기로 되어 있었다. 그때가 되면
60가구에서 한 명씩 나와 그 60명이 일을 쉬고 마을의 신사에
모여 아침부터 밤까지 술을 연달아 마시고 음식을 계속해서 먹는다
는 것이었다.

"거기에 10엔"하고 요시코가 놀랐다. 이것으로 훈계는 어딘가로

가버린 듯했다. 이후로 잠시 잡담을 나누다 이야기가 일단락 지어졌을 때 노노미야 씨가 다시 한 번 이렇게 말했다.

"어쨌든 어머님 쪽에서는 말이죠, 일단은 제가 사정을 알아보고 이상한 점이 없다고 판단되면 돈을 건네줘라. 그리고 귀찮더라도 그 사정을 알려줬으면 한다고 말씀하셨는데, 돈은 사정이고 뭐고 듣기 전에 벌써 건네줘버렸으니. —어쩔까요? 틀림없이 사사키에게 꿔준 거죠?"

산시로는 미네코에게서 흘러나가 요시코에게 전해졌고 그것이 노노미야 씨에게 알려진 것이라고 판단했다. 그러나 그 돈이 돌고 돌아서 바이올린으로 변형된 것이라고는 오누이 모두 알지 못했기에 일종의 묘한 느낌이 들었다. 그저, "그렇습니다."라고만 대답해두었다.

"사사키가 마권을 사서 자신의 돈을 잃어버렸다고요."

"네."

요시코는 다시 커다란 소리로 웃었다.

"그럼 어머님께 그렇게 적당히 말씀드리겠습니다. 하지만 앞으로 그런 돈은 더 이상 빌려주지 않도록 하는 것이 좋을 듯합니다."

산시로가 빌려주지 않겠다는 뜻으로 대답을 한 뒤 인사를 하고 자리에서 일어서려 하자, 요시코도 그만 돌아가겠다고 말했다.

"조금 전의 이야기를 해야지."라고 오빠가 주의를 주었다.

"됐어요."라고 동생이 거절했다.

"되지 않았어."

"됐어요. 난 몰라요."

오빠는 동생의 얼굴을 말없이 바라보았다. 동생은 다시 이렇게 말했다.

"하지만 어쩔 수가, 없잖아요. 알지도 못하는 사람에게 시집을 갈 건지, 말 건지 물어봤자. 좋지도 싫지도 않으니 대답할 말이 아무것도 없어요. 그러니까 몰라요."

산시로는 몰라요의 참뜻을 그제야 깨달았다. 오누이를 그대로 내버려둔 채 서둘러 밖으로 나왔다.

지나는 사람도 없이 헌등만 밝은 골목에서 빠져나와 큰길로 나섰더니 바람이 불었다. 북쪽으로 방향을 잡자 얼굴에 정면으로 부딪쳤다. 간헐적으로 자신의 하숙 쪽에서 불어왔다. 그때 산시로는 생각했다. 노노미야 씨는 동생을 배웅하기 위해서 이 바람 속을 사토미의 집까지 데려가겠지.

하숙의 2층으로 올라가 자신의 방으로 들어가서 자리에 앉자 역시 바람 소리가 들려왔다. 산시로는 이런 바람 소리를 들을 때마다 운명이라는 글자가 떠올랐다. 휭 하고 울 때마다 몸을 움츠리고 싶어졌다. 스스로도 결코 강한 남자라고는 생각지 않았다. 생각해보면 상경 이후 자신의 운명은 대부분 요지로에 의해서 만들어지고 있었다. 그것도 어느 정도까지는 화기애애한 농락을 당하도록 만들어져 있었다. 요지로는 사랑스러운 악동이었다. 앞으로도 이 사랑스러운 악동에게 자신의 운명이 붙들려 있을 듯 여겨졌다. 바람이 자꾸만 불었다. 틀림없이 요지로 이상의 바람이었다.

산시로는 어머니에게서 온 30엔을 머리맡에 두고 잤다. 이 30엔도 운명의 장난이 낳은 것이었다. 이 30엔이 앞으로 어떤 작용을 하게 될지 전혀 알 수 없었다. 자신은 이것을 미네코에게 갚으러 갈 것이다. 미네코가 이것을 받을 때 또 한 차례 바람이 불 것이 뻔했다. 산시로는 가능한 한 크게 불었으면 좋겠다고 생각했다.

산시로는 그대로 잠에 들었다. 운명도 요지로도 손을 쓸 수 없을 만큼 깊은 잠에 들었다. 그런데 경종 소리에 눈이 떠졌다. 어딘가에서 사람의 목소리가 들려왔다. 도쿄의 화재는 이것으로 두 번째였다. 산시로는 잠옷 위에 하오리를 걸치고 창을 열었다. 바람은 상당히 잦아들었다. 맞은편의 2층집이, 바람이 우는 속에서 시커멓게 보였다. 집이 검게 보일 만큼 집 위의 하늘은 빨갰다.

산시로는 추운 것을 참으며 한동안 이 붉은 것을 바라보았다. 그 순간 산시로의 머리에는 운명이 생생하게 붉은 빛으로 떠올랐다. 산시로는 다시 따뜻한 이불 속으로 들어갔다. 그리고 붉은 운명 속에서 정신없이 움직이는 수많은 사람들의 처지를 잊었다.

날이 밝으면 평범한 사람이었다. 제복을 입고 노트를 들고 학교로 갔다. 단, 30엔을 품안에 넣는 일만은 잊지 않았다. 공교롭게도 강의 시간표가 여의치 않았다. 3시까지 빼곡하게 들어차 있었다. 3시 지나서 가면 요시코도 학교에서 돌아와 있으리라. 어쩌면 사토미 교스케라는 오빠도 집에 있을지 몰랐다. 다른 사람이 있어서는 절대로 돈을 돌려줄 수 없을 듯한 기분이 들었다.

또 요지로가 말을 걸어왔다.

"어젯밤에 훈계를 들었어?"

"뭐, 훈계라고 할 정도도 아니었어."

"그랬겠지. 노노미야 씨는 그래도 이치를 아는 사람이니까."라고

말한 뒤 어딘가로 가버렸다. 2시간 후의 강의 때 다시 만났다.

"히로타 선생님의 일은 문제없이 잘 풀릴 것 같아."라고 말했다. 일이 어디까지 진척되었느냐고 물어보았더니,

"아니, 걱정하지 않아도 돼. 곧 천천히 얘기할게. 선생님께서 네가 한동안 오지 않았다며 물어보셨어. 가끔 가보도록 해. 선생님은 외톨이니까. 우리가 위로해드리지 않으면 안 돼. 다음에 뭔가 사가지고 와."라고 내뱉고는 그대로 사라져버렸다. 그러더니 다음 시간에 어딘가에서 다시 나타났다. 이번에는 무슨 생각을 한 것인지 한창 강의가 진행되고 있을 때 갑자기,

〈돈 받았는지〉라고 전보 같은 내용을 백지에 써서 내밀었다. 산시로가 대답을 써야겠다고 생각하여 교사 쪽을 보니, 교사가 이쪽을 빤히 보고 있었다. 백지를 꼬깃꼬깃 접어 발밑으로 던졌다. 강의가 끝나기를 기다렸다가 비로소 대답했다.

"돈은 받았어. 여기에 있어."

"그래, 그거 잘됐군. 갚을 생각이야?"

"물론 갚아야지."

"그게 좋을 거야. 얼른 갚는 게 좋아."

"오늘 갚을 생각이야."

"응, 정오를 지나서 늦은 시간이라면 있을 거야."

"어디에 다니고 있는 거야?"

"다니고말고. 매일매일 모델을 하러 다녀. 벌써 꽤 완성되었을 거야."

"하라구치 씨 댁에?"

"응."

산시로는 요지로에게 하라구치 씨의 숙소를 알아냈다.

10

히로타 선생이 병에 걸렸다고 하기에 산시로가 문안을 왔다. 문을 들어서자 현관에 구두가 한 켤레 놓여 있었다. 의사일지도 모르겠다고 생각했다. 여느 때처럼 부엌 쪽으로 돌아갔는데 아무도 없었다. 천천히 안으로 들어가 거실로 갔더니 방에서 이야기 소리가 들려왔다. 산시로는 잠시 서 있었다. 손에 제법 큰 보따리를 들고 있었다. 안에는 침감이 가득 들어 있었다. 다음에 올 때 무엇인가를 사오라고 요지로가 주의를 주었기에 오이와케 거리에서 사온 것이었다. 그런데 방 안에서 갑자기 우당탕 소리가 들려왔다. 누군가가 치고받기 시작한 모양이었다. 산시로는 틀림없이 싸움이라고 생각했다. 보따리를 든 채 당지를 바른 칸막이를 날카롭게 1자(30㎝)쯤 열고 휙 들여다보았다. 히로타 선생이 갈색 하카마를 입은 커다란 사내 아래에 깔려 있었다. 선생은 숙였던 얼굴을 간신히 방바닥에서 들어 산시로를 보더니 싱글싱글 웃으며,

"아아, 어서 와."라고 말했다. 위의 사내는 슬쩍 돌아본 채였다.

"선생님, 실례합니다만 일어나보십시오."라고 말했다. 잘은 모르겠으나 선생의 손을 꺾어 뒤에서 잡고 팔꿈치 관절을 바깥쪽에서부터 무릎으로 누르고 있는 듯했다. 선생은 깔린 채 도저히 일어날 수 없다는 뜻으로 대답했다. 위의 사내는 그것으로 손을 놓고 무릎을

세우고 하카마의 주름을 펴고 앉은 자세를 바로 했다. 훌륭하게 보이는 사내였다. 선생도 곧 몸을 일으켰다.

"그렇군." 하고 말했다.

"그런 식으로 했을 때 억지로 저항하면 팔이 부러질 우려가 있으니 위험합니다."

산시로는 이 문답으로 비로소 이 두 사람이 지금 무엇을 하고 있었는지를 깨달았다.

"병이라고 들었는데, 이젠 괜찮으신 겁니까?"

"네, 이젠 괜찮습니다."

산시로는 보따리를 풀어 안에 있는 것을 두 사람 앞에 펼쳤다.

"감을 사왔습니다."

히로타 선생이 서재로 가서 나이프를 가지고 왔다. 산시로는 부엌에서 식칼을 가지고 왔다. 셋이서 감을 먹기 시작했다. 먹으면서 선생과 낯선 사내는 지방의 중학에 대해서 열심히 이야기를 나누기 시작했다. 생활고에 관한 이야기, 분쟁에 관한 이야기, 한 곳에 오래 머물 수 없다는 이야기, 학과 이외에 유술[91]의 교사를 했던 이야기, 어떤 교사는 나막신의 몸통만을 사서 끈은 낡은 것으로 갈아 끼우고 쓸 수 있을 때까지 쓸 정도로 생활하고 있다는 이야기, 이번에 사직한 이상 쉽게는 일자리를 찾을 수 없을 것 같다는 이야기, 어쩔 수 없이 그때까지 아내를 고향에 맡겨두었다는 이야기 ─ 좀처럼 끝날 것 같지 않았다.

산시로는 감의 씨를 뱉으며 이 사내의 얼굴을 보다가, 한심하다는 생각이 들었다. 지금의 자신과 이 사내를 비교해보면 인종이 전혀 다른 것 같다는 느낌이 들었다. 이 사내의 말 가운데에서는, 다시 한 번 학생생활을 해보고 싶다. 학생생활만큼 속편한 것도 없다는 말이 몇 번이고 되풀이되었다. 산시로는 이 말을 들을 때마다 자신의 수명도 겨우 2, 3년쯤 남은 걸까 하고 멍하니 생각하기 시작했다. 요지로와 메밀국수 등을 먹을 때처럼 마음이 개운하지 않았다.

히로타 선생은 다시 일어나서 서재로 들어갔다. 돌아왔을 때에는 손에 책 1권이 들려 있었다. 표지가 검붉었으며 절단면이 먼지로 지저분해진 책이었다.

"이게 지난번에 말했던 『하이드리오타피아[92]』. 심심하면 읽고 있어요."

산시로는 감사의 인사를 하고 책을 받아들었다.

---

91) 柔術. 유도의 모태가 된 옛 무술.
92) 『Urn Burial or Hydriotaphia(호장론)』. 영국의 의사인 브라운의 저서로, 발굴된 고대의 뼈단지를 소재로 자신의 독특한 사생관·영혼불멸론을 전개한 책.

〈적막한 앵속화[罌粟花]를 지게 하는구나, 자꾸만. 사람을 기념하는 것에 대해서는, 영원에 값하는지 아닌지를 묻지 않네.〉라는 구절이 눈에 띄었다. 선생은 안심하고 유술의 학사와 이야기를 계속 나누었다. ─중학 교사들의 생활 상태를 들어보면 모두 딱한 사람들뿐이지만, 참으로 가엾다고 생각하는 것은 당사자들뿐이다. 왜냐하면 현대인은 사실을 좋아하지만, 사실에 수반되는 정서는 잘라내버리는 습관이 있기 때문이다. 잘라내버리지 않으면 안 될 정도로 세상이 절박하기 때문이니 어쩔 수가 없다. 그 증거로 신문을 보면 알 수 있다. 신문의 사회면 기사는 열에 아홉까지가 비극이다. 그러나 우리는 이 비극을 비극으로 맛볼 여유가 없다. 그저 사실에 대한 보도로 읽을 뿐이다. 내가 구독하는 신문에서는 사망자 10여 명이라는 표제로 하루 사이에 변사한 사람의 연령, 호적, 사인을 6호 활자[93]로 1행씩 싣는 경우가 있다. 간결함과 명료함의 극치다. 또 도둑 조견[早見]이라는 난이 있어서, 어디에 어떤 도둑이 들었는지 한눈에 알아볼 수 있도록 도둑이 모여 있다. 이것도 지극히 편리하다. 모든 것이 이런 식이라고 생각하지 않으면 안 된다. 사직도 마찬가지다. 당사자에게는 비극에 가까운 일일지 모르겠으나, 타인에게 그렇게 통절한 느낌을 주지는 못한다고 각오하지 않으면 안 된다. 그런 마음으로 운동하는 편이 좋을 것이다.

"하지만 선생님 정도 여유가 있으면, 조금은 통절하게 느껴도 좋을 듯한데요."라고 유술의 사내가 진지한 얼굴로 말했다. 이때는

---

93) 가로, 세로 약 3㎜쯤으로 지금의 8포인트 활자보다 조금 작다.

히로타 선생도 산시로도, 그리고 말한 본인도 한꺼번에 웃었다. 이 사내가 좀처럼 돌아갈 것 같지 않았기에 산시로는 책을 빌려 부엌을 통해서 밖으로 나왔다.

〈썩지 않는 무덤에 잠들고, 후세에 전해지는 일 속에서 살고, 유명한 이름 가운데 남고, 그게 아니라면 상전벽해[桑田碧海]에 몸을 맡겨 후세에 남고자 하는 것, 예로부터 사람들의 소망이었다. 이 소망이 이루어질 때 사람은 천국에 있다. 그러나 참된 신앙의 교법으로 보자면 이 소망도, 이 만족도 무와 다를 바 없이 덧없는 것이다. 산다는 것은 다시 나로 돌아간다는 것을 의미하며, 다시 나로 돌아간다는 것은 소망도 아니고 바람도 아니며, 고상한 신자가 본 명백한 사실이니, 성도 인노첸시오[94])의 무덤에 눕는 것은 곧 이집트[埃及]의 모래 속에 묻히는 것과 같다. 상주[常住]하는 나의 몸을 보고 희열을 느낀다면, 6자[180㎝] 좁은 곳도 하드리아누스[95])의 커다란 무덤과 다를 바 없다. 될 대로 되어간다고만 각오하라.〉

이것이 『하이드리오타피아』의 마지막 구절이었다. 산시로는 어슬렁어슬렁 하쿠산(白山) 쪽으로 걸으며 길 가운데서 이 한 구절을 읽었다. 히로타 선생에게서 들은 바에 의하면 이 저자는 유명한 명문가로, 이 한 편은 명문가가 쓴 것 가운데서도 명문이라고 한다. 히로타 선생은 그 이야기를 할 때 웃으며, 하지만 이건 나의 설이 아니라고 말했다. 과연 산시로에게도 어디가 명문인지 잘 알 수가

---

94) Innocentius. 로마의 교황으로 인노첸시오 3세를 말하는 듯.
95) Publius Aelius Hadrianus(76~138). 로마의 황제로 살아 있는 동안에 자신의 묘를 건조했다.

없었다. 단지 단락이 좋
지 않고, 말을 부리는 것
도 이상했으며, 이야기
를 끌고 나가는 방법도
답답해서 마치 낡은 사
원을 보고 있는 듯한 느
낌이 들 뿐이었다. 이 한
구절을 읽는 데만 해도
거리로 환산하자면 3, 4
정(380m 전후)이나 걸렸다.
게다가 명확하게 이해할
수 없었다.

얻은 것은 쓸쓸함이었다. 나라(奈良)의 대불이 있는 곳96)의
종이 울려, 그 울림의 여파가 도쿄에 있는 자신의 귀에 희미하게
들려온 것과 다를 바 없는 것이었다. 산시로는 이 한 구절이 가져다주
는 의미보다, 그 의미 위에 드리워진 정서의 기운이 더 기뻤다.
산시로는 절실하게 생사라는 문제를 생각해본 적이 없는 남자였다.
생각해보기에는 청춘의 피가 너무나도 뜨거웠다. 눈앞에서는 눈썹
을 태울 정도의 커다란 불이 타오르고 있었다. 그 느낌이 참된
자신이었다. 산시로는 그 걸음에 아케보노초(曙町)에 있는 하라구
치를 찾아갔다.

---

96) 도다이지(東大寺)라는 절을 말한다. 도쿄와 나라 사이의 직선거리는 약
369km.

어린아이의 장례행렬이 다가왔다. 겨우 하오리를 입은 사내 둘이 따르고 있을 뿐이었다. 조그만 관은 새하얀 천에 감겨 있었다. 그 옆에 아름다운 바람개비를 묶어놓았다. 바람개비가 부지런히 돌았다. 바람개비의 날개는 오색으로 칠해져 있었다. 그것이 한 가지 색이 되어 돌았다. 하얀 관은 아름다운 바람개비를 끊임없이 흔들며 산시로 옆을 지나갔다. 산시로는 아름다운 장례라고 생각했 다.

산시로는 다른 사람의 글과 다른 사람의 장례를 외부에서 바라보 았다. 만약 누군가가 와서 미네코를 외부에서 보라고 주의를 줬다면 산시로는 틀림없이 놀랐을 것이다. 산시로는 미네코를 외부에서 볼 수 없는 눈이 되어 있었다. 무엇보다 외부인지 외부가 아닌지, 그런 구별은 전혀 의식하고 있지 않았다. 단지 사실로서, 타인의 죽음에 대해서는 아름답고 온화한 맛이 있었으며, 동시에 살아 있는 미네코에 대해서는 아름다운 향락의 밑바닥에 일종의 고민이 있었다. 산시로는 이 고민을 떨치기 위해서 똑바로 나아갔다. 나아가 면 고민을 떨칠 수 있을 듯 여겨졌다. 고민을 떨치기 위해서 한 걸음 옆으로 물러나는 것은 꿈에서조차 생각지 못했다. 그런 생각을 하지 못하는 산시로는 실제로 멀리 떨어져, 적멸의 모임[97]을 글자 위에서 바라보고 요절의 비애를 3자(90㎝) 밖에서 느낀 것이었다. 게다가 슬퍼해야 할 모습을, 흔쾌히 바라보며 아름답다고 느낀 것이었다.

---

97) 장례식을 말한다.

아케보노노초로 접어들면 커다란 소나무가 있다. 그 소나무를 이정표 삼아 가라고 가르쳐주었다. 소나무 아래로 갔으나 다른 집이었다. 맞은편을 보니 또 소나무가 있었다. 그 너머에도 소나무가 있었다. 소나무가 아주 많았다. 산시로는 좋은 곳이라고 생각했다. 소나무를 여럿 지나서 왼쪽으로 꺾어지자 산울타리에 예쁘장한 문이 있었다. 과연 하라구치라는 문패가 달려 있었다. 그 문패는 고운 나뭇결의 거뭇한 판자에 녹색 기름으로 이름을 화려하게 써놓은 것이었다. 글자인지 무늬인지 알 수 없을 정도로 공을 들였다. 문에서 현관까지는 썰렁해서 아무것도 없었다. 좌우에 잔디가 자라 있었다.

현관에는 미네코의 나막신이 가지런히 놓여 있었다. 2줄기 나막신의 끈 좌우가 색이 달랐다. 그렇기에 분명히 기억하고 있었다. 지금 작업 중인데 괜찮다면 들어오라는 하녀의 안내를 따라서 화실로 들어갔다. 넓은 방이었다. 길고 가느다랗게 남북으로 뻗은 마룻바닥이, 화가의 방답게 어질러져 있었다. 우선 일부분에는 융단이 깔려 있었다. 그런데 방의 넓이에 비하자면 크기가 전혀 어울리지 않았기에 깔개로 깔았다기보다는 색이 좋고 무늬가 우아한 직물로써 던져놓은 것처럼 보였다. 맞은편에 떨어져서 놓인, 커다란 호랑이 가죽도 마찬가지로 앉기 위해서 마련한 자리라고는 여겨지지 않았다. 융단과는 조화를 이루지 못하는 위치에서 비스듬히 꼬리를 길게 늘이고 있었다. 모래를 반죽해서 굳힌 것 같은 커다란 항아리가 있었다. 그 안에 화살이 2개 꽂혀 있었다. 회색 화살 깃과 깃 사이가 금박으로 강하게 빛났다. 그 옆에 갑옷도 있었다. 산시로는 우노하나오도시[98]라는 것이겠지, 라고 생각했다. 맞은편 구석에서 눈에 휙 들어온 것이 있었다. 옷단에 자줏빛 무늬가 들어간 고소데[99]에 금실로 놓은 자수가 보였다. 소매에서 소매로 장막을 칠 때 쓰는 줄을 꿰어 거풍[擧風]할 때처럼 매달아놓았다. 소매는 둥글고 짧았다. 이게 겐로쿠[100]로구나 하고 산시로도 알 수 있었다. 그 외에는 그림이 많았다. 벽에 걸린 것만 해도 크고 작은 것을 합치면 상당한 숫자였다. 액자에 넣지 않은, 밑그림인 듯한 것은 겹쳐서 말아놓았는데 그 말린 끝의 모양이 무너져 말린 면이 삐죽 튀어나와 있었다.

작업 중에 있는 사람의 초상은 이처럼 눈을 어지럽히는 색채들 속에 있었다. 그려지고 있는 사람은 정면의 끝 쪽에 부채로 이마 부근을 가린 채 서 있었다. 그리던 남자가 둥근 등을 빙글 돌려 팔레트/調色板/를 든 채 산시로를 향했다. 입에 굵은 파이프/烟管/를 물고 있었다.

"왔나요?"라고 말하고 파이프를 입에서 떼어 조그만 원탁 위에 놓았다. 성냥과 재떨이가 놓여 있었다. 의자도 있었다.

"앉아요. ─저겁니다."라며 그리고 있던 캔버스 쪽을 보았다. 길이가 6자(180㎝)나 되었다. 산시로는 단지,

"역시 크네요."라고만 말했다. 하라구치 씨는 귀담아 듣지도 않은 듯,

---

98) 卯の花縅. 흰색이 감도는 갑옷.
99) 小袖. 소매 폭이 좁은 일본 옷.
100) 元祿. 겐로쿠소데(元祿袖)의 줄임말. 소매의 길이가 짧고 배래가 둥근 옷.

"응, 꽤나."라고 혼잣말처럼, 머리카락과 배경의 경계 부근을 칠하기 시작했다. 산시로는 이때 비로소 미네코 쪽을 보았다. 그러자 여자가 들고 있던 부채의 그늘에서 하얀 이가 희미하게 빛났다.

그로부터 2, 3분 동안은 완전히 조용해졌다. 방은 난로로 따뜻해져 있었다. 오늘은 바깥에서도 그렇게 춥지는 않았다. 바람은 완전히 죽어버렸다. 마른 나무가 소리도 없이 겨울 햇살에 싸여 서 있었다. 산시로는 화실로 안내되었을 때 안개 속으로 들어온 듯한 느낌이 들었다. 원탁에 팔꿈치를 얹은 채 밤보다 더한 이 고요함의 경지에 거리낄 것 없는 마음을 잠기게 했다. 이 고요함 속에 미네코가 있었다. 미네코의 모습이 점점 완성되어가고 있었다. 뚱뚱한 화공의 브러시/畫筆/만이 움직였다. 그것도 눈에서만 움직일 뿐, 귀에서는 조용했다. 뚱뚱한 화공도 움직이는 경우가 있었다. 그러나 발소리는 나지 않았다.

고요함에 갇혀버린 미네코는 조금도 움직이지 않았다. 부채로 이마 부근을 가리고 서 있는 모습 자체가 이미 그림이었다. 산시로가 보기에 하라구치 씨는 미네코를 그리고 있는 것이 아니었다. 불가사의하게 깊이가 있는 그림에서 그 깊이만을 있는 힘껏 뽑아내어 평범한 그림으로 미네코를 다시 그리고 있는 것이었다. 그럼에도 불구하고 제2의 미네코는 이 고요함 속에서 점차 제1의 미네코에게 다가가고 있었다. 산시로에게는 이 두 명의 미네코 사이에 시계 소리가 닿지 못하는 고요하고 긴 시간이 함축되어 있는 듯 여겨졌다. 그 시간이 화가의 의식에조차 떠오르지 않을 정도로 조용히 흐름에 따라서 제2의 미네코가 마침내 뒤를 따라온다. 이제 곧 양쪽이

딱 만나서 하나가 되기 직전에 시간의 흐름이 갑자기 방향을 바꾸어 영원 속으로 흘러가 버린다. 하라구치 씨의 브러시는 거기서 앞으로 나아가지 못한다. 산시로는 거기까지 따라갔다가 정신이 들어 문득 미네코를 보았다. 미네코는 여전히 움직이지 않았다. 산시로의 머리는 이 고요한 공기 속에서 자신도 모르게 움직이고 있었다. 취한 기분이었다. 그런데 하라구치 씨가 갑자기 웃기 시작했다.

"또 힘들어진 듯하네요."

여자는 아무런 말도 하지 않고 곧 자세를 무너뜨려 옆에 놓아둔 안락의자에 떨어지듯 털썩 앉았다. 그때 하얀 이가 다시 반짝였다.

그리고 움직일 때의 소매와 함께 산시로를 보았다. 그 눈이 유성처럼 산시로의 미간을 지나쳐갔다.

하라구치 씨는 원탁 옆까지 와서 산시로에게,

"어떤가요?"라고 말하며 성냥을 그어 조금 전의 파이프에 불을 붙이고 다시 입에 물었다. 나무로 된 커다란 대통을 손가락으로 붙들고 두 모금쯤 짙은 연기를 수염 사이에서 내뱉더니, 곧 둥근 등을 다시 이쪽으로 향해서 그림 쪽으로 다가갔다. 적당한 곳을 마음대로 칠하고 있었다.

그림은 물론 완성된 것이 아니리라. 그러나 빈틈없이 전부 물감으로 칠해져 있었기에 문외한인 산시로가 보기에는 꽤나 훌륭했다. 잘 그린 것인지, 못 그린 것인지는 물론 알 수가 없었다. 기교에 대한 비평을 할 수 없는 산시로에게는 단지 기교가 가져다주는 느낌만이 있었다. 그것조차 경험이 없기에 정곡에서 상당히 벗어나 있는 듯했다. 예술의 영향에 전혀 무관심한 사람이 아니라고 스스로를 증명해보이려 하는 것만으로도 산시로는 풍류인이었다.

산시로가 보기에 이 그림은 대체로 눈에 확 띄었다. 전면에서 가루가 솟아올라 어딘가 광택이 없는 햇빛을 받고 있는 듯 여겨졌다. 그림자 부분도 검지는 않았다. 오히려 연자줏빛이 비치고 있었다. 산시로는 이 그림을 보고 왠지 경쾌한 느낌이 들었다. 들뜬 기분은 작고 빠른 배에 탄 듯한 느낌이었다. 그러면서도 어딘가 차분했다. 위태롭지 않았다. 불쾌한 곳, 난삽한 곳, 칙칙한 곳이 없었다. 산시로는 하라구치 씨다운 그림이라고 생각했다. 그러자 하라구치 씨가 무심하게 브러시/洋筆/를 놀리며 이런 말을 했다.

"오가와 씨, 재미있는 이야기가 있습니다. 내가 알고 있는 남자 가운데 말이죠, 아내가 싫어져서 이혼을 청구한 사람이 있습니다. 그런데 아내가 승낙하지 않고, 저는 연이 있어서 이 집으로 시집을 왔으니 설령 당신이 싫어졌다 해도 저는 결코 나갈 수 없습니다."

하라구치 씨는 이때 잠깐 그림에서 멀어져 브러시의 결과를 바라보다가, 이번에는 미네코에게,

"사토미 씨, 당신이 흩옷을 입어주지 않아 옷을 그리기가 어려워서 애를 먹고 있습니다. 완전히 적당히 그리고 있기에 너무 대담합니다."

"죄송하게 됐네요."라고 미네코가 말했다.

하라구치 씨는 대답도 하지 않고 다시 그림 쪽으로 다가갔다. "그래서 말이죠, 이혼을 하기에는 아내의 엉덩이가 너무 무거웠기에, 친구가 아내에게 이렇게 말했다고 합니다. 나가기 싫다면 나가지 않아도 좋아. 언제까지고 집에 있도록 해. 그 대신 내가 나갈 테니. ─사토미 씨, 잠깐 일어나보세요. 부채는 아무래도 상관없어요, 그냥 일어서기만 하면. 그래요. 고마워요. ─아내가, 제가 집에 있어도 당신이 나가버리면 뒷일이 곤란해지잖아요, 라고 말했더니, 아니, 괜찮아, 너는 마음대로 남자라도 들이면 될 테니까, 라고 대답했다고 합니다."

"그래서 어떻게 됐습니까?"라고 산시로가 물었다. 하라구치 씨는 이야기할 가치도 없다고 생각한 것인지, 다시 뒤를 이었다.

"아무 일도 없었어요. 그러니까 결혼은 생각해볼 일이에요. 이합집산 모두가 자유롭지 않아요. 히로타 선생을 보세요, 노노미야

씨를 보세요, 사토미 교스케 군을 보세요, 아울러 나를 보세요, 모두 결혼을 하지 않았어요. 여자가 훌륭해지면 이런 독신자들이 많이 나오게 돼요. 따라서 사회원칙은, 독신자가 생기지 않을 만큼만 그 안쪽에서 여자가 훌륭해지지 않으면 안 돼요."

"하지만 오빠는 조만간에 결혼할 거예요."

"어? 그래요? 그럼 당신은 어떻게 되는 건가요?"

"모르겠어요."

산시로는 미네코를 보았다. 미네코도 산시로를 보고 웃었다. 하라구치 씨만은 그림을 보고 있었다. "모르겠어요, 모르겠어요ㅡ, 그래서는." 하며 브러시를 움직였다.

산시로는 이 기회를 이용하여 원탁 옆에서 멀어져 미네코 곁으로 다가갔다. 미네코는 의자 등받이에 기름기 없는 머리를 아무렇게나 기댄 채, 지친 사람이 옷매무새에는 신경도 쓰지 않고 몸을 내던진 것 같은 자세였다. 속옷의 목깃에서 목덜미가 노골적으로 드러나 있었다. 의자에는 벗어놓은 하오리가 걸려 있었다. 올림머리 위로 아름다운 안감이 보였다.

산시로는 품속에 30엔이 들어 있었다. 이 30엔이 두 사람 사이에 있는, 설명하기 어려운 것을 대표하고 있다. —라고 산시로는 믿었다. 갚아야 한다고 생각하면서도 갚지 않은 것도 그 때문이었다. 마음을 다잡고 지금 갚아야겠다고 생각한 것도 그 때문이었다. 갚고 나면 볼일이 없어져 멀어질지, 볼일이 없어도 한층 더 가까워질지, —평범한 사람이 보기에 산시로는 약간 미신을 믿고 있는 사람 같은 분위기를 띠고 있었다.

"사토미 씨."라고 말했다.

"왜요?"라고 대답했다. 시선을 위로 하여 아래에서부터 산시로를 보았다. 얼굴은 원래 자리에 기대고 있었다. 눈만은 움직였다. 그것도 산시로의 정면에서 조용히 멈추었다. 산시로는 여자가 약간은 지쳐 있다고 판단했다.

"마침 만난 김에 여기서 돌려드리겠습니다."라고 말하며 단추를 하나 열고 안주머니에 손을 넣었다.

여자는 다시,

"뭘요?"라고 되풀이했다. 원래처럼 자극을 받지 않은 모습이었다. 안주머니에 손을 넣으며 산시로는 어떻게 할까 생각했다. 마침내 마음을 먹었다.

"지난번의 돈입니다."

"지금은 주셔도 어쩔 수가 없어요."

여자는 아래에서부터 올려다본 채였다. 손도 내밀지 않았다. 몸도 움직이지 않았다. 얼굴도 원래 자리에 기대고 있었다. 남자는

여자의 대답조차 잘 이해할 수 없었다. 그때,

"얼마 안 남았으니, 어떤가요?"라는 목소리가 뒤에서 들려왔다. 돌아보니 하라구치 씨가 이쪽을 향해 서 있었다. 브러시를 손가락 사이에 낀 채, 삼각형으로 깎은 수염 끝을 잡아당기며 웃고 있었다. 미네코는 두 손을 의자의 팔걸이에 대더니 앉은 채로 머리와 등을 똑바로 폈다. 산시로가 조그만 목소리로,

"아직 오래 걸리나요?"라고 물었다.

"앞으로 한 시간쯤."이라고 미네코도 조그만 목소리로 대답했다. 산시로는 다시 원탁으로 돌아갔다. 여자는 이미 그림 속 자세를 취하고 있었다. 하라구치 씨는 파이프에 다시 불을 붙였다. 브러시가 다시 움직이기 시작했다. 등을 돌린 채 하라구치 씨가 이렇게 말했다.

"오가와 씨. 사토미 씨의 눈을 좀 보세요."

산시로는 그 말대로 했다. 미네코가 갑자기 이마에서 부채를 떼더니 조용한 자세를 무너뜨렸다. 옆을 향해서 창문 너머로 정원을 바라보았다.

"안 돼요. 옆을 향해서는 안 돼요. 이제 막 그리기 시작했는데."

"왜 쓸데없는 말씀을 하시는 거예요."라며 여자는 정면을 향했다. 하라구치 씨가 변명했다.

"놀리려는 게 아니에요. 오가와 씨에게 할 말이 있었어요."

"뭐죠?"

"지금부터 이야기할 테니 우선은 원래의 자세로 돌아가주세요. 그래요. 팔꿈치를 조금 더 앞으로 내밀고. 그런데 오가와 씨, 제가 그린 눈이 실물의 표정대로 그려져 있나요?"

"글쎄요, 잘은 모르겠습니다만 이렇게 매일매일 그리고 있는데 과연 그리는 사람의 눈의 표정이 늘 변하지 않을 수 있을까요?"

"그야 변할 겁니다. 본인이 변하는 것만이 아닙니다. 화공의 마음도 매일 변하니, 원래대로 하자면 초상화가 몇 장이고 완성되지 않으면 안 되지만, 그렇게는 되지 않습니다. 또 단 한 장에 상당히 정리된 것이 완성되니 신기합니다. 왜지 아시나요……."

하라구치 씨는 그 사이에도 쉬지 않고 붓을 놀렸다. 미네코를 보고 있었다. 산시로는 하라구치 씨의 모든 기관이 한꺼번에 작용하는 것을 목격했기에 깜짝 놀랐다.

"이렇게 매일 그리다보면 나날의 양이 쌓이고 쌓여서, 얼마 후에 그리고 있는 그림에 일정한 기분이 생겨납니다. 그렇기에 설령 밖에서 다른 기분으로 돌아왔다 할지라도 화실에 들어서서 그림을 보기만 하면 곧 어떤 일정한 기분이 듭니다. 그러니까 그림 속의 기분이 이쪽으로 옮겨지는 겁니다. 사토미 씨 역시 마찬가지입니다. 자연스럽게 내버려두면 여러 가지 자극 때문에 여러 가지 표정으로 바뀌는 것은 당연한 일입니다만, 그것이 실제 그림 속에는 크게 영향을 미치지 않는 것은 저런 자세나 이처럼 난잡한 장구네, 갑옷이네, 호랑이 가죽이네 하는 주위의 사물들이 자연스럽게 어떤 일정한 표정을 불러일으키게 되고, 그 습관이 점차 다른 표정을 압박할 정도로 강해지기에, 뭐 대체로 이런 눈빛을 이대로 완성시켜 나가면 되는 겁니다. 그리고 표정이라고 해봐야……."

하라구치 씨는 갑자기 입을 다물었다. 어딘가 까다로운 부분에 도달한 모양이었다. 두 걸음쯤 뒤로 물러나 미네코와 그림을 자꾸만 비교해보았다.

"사토미 씨, 무슨 일 있으세요?"

"아니요."

이 대답은 미네코의 입에서 나온 것이라고는 여겨지지 않았다. 미네코는 그 정도로 조용히 자세를 무너뜨리지 않고 있었다.

"그리고 표정이라고 해봐야."라고 하라구치 씨가 다시 시작했다. "화공은 말입니다, 마음을 그리는 게 아닙니다. 마음이 밖으로 드러난 부분만을 그리는 것이니, 드러난 부분만 빈틈없이 관찰하면 안살림은 저절로 알게 되는 것이라며, 일단은 그렇게 해둡니다. 드러난 부분으로 엿볼 수 없는 안살림은 화공의 담당구역 밖이라고 포기해야 합니다. 따라서 우리는 육체만을 그립니다. 어떤 육체를 그리든 영혼이 깃들어 있지 않으면 죽은 육체이니 그림으로서는 통용되지 않을 뿐입니다. 따라서 이 사토미 씨의 눈도 말입니다, 사토미 씨의 마음을 그릴 생각으로 그리고 있는 게 아닙니다. 단지 눈으로써 그리고 있는 것입니다. 이 눈이 마음에 들었기에 그리고 있는 겁니다. 이 눈의 모습이네, 쌍꺼풀의 그림자네, 눈동자의 깊이네, 뭐가 됐든 내게 보이는 곳만을 남김없이 그려 나갑니다. 그러면 우연의 결과로 어떤 표정이 나타납니다. 만약 나타나지 않는다면 제가 색을 잘못 냈거나 모습을 잘못 포착했거나, 둘 중 하나인 셈입니다. 실제  로 저 색, 저 모습 자체가 하나의 표정이니 어쩔 수가 없습니다."

하라구치 씨는 이때 다시 두 걸음쯤 뒤로 물러나 미네코와 그림을 비교해보았다.

"아무래도 오늘은 뭔가 좀 이상하네요. 피곤한가 봅니다. 피곤하다면 이제 그만 하기로 합시다. ─피곤한가요?"

"아니요."

하라구치 씨는 다시 그림 쪽으로 다가갔다.

"그런데 내가 어째서 사토미 씨의 눈을 골랐는가 하면, 자 얘기를 할 테니 들어보세요. 서양화 속 여자들의 얼굴을 보면 누가 그린 미인이든 반드시 커다란 눈을 가지고 있어요. 우스울 정도로 커다란 눈뿐입니다. 그런데 일본에서는 관음님의 눈을 비롯하여 가면,

연극의 탈, 가장 현저한 것은 우키요에[101]에 등장하는 미인, 전부 눈이 가늡니다. 모두 코끼리 같습니다. 어째서 동서의 미의 표준이 이렇게 다를까 생각해보면 얼핏 이상하다는 느낌이 들 겁니다. 그러나 사실은 별것도 아닙니다. 서양에는 눈이 큰 사람들만 있기에 커다란 눈 가운데서 미적 도태가 일어납니다. 일본은 고래와 같은 계통들뿐이기에 ―피에르 로티[102]라는 남자는 일본인의 눈은 저래서 어떻게 뜰 수 있는지 모르겠다고 놀렸습니다. ―생각해보세요, 그와 같은 특색이 있는 나라이니 아무래도 재료가 부족한 커다란 눈에 대한 심미안은 발달할 수가 없습니다. 그렇기에 선택이 자유로운 가느다란 눈 가운데서 이상적으로 생겨난 것이 우타마로의 그림이 되기도 하고 스케노부[103]의 그림이 되기도 하여 귀히 여겨지고 있는 겁니다. 하지만 제아무리 일본적이어도 서양화에서 그 가느다란 눈은 장님을 그린 것 같아서 보기 싫고 좋지가 않습니다. 그렇다고 해서 라파엘로의 마돈나/聖母/ 같은 것은 애초부터 있지도 않고 있다고 해봐야 일본인이라고는 말할 수 없기에 사토미 씨를 번거롭게 하고 있는 겁니다. 사토미 씨 이제 얼마 안 남았습니다."

답은 없었다. 미네코는 가만히 있었다.

산시로는 이 화가의 이야기를 매우 재미있게 들었다. 특별히

---

101) 浮世絵. 에도 시대에 유행한 풍속화.
102) Pierre Loti(1850~1923). 프랑스의 소설가. 해군 사관으로 일본에도 간 적이 있었는데 그때의 경험을 바탕으로 『오키쿠 씨』, 『가을의 일본』을 저술했다.
103) 니시카와 스케노부(西川祐信, 1671~1751). 에도 중기의 우키요에 화공. 사실적이고 우아한 작품으로 알려졌으며 당시 화류계를 중심으로 한 소설의 삽화를 많이 그렸다.

이야기만 들으러 온 거라면 몇 배나 더 흥미로웠을 텐데, 라고 생각했다. 지금 산시로의 관심의 초점은 하라구치 씨의 이야기 위에 있지 않았으며, 하라구치 씨의 그림 위에도 있지 않았다. 물론 맞은편에 서 있는 미네코에게 집중되어 있었다. 산시로는 화가의 이야기에 귀를 기울이며 눈만은 결코 미네코에게서 떠나지 않았다. 그의 눈에 비친 여자의 자세는 자연스러운 경과를 가장 아름다운 찰나에 포로로 삼아서 움직이지 못하게 한 것 같았다. 변하지 않는다는 점에 영원한 위로가 있었다. 따라서 하라구치 씨가 갑자기 고개를 갸웃하며 여자에게 무슨 일 있냐고 물은 그 순간 산시로는 약간 두렵다는 생각이 들었을 정도였다. 변하기 쉬운 아름다움을 움직이지 못하도록 붙들어두는 수단이 이미 다했다고 화가에게서 주의를 받은 듯 들렸기 때문이었다.

과연 그렇게 생각해보니 무슨 일이 있는 것 같기도 했다. 얼굴빛이 좋지 않았다. 눈가에 견디기 힘든 듯한 노곤함이 보였다. 산시로는 이 활인화[104]에서 받은 안위를 잃고 말았다. 동시에 혹시 자신이 그 변화의 원인이 아닐까 하는 생각이 떠올랐다. 홀연 강렬하고 개성적인 자극이 산시로의 마음을 덮쳐왔다. 변해가는 아름다움을 허무하게 여기는 공통적인 정서는 완전히 꼬리를 감추어버리고 말았다. ─나는 이 여자에 대해서 그 정도의 영향력을 가지고 있다. ─산시로는 이러한 자각 속에서 자신의 모든 것을 의식했다. 그러나 그 영향이 자신에게 이익이 되는 것인지 손해가 되는 것인지는

─────────────────────

104) [活人畵] 분장을 한 사람이 그림 속 인물처럼 배경 앞에서 움직이지 않고 있는 것.

아직 결론이 나지 않은 문제였다.

그때 하라구치 씨가 마침내 붓을 내려놓고,

"이제 그만 합시다. 오늘은 영 안 되겠네요."라고 말했다. 미네코는 들고 있던 부채를 접다가 바닥에 떨어뜨렸다. 의자에 걸려 있던 하오리를 집어 입으며 이쪽으로 다가왔다.

"오늘은 피곤하네요."

"저요?"라며 하오리의 소매 길이를 맞춘 뒤 끈을 묶었다.

"아니, 사실은 나도 피곤합니다. 내일 기운을 차리고 나서 다시 합시다. 자, 차라도 마시면서 좀 쉬세요."

저물녘까지는 아직 시간이 있었다. 하지만 미네코는 잠깐 볼일이 있기에 돌아가야겠다고 했다. 산시로도 더 있다 가라고 했으나 일부러 거절하고 미네코와 함께 밖으로 나왔다. 일본의 사회 상태 때문에 산시로에게 있어서 이런 기회를 마음대로 만든다는 것은 어려운 일이었다. 산시로는 이 기회를 가능한 한 길게 늘여서 이용해보려 시도했다. 그랬기에 비교적 사람들이 지나지 않아 한정한 아케보노초를 한 바퀴 산책하지 않겠느냐고 여자에게 말해보았다. 그런데 상대방은 뜻밖에도 응하지 않았다. 일직선으로 산울타리 사이를 가로질러 큰길로 나섰다. 산시로는 나란히 걸으며,

"하라구치 씨도 그렇게 말했었지만, 정말 무슨 일 있었습니까?"라고 물었다.

"저요?"라고 미네코가 다시 말했다. 하라구치 씨에게 답한 것과 같은 대답이었다. 산시로가 미네코를 알고 난 이후부터 미네코는 한 번도 말을 길게 한 적이 없었다. 대부분의 대응은 한 마디나,

두 마디로 끝냈다. 그것도 매우 간단한 것에 지나지 않았다. 그러면서도 산시로의 귀에는 어떤 깊은 울림을 주었다. 다른 사람에게서는 거의 들을 수 없는 색이 나왔다. 산시로는 거기에 감탄했다. 그것을 신기하게 여겼다.

"저요?"라고 말한 순간 여자는 얼굴을 절반쯤 산시로 쪽으로 돌렸다. 그리고 쌍꺼풀진 눈 사이로 남자를 보았다. 그 눈에는 탁한 빛이 감돌고 있는 듯 여겨졌다. 평소와는 달리 느낌이 뜨뜻미지근하게 전해졌다. 뺨의 색도 조금 창백했다.

"안색이 조금 좋지 않은 듯합니다."

"그래요?"

두 사람은 대여섯 걸음 말없이 걸었다. 산시로는 어떻게 해서든 두 사람 사이에 걸려 있는 얇은 막 같은 것을 찢어버리고 싶었다. 하지만 무슨 말을 해야 깨질지, 전혀 짐작이 되지 않았다. 소설 따위에 있는 달콤한 말은 쓰고 싶지 않았다. 취향이라는 면에서 봐도, 사교상 젊은 남녀의 습관이라 할지라도 쓰고 싶지 않았다. 산시로는 사실상 불가능한 것을 바라고 있었다. 바라고 있는 것만이 아니었다. 걸으면서 궁리를 했다.

마침내 여자 쪽에서 먼저 말을 시작했다.

"오늘은 하라구치 씨에게 뭔가 용무가 있었나요?"

"아니요, 용무는 없었습니다."

"그럼, 그냥 놀러 오신 건가요?"

"아니요, 놀러 간 게 아닙니다."

"그럼 왜 오신 거죠?"

산시로는 이 순간을 포착했다.

"당신을 만나러 간 겁니다."

산시로는 이것으로 할 수 있는 말은 전부 한 것이라고 생각했다. 그러자 여자는 조금도 자극을 느끼지 못한, 거기에 평소처럼 남자를 취하게 만드는 투로,

"거기서는 돈을 받을 수 없었어요."라고 말했다. 산시로는 낙담했다.

두 사람은 다시 말없이 대여섯 간(10m)쯤 갔다. 산시로가 갑자기 입을 열었다.

"사실은 돈을 갚으러 간 게 아니었습니다."

미네코는 한동안 대답을 하지 않았다. 마침내 조용히 말했다.

"돈은 저도 필요 없어요. 가지고 계세요."

산시로는 견딜 수가 없어졌다. 느닷없이,

"그저 당신을 보고 싶었기에 간 겁니다."라고 말하고 옆에서

여자의 얼굴을 들여다보았다. 여자는 산시로를 보지 않았다. 그때 산시로의 귀에 여자의 입에서 새어나온 희미한 한숨이 들려왔다.

"돈은……."

"돈 같은 건……."

두 사람의 대화는 양쪽 모두 의미를 이루지 못한 채 도중에서 끊겼다. 그대로 다시 반 정(55m)쯤 갔다. 이번에는 여자가 말을 걸었다.

"하라구치 씨의 그림을 보고 어떤 생각이 드셨나요?"

여러 가지로 답을 할 수 있었기에 산시로는 대답을 하지 않고 잠시 동안 걸었다.

"너무 빨리 진행되어서 놀라지 않으셨나요?"

"네."라고 말했으나, 사실은 처음으로 깨달았다. 생각해보니 하라구치가 히로타 선생의 집에 와서 미네코의 초상을 그리겠다는 의지를 내보인 이후, 아직 1개월 정도밖에 지나지 않았다. 전람회에서 미네코에게 직접 의뢰한 것은 그보다 나중의 일이었다. 산시로는 그림의 길에 어둡기에 그처럼 커다란 액자가 어느 정도의 속도로 완성되는지 거의 상상 밖에 있었으나, 미네코의 말을 듣고보니 너무 빨리 그려지고 있는 듯 여겨졌다.

"언제부터 시작했습니까?"

"본격적으로 시작한 건 요 얼마 전부터였지만, 그 전부터 조금씩 그리고 있었어요."

"그 전이라니, 언제부터입니까?"

"그 옷차림으로 알 수 있잖아요."

산시로는 갑작스럽게 처음 연못가에서 미네코를 보았던 더운 옛날을 떠올렸다.

"그 왜, 당신은 모밀잣밤나무 아래에 웅크려 앉아 있었잖아요."

"당신은 부채로 이마 부근을 가리고 높은 곳에 서 있었습니다."

"그 그림 그대로죠?"

"네. 그대로입니다."

두 사람은 얼굴을 마주보았다. 잠시 후면 하쿠산의 언덕 위에 다다를 터였다.

맞은편에서 인력거가 달려왔다. 검은 모자에 금테 안경을 낀, 멀리서 봐도 혈색이 좋아 보이는 남자가 타고 있었다. 이 인력거가 산시로의 눈에 들어왔을 때부터 인력거 위의 젊은 신사는 미네코 쪽을 바라보고 있는 듯 여겨졌다. 두어 간_(5m)쯤 앞까지 오더니 인력거를 갑자기 세웠다. 무릎 덮개를 멋지게 걷어내고 발판에서 뛰어내린 모습을 보니 훤칠한 키에 갸름한 얼굴의 훌륭한 사람이었다. 수염을 말끔히 잘랐다. 그런데도 참으로 사내다웠다.

"지금까지 기다리다 너무 늦기에 데리러 왔어."라며 미네코의 바로 앞에 섰다. 내려다보며 웃고 있었다.

"그래요? 고마워요."라고 미네코도 웃으며 남자의 얼굴을 마주보았다가, 그 눈을 곧 산시로 쪽으로 돌렸다.

"누구?"라고 남자가 물었다.

"대학교의 오가와 씨."라고 미네코가 대답했다.

남자는 가볍게 모자를 쥐고 그쪽에서 먼저 인사를 했다.

"얼른 가자. 오빠도 기다리고 있으니."

간(5m)

맞춤하게도 산시로는 오이와케 쪽으로 꺾어지는 골목의 모퉁이에 서 있었다. 돈은 끝끝내 갚지 못하고 헤어졌다.

11

요즘 요지로는 학교에서 문예협회의 표를 팔며 돌아다니고 있었다. 이삼일 걸려서 알고 있는 사람에게는 대부분 판 모양이었다. 그 뒤부터 요지로는 모르는 사람들을 붙들기로 했다. 대부분은 복도에서 붙들었다. 그러면 좀처럼 놓아주지 않았다. 어떻게 해서든 표를 사게 했다. 때로는 담판 중에 벨이 울려서 놓쳐버리는 경우도 있었다. 요지로는 이를 시운[時運]이 불리한 것이라고 칭했다. 때로는 상대방이 웃고만 있어서 언제까지고 요령부득인 경우도 있었다. 요지로는 이를 인운[人運]이 불리한 것이라고 칭했다. 한번은 변소에서 나온 교수를 붙들었다. 그 교수는 손수건으로 손을 닦으며 지금 좀, 이라고 말한 채 서둘러 도서관으로 들어가버렸다. 그러고는 끝끝내 나오지 않았다. 요지로는 이것을— 무엇이라고도 칭하지 않았다. 뒷모습을 바라보며 저 사람은 틀림없이 장염일 것이라고 산시로에게 가르쳐주었다.

요지로에게 표를 몇 장 팔아달라는 부탁을 받았느냐고 물었더니 몇 장이고 팔 수 있을 만큼 부탁받았다는 것이었다. 너무 많이 팔아서 연예장에 전부 들어가지 못할 염려는 없냐고 물었더니, 조금은 있다고 말했다. 그래서는 팔고 난 뒤에 난처해지잖아, 라고 주의를 주었더니, 아니, 괜찮아, 개중에는 나를 봐서 그냥 사준 사람도 있고 사고로 오지 못하는 사람도 있고, 또 장염도 조금은 걸릴 거야, 라며 태연했다.

요지로가 표 파는 모습을 보고 있자니 맞교환으로 돈을 건네는 사람으로부터는 물론 즉석에서 받았으나, 그렇지 않은 학생에게는 그저 표만 건네주었다. 소심한 산시로가 보기에는 걱정이다 싶을 정도로 건네주며 돌아다녔다. 나중에 생각대로 돈이 들어오냐고 물어보았더니 물론 들어오지 않는다고 대답했다. 깐깐하게 조금 파는 것보다 닥치는 대로 많이 파는 것이 대체로 봐서 이익이기에 이렇게 하는 것이라고 말했다. 요지로는 이를 타임스 사[105]가 일본에서 백과전서를 판 방법과 비교했다. 비교만은 훌륭하게 들렸으나 산시로는 왠지 불안하게 느껴졌다. 그래서 일단 요지로에게 주의를 주었을 때 요지로가 한 대답이 재미있었다.

"상대는 도쿄 제국대학 학생이야."

"아무리 학생이라도 너처럼 금전에 관해서는 느슨한 사람이 많을 거야."

"뭐, 선의를 품고 있지만 내지 않는 사람에 대해서는 문예협회 쪽에서도 까다롭게 굴지는 않을 거야. 어차피 표가 아무리 팔려봐야 결국 협회가 빚을 지게 될 것은 자명한 일이니."

산시로는 혹시나 싶어서 그건 너의 의견이야, 협회의 의견이야, 라고 추궁해보았다. 요지로는, 물론 나의 의견이자 협회의 의견이라고 제 좋을 대로 대답했다.

---

105) 런던 타임스 사. 영국의 신문사로 일본에서 『브리태니커 백과사전』을 팔 때, 할부판매 방식을 취했다.

요지로의 설을 듣고 있자면 이번 연예회를 보지 않는 사람은 완전히 바보인 듯한 기분이 들었다. 바보인 듯한 기분이 들 때까지 요지로는 설명을 했다. 그것이 표를 팔기 위해서인지, 실제로 연예회를 신앙하고 있기 때문인지, 혹은 단지 자신에게 활기를 불어넣고 아울러 상대방에게도 활기를 불어넣고 다음으로 연예회에 활기를 불어넣어 세상 일반의 분위기를 가능한 한 활발하게 하기 위해서인지, 그 점이 얼핏 명확하게 구별되지 않았기에 상대방은 바보인 듯한 기분이 듦에도 불구하고 요지로의 감화는 그다지 받지 않았다.

요지로는 가장 먼저 회원이 연습에 애를 쓰고 있다는 이야기를 했다. 이야기하는 그대로를 듣고 있자면 회원 대부분은 연습의 결과, 당일 전에 쓸모가 없어질 것만 같았다. 그런 다음 배경에 대해서 이야기했다. 그 배경이 참으로 대단한 것이어서, 도쿄의 재능 있는 청년화가를 전부 끌어모아, 모두에게 상응하는 기량을 뽐내게 한 것이었다. 다음으로 복장에 대한 이야기를 했다. 그 복장이 머리끝에서부터 발끝까지 전부 고증에 의해서 이루어졌다. 다음으로 각본에 대해서 이야기했다. 그것이 전부 신작으로, 하나같이 재미있었다. 그 외에도 얼마든지 있었다.

요지로는 히로타 선생과 하라구치 씨에게도 초대권을 보냈다고 했다. 노노미야 남매와 사토미 남매에게는 상등석의 표를 사게 했다고 말했다. 모든 일이 잘 풀려나가고 있다고 말했다. 산시로는 요지로를 위해서 연예회 만세를 외쳤다.

만세를 외친 날 밤, 요지로가 산시로의 하숙으로 찾아왔다. 낮과는 전혀 딴판이었다. 몸이 굳은 채 화로 옆에 앉아 추워, 추워, 라고

말했다. 그 얼굴을 보니
그냥 추운 것만은 아닌 듯
했다. 처음에는 화로를 덮
칠 듯하여 손을 쬐었으나
곧 손을 품속에 넣었다.
산시로는 요지로의 얼굴
을 활기차게 만들기 위해
서 책상 위의 램프를 한쪽
끝에서 다른 쪽 끝으로 옮

겼다. 그러나 요지로는 턱을 툭 떨어뜨린 채 커다란 까까머리만을
등불에 검게 비추고 있었다. 생기라고는 찾아볼 수 없었다. 무슨
일 있냐고 묻자 고개를 들어 램프를 보았다.

"이 집에서는 아직 전기를 끌어오지 않았나?"라고 얼굴 표정과는
아무런 인연도 없는 일을 물었다.

"아직 끌어오지 않았어. 조만간에 전기로 할 생각이라고 해.
램프는 어두워서 안 좋지?"라고 대답하고 있는데 갑자기 램프에
대해서는 잊었다는 듯,

"이봐, 오가와. 큰일이 벌어지고 말았어."라고 말하기 시작했다.

일단 얘기를 들어봤다. 요지로는 품속에서 구김살투성이 신문을
꺼냈다. 2장이 겹쳐져 있었다. 그 가운데 한 장을 떼어내어 다시
접은 다음 여기를 읽어보라며 내밀었다. 읽을 곳을 손가락 끝으로
누르고 있었다. 산시로는 눈을 램프 옆으로 가져갔다. 표제에 대학의
순문학이라고 적혀 있었다.

대학의 외국문학과는 지금까지 서양인이 담당하였으며, 당국자는 모든 수업을 외국인 교사에게 의뢰하였으나 시세의 진보와 다수 학생의 희망에 촉구되어 이번에 드디어 일본인의 강의도 필수과목으로 인정하기에 이르렀다. 이에 얼마 전부터 적당한 인물을 인선 중에 있었는데 마침내 모[某] 씨로 결정되어 곧 발표할 것이라고 한다. 모 씨는 얼마 지나지 않은 과거에 해외유학을 명령받은 적이 있는 수재이니 지극히 적임자라는 내용이었다.

　"히로타 선생님이 아니었군."이라며 산시로가 요지로를 돌아보았다. 요지로는 역시 신문 위를 보고 있었다.

　"이거 확실한 거야?"라고 산시로가 다시 물었다.

　"그런 거 같아."라며 고개를 갸웃하더니, "대체로 괜찮을 줄 알았는데 일을 그르쳤어. 물론 그 남자가 꽤나 운동을 하고 있다는 말은 들은 적이 있었지만."이라고 말했다.

　"하지만 이 정도라면 아직 풍설에 지나지 않는 거 아닐까? 정식 발표가 나지 않으면 알 수 없는 법이니."

　"아니, 그것뿐이라면 물론 상관없어. 선생님께서 관계하신 일이 아니니. 그런데"라고 말한 뒤 나머지 신문을 다시 접더니 표제어를 손가락 끝으로 누르며 산시로의 눈 밑으로 내밀었다.

　이번 신문에도 거의 같은 내용이 실려 있었다. 그곳까지는 특별히 새로운 인상도 불러일으키지 않았으나, 그 뒤에 가서 산시로는 깜짝 놀랐다. 히로타 선생이 매우 부도덕한 사내인 것처럼 적혀 있었다. 10년 동안 어학 교사로 머물며 세상에는 그다지 알려지지 않은 범재인 주제에, 대학에서 일본인 외국문학 강사를 뽑으려

한다는 말을 듣자마자 갑자기 남몰래 운동을 시작하여 자신의
평판기를 학생들 사이에 유포했다. 뿐만 아니라 그 문하생으로
하여금 「위대한 어둠」이라는 논문을 조그만 잡지에 쓰게 했다.
이 논문은 레이요시라는 익명으로 발표되었으나, 사실은 히로타의
집에 드나드는 문과대학생인 오가와 산시로라는 사람의 붓에 의한
글이라는 사실까지 밝혀졌다. 마침내 산시로의 이름이 나왔다.

산시로는 묘한 얼굴로 요지로를 보았다. 요지로는 그 전부터
산시로의 얼굴을 보고 있었다. 두 사람 모두 잠시 입을 다물고
있었다. 드디어 산시로가,

"곤란한데."라고 말했다. 요지로를 약간 원망하고 있었다. 요지로
는, 그 점에 대해서는 별로 신경을 쓰지 않았다.

"너, 이걸 어떻게 생각해?"라고 말했다.

"어떻게 생각하냐니?"

"투서를 그대로 실은 것임에 틀림없어. 결코 사 쪽에서 조사한 내용이 아니야. 문예시평의 6호 활자 투서에는 이런 게 얼마든지 와. 6호 활자는 거의 죄악의 덩어리야. 자세히 파헤쳐보면 거짓인 경우가 많아. 눈에 보이는 거짓말을 하는 경우도 있어. 어째서 그런 어리석은 짓을 하는가 하면 말이지, 전부 이해관계가 그 동기인 듯해. 그래서 내가 6호 활자를 담당하고 있을 때에는 성질이 좋지 않은 건 대부분 쓰레기통에 처박았어. 이 기사도 완전히 그런 거야. 반대운동의 결과야."

"어째서 네 이름이 나지 않고, 내 이름이 난 걸까?"

요지로는, "글쎄."라고 말했다. 잠시 시간이 흐른 뒤,

"역시 그거겠지, 너는 본과생이고 나는 선과생이니."라고 설명했다. 그러나 산시로에게 이것은 설명도, 그 무엇도 되지 않았다. 산시로는 여전히 당혹스러웠다.

"애당초 내가 레이요시라는 쩨쩨한 이름을 쓰지 말고 당당하게 사사키 요지로라고 서명해뒀으면 좋았을 걸. 실제로 그 논문은 사사키 요지로 외에는 쓸 만한 사람이 한 명도 없으니까."

요지로는 진지했다. 산시로에게 「위대한 어둠」의 저작권을 빼앗겨 오히려 불쾌한 것일지도 몰랐다. 산시로는 한심하다는 생각이 들었다.

"너, 선생님께는 얘기했어?"라고 물었다.

"바로 그거야. 위대한 어둠의 작가 따위 네가 됐든, 내가 됐든, 누가 됐든 상관없지만, 일이 선생님의 인격과 관계된 이상 말하지 않을 수 없을 거야. 그런 선생님이시니 전혀 모르는 일입니다,

뭔가 잘못 알고 있는 모양입니다, 위대한 어둠이라는 논문이 잡지에 실리기는 했지만 익명입니다, 선생님의 숭배자가 쓴 것이니 안심하시기 바랍니다, 라는 정도로 말해두면, 그러냐, 하고 바로 끝날 테지만, 이번 일은 그렇지가 않아. 아무래도 내가 책임을 분명히 해두지 않고서는. 일이 잘 풀리고 난 뒤에 모르는 척하는 것은 기분이 좋은 법이지만, 실패를 한 뒤 입을 다물고 있는 것은 불쾌해서 견딜 수가 없어. 무엇보다 내가 일을 시작해놓았는데 그런 선량한 사람이 피해를 보는 상황에 떨어진 것을 아무렇지도 않게 구경만 하고 있을 수는 없어. 정사곡직[正邪曲直]이라는 어려운 문제는 둘째 치더라도, 그저 딱하고 가슴이 아파서 안 돼."

산시로는 처음으로 요지로를 기특한 사내라고 생각했다.

"선생님은 신문을 읽으셨을까?"

"집에 오는 신문에는 실리지 않았어. 그래서 나도 몰랐었어. 하지만 선생님은 학교에 가서서 여러 가지 신문을 보시니까. 혹시 선생님은 못 보셨다 할지라도 누군가가 이야기할 거야."

"그렇다면 벌써 알고 계시겠군."

"물론 알고 계실 거야."

"너한테는 아무런 말씀도 하지 않으셨어?"

"하지 않으셨어. 원체 제대로 이야기할 짬도 없었으니 말할 수 없었을 테지만. 얼마 전부터 연예회의 일로 하루 종일 바빠서 말이지. ─아아, 연예회도 이제는 지긋지긋해졌어. 때려치워 버릴까? 하얀 분을 바르고 연극 같은 걸 해봐야, 뭐가 재미있다는 건지."

"선생님께 말씀 드리면, 너, 야단을 맞겠지?"

　"야단을 맞겠지. 야단을 맞는 거야 어쩔 수 없는 일이지만, 참으로 딱하게 됐어. 쓸데없는 짓을 해서 폐를 끼치고 있으니. —선생님은 이렇다 할 취미도 없는 사람이어서 술도 마시지 않고, 담배도."라고 말하다 도중에서 멈춰버렸다. 선생이 철학을 코에서 연기로 내뿜는 양은, 1달로 계산하면 막대한 것이었다.

　"담배만은 상당히 드시지만 그 외에는 아무것도 없어. 낚시를 하시는 것도 아니고, 바둑을 두시는 것도 아니고, 가정의 즐거움도 없어. 그게 가장 좋지 않아. 자녀라도 있으면 좋을 텐데. 더없이 고담[枯淡]해서 말이지."

　그리고 요지로는 팔짱을 꼈다.

　"가끔 위로를 해드려야겠다 싶어서 조금 뛰어다니면 이런 꼴이 되어버리고. 너도 가서 선생님을 뵙도록 해."

"가서 뵙는 게 문제가 아니야. 내게도 얼마간은 책임이 있으니 사과를 하고 오겠어."

"너는 사과할 필요 없어."

"그럼 변명이라도 하고 오지."

요지로는 그것으로 돌아갔다. 산시로는 잠자리에 든 이후 자꾸만 뒤척였다. 고향에 있을 때가 쉽게 잠들었던 듯한 기분이 들었다. 허위 기사─ 히로타 선생─ 미네코─ 미네코를 데리러 와서 데리고 간 훌륭한 남자─ 여러 가지 자극이 있었다.

한밤중부터 깊이 잠들었다. 언제나처럼 일어나기가 굉장히 힘들었다. 얼굴을 씻는 곳에서 같은 문과 학생을 만났다. 얼굴만은 서로가 알고 있었다. 실례, 하는 인사 속에 이 남자는 예의 기사를 읽은 듯하다고 추측할 만한 부분이 있었다. 그러나 상대는 물론 말 꺼내기를 피했다. 산시로도 변명을 시도하지 않았다.

따뜻한 국물의 냄새를 맡고 있을 때, 또 고향의 어머니가 보낸 서신을 접했다. 이번에도 언제나처럼 긴 듯했다. 양복으로 갈아입기 귀찮았기에 입고 있는 것 그대로 위에 하카마를 입고 품속에 편지를 넣고 밖으로 나섰다. 문 밖은 옅은 서리로 빛나고 있었다.

거리로 나서자 거의 학생들만 걷고 있었다. 그들 모두가 같은 방향으로 걸었다. 전부 발걸음을 서둘렀다. 추운 거리는 젊은 남자들의 활기로 가득했다. 그 속으로 희끗한 무늬의 외투를 입은 히로타 선생의 기다란 모습이 보였다. 이 청년들의 대오 속으로 섞여든 선생은, 발걸음에 있어서 이미 아나크로니즘이었다. 전후좌우와

비교해보면 매우 느릿하게 보였다. 선생의 모습은 교문 속으로 사라졌다. 문 안에 커다란 소나무가 있었다. 거인의 우산처럼 가지를 펼쳐 현관을 가로막고 있었다. 산시로의 발이 문 앞까지 왔을 때 선생의 모습은 이미 사라졌으며, 정면으로 보이는 것이라고는 소나무와 소나무 위에 있는 시계탑뿐이었다. 이 시계탑의 시계는 늘 시간이 틀렸다. 혹은 멈춰 서 있었다.

문 안을 잠깐 들여다본 산시로는 입 속에서, '하이드리오타피아'라는 단어를 두어 번 되뇌었다. 이 단어는 산시로가 외운 외국어 가운데서 가장 길고, 또 가장 어려운 단어 가운데 하나였다. 의미는 아직 알지 못했다. 히로타 선생에게 물어볼 생각이었다. 예전에 요지로에게 물었더니 아마도 데 테 파불라와 같은 종류일 것이라고 대답했다. 하지만 산시로가 보기에 둘 사이에는 아주 커다란 차이가 있었다. 데 테 파불라는 춤을 추어야 할 성질의 단어인 듯 여겨졌다. 하이드리오타피아는 외우는 데에만도 시간이 걸렸다. 두 번 되풀이하자 발걸음이 저절로 느릿해졌다. 히로타 선생이 쓰도록 하기 위해서 옛날 사람이 만들어둔 듯한 소리가 났다.

학교로 가자 「위대한 어둠」의 작자로 많은 사람들의 주목을 한 몸에 받고 있는 듯한 기색이 느껴졌다. 밖으로 나가려 했으나 밖은 의외로 추웠기에 복도에 있었다. 그리고 강의 시간 사이에 품에서 어머니의 편지를 꺼내 읽었다.

이번 겨울방학에는 고향으로 오라고 마치 구마모토에 있던 당시 같은 명령이 있었다. 사실은 구마모토에 있던 때에 이런 일이 있었다. 학교의 방학이 채 시작되기도 전부터 집에 오라는 전보가 왔다. 틀림없이 어머니가 병에 걸린 것이라고 생각하여 놀라 달려가보니, 어머니는 산시로가 무사해서 정말 다행이라는 듯 기뻐했다. 어떻게 된 일인가 물어보니 언제까지 기다려도 오지 않기에 오이나리[106] 님께 여쭤보았더니 벌써 구마모토를 출발했다는 신탁이 있었기에 도중에 무슨 일이 있었던 것 아닐까 크게 걱정하고 있었다는 것이었다. 산시로는 그 당시의 일이 떠올랐기에 이번에도 또 신사에 가서 여쭤본 것일까 싶었다. 그러나 편지에 오이나리 님에 대한 이야기는 적혀 있지 않았다. 단, 미와타의 오미쓰 씨도 기다리고 있다고 할주[割註] 같은 것이 덧붙여져 있었다. 오미쓰 씨는 도요쓰에 있는 여학교를 그만두고 집에 와 있다고 했다. 또 오미쓰 씨가 바느질을 해준 솜옷이 소포로 올 것이라고 했다. 목수인 가쿠조(角三)가 산에서 도박을 하다 98엔을 잃었다고 한다. ─그 전말이 자세히 적혀 있었다. 귀찮았기에 적당히 읽었다. 잘은 모르겠으나

---

106) 御稲荷. 곡식을 맡은 신, 혹은 그 신을 모신 신사.

산을 사고 싶다며 사내 셋이 은밀히 들어 왔는데, 가쿠조가 안내를 하며 산을 돌아다니는 동안에 잃고 말았다는 것이었다. 가쿠조는 집에 돌아와서 아내에게 어느 틈에 빼앗겼는지 모르겠다고 변명했다. 그러자 아내는 그렇다면 당신에게 수면약이라도 맡게 한 것일 거라고 말했고, 가쿠조는 맞아 그러고 보니 뭔가 냄새를 맡은 거 같아, 라고 대답했다고 한다. 하지만 동네 사람들은 모두 도박을 해서 뜯긴 것이라고 수군거리고 있다. 시골에서도 이러니 도쿄에 있는 너는 정말 조심하지 않으면 안 된다는 훈계가 덧붙여져 있었다.

긴 편지를 접어 넣고 있는데 요지로가 옆으로 와서, "이야, 여자의 편지로군."이라고 말했다. 농담을 할 만큼 어젯밤보다는 기운이 넘쳤다. 산시로는,

"아니, 어머니한테서 온 거야."라고 약간 김이 샌다는 듯 대답하고 봉투째 품속에 넣었다.

"사토미의 아가씨에게서 온 거 아니야?"

"아니야."

"너, 사토미의 아가씨에 대해서 들었어?"

"뭘?"이라고 되물은 순간 한 학생이 요지로에게, 연예회의 표를 구하려고 하는 사람이 아래층에서 기다리고 있다고 가르쳐주러 왔다. 요지로는 바로 내려갔다.

요지로는 그대로 사라져버리고 말았다. 아무리 붙잡으려 해도 잡지 않았다. 어쩔 수 없었기에 산시로는 강의를 열심히 필기했다. 강의가 끝난 뒤, 어젯밤의 약속대로 히로타 선생 집에 들렀다. 여전히 조용했다. 선생은 거실에 길게 누워 있었다. 할머니에게

무슨 일이 있으신 거냐고 물었더니, 그건 아닐 겁니다, 어젯밤에 너무 늦으셨기에 졸리시다며 조금 전에 돌아오시자마자 바로 누우신 것이라고 했다. 기다란 몸 위에 작은 이불이 덮여 있었다. 산시로는 조그만 목소리로 다시 할머니에게, 어째서 그렇게 늦어진 거냐고 물었다. 뭐, 늘 늦으시지만 어젯밤에는 공부가 아니라 사사키 씨와 오래도록 이야기를 나누셨다는 대답이었다. 공부가 사사키로 바뀌었다고 해서 낮잠을 자는 것에 대한 설명은 되지 않았으나, 요지로가 어젯밤에 선생에게 예의 이야기를 했다는 사실만은 이것으로 명확해졌다. 말이 나온 김에 요지로가 어떻게 야단을 맞았는지 듣고 싶었으나, 그것은 할머니가 알고 있을 리 없으며 정작 중요한 요지로는 학교에서 놓쳐버리고 말았으니 어쩔 수 없는 일이었다. 활기 넘치는 오늘의 모습을 보니 그리 큰 사건으로는 번지지 않고 마무리 지어진 것이리라. 물론 요지로의 심리 현상은 도저히 산시로로서는 알 수 없는 것이었기에, 실제로 어떤 일이 있었는지는 상상할 수 없었다.

산시로는 기다란 화로 앞에 앉았다. 철주전자가 달그락거리고 있었다. 할머니는 자리에서 물러나 하녀의 방으로 돌아갔다. 산시로는 책상다리를 하고 앉아 철주전자에 손을 녹이며 선생이 일어나기를 기다렸다. 선생은 깊이 잠들었다. 산시로는 고즈넉하고 좋은 기분이 들었다. 손톱으로 철주전자를 두드려보았다. 뜨거운 물을 사발에 따라 후후 불어가며 마셨다. 선생은 반대편을 향해 자고 있었다. 이삼일 전에 머리를 깎은 듯, 머리카락이 매우 짧았다. 수염 끝이 짙게 나 있었다. 코도 반대편을 향해 있었다. 콧구멍에서

새근새근 소리가 났다. 편안한 잠이었다.

산시로는 돌려주기 위해 가져온 『하이드리오타피아』를 꺼내 읽기 시작했다. 군데군데 건너뛰며 읽었다. 좀처럼 이해할 수가 없었다. 무덤 속에 꽃을 던져넣는 일이 적혀 있었다. 로마/羅馬/인은 장미를 어펙트(affect)한다고 적혀 있었다. 무슨 의미인지 잘 모르겠으나 대충 즐겨 사용했다고 번역하면 되겠지, 라고 생각했다. 그리스인은 아마란스(Amaranth)를 사용한다고 적혀 있었다. 이것도 명확하지는 않았다. 하지만 꽃의 이름임에는 틀림없었다. 거기서 조금 앞으로 나아가자 전혀 알 수가 없었다. 페이지에서 눈을 떼어 선생을 보았다. 아직 자고 있었다. 어째서 이렇게 어려운 책을 자신에게 빌려준 걸까 싶었다. 그리고 이 어려운 책이, 이해하지도 못하는데 어째서 자신의 흥미를 끄는 걸까 생각했다. 마지막으로 히로타 선생은 필경 하이드리오타피아라고 생각했다.

그러자 히로타 선생이 홀연 잠에서 깼다. 고개만을 들어 산시로를 보았다.

"언제 왔는가?"라고 물었다. 산시로는 조금 더 주무시라고 권했다. 실제로 따분하지 않았던 것이다. 선생은,

"아니, 일어나야지."라고 말하고 일어났다. 그런 다음 언제나처럼 철학의 연기를 뿜기 시작했다. 말이 없는 사이에 연기가 막대기가 되어 나왔다.

"감사합니다. 책을 돌려드리겠습니다."

"아아. ㅡ읽었는가?"

"읽었습니다만 잘 모르겠습니다. 무엇보다 제목을 모르겠습니다."

"하이드리오타피아."

"무슨 뜻입니까?"

"무슨 뜻인지는 나도 모르겠네. 어쨌든 그리스어인 듯하네."

산시로는 더 물어볼 용기가 달아나버리고 말았다. 선생은 하품을 한 번 했다.

"정말 졸렸어. 기분 좋게 잘 잤네. 재미있는 꿈도 꾸고."

선생은 여자의 꿈이라고 말했다. 그 이야기를 하려나 싶었는데 목욕탕에 가지 않겠느냐고 말을 꺼냈다. 두 사람은 수건을 들고 나섰다.

탕에서 나온 두 사람은 탈의실에 놓여 있는 기계 위에 올라

키를 재보았다. 히로타 선생은 5자 6치(168㎝)였다. 산시로는 4치 반(162.5㎝)밖에 되지 않았다.

"더 자랄지도 모르네."라고 히로타 선생이 산시로에게 말했다.

"이젠 틀렸습니다. 3년 내내 그대로이니."라고 산시로가 대답했다.

"그럴까?"라고 선생이 말했다. 자신을 아주 어린애로 알고 있는 것이라고 산시로는 생각했다. 집으로 돌아오자 선생이 다른 볼일이 없으면 이야기를 나누다가도 상관없다며 서재의 문을 열고 자신이 먼저 들어갔다. 산시로는 어쨌든 예의 용건을 마무리 지을 의무가 있었기에 뒤따라 들어갔다.

"사사키는, 아직 돌아오지 않은 모양입니다."

"오늘은 늦는다고 미리 말하고 나갔네. 얼마 전부터 연예회 때문에 상당히 바쁜 모양이네만, 오지랖이 넓은 건지 돌아다니기를 좋아하는 건지, 전혀 알 수가 없는 사람일세."

"친절한 겁니다."

"목적만은 친절한 구석도 조금은 있네만, 워낙 머리가 매우 불친절하게 생겨먹어서 이렇다 할 일은 하지 못한다네. 얼핏 보기에는 요령이 있어 보여. 오히려 너무 요령이 있어. 하지만 끝에 이르러서는 무엇 때문에 요령 있게 행동한 건지 완전히 엉망진창이 되어버리네. 아무리 말해도 고치지 않기에 그냥 내버려두고 있네. 그 아이는 장난을 치기 위해서 세상에 태어난 사람일세."

산시로는 어떻게든 변호의 길이 있을 듯 여겨졌으나, 실제로 좋지 않은 결과의 실례가 있었기에 어쩔 수가 없었다. 화제를 바꾸었다.

"그 신문 기사를 보셨습니까?"

"응, 봤네."

"신문에 날 때까지 조금도 모르고 계셨습니까?"

"몰랐네."

"놀라셨죠?"

"놀랐냐고? —그야 아주 놀라지 않은 것도 아니지. 하지만 세상일은 전부 그런 식이라고 생각하고 있기에 젊은 사람만큼 정직하게 놀라지는 않네."

"난감하시죠?"

"난감하지 않은 건 아닐세. 하지만 나만큼 세상을 오래 살아온 연배들이라면 그 기사를 보고 바로 사실이라고 착각하는 사람들만 있는 것도 아니니, 역시 젊은 사람만큼 정직하게 난감하다고는 느끼지 않네. 요지로는 사원 가운데 아는 사람이 있으니 그 사람에게 부탁하여 진상을 써달라고 하겠다는 둥, 그 투서가 어디서 나온 것인지를 찾아내 제재를 가하겠다는 둥, 자신의 잡지에서 충분하게 반박하겠다는 둥, 선후책[先後策]을 강구할 생각으로 여러 가지 하찮은 일들을 이야기했지만, 그런 수고를 할 바에는 애초부터 쓸데없는 짓을 하지 않는 편이 얼마나 좋을지 모르겠네."

"전부 선생님을 위하는 마음이 있었기 때문입니다. 나쁜 마음은 없었습니다."

"나쁜 마음으로 그랬다면 참을 수 없었겠지. 무엇보다 나를 위해서 운동을 하겠다는 사람이 말일세, 나의 의향도 묻지 않은 채 멋대로 방법을 강구하기도 하고, 멋대로 방침을 정한다면 애초부터 나의 존재를 우롱하고 있는 것과 다를 바 없지 않겠는가? 존재를 무시당하고 있는 편이 체면을 유지하는 데 얼마나 형편이 좋은지 모르겠네."

산시로는 하는 수 없이 입을 다물었다.

"그리고 위대한 어둠 같은 어리석기 짝이 없는 것을 써서. ―신문에는 자네가 쓴 것이라고 되어 있지만 실제로는 사사키가 쓴 것이라고?"

"그렇습니다."

"어젯밤에 사사키가 자백했어. 자네야말로 난감하겠군. 그런 한심한 글은 사사키가 아니면 쓸 사람이 없을 걸세. 나도 읽어봤네. 실질도 없고 품위도 없어서 마치 구세군의 큰북 같은 것이야. 독자의 악감정을 불러일으키기 위해서 쓴 것이라고밖에 여겨지지 않아. 철두철미하게 고의만으로 이루어져 있어. 상식을 갖춘 사람이 보기에는, 아무래도 목적이 있어서 기고한 것이라고 판정할 수밖에 없어. 그래서는 내가 문하생에게 시켜서 쓰게 한 것이라는 말을 듣는 것도 당연하지. 그것을 읽은 순간, 그래 신문의 기사도 지당한 것이군, 이라고 생각했네."

히로타 선생은 여기서 말을 끊었다. 언제나처럼 코로 연기를 뿜었다. 요지로는 이 연기를 뿜는 모습으로 선생의 기분을 엿볼 수 있다고 말했다. 짙게 똑바로 뿜어져 나오면 철학의 최고조에 달한 순간이고, 느슨하게 무너질 때는 심기 평온, 경우에 따라서는 놀림을 당할 우려가 있다. 연기가 코 아래에서 저회하며 수염에 미련이 있는 듯 보일 때는 명상에 들어가 있거나, 혹은 시적 감흥이 있다는 것. 가장 두려워해야 할 것은 구멍 앞에서의 소용돌이다. 소용돌이가 생기면 크게 야단을 맞는다. 요지로의 말이니 산시로는 물론 믿지 않았다. 그러나 마침 좋은 기회였기에 주의해서 연기의 모습을 바라보았다. 하지만 요지로가 말한 것 같은 분명한 연기는 조금도 나오지 않았다. 그 대신 나오는 것은 모두 어느 정도 자격을 갖추고 있었다.

　산시로가 언제까지고 죄송하게 됐다는 듯 얌전히 있었기에 선생이 다시 이야기를 시작했다.

　"지난 얘기는 이제 그만두기로 하세. 사사키도 어젯밤에 전부 사과를 해버렸으니 오늘쯤은 다시 쌩쌩해져서 평소와 다름없이 팔팔하게 돌아다니고 있을 거야. 뒤에서 아무리 분별없다고 야단을 쳐봐야 본인이 아무렇지도 않게 표 같은 걸 팔며 돌아다녀서야 소용없는 일일세. 그보다 더 재미있는 이야기를 하세."

　"네."

　"내가 조금 전에 낮잠을 자고 있을 때, 재미있는 꿈을 꾸었다네. 그건 내가 평생에 딱 한 번 보았던 여자를 꿈속에서 갑자기 재회했다는 소설 같은 이야기인데, 그 이야기가 신문 기사보다 듣기에도

유쾌할 거야."

"네. 어떤 여자입니까?"

"열두어 살쯤의 아름다운 여자야. 얼굴에 점이 있어."

산시로는 열두엇쯤이라는 말을 듣고 조금 실망했다.

"언제쯤 보셨었습니까?"

"20년쯤 전."

산시로는 다시 놀랐다.

"그 여자라는 사실을 잘도 아셨네요."

"꿈이잖나. 꿈이기에 알 수 있었던 거야. 그리고 꿈이기에 신비해서 좋아. 내가 어떤 숲 속을 걷고 있었네. 그 색이 바랜 여름 양복을 입고, 그 낡은 모자를 쓰고 말이지. ―그래 맞아, 그때는 어떤 까다로운 일을 생각하고 있었어. 모든 우주의 법칙은 변함이 없지만, 법칙의 지배를 받고 있는 우주의 모든 것들은 반드시 변해. 그렇다면 그 법칙은 사물 밖에 존재하지 않으면 안 돼 ―꿈에서 깨고 나니 별 것도 아니지만, 꿈속이었기에 진지하게 그런 생각을 하며 숲 속을 지나다 갑자기 그 여자를 만났다네. 길에서 우연히 마주친 게 아니었어. 상대방은 가만히 서 있었어. 바라보니 예전 그대로의 얼굴을 하고 있었어. 예전 그대로의 옷을 입고 있었어. 머리 모양도 옛날의 머리 모양이었어. 점도 물론 있었어. 즉, 20년 전에 봤을 때와 조금도 변하지 않은 열두어 살의 여자였어. 내가 그 여자에게 당신은 조금도 변하지 않았다고 말했더니, 그 여자는 내게 나이를 아주 많이 드셨다고 말했어. 다음으로 내가 당신은 어떻게 해서 그렇게 변하지 않은 채로 있는 거냐고 물었더니, 이 얼굴의 해, 이 복장의 달, 이 머리의 날이 가장 좋기에 이렇게 있는 거라고 말했어. 그건 언제냐고 물었더니, 20년 전에 당신을 뵈었을 때라고 말했어. 그렇다면 나는 어째서 이렇게 나이를 먹은 걸까 스스로 이상해하고 있자 여자가, 당신은 그때보다 훨씬 더 아름다운 쪽으로, 아름다운 쪽으로 가고 싶어 하시기 때문이라고 가르쳐주었어. 그때 내가 여자에게 당신은 그림이라고 말하자, 여자는 내게 당신은 시라고 말했어."

"그 다음은 어떻게 되었습니까?"라고 산시로가 물었다.

"그 다음, 자네가 왔다네."라고 말했다.

"20년 전에 보았다는 건 꿈이 아니라, 진짜 사실입니까?"

"진짜 사실이라 재미있는 걸세."

"어디서 보셨습니까?"

선생의 코가 다시 연기를 내뿜었다. 그 연기를 바라보며 한동안 말이 없었다. 잠시 후, 이렇게 말했다.

"헌법 발포는 1889년이었지? 그때 모리[107] 문부장관이 살해당했어. 자네는 기억하고 있지 못할 걸세. 자네는 몇 살이지? 그런가? 그렇다면 그때는 아직 갓난아기 때였군. 나는 고등학교 학생이었어.

---

107) 모리 아리노리(森 有礼, 1847~1889). 정치가. 1885년에 이토 히로부미 내각의 문부장관으로 취임, 학교교육제도의 개혁을 추진했다. 서구화 정책 추진자로 지목되어 헌법 발포 축하식전으로 가는 길에 사살당했다.

장관의 장례식에 참석하기 위해서라며 여럿이서 총을 메고 나섰어. 묘지로 가는구나 싶었는데 그게 아니었어. 체육교사가 다케바시우치(竹橋内)로 끌고 가서 길가에 정렬시켰어. 우리는 거기에 서서 장관의 관을 배웅하기로 되어 있었던 거야. 명목상으로는 배웅이었지만, 사실은 구경을 한 것이나 다를 바 없었어. 그날은 추운 날이었기에 지금도 기억하고 있어. 움직이지 않고 서 있으면 구두 안에서 발이 아파왔어. 옆에 있던 남자가 내 코를 보며 빨갛다고 거듭 말했어. 마침내 행렬이 왔어. 참으로 긴 것이었어. 추운 눈앞을 조용한 마차와 인력거가 몇 대고 지나갔어. 그 가운데 지금 이야기했던 조그만 아가씨가 있었어. 지금 그때의 모습을 떠올려보려 해도 흐릿해서 명료하게 떠오르지 않아. 단, 이 여자만은 기억하고 있어. 그것도 해가 지남에 따라서 점점 흐려지기 시작했어. 지금은 생각이 나는 적도 거의 없어. 오늘 꿈을 꾸기 전까지는 까맣게 잊고 있었어. 하지만 그 당시에는 머릿속에 낙인을 찍은 것처럼 뜨거운 인상을 가지고 있었어. ─묘한 일이야."

"이후로 그 여자는 한 번도 보지 못하셨습니까?"

"한 번도 보지 못했어."

"그럼, 어디의 누구인지 전혀 모르십니까?"

"물론 모르지."

"알아보지 않으셨습니까?"

"응."

"선생님은 그래서……"라고 말하다 갑자기 가슴이 미어졌다.

"그래서?"

"그래서 결혼하지 않으시는 겁니까?"

선생은 웃음을 터뜨렸다.

"그 정도로 로맨틱한 사람은 아닐세. 나는 자네보다 훨씬 더 산문적으로 생겨먹었어."

"하지만 그 여자가 만약 왔다면 맞아들이셨겠지요?"

"글쎄."라고 한 번 생각한 뒤, "맞아들였겠지."라고 말했다. 산시로는 안쓰럽다는 듯한 얼굴을 했다. 그러자 선생이 다시 말하기 시작했다.

"그 때문에 어쩔 수 없이 독신으로 있는 거라면 나는 그 여자 때문에 불구가 된 것이나 마찬가지야. 그런데 사람 중에는 선천적으로 결혼할 수 없는 불구도 있어. 그 외에도 여러 가지로 결혼하기 어려운 사정을 가진 사람도 있어."

"결혼을 방해하는 사정이 이 세상에 그렇게 많이 있을까요?"

선생은 연기 사이로 산시로를 가만히 바라보았다.

"햄릿은 결혼하고 싶지 않았을 거야. 햄릿은 한 사람밖에 없을지도 모르겠지만, 그와 비슷한 사람은 아주 많아."

"예를 들자면 어떤 사람입니까?"

"예를 들자면."이라고 말하고 선생은 입을 다물었다. 연기가 자꾸만 나왔다. "예를 들어, 여기에 한 남자가 있네. 아버지는 일찍 돌아가셨고 어머니 한 사람만을 의지하여 자랐다고 치세. 그 어머니 역시 병에 걸려서 마침내 숨을 거두셨다고 하세. 돌아가시기 직전에, 내가 죽으면 누구의 보살핌을 받으라고 하셨다네. 아이는 본 적도 없고 알지도 못하는 사람을 지명하셨어. 이유를 물었으나 어머니는 아무런 대답도 하지 않으셔. 억지로 물어보았더니 사실은 그 사람이 너의 진짜 아버지라고 가느다란 목소리로 말하셨어. ―이건 그냥 지어낸 이야기지만, 그런 어머니를 가진 아이가 있다고 하세. 그렇다면 그 아이가 결혼을 믿지 못하게 되는 것도 당연한 일 아니겠나?"

"그런 사람은 흔하지 않을 겁니다."

"흔하지는 않다 하더라도 있기는 있을 걸세."

"하지만 선생님은, 그런 사람이 아니지 않습니까?"

선생은 하하하하 웃었다.

"자네는 틀림없이 어머님이 계셨지?"

"네."

"아버님은?"

"돌아가셨습니다."

"우리 어머니는 헌법 발포 이듬해에 돌아가셨다네."

12

　연예회는 비교적 추울 때에 열렸다. 한 해도 마침내 얼마 남지 않았다. 사람들은 채 20일도 남지 않은 눈앞에 봄을 두고 있었다. 시정에서 살고 있는 자들은 분주해지려 하고 있었다. 해를 넘기기 위한 계략이 가난한 사람들의 머리 위로 내려앉았다. 연예회는 그러한 가운데서 모든 한가로운 사람과, 여유 있는 사람과, 봄과 연말의 차이를 알지 못하는 사람들을 맞이했다.

　그런 사람들은 얼마든지 있었다. 대부분은 젊은 남녀였다. 첫째 날에 요지로가 산시로를 향해서 대성공이라고 외쳤다. 산시로는 이틀째의 표를 가지고 있었다. 요지로가 히로타 선생님을 모시고 가라고 했다. 표가 다르지 않냐고 물었더니, 물론 다르다고 했다. 하지만 혼자 내버려두면 결코 갈 생각을 하지 않을 테니 네가 들러서 끌어내야 한다고 이유를 설명해주었다. 산시로는 승낙했다.

　저녁에 가보니 선생은 밝은 램프 아래에 커다란 책을 펼쳐놓고 있었다.

　"가시지 않으시겠습니까?"라고 물었더니 선생은 조그맣게 웃으며 말없이 머리를 옆으로 흔들었다. 어린아이 같은 태도였다. 그러나 산시로에게는 그것이 학자답게 여겨졌다. 말을 하지 않은 점이 깊이가 있게 느껴진 것이리라. 산시로는 엉거주춤한 자세로 멍하니 있었다. 선생은 거절한 것이 안쓰러워졌다.

"자네가 간다면 같이 나가기로 하세. 나도 산책 삼아서 저기까지 갈 테니."

선생은 검은 망토를 입고 나섰다. 손을 품속에 넣고 있는 듯했으나 알 수는 없었다. 하늘이 낮게 드리워져 있었다. 별이 보이지 않는 추위였다.

"비가 내릴지도 모르겠군."

"비가 내려서는 곤란할 겁니다."

"드나들기가 말이지. 일본의 소극장은 신발을 벗어야 해서 날씨가 좋은 날에도 아주 불편해. 게다가 소극장 안은 통풍이 되지 않아 담배연기가 자욱해서 머리가 아파. ─그런데도 모두들 잘도 참아."

"그렇기는 하지만, 그렇다고 실외에서 할 수도 없는 일 아닙니까?"

"오카구라[108]는 늘 밖에서 하네. 추울 때도 밖에서 해."

산시로는, 이건 논의가 되지 않을 거라 생각했기에 대답을 보류해 버렸다.

"나는 실외가 좋아. 덥지도 춥지도 않은 깨끗한 하늘 아래서 아름다운 공기를 호흡하며 아름다운 연극을 보고 싶어. 투명한 공기처럼 순수하고 간결한 연극을 할 수 있을 법도 한데."

"선생님이 꾸셨다던 꿈이라도 연극으로 만들면 그런 작품이

---

[108] 御神楽. 황실과 관계가 있는 신사에서 신에게 제사를 지낼 때 연주하는 무악.

될 겁니다."

"자네, 그리스의 연극을 알고 있는가?"

"잘 모릅니다. 아마 실외에서 했었지요?"

"실외. 한낮 틀림없이 기분이 좋았을 거야. 자리는 천연의 돌이야. 당당해. 요지로 같은 사람을 그런 곳으로 데려가서 조금 보여주면 좋을 거야."

또 요지로에 대한 험담이 시작됐다. 그 요지로는 지금쯤 갑갑한 회장 안에서 열심히 뛰어다니며, 또 일을 도우며 자랑스러워하고 있을 테니 그것이 재미있었다. 만약 선생을 데리고 가지 못하면, 선생님은 역시 오지 않으셨군. 가끔은 이런 곳에 와서 보는 게 선생님을 위해서 얼마나 좋을지 모를 정도인데, 내가 아무리 말해도 듣지 않으시니 골칫거리야, 라고 탄식할 것이 뻔하니 더욱 재미있었다.

선생은 그런 다음 그리스 극장의 구조를 자세히 들려주었다. 산시로는 이때 선생으로부터 테아트론(Theatron관람석), 오케스트라(Orchêstra합창단석), 스케네(Skênê대기실 혹은 무대), 프로스케니온(Proskênion무대) 등의 단어에 대한 설명을 들었다. 아무개라고 하는 독일인의 설에 의하면 아테네/亞典/의 극장은 1만 7천 명을 수용할 수 있는 관람석이 있었다는 말도 들었다. 그건 작은 축이었다. 가장 큰 것은 5만 명을 수용할 수 있었다는 말까지 들었다. 입장권은 상아와 납 2종류가 있었는데, 모두 메달/賞牌/처럼 생겼고 겉에 무늬가 돋을새김 되어 있거나 조각이 새겨져 있었다는 말도 들었다. 선생은 그 입장권의 값까지 알고 있었다. 하루짜리 짧은 연극은

12센이고, 사흘 연속으로 공연하는 긴 연극은 30센이었다고 했다. 산시로가 아하, 아하, 하고 있는 사이에 연예회장 앞까지 왔다.

전등이 환하게 밝혀져 있었다. 입장자가 속속 몰려들었다. 요지로가 말한 것 이상으로 활기 넘쳤다.

"어떠십니까? 이왕 오신 김에 들어가시지 않으시겠습니까?"

"아니 안 들어갈 거야."

선생은 다시 어두운 쪽으로 갔다.

산시로는 한동안 선생의 뒷모습을 지켜보고 있었는데, 뒤에서부터 인력거를 타고 온 사람이 신발의 번호표를 받는 시간조차 아깝다는 듯 서둘러 들어가는 것을 보고는 자신도 서둘러 입장했다. 앞으로 떠밀린 것이나 다를 바 없는 일이었다.

입구에 네다섯 명, 한가로이 서 있는 사람들이 있었다. 그 가운데 하카마를 입은 사내가 입장권을 받았다. 그 사내의 어깨 너머로 장내를 들여다보니, 안은 갑자기 넓어져 있었다. 그리고 매우 밝았다. 산시로는 눈썹에 손을 댈 듯이 하며 안내받은 자리에 앉았다. 좁은 곳으로 헤집고 들어가면서 사방을 둘러보니 사람들이 지니고 온 색들로 눈이 가물가물했다. 자신의 눈을 움직이고 있기 때문만은 아니었다. 무수한 사람들에게 부착된 색이 널따란 공간에서 끊임없이 각자, 그리고 제멋대로 움직이고 있기 때문이었다.

무대에서는 벌써 공연이 시작되었다. 등장한 인물 모두가 관을 쓰고 구쓰[109]를 신고 있었다. 그곳으로 기다란 가마를 짊어지고

---

109) 沓. 옛날에 귀인들이 신던 일본 전통의 신.

왔다. 그것을 무대 한가운데서 세운 사람이 있었다. 가마를 내리자 안에서 또 한 사람이 나왔다. 그 사내가 칼을 뽑아 가마를 찌른 자와 칼싸움을 시작했다. ―산시로는 무슨 내용인지 전혀 알 수 없었다. 물론 요지로에게서 줄거리를 들은 적은 있었다. 하지만 제대로 듣지 않았다. 보면 알 것이라고 생각하여 응, 그래, 라고만 하고 있었다. 그런데 보아도 그 의미를 추호도 알 수 없었다. 산시로 의 기억 속에는 단지 이루카110) 대신이라는 이름만이 남아 있을 뿐이었다. 산시로는 누가 이루카일까 생각했다. 그건 도무지 짐작이 가지 않았다. 그랬기에 무대 전체를 이루카라고 생각하고 바라보았 다. 그러자 관도, 신발도, 통소매 옷도, 사용하는 말도 어딘가 이루카

---

110) 소가노 이루카(曽我 入鹿, ?~645). 조정의 신하. 정권을 쥐고 전횡을
    일삼았으나 나카노 오에(中 大兄) 황자와 나카토미노 가마타리(中臣 鎌
    足)에 의해서 살해되었다.

인 양 느껴지기 시작했다. 사실을 말하자면 산시로에게는 이루카에 대한 확연한 관념이 없었다. 일본 역사를 배운 것이 너무 먼 과거였기에, 옛날 사람인 이루카에 대해서도 어느덧 잊고 말았다. 스이코(推古) 천황 시절(593~628)인 것 같기도 했다. 긴메이(欽明) 천황 시대(539~571)여도 상관없을 듯한 기분이 들었다. 오진(応神) 천황(390~430)이나 쇼무(聖武) 천황(724~749)은 결코 아닐 것이라고 생각했다. 산시로는 단지 이루카인 듯한 마음을 가지고 있을 뿐이었다. 연극을 보는 데는 그거면 충분하다고 생각하며 중국풍의 옷차림과 배경을 바라보았다. 그러나 줄거리는 조금도 알 수가 없었다. 그러는 사이에 막이 내렸다.

막이 내리기 조금 전에 옆의 사내가 다시 그 옆의 사내에게, 등장인물의 목소리가 6첩 방에서 아버지와 아들이 마주보고 담화를 나누는 것 같다. 훈련이 전혀 되어 있지 않다고 비난했다. 그 옆의 사내는 등장인물이 차분하지 못하다. 전부 맥아리가 없다고 호소했다. 두 사람은 등장인물의 본명을 전부 외우고 있었다. 산시로는 귀를 기울여 두 사람의 이야기를 들었다. 둘 모두 멋진 차림을 하고 있었다. 아마도 유명한 사람일 것이라고 생각했다. 그러나 만약 요지로에게 이 이야기를 들려준다면 틀림없이 반대할 것이라고 생각했다. 그때 뒤쪽에서 잘한다, 잘해, 제법 잘해, 라고 커다란 목소리로 말한 사람이 있었다. 옆의 사내는 둘 모두 뒤를 돌아보았다. 그것으로 이야기를 멈춰버렸다. 그때 막이 내렸다.

여기저기서 일어서는 사람들이 있었다. 하나미치111)에서부터 출구에 걸쳐 사람들의 모습이 매우 분주했다. 산시로는 엉거주춤한 자세로 일어나 사방을 빙글 둘러보았다. 와 있어야 할 사람은 어디에서도 보이지 않았다. 사실을 말하자면 연예 중에도 가능한 한은 신경을 썼었다. 그것으로는 알 수 없었기에 막이 내리면 하고 내심 기대하고 있었던 것이다. 산시로는 조금 실망했다. 어쩔 수 없이 눈을 정면으로 돌렸다.

옆의 사람들은 상당히 발이 넓은 사내들인 듯, 좌우를 보며 여기에는 누가 있다, 저기에는 누가 있다며 유명한 사람들의 이름을 자꾸만 입에 담았다. 개중에는 떨어진 채 서로 인사를 한 사람도 한두 명 있었다. 산시로는 덕분에 이들 유명한 사람들의 아내를 조금 기억했다. 그 가운데는 이제 막 결혼한 사람도 있었다. 그 신혼은 옆에 있던 한 사람에게도 신기했는지 그 사내는 일부러 안경을 닦고 오호, 그렇군 하며 보았다.

그때 막이 드리워진 무대 앞을 맞은편 끝에서부터 이쪽을 향해 종종걸음으로 요지로가 달려왔다. 3분의 2쯤 되는 곳에서 멈춰 섰다. 약간 엉거주춤한 자세가 되더니 도마[112] 안을 들여다보며 무엇인가를 이야기했다. 산시로는 그 방향을 어림하여 시선을 가져 갔다. ─무대 끝에 서 있는 요지로에서부터 일직선으로 두어 간 (3.6~5.4m) 떨어져서 미네코의 옆얼굴이 보였다.

그 옆에 있는 남자는 등을 산시로에게로 향하고 있었다. 산시로는 마음속으로 그 남자가 어떤 계기로 어찌어찌해서 이쪽으로 돌아봐 주기를 바랐다. 맞춤하게도 그 남자가 자리에서 일어났다. 앉아

---

111) 花道. 관람석을 가로질러 만든 배우들의 통로.
112) 土間. 무대 정면 바닥에 바둑판 모양으로 칸을 지른 관람석.

있기가 힘들었는지 네모난 칸막이에 걸터앉아 장내를 둘러보기 시작했다. 그때 산시로는 분명하게 노노미야 씨의 넓은 이마와 커다란 눈을 알아볼 수 있었다. 노노미야 씨가 일어서자 동시에 미네코 뒤쪽에 있던 요시코의 모습도 보였다. 산시로는 이 세 사람 외에도 같이 온 사람이 더 있지는 않은지 확인하려 했다. 하지만 멀리서 바라보면 그저 사람들이 빼곡하게 들어차 있을 뿐이어서 같이 온 사람이라고 하면, 도마 전체가 같이 온 사람처럼 보이기까지 했기에 알아볼 수가 없었다. 미네코와 요지로 사이에서는 드문드문 대화가 오가고 있는 듯했다. 노노미야 씨도 이따금 말을 섞고 있는 듯했다.

그런데 갑자기 하라구치 씨가 막 사이에서 모습을 드러냈다. 요지로와 나란히 서서 도마 안을 열심히 들여다보았다. 입은 물론 움직이고 있는 것이리라. 노노미야 씨가 신호라도 보내듯 고개를 위아래로 흔들었다. 그때 하라구치 씨가 뒤에서 손바닥으로 요지로의 등을 두드렸다. 요지로는 휙 자리를 바꾸더니 막의 자락 밑으로 해서 어딘가로 사라져버렸다. 하라구치 씨는 무대에서 내려와 사람과 사람 사이를 따라가서 노노미야 씨 옆까지 갔다. 노노미야 씨는 몸을 일으켜 하라구치 씨를 지나가게 했다. 하라구치 씨는 사람들 속에 완전히 묻혀버리고 말았다. 미네코와 요시코가 있는 곳쯤에서 보이지 않게 되었다.

이 사람들의 일거수일투족을 연예 이상으로 흥미를 가지고 지켜보고 있던 산시로는, 이때 갑자기 하라구치식의 행동이 부럽게 느껴졌다. 저와 같은 편리한 방법으로 사람 곁에 다가갈 수 있을 줄은 추호도 생각지 못했었다. 나도 한번 흉내를 내볼까 생각했다. 그러나 흉내라는 자각이 이미 실행할 용기를 꺾어놓았을 뿐만 아니라, 아무리 사이를 좁혀도 더 들어갈 자리를 만들기는 어려우리라 삼가는 마음이 더해져 산시로의 엉덩이는 여전히 원래의 자리를 떠나지 못했다.

그러는 사이에 막이 열려 햄릿이 시작되었다. 산시로는 히로타 선생의 집에서 서양의 아무개라고 하는 명배우가 연기한 햄릿의 사진을 본 적이 있었다. 지금 산시로의 눈앞에 나타난 햄릿은 그것과 거의 같은 복장을 하고 있었다. 복장뿐만이 아니었다. 얼굴까지 비슷했다. 양쪽 모두 미간을 찡그리고 있었다.

이 햄릿은 동작이 매우 경쾌해서 기분이 좋아졌다. 무대 위를 크게 움직이고, 또 크게 움직이게 했다. 노[113] 비슷한 이루카와는 분위기가 매우 달랐다. 특히 어떠한 때, 어떠한 경우에 무대 한가운데에 서서 손을 펼쳐 보이기도 하고, 허공을 노려보기도 할 때는 관객의 눈에 다른 것은 무엇 하나 들어올 여지를 주지 않을 만큼 강렬한 자극을 주었다.

그 대신 대사는 일본어였다. 서양어를 일본어로 번역한 일본어였다. 말투에는 억양이 있었다. 리듬도 있었다. 어떤 곳은 너무 능변이다 싶을 만큼 청산유수로 나왔다. 문구도 훌륭했다. 그런데도 마음이 끌리지 않았다. 산시로는 햄릿이 조금 더 일본인처럼 말을 해주었으면 좋겠다고 생각했다. 어머니, 그래서는 아버지께 죄송하지 않겠습

---

113) 能. 일본의 전통 가면극.

니까, 라고 말할 법한 곳에서 뜬금없이 아폴로[114]를 끄집어내 한가로이 말하고 있었다. 그런데 얼굴빛은 모자 모두 울음을 터뜨릴 것만 같았다. 그러나 산시로는 이 모순을 그저 희미하게 느꼈을 뿐이었다. 재미없다고 단정 지을 만큼의 용기는 결코 나지 않았다.

그랬기에 햄릿이 따분해지면 미네코 쪽을 보았다. 미네코가 사람의 모습에 가려 보이지 않게 되면 햄릿을 보았다.

햄릿이 오필리아에게 수녀원으로 가라, 수녀원으로 가라고 말하는 부분에 이르렀을 때, 산시로는 문득 히로타 선생이 떠올랐다. 히로타 선생은 말했었다. ―햄릿 같은 사람이 결혼을 할 수 있겠는가. ―과연 책으로 읽으면 그럴 것 같았다. 하지만 연극에서는 결혼을 해도 괜찮을 듯했다. 가만히 생각해보니 수녀원으로 가라는 대사를 제대로 표현하지 못했기 때문인 듯했다. 그 증거로, 수녀원으로 가라는 말을 들은 오필리아가 조금도 가엾게 여겨지지 않았다.

막이 다시 내렸다. 미네코와 요시코가 자리에서 일어났다. 산시로도 뒤이어 일어났다. 복도까지 나가보니 두 사람은 복도 가운데쯤에서 남자와 이야기를 나누고 있었다. 남자는 복도에서 출입이 가능한 왼쪽 자리의 문으로 몸을 반쯤 내밀고 있었다. 남자의 옆얼굴을 본 순간, 산시로는 뒤로 돌아섰다. 자리로 되돌아가지 않고 맡겨둔 신발을 받아 밖으로 나갔다.

원래는 어두운 밤이었다. 사람의 힘으로 밝게 만든 곳을 지나치자 비가 떨어지고 있는 것처럼 여겨졌다. 바람이 가지를 울렸다. 산시로

---

114) Apollo. 그리스 신화 속 태양, 시가, 음악 등의 신. 제3막 제1장에서 햄릿이 어머니의 불의를 탓하는 대사 속에 나온다.

는 서둘러 하숙으로 돌아갔다.

한밤중부터 비가 내리기 시작했다. 산시로는 잠자리 속에서 빗소리를 들으며 수녀원으로 가라는 한 구절을 기둥으로 하여 그 주위를 빙글빙글 저회했다. 히로타 선생도 깨어 있을지 몰랐다. 선생은 어떤 기둥을 끌어안고 있을까? 요지로는 틀림없이 위대한 어둠 속에 정신없이 묻혀 있으리라. ……

이튿날에는 열이 약간 났다. 머리가 무거웠기에 누워 있었다. 점심은 이부자리 위에 일어나 앉아 먹었다. 다시 한잠 들었는데 이번에는 땀이 났다. 머리가 멍해졌다. 그때 요지로가 기세 좋게 들어왔다. 어젯밤에도 보이지 않았고, 오늘 아침에도 강의에 들어오지 않은 듯하기에 어떻게 된 일일까 싶어 찾아왔다는 것이었다. 산시로는 고맙다고 말했다.

"아니야, 어젯밤에는 갔었어. 갔었어. 네가 무대 위로 나와서 미네코 씨와 멀리서 이야기를 나누었던 것도 전부 알고 있어."

산시로는 약간 취한 듯한 기분이었다. 말을 하기 시작하자 술술 나왔다. 요지로가 손을 내밀어 산시로의 이마를 짚었다.

"열이 꽤 있는데. 약을 먹지 않으면 안 돼. 감기에 걸린 거야."

"연예장은 너무 덥고 너무 밝은데, 거기에 있다가 밖으로 나왔더니 갑자기 너무 춥고 너무 어두워서 그래. 그건 좋지 않아."

"좋지 않아도 어쩔 수가 없잖아."

"어쩔 수가 없다 해도 좋지 않아."

산시로의 말은 점점 짧아졌다. 요지로가 적당히 상대하고 있는 사이에 새근새근 잠들어버렸다. 1시간쯤 지나서 다시 눈을 떴다.

요지로를 보고,

"이봐, 거기에 있는 거야?"라고 말했다. 이번에는 평소의 산시로
같았다. 몸은 좀 괜찮냐고 물었더니 머리가 무겁다고 대답했을
뿐이었다.

"감기겠지?"

"감기겠지."

양쪽에서 같은 말을 했다. 잠시 후, 산시로가 요지로에게 물었다.

"이봐, 얼마 전에 미네코 씨의 일에 대해서 알고 있느냐고 내게
물었었지?"

"미네코 씨의 일? 어디서?"

"학교에서."

"학교에서? 언제?"

요지로는 아직 생각이 나지 않은 모양이었다. 산시로는 어쩔 수 없이 그 당시의 전후에 있었던 일들을 자세히 설명했다. 요지로는, "그래, 그런 일이 있었을지도 모르겠네."라고 말했다. 산시로는 꽤나 무책임하다고 생각했다. 요지로도 약간 딱하게 여겨졌는지 생각해내려 했다. 잠시 후 이렇게 말했다.

"그럼, 그거 아닐까? 미네코 씨가 시집을 가게 되었다는 얘기 아닐까?"

"결정이 난 거야?"

"결정이 났다고 들은 것 같은데, 잘은 모르겠어."

"노노미야 씨에게 가는 건가?"

"아니, 노노미야 씨가 아니야."

"그럼……"이라고 말했다가 그만두었다.

"너, 알고 있어?"

"몰라."라고 잘라 말했다. 그러자 요지로가 몸을 약간 앞으로 내밀었다.

"도무지 감을 잡을 수가 없어. 이상한 일이 있는데, 조금 더 지나지 않으면 어떻게 될지 짐작도 할 수 없을 거야."

산시로는 그 이상한 일을 바로 이야기하면 좋겠다고 생각했으나 요지로는 태연하기 짝이 없어서, 혼자서만 알고 혼자서만 이상해했다. 산시로는 잠시 참아보았으나 결국은 답답해져서 요지로에게 미네코에 관한 모든 사실을 숨김없이 이야기해달라고 부탁했다. 요지로는 웃기 시작했다. 그러더니 위로를 위해서인지 어떤지는 모르겠으나 엉뚱한 곳으로 화두를 돌려버렸다.

"한심하기는, 그런 여자를 마음에 두다니. 마음에 두어봐야 소용없는 일이야. 무엇보다 너하고 거의 동갑이잖아. 거의 동갑인 남자한테 반하는 건 옛날 얘기야. 채소가게의 오시치[115] 시절의 사랑이야"

산시로는 입을 다물고 있었다. 하지만 요지로가 한 말의 의미는 잘 이해할 수가 없었다.

"왜냐하면, 스물 전후의 동갑내기 남녀 둘을 나란히 놓고 봐봐. 여자 쪽이 만사 한 수 위잖아. 남자는 바보 취급을 당할 뿐이야. 여자 역시 자신이 경멸하는 남자에게 시집갈 마음은 들지 않을 거야. 물론 자신이 세상에서 제일 잘났다고 생각하는 여자는 예외야. 경멸하는 사람에게 시집을 가지 않으면 독신으로 살아갈 수밖에 달리 방법이 없으니까. 부잣집 딸내미 같은 사람 중에 그런 경우가 흔히 있잖아. 자신이 원해서 시집을 갔으면서 남편을 경멸하는 사람이. 미네코 씨는 그것보다 훨씬 더 잘났어. 그 대신 남편으로서 존경할 수 없는 사람에게는 애초부터 시집갈 마음이 없기에 상대가 되는 사람은 그런 마음으로 있지 않으면 안 돼. 그런 점에서 너나 내게 그 여자의 남편이 될 자격은 없어."

---

115) 八百屋 お七. 에도(도쿄) 혼고 고마고메 오이와케에 있던 채소장수 이치자에몬의 딸. 1682년의 화재로 피난했던 단나데라(旦那寺)라는 절의 어린 하인과 정을 통했는데, 집으로 돌아온 이후 집에 다시 불이 나면 연인을 만날 수 있으리라 생각하여 불을 질렀다가 1683년에 처형당했다. 문학, 연극 등으로 각색되었다.

산시로는 마침내 요지로와 같은 취급을 받고 말았다. 그러나 여전히 입을 다물고 있었다.

"그야 물론 너나 나는 그 여자보다 훨씬 잘났어. 이래봬도 서로가 말이야. 하지만 앞으로 5, 6년이 더 지나지 않으면 그 훌륭함이 그 여자의 눈에는 들어오지 않을 거야. 그런데 그 여자에게는 5, 6년 가만히 있을 생각이 없어. 따라서 네가 그 여자와 결혼할 일은 풍마우[116]인 셈이야."

요지로는 풍마우라는 숙어를 묘한 곳에 사용했다. 그리고 혼자서 웃었다.

"괜찮아. 앞으로 5, 6년쯤 지나면 그 여자보다 훨씬 더 좋은 여자가 나타날 거야. 일본은 지금 여자 쪽이 남아돌고 있으니까. 감기 같은 거에 걸려서 열을 내봐야 소용없어. ─괜찮아, 세상은 넓으니까 걱정할 거 없어. 사실은 내게도 여러 가지 일들이 있었지만 내 스스로가 너무 귀찮아져서 볼일 때문에 나가사키로 출장을 가야 한다고 말했어."

"무슨 소리야, 그건?"

"무슨 소리긴, 나와 관계했던 여자 얘기지."

산시로는 놀랐다.

"아니, 여자이긴 한데, 너 같은 사람은 한 번도 가까이 해본 적이 없는 부류의 여자야. 그걸 말이지, 나가사키로 세균 시험을

---

[116] 『사기(史記)』의 풍마우불상급(風馬牛不相及)에서 온 말로, 말이나 소의 암수가 서로 그리워해도 만날 수 없을 만큼 멀리 떨어져 있다는 뜻. 전하여 서로 무관심하다는 뜻.

위해 출장을 가야 하니 당분간은 안 된다며 거절해버렸어. 그런데 그 여자가 사과를 들고 정거장까지 마중을 나오겠다고 해서 나도 할 말을 잃었어."

산시로는 더욱 놀랐다. 놀라며 물었다.

"그래서 어떻게 됐어?"

"어떻게 됐는지는 몰라. 사과를 들고 정거장에서 기다리고 있었겠지."

"가혹한 사람이군. 그런 나쁜 짓을 잘도 하네."

"나쁜 짓에, 가엾은 짓이라는 건 나도 알고 있지만, 어쩔 수가 없었어. 처음부터 점점 거기까지 운명에 이끌려서 간 거니까. 사실은 먼 옛날부터 나는 의과의 학생이 되어 있었으니까 말이지."

"어째서 그런 쓸데없는 거짓말을 한 거지?"

"그건 또 여러 가지로 사정이 있는 일이야. 그런데 여자가 병에 걸렸을 때 진단을 부탁해서 궁지에 몰린 적도 있었어."

산시로는 우스워졌다.

"그때는 혓바닥을 보고, 가슴을 두드린 다음 적당히 둘러댔는데, 요 다음에 병원으로 가서 진찰받고 싶은데 괜찮겠느냐고 물어왔을 때에는 할 말을 잃고 말았어."

산시로는 마침내 웃음을 터뜨렸다. 요지로는,

"그런 일도 많이 있으니 뭐, 안심하는 게 좋을 거야."라고 말했다. 무슨 소리인지는 이해할 수 없었다. 그러나 기분은 좋아졌다.

요지로는 그제야 비로소 미네코에 관한 이상한 일에 대해서 설명했다. 요지로의 말에 의하면, 요시코에게도 혼담이 있다. 그리고 미네코에게도 있다. 그뿐이라면 상관없지만 요시코가 시집을 가는 곳과 미네코가 가는 곳이 같은 사람인 듯하다. 그렇기에 이상한 일이라는 것이었다.

산시로는 약간 놀림을 당하고 있는 듯한 기분이 들었다. 그러나 요시코의 결혼만은 틀림없는 사실이었다. 실제로 자신이 그 이야기를 옆에서 들은 적이 있었다. 어쩌면 그 이야기를 미네코의 것과 헷갈린 것일지도 몰랐다. 그러나 미네코의 결혼도 완전히 거짓말은 아닌 듯했다. 산시로는 분명한 사실을 알고 싶었다. 말이 나온 김에 요지로에게 가르쳐달라고 부탁했다. 요지로는 간단히 승낙했다. 요시코가 문병을 오도록 만들어줄 테니 직접 물어보라는 것이었다. 좋은 방법을 생각해냈다.

"그러니까 약을 먹고 기다리고 있지 않으면 안 돼."

"병이 나아도 누워서 기다리고 있을게."

두 사람은 웃으며 헤어졌다. 돌아가는 길에 요지로가 근처 의사가 와서 봐줄 수 있게 처리를 해주었다.

밤이 되어서 의사가 왔다. 산시로는 스스로 의사를 맞아들인 기억이 없었기에 처음에는 약간 당황했다. 잠시 후, 맥을 짚었기에 마침내 깨달았다. 젊고 정중한 남자였다. 산시로는 의사를 대신해서 진찰을 온 것이라고 판단했다. 5분 뒤, 병은 인플루엔자라고 결정되었다. 오늘 밤에 약을 먹고 가능한 한 바람을 쐬지 않도록 하라고 주의를 주었다.

이튿날 눈을 떠보니 머리가 상당히 가벼워져 있었다. 누워 있으면 거의 평상시 몸에 가까웠다. 단, 이부자리를 떠나면 어질어질했다.

하녀가 들어와 방 안에서 열에 달뜬 냄새가 많이 난다고 했다. 산시로는 밥도 먹지 않고 천장을 바라본 채 똑바로 누워 있었다. 때때로 까무룩 잠이 왔다. 확실히 열과 피로에 사로잡힌 모습이었다. 산시로는 사로잡힌 채로, 거스르지 않고 자다 깨다를 반복하는 사이에 자연에 따르는 일종의 쾌감을 얻었다. 증상이 가볍기 때문이라고 생각했다.

4시간, 5시간 흐르는 동안에 슬슬 따분함을 느끼기 시작했다. 자꾸만 몸을 뒤척였다. 밖은 날씨가 좋았다. 장지에 부딪치는 해가 점차 그림자를 옮겨갔다. 참새가 울었다. 산시로는 오늘도 요지로가 놀러 와주었으면 좋겠다고 생각했다.

그러던 차에 하녀가 장지문을 열더니 여자 손님이 왔다고 말했다. 요시코가 이렇게 빨리 오리라고는 기대하고 있지 않았다. 요지로답게 민첩한 움직임을 보였다. 누운 채 열려 있는 문에 시선을 두고 있자니 곧 커다란 모습이 문지방 위로 나타났다. 오늘은 자줏빛 하카마를 입고 있었다. 발은 양쪽 모두 마루에 있었다. 잠깐 들어오기를 망설이는 듯한 모습이 보였다. 산시로는 이부자리에서 어깨를 들어, "어서 오세요."라고 말했다.

요시코는 장지문을 닫고 머리맡에 앉았다. 6첩 방이 어질러져 있는 데다, 오늘 아침에는 청소를 하지 않았기에 더욱 비좁고 답답했다. 여자가 산시로에게,

"누워 계세요."라고 말했다. 산시로는 머리를 다시 베개에 댔다. 자신만은 평온했다.

"냄새가 나지는 않나요?"라고 물었다.

"네, 조금."이라고 말했으나, 특별히 냄새가 난다는 듯한 얼굴도 하지 않았다. "열이 있으신가요? 무엇일까요, 병은? 의사는 다녀가셨나요?"

"의사는 어젯밤에 왔었습니다. 인플루엔자라고 합니다."

"오늘 아침 일찍 사사키 씨가 오셔서, 오가와가 병에 걸렸으니 문병을 가주세요. 무슨 병인지는 모르겠지만 아무래도 가볍지는 않은 듯하다고 말씀하셨기에 저도 미네코 씨도 깜짝 놀랐어요."

요지로가 또 약간 허풍을 떨었다. 나쁘게 말하자면 요시코를 낚아서 끌어낸 셈이었다. 산시로는 사람이 좋았기에 미안해서 견딜 수가 없었다. "정말 감사합니다."라고 말하고 누워 있었다. 요시코가 보따리 속에서 귤 바구니를 꺼냈다.

"미네코 씨가 주의를 줘서 사왔어요."라고 솔직하게 사실을 말했다. 누구의 선물인지 알 수 없었다. 산시로는 요시코에게 감사의 인사를 해두었다.

"미네코 씨도 올 생각이었지만 요즘 조금 바빠서ㅡ, 말 좀 잘 전해달라고……."

"뭔가 특별히 바쁜 일이 생겼나요?"

"네. 생겼어요."라고 말했다. 크고 검은 눈이 베개를 벤 산시로의 얼굴 위로 떨어져 있었다. 산시로는 아래에서부터 요시코의 창백한 얼굴을 올려다보았다. 이 여자를 병원에서 처음 보았던 옛날이 떠올랐다. 지금도 나른하고 우울하게 보였다. 동시에 쾌활했다. 의지가 될 만한 모든 위로를 산시로의 베개 위로 가지고 왔다.

"귤을 까드릴까요?"

여자가 파란 잎 사이에서 과일을 끄집어냈다. 갈증을 느끼던 사람은, 향기롭게 내뿜는 달콤한 이슬을 한껏 마셨다.

"맛있죠? 미네코 씨의 선물이에요."

"이젠 됐어요."

여자는 소맷자락에서 손수건을 꺼내 손을 닦았다.

"노노미야 씨, 당신의 혼담은 어떻게 되었나요?"

"그때 그대로예요."

"미네코 씨에게도 혼담이 있다고 하던데요."

"네, 벌써 정해졌어요."

"누군가요, 상대는?"

"저를 맞아들이겠다고 했던 분이에요. 호호호, 우습죠? 미네코 씨의 오빠의 친구예요. 저, 가까운 시일 안에 오빠와 다시 집을 얻을 거예요. 미네코 씨가 가버리면 더는 신세를 질 수도 없게 되니까요."

"당신은 시집을 가지 않나요?"

"가고 싶은 곳이 나타나기만 하면 갈 거예요."

여자는 이렇게 내뱉듯 말하고 기분 좋게 웃었다. 아직 가고 싶은 곳이 없는 게 분명했다.

산시로는 그날부터 나흘쯤 병상에서 떠나지 않았다. 닷새째 되는 날 망설이듯 목욕탕으로 가서 거울을 보았다. 망자[亡者]의 상이 있었다. 마음을 먹고 이발소로 갔다. 그 이튿날은 일요일이었다.

아침식사 후 셔츠를 겹쳐 입고 외투를 걸쳐 춥지 않게 한 다음 미네코의 집으로 갔다. 현관에 요시코가 서서 막 섬돌 위로 내려서려던 참이었다. 지금 오빠 집으로 가는 길이라고 했다. 미네코는 없었다. 산시로는 함께 밖으로 나섰다.

"이젠 완전히 괜찮아지셨나요?"

"감사합니다. 이젠 나았습니다. ─사토미 씨는 어디에 갔습니까?"

"오빠?"

"아니요, 미네코 씨요."

"미네코 씨는 처치/會堂_{이하} 교회/."

　미네코가 교회에 다닌다는 말은 처음 들었다. 어디에 있는 교회인지 물은 뒤 산시로는 요시코와 헤어졌다. 골목을 세 번쯤 돌자 바로 앞에 도착했다. 산시로는 예수교/耶蘇教/와 전혀 연이 없는 남자였다. 교회 안은 들여다본 적조차 없었다. 앞에 서서 건물을 바라보았다. 설교에 대한 게시물을 읽었다. 철책이 있는 곳을 오갔다. 어떨 때는 기대어보기도 했다. 산시로는 어쨌든 미네코가 나오기를 기다릴 생각이었다.

　잠시 후, 합창 소리가 들려왔다. 찬송가일 것이라고 생각했다. 굳게 닫힌 높다란 창 안에서의 일이었다. 소리의 크기로 짐작컨대 사람들이 상당히 많은 듯했다. 미네코의 목소리도 그 가운데 있었다. 산시로는 귀를 기울였다. 노래가 그쳤다. 바람이 불었다. 산시로는 외투의 목깃을 세웠다. 하늘에 미네코가 좋아하는 구름이 떠 있었다.

예전에 미네코와 함께 가을 하늘을 본 적도 있었다. 장소는 히로타 선생의 집 2층이었다. 다바타의 시냇가에 앉은 적도 있었다. 그때도 혼자가 아니었다. 스트레이 십/迷羊/. 스트레이 십. 구름이 양의 모습을 하고 있었다.

홀연 교회의 문이 열렸다. 안에서 사람들이 나왔다. 사람들은 천국에서 속세로 돌아왔다. 미네코는 끝에서 네 번째였다. 줄무늬 아즈마코트[117]를 입고 고개를 숙인 채 입구의 계단을 내려왔다. 추운지 어깨를 움츠리고 양 손을 앞에서 모아 가능한 한 외계와의 교섭을 적게 하고 있었다. 미네코는 모든 것에 떳떳하지 못한 이 태도를 문가까지 유지했다. 그때 거리의 분주함을 비로소 깨달은 듯 얼굴을 들었다. 산시로가 벗은 모자의 모습이 여자의 눈에 들어왔다. 두 사람은 설교의 게시물이 있는 곳에서 서로에게 다가섰다.

"어쩐 일이세요?"

"지금 댁까지 잠깐 갔던 참이었습니다."

"그래요? 그럼 오세요."

여자는 반쯤 발걸음을 돌렸다. 여전히 굽이 낮은 나막신을 신고 있었다. 남자는 일부러 교회의 담에 몸을 기댔다.

"여기서 뵈면 그걸로 됐습니다. 당신이 나오기를 기다리고 있었습니다."

"들어가시면 좋을 텐데. 추우셨죠?"

---

117) 吾妻コート. 메이지 시대부터 유행한 여성용 외투. 코트라는 이름이 붙었으나 서양식 옷이 아니라, 일본식 옷이다.

"추웠습니다."

"감기는 이제 나으셨나요? 조심하지 않으시면 도질 거예요. 아직 안색이 좋지 않은 것 같아요."

남자는 대답하지 않고 외투 주머니에서 일본 종이에 싼 것을 꺼냈다.

"빌렸던 돈입니다. 오랫동안 고마웠습니다. 갚아야겠다고 몇 번이고 생각했으나, 그만 늦어졌습니다."

미네코는 잠깐 산시로의 얼굴을 보았으나, 그대로 거절하지 않고 종이에 싼 것을 받아들었다. 그러나 손에 든 채, 거두지 않고 바라보았다. 산시로도 그것을 바라보았다. 대화가 한동안 끊겼다. 마침내 미네코가 말했다.

"당신, 여유가 없지는 않으시나요?"

"네, 지난번부터 그럴 생각으로 고향에서 받아두었던 것이니 모쪼록 받아주시기 바랍니다."

"그래요? 그럼 받겠습니다."

여자는 종이에 싼 것을 품속에 넣었다. 그 손을 아즈마코트에서 꺼냈을 때 하얀 손수건이 쥐여져 있었다. 코 부근에 대고 산시로를 바라보았다. 손수건 냄새를 맡는 것 같기도 했다. 잠시 후, 그 손을 불쑥 내밀었다. 손수건이 산시로의 얼굴 앞으로 왔다. 날카로운 향기가 코를 찔렀다.

"헬리오트로프."라고 여자가 조용히 말했다. 산시로는 자신도 모르게 얼굴을 뒤로 당겼다. 헬리오트로프의 병. 4번가의 저물녘. 스트레이 십. 스트레이 십. 하늘에는 높다란 해가 밝게 걸려 있었다.

"결혼을 하신다고요?"

미네코는 하얀 손수건을 소맷자락에 넣었다.

"알고 계셨나요?"라고 말하며 쌍꺼풀 진 눈을 가늘게 뜨고 남자의 얼굴을 보았다. 산시로를 멀리에 두고, 오히려 멀리에 있는 것을 지나치게 걱정하는 듯한 눈빛이었다. 그러면서도 눈썹만은 명백하게 차분했다. 산시로의 혀가 위턱에 밀착되어버렸다.

여자는 아주 잠시 산시로를 바라본 뒤, 들리지 않을 정도의 탄식을 희미하게 흘렸다. 마침내 가느다란 손을 짙은 눈썹 위에 대고 말했다.

"나는 내 죄과를 아오니 내 죄가 항상 내 앞에 있나이다.118)"

알아들을 수 없을 정도의 목소리였다. 산시로는 그것을 분명하게 들었다. 산시로와 미네코는 이렇게 해서 헤어졌다. 하숙으로 돌아왔더니 어머니에게서 전보가 와 있었다. 열어보니, 〈언제 출발〉이라고 적혀 있었다.

---

118) 구약성서 시편 51편 3절.

13

하라구치 씨의 그림이 완성되었다. 단세이카이는 그것을 한 방의 정면에 걸었다. 그리고 그 앞에 기다란 의자를 놓았다. 쉬기 위한 것이기도 했다. 그림을 보기 위한 것이기도 했다. 쉬면서 음미하기 위한 것이기도 했다. 단세이카이는 이렇게 해서 이 대작에 저회하는 수많은 관람자에게 편리를 제공했다. 특별 대우였다. 그림의 완성도가 특별하기 때문이라고 했다. 혹은 사람들의 눈길을 끄는 제재이기 때문이라고도 했다. 소수의 사람들은 저 여자를 그렸기 때문이라고 말했다. 회원 가운데 한둘은 전적으로 크기 때문이라고 변명했다. 틀림없이 크기는 컸다. 폭 5치(15㎝)가 넘는 금색 테두리를 더하고 나니 몰라볼 정도로 커졌다.

하라구치 씨는 개회 전날에 점검을 위해 잠깐 왔었다. 의자에 앉아 한동안 파이프를 문 채 바라보고 있었다. 잠시 후, 벌떡 일어나 장내를 한 바퀴 꼼꼼하게 둘러보았다. 그런 다음 다시 원래의 의자로 돌아가 두 번째 파이프를 천천히 피웠다.

「숲의 여인」 앞에는 개회 당일부터 사람들이 가득 모였다. 기껏 놓은 의자는 무용지물이 되었다. 그저 지친 사람이 그림을 보지 않기 위해서 쉬었다. 그래도 쉬면서 「숲의 여인」에 대해 평을 한 사람이 있었다.

　미네코는 남편을 따라서 이틀째에 왔다. 하라구치 씨가 안내를 했다. 「숲의 여인」 앞으로 갔을 때 하라구치 씨는, "어떻습니까?"하며 두 사람을 보았다. 남편은, "좋습니다."라고 말하고 안경 안쪽에서 눈을 가만히 한 곳에 집중시켰다.

　"이 부채로 이마 부근을 가리고 선 자세가 좋습니다. 과연 전문가는 다르십니다. 이런 모습을 잘도 포착하셨습니다. 광선이 얼굴에 닿는 정도가 훌륭합니다. 그늘과 볕의 단차가 뚜렷해서—, 얼굴에만도 아주 재미있는 변화가 있습니다."

　"아니, 전부 본인의 취향이니. 저의 공이 아닙니다."

　"선생님 덕분이에요."라고 미네코가 감사의 인사를 했다.

　"저도, 덕분에."라고 이번에는 하라구치 씨가 감사의 인사를 했다.

　남편은 아내의 공이라는 말을 듣고 사뭇 기쁜 듯했다. 세 사람

가운데서 가장 정중하게 감사의 말을 한 것은 남편이었다.

개회 이후 첫 번째 토요일의 정오가 지난 시각에 여러 사람이 한꺼번에 찾아왔다. ─히로타 선생과 노노미야 씨와 요지로와 산시로. 네 사람은 다른 곳은 나중에 보기로 하고 가장 먼저 「숲의 여인」이 있는 방으로 들어갔다. 요지로가 "저거다, 저거야."라고 말했다. 사람들이 많이 몰려 있었다. 산시로는 입구에서 잠시 망설였다. 노노미야 씨는 초연히 들어갔다.

여러 사람들 뒤에서 들여다보았을 뿐, 산시로는 물러났다. 의자에 앉아서 사람들을 기다렸다.

"커다란 그림을 멋지게 그렸군."이라고 요지로가 말했다.

"사사키에게 팔 생각인 거겠지."라고 히로타 선생이 말했다.

"저보다,"라고 말하다 바라보니 산시로는 마뜩잖다는 얼굴로 의자에 앉아 있었다. 요지로는 입을 다물어버리고 말았다.

"배색이 상당히 멋스럽습니다. 오히려 세련된 그림입니다."라고 노노미야 군이 평했다.

"조금 지나치게 세련됐을 정도야. 이러니 장구 소리처럼 뚱땅거리는 그림은 그릴 수 없다고 자백할 만도 하군."이라고 히로타 선생이 평했다.

"뭡니까, 뚱땅거리는 그림이란 건?"

"장구 소리처럼 얼이 빠져서 재미있는 그림을 말하는 거야."

두 사람은 웃었다. 두 사람은 기교에 대해서만 평했다. 요지로가 이의를 제기했다.

"사토미 씨를 그리면, 누가 그려도 얼이 빠진 것처럼은 그릴 수 없을 겁니다."

노노미야 씨는 목록에 표시를 하기 위해 주머니에 손을 넣어 연필을 찾았다. 연필은 없고 활판 인쇄된 엽서가 나왔다. 눈에 들어온 것은 미네코의 결혼 피로연 초대장이었다. 피로연은 벌써 끝났다. 노노미야 씨는 히로타 선생과 함께 플록코트를 입고 참석했었다. 산시로는 도쿄로 돌아온 당일에 이 초대장을 하숙집의 책상 위에서 보았다. 날짜는 이미 지나 있었다.

노노미야 씨는 초대장을 찢어서 바닥 위에 버렸다. 잠시 후 선생과 함께 다른 그림에 대한 평을 시작했다. 요지로만이 산시로 옆으로 왔다.

"어때, 숲의 여인은?"

"숲의 여인이라는 제목이 좋지 않아."

"그럼 뭐라고 하면 좋지?"

산시로는 아무런 대답도 하지 않았다. 그저 입 안에서 스트레이 십, 스트레이 십이라고 되풀이했다.

◎ 해 설

고미야 도요타카(小宮 豊隆)

『산시로』는 1908년 9월 1일부터 12월 29일까지 117회에 걸쳐서 아사히 신문에 게재되었다. 이해에 소세키는 정월 초하루부터 4월 9일까지, 96회에 걸쳐서 같은 신문에 『갱부』를 발표했다. 그 외에도 『문조』를 쓰고 『몽십야』를 썼으며, 도쿄 아사히 신문 주최의 강연회에서는 『창작가의 태도』를 강연했다. 소세키는 1년의 3분의 2 이상을 사[社]를 위해서 일한 셈이다.

8월 19일에 실린 『산시로』의 예고에 소세키는 〈시골 고등학교를 졸업하고 도쿄의 대학에 들어간 산시로가 새로운 환경에 접한다. 그리고 동년배와 선배와 젊은 여성과 접촉하며 여러 가지로 움직이기 시작한다. 손이 가는 일이라고는 이 분위기 속에 이 사람들을 풀어놓는 것뿐이다. 나머지는 사람들이 멋대로 헤엄쳐서 저절로 파문이 일리라 생각한다. 그러는 동안에 독자도 작자도 이 분위기에 휩싸여 이 사람들을 알게 되리라 믿는다. 만약 휩싸일 만한 가치가 없는 분위기에, 알아도 보람이 없는 사람이라면 서로 불행했던 것이라고 단념할 수밖에 달리 방법이 없다. 그저 심상할 뿐이다. 희한한 것은 쓸 수 없다.〉라고 썼다. 이는 『산시로』에서 다룰 사건의 성질과 그 발전의 대략적인 방향을 예고한 것이다. 동시에 이는 소세키가 여기에 <휩싸일 만한 가치가 없는 분위기>와 <알아도 보람이 없는 사람>을 쓰지는 않겠다고 결심했다는 사실을 예고한 것이기도 하다.

소세키에 의하면 소설은 써내려가는 동안에 점차 작자에게서 독립하여 스스로가 독특한 법칙을 갖기 시작한다. 작자가 이렇게 하고 싶다고 생각해도 그것이 그 소설 자신의 법칙에 적합하지 않는 한, 좀처럼 작자의 생각대로는 되지 않는다. 그것을 무리하게 생각대로 움직이게 하려 하면 그 소설은 틀림없이 부자연스러운 모조품이 되어버린다. 그러한 경우 작자는 느긋하게 사건이 자연스럽게, 생각한 방향으로 발전해주기를 기다릴 수밖에 없다는 것이다. 소세키가 여기에 <휩싸일 만한 가치가 없는 분위기>와 <알아도 보람이 없는 사람>을 쓰지 않겠다고 결심했다 할지라도, 써내려가는 동안 자연스럽게 생겨나는 소설 자신의 세계의 법칙이, 혹은 소세키의 그 결심을 결심대로 수행하지 못하게 방해하지 않으리라고는 장담할 수 없다. 게다가 소세키는 그것을 <휩싸일 만한 가치>가 있는 분위기이고, 알 만한 <보람>이 있는 사람이라고 믿고 있다 할지라도, 독자에게 있어서는 그렇지 않은 경우도 역시 결코 있을 수 없는 일이라고는 말할 수 없다. 그렇기에 소세키는 만에 하나 그런 경우가 생겨나게 된다면 그건 <서로 불행했던 것이라고 단념할 수밖에 달리 방법이 없다.>고 말한 것이다. 그러나 적어도 자신의 의지로 좌우할 수 있는 한은 소세키가 여기에 <휩싸일 만한 가치가 없는 분위기>와 <알아도 보람이 없는 사람>은 쓰지 않으려 했다는 사실만은 명백하다.

『우미인초』에서 소세키는 자신이 싫어하는 유형의 인물을 몇 명 묘사했다. 그리고 소세키는 자신이 그런 사람의 어디를 싫어하는지를 너무 분명하다 싶을 정도로 분명하게 설명했다. 『갱부』는 물론 그런 것을 목적으로 한 작품은 아니었으나, 그래도 거기에는 소세키가 싫어하는 사람이 몇 명이고 나온다. 어떤 의미에서 『갱부』는 그런 불쾌하고 경멸해야 할, 쓰레기 같은 인간들의 집단 속에도 그처럼 사랑스럽고 존경할 만한 가치가 있는 사람도 있다는 사실을 하나의 중점으로 쓴 소설이라고도 말할 수 있다. 그러나 『산시로』에는 작자가 봐도, 독자가 봐도 싫어할 만한, 불쾌한, 경멸해야 할 만한 사람은 한 명도 등장하지 않는다. 설령 여기의 분위기를 <휩싸일 만한 가치가 없는 분위기>이자, 여기의 사람을 <알아도 보람이 없는 사람>이라고 말하는 사람이 있다 할지라도, 그 사람 역시 여기의 분위기와 여기의 사람을 경멸하거나 탄핵할 마음은 틀림없이 들지 않을 것이다.

　『우미인초』에서 소세키는, 자신이 좋아하는 사람은 애무하나, 싫어하는 사람은 호되게 내리친다. 심판하는 자로서의 자신의 지위를 자각하고, 또 심판하는 자로서의 자신의 역할을 행사한다. 『우미인초』보다 하나 앞선 작품인 『태풍』에서도 작자 소세키의 인물에 대한 태도는 역시 위와 마찬가지였다. 그들과는 달리 『갱부』에서 작자는 이른바 '멀리 떨어진' 위치에서 작중 인물을 바라보고 있으나, 그럼에도 심판하는 자로서의 작자의 자각은, 여전히 얼마간 그 여파를 남기고 있다. 그러나 『산시로』의 작자는 결코 심판하는 자의 입장에는 서 있지 않다. 여기서 작자는 『갱부』의 작자와 마찬가지로 '멀리 떨어진' 위치에 서 있음과 동시에 작중 인물을 모두 사랑하며 높은 곳에서 바라보고 있다. 『산시로』의 작자의 『산시로』 속 등장인물에 대한 태도는, 자신의 주위로 아이들을 모아놓고 싱글벙글 웃으며 그들을 바라보고 있는 인자한 할아버지처럼 조용하고 온화하고 평화롭고 즐겁게 보인다. 이는 소세키가 〈휩싸일 만한 가치가 없는 분위기〉와 〈알아도 보람이 없는 사람〉을 쓰지 않았기 때문에 그런 느낌을 주는 것인지, 소세키 안에 그런 느낌이 넘쳐나고 있기에 그런 것은 쓰지 않겠다고 결심했기 때문인지, 갑자기는 알 수 없으나, 어쨌든 『산시로』에 와서 소세키의 장편작가로서 다른 무대에 등장했다는 흥분이 비로소 평정함으로 복귀했으며, 또한 이전까지 극히 과민했던 소세키의 내면생활이 마침내 편안함과 차분함을 갖기 시작했다는 것은 의심의 여지도 없는 사실인 듯하다. 적어도 여기에서는 『태풍』에서처럼, 혹은 『우미인초』에서처럼 마음에 들지 않는 자를 덮쳐서 그를 으깨놓겠다는 노골적인 마음은 조금도 보이지 않는다.

소세키는 『우미인초』 속에서 〈여자의 스물넷은 남자의 서른에 해당한다. 이치도 모르고 그름도 모른다. 세상이 어떻게 돌아가고 어떻게 안정되는지는 물론 모른다. 위대한 고금의 무대가 끝도 없이 발전하는 가운데 자신은 어떤 지위를 점하고 있으며 어떤 역할을 맡고 있지는 애초부터 모른다. 단지 말솜씨만은 능란하다. 천하를 상대하는 것도, 국가를 적으로 삼는 것도, 일단의 군중을 눈앞에 두고 일을 처리하는 것도 여자에게는 불가능하다. 여자는 단지 한 사람만을 상대로 삼는 재주만을 터득하고 있다. 한 사람과

한 사람이 싸울 때 이기는 것은 반드시 여자다.〉라고 말해서 여성 일반을 매도하고 후지오를 매도했다. 『산시로』에서는 요지로가 산시로에게, 〈스물 전후의 동갑내기 남녀 둘을 나란히 놓고 봐봐. 여자 쪽이 만사 한 수 위잖아. 남자는 바보 취급을 당할 뿐이야. 여자 역시 자신이 경멸하는 남자에게 시집갈 마음은 들지 않을 거야. 물론 자신이 세상에서 제일 잘났다고 생각하는 여자는 예외야. 경멸하는 사람에게 시집을 가지 않으면 독신으로 살아갈 수밖에 달리 방법이 없으니까. 부잣집 딸내미 같은 사람 중에 그런 경우가 흔히 있잖아. 자신이 원해서 시집을 갔으면서 남편을 경멸하는 사람이. 미네코 씨는 그것보다 훨씬 더 잘났어. 그 대신 남편으로서 존경할 수 없는 사람에게는 애초부터 시집갈 마음이 없기에 상대가 되는 사람은 그런 마음으로 있지 않으면 안 돼. 그런 점에서 너나 내게 그 여자의 남편이 될 자격은 없어.〉라고 말해서 그것과 유사한 의견을 가지고 있다는 사실을 내보이지만, 그 결론은 『우미인초』의 작자처럼 윤리적으로 미네코의 무가치함을 매도하는 것이 아니라, 오히려 미네코의 총명함을 찬미하는 모양새가 되어 있다.

애초부터 '미네코 씨는 남편보다 훨씬 더 훌륭하다.' 는 말은 요지로의 말이지 소세키의 말은 아니었다. 그러나 요지로의 말과 모순되는 점을 미네코가 조금도 내보이지 않았으며, 또 요지로의 이 말이 어디에서도, 또 누구에게도 반대당하지 않고 『산시로』 속에서 통용되고 있다고 한다면 작자로서의 소세키도 역시 이 요지로의 비평을 자신의 비평이라고까지는 하지 않더라도, 적어도 그것을 묵인하고 있다고 보아도 문제는 없으리라. 이는 여기서 작자는 『우미인초』와 같은 여성관을 가지고 있음에도 불구하고 그 여성관으로 미네코를 보려고는 하지 않았다, 적어도 그 여성관을 전경[前景]에 배치하지 않고 여기에 나온 모든 여성을 바라보려 했다는 사실을 의미한다. 〈알아도 보람이 없는 사람〉은 쓰지 않겠다고 결심한 소세키는 어쩌면 이러한 점에서도 그 결심을 배반하지 않을 준비를 해두었던 것일지 모르겠다고도 여겨진다.

『산시로』 가운데서 작자를 가장 많이 대표하는 인물을 꼽으라면 누구나 그것은 히로타 선생이라고 대답할 것이다. 그런데 그 히로타 선생은 여성 일반에 대해서 정나미가 떨어진 사람이기에 독신으로 살고 있는 사람이다. 그러나 그 히로타 선생은 어째서 독신으로 지내느냐는 산시로의 질문에 비로소 입을 열어 여자에게 정나미가 떨어졌기에 결혼하지 않는 것이라고 대답한다. 그것조차도 직접적이고 노골적으로 그렇게 대답하는 것이 아니라 어렴풋이 에둘러서 대답을 하는 데 지나지 않는다. 하지만 히로타 선생은 자신이 여성 일반에게 정나미가 떨어졌다고 해서 자신의 집에 출입하는 미네코나 요시코는 결코 그런 눈으로 보지 않는다. 뿐만 아니라 히로타 선생은 그들 여성을, 적극적이라고까지는 말할 수 없으나 애정을 가지고 바라본다. 하물며 히로타 선생은 그 미네코와의 연애 때문에 산시로가 얽매이고 괴로워하고 차분함을 잃은 모습을 보고도 자신의 여성관을 산시로 앞에서 피력하여 산시로의 들끓어 오르는 머릿속에 바람을 불어넣으려는 시도 따위는 하지도 않는다. 히로타 선생은 단지 입을 다문 채 지켜보기만 한다. 아마도 그 결과가 어떻게 될지 알면서 그저 말없이 지켜보고 있는 것이리라. 어쩌면 히로타 선생은 무언중에, 미네코에게 사로잡혀 있는 산시로가 자신에게서 한 걸음 떨어져 관찰함으로 해서 미네코에게서 초월하는 방법을 가르쳐주고 있었던 것일지도 모르겠으나, 현재 사로잡혀 있는 산시로에게 그 히로타 선생의 무언의 교훈은 교훈으로서의 영향력을 조금도 행사하지 못한다.

『우미인초』에서는 고노 씨가 작자와 가장 가까운 인물로 묘사되어 있다. 그런 점에서 이곳의 히로타 선생은, 고노 씨가 상당한 연배가 되면 혹은 그런 품격을 갖추게 되지 않을까 여겨지는 사람이다. 둘과 관련해서 햄릿이라는 이름이 나온다는 사실을 놓고 생각해봐도 작자가 이 두 사람을 틀림없이 같은 피가 흐르는 사람으로 파악하고 있다는 사실을 암시하고 있다는 점을 알 수 있다. 그러나 누가 뭐래도 『우미인초』의 고노 씨는 나이가 27세였던 만큼, 젊었다. 젊은 만큼 모난 부분이 있었다. 방관자로서의 자신을 사람들 앞에 드러내는 것은 그렇다 해도, 방관자로서의 우월감을 가지고 후지오와 후지오의 어머니에게 애정이 담기지 않은 비아냥거리는 소리를 해서 그들과 자신 사이를 고의로 소원하게 하는 이해할 수 없는 언동을 거침없이 하는, 얼마간의 어리석음을 가지고 있기도 하다. 그에 비해서 히로타 선생은 태어난 순간부터 높은 곳에서 살고 있는 사람처럼 편안하게 높은 곳에 머물며, 편안하게 인생을 방관하면서도 자신이 높은 곳에 있다는 사실을 자랑으로 여기지 않는다. 수업을 충분하게 쌓은 사람이다. 히로타 선생에게는 고의라 여겨지는 부분이 없다. 불쾌한 부분이 없다. 하는 행동 모두가 자연스럽다. 대인관계에 있어서도 히로타 선생은 한결같이 공평하고 모두에게

방관적이며 온화하고 부드럽고 태평하다. 예를 들어서 요지로의
책동이 들통나고 그것이 신문에 악용되어 히로타 선생의 체면이
구겨질듯 되어버린 경우에도 히로타 선생은 요지로에게 잔소리는
했으나, 결코 그 때문에 철학자로서의 평정을 잃지는 않았다. 히로타
선생에게 있어서 요지로는 그런 행동을 하든 하지 않든 마찬가지로
사랑스럽고, 마찬가지로 경멸해야 할 사람이었던 것이다.

　물론 『산시로』는 히로타 선생 한 사람만을 묘사할 목적으로
쓰인 소설은 아니었다. 그것은 『산시로』의 예고만 봐도 분명히
알 수 있다. 히로타 선생은 산시로가 도쿄에 와서 접촉하는 수많은
사람들 중 한 사람에 지나지 않는다. 그러나 그 히로타 선생 주위에는
일단의 젊은 남녀가 모여 있으며, 산시로는 언제부턴가 그 일단의
사람들과 교류하는 사이가 되어, 그것이 말하자면 산시로의 도쿄에
서의 전 세계가 되니, 어떤 의미에서 말하자면 산시로의 도쿄에서의
전 세계는 히로타 선생이었다고 말해도 좋을 듯하다. 그러나 젊은
산시로에게 있어서, 그 속에 감싸이기에 히로타 선생은 너무나도
높은 곳에 있었다. 또한 히로타 선생은 너무나도 방관자적이었다.
산시로의 입장에서 말하자면, <히로타 선생의 화법은 마치 안내자가
옛 전장을 설명하는 것과 같아서, 실제를 멀리서 바라보는 위치에
자신을 두고 있었다. 그것이 상당히 낙천적 정취를 자아냈>지만
<교실에서 강의를 듣는> 것처럼 현실 생활에 맞닿아 있다는 느낌은
조금도 들지 않았다. 그렇기에 산시로는 적극적으로 노노미야 씨와
접촉하고 요지로와 접촉하고 요시코와 접촉하고 미네코와 접촉한
다. 그런데 살아 있는 자극은, ―특히 이성의 살아 있는 자극은

묘하게도 쾌적한 자극이 됨과 동시에 묘하게도 곤혹스러운 자극이 되어 산시로에게 달콤쌉싸름한 맛을 준다. 그 자극을 견디지 못하게 되었을 때, 산시로의 피난처가 된 것이 히로타 선생이었다. 히로타 선생은 언제나 태연하기에 산시로에게 있어서 히로타 선생을 찾아가는 것은, 자신의 마음을 넓히는 행동이 되기는 했으나, 히로타 선생의 내부에서 끊임없이 줄기차게 움직이고 있는 애정만으로는 역시 부족함을 느꼈다. ―이렇게 해서 산시로는 히로타 선생과 미네코 사이를 이리저리 오간다.

살아 있는 자극이 필요했던 산시로는 미네코를 상대로 연애에 빠진다. 그러나 그 연애는 연애라고 하자면 연애, 연애가 아니라고 하자면 연애가 아닌, 극히 불안한 연애였다. 그것이 분명한 연애가 되기에 산시로는 너무나도 경험이 적었다. 동시에 상대인 미네코는 너무나도 총명했다. 산시로는 미네코와의 접촉을 통해서 만족스러운 것 같기도 하고 만족스럽지 못한 것 같기도 한, 마음이 놓이는 것 같기도 하고 근심이 되는 것 같기도 한, 괴로운 것 같기도 하고 기쁜 것 같기도 한, 한심한 것 같기도 하고 고마운 것 같기도 한, 뭐라 표현하기 어려운 마음을 경험한다. 그리고 요지로로부터 〈한심하기는, 그런 여자를 마음에 두다니. 마음에 두어봐야 소용없는 일이야. 무엇보다 너하고 거의 동갑이잖아. 거의 동갑인 남자한테 반하는 건 옛날 얘기야. 채소가게의 오시치 시절의 사랑이야〉라는 나무람을 듣는다. 산시로와 미네코는 같은 나이인 23세였다. 게다가 산시로는 규슈의 시골에서 홀어머니의 손에 자라 좁은 세상밖에 경험하지 못한 데 반해서, 미네코는 연장자 없이 독신인 오빠가 집안을 이은 가정에서 살며 자유롭게 자신이 하고 싶은 일을 해왔다. 뿐만 아니라 도쿄에서 자란 여자였다. 소박하고 순수하고 배짱이 없어서 여성적인 산시로에 비해서, 미네코가 〈만사 한 수 위〉였다는 점은 요지로의 말을 기다릴 필요도 없이 명백했다. 그럼에도 불구하고 미네코는 산시로에게 마음이 끌렸다. 그리고 바로 거기에, 요지로에게 놀림을 받기도 하고 나무람을 듣기도 하면서도 그것을 끊지 못하는 산시로의 특수한 연애의 갈등의 근원이 잠재해 있었던 것이다.

소세키는 1908년 10월의 『와세다 문학』에 게재된 담화필기 속에서 독일의 극작가이자 소설가인 주더만의 『외나무다리』와 『에스바르』를 읽고 감탄한 내용을 이야기했는데, 특히 현재 남편이 있는 몸으로 예전에 자신이 사랑했던 적이 있었던 남자와 재회한 『에스바르』 속의 여주인공이 그 남자를 추구하고 또 추구하여 마침내는 그의 마음을 사로잡는 과정을 교묘하게 묘사한 점을 칭찬하고, 〈이는 여자가 남자를 추구하는 것인데, 그 여자인 펠리시타스에게는 남편이 있습니다. 유부간[有夫姦]이 되기에 남자 쪽에서 늘 피하려 합니다. 그를―육체적으로 추구하는 것은 아니지만― 좇고 또 좇아서 포로로 삼는 방법이 참으로 교묘해서, 어떻게 저런 식으로 상상할 수 있었을까 놀랄 정도로 적혀 있습니다. 그 누구도 그런 전개를 만들어낼 수는 없을 겁니다. 그리고 이 여자가 매우 영리하고 섬세한 성격입니다. 나는 이 여자를 평하여 '무의식적 위선가'―위선가라고 번역해서는 좋지 않지만―라고 말한 적이 있습니다. 그 교언영색[巧言令色]이 애써 노력해서 하는 것이 아니라 거의 무의식적으로,

타고난 성격을 그대로 표현하여 남자를 사로잡는다는 점, 물론 선이네 악이네 하는 도덕적 관념도 없이 행하는 것이라 여겨지는데, 그런 성질을 그 작품만큼 그린 것이 어디에 또 있을까요? ─아마도 없을 것이라 생각합니다.〉라고 말하고 다시 뒤를 이어서, 《『산시로』는 길어질까 물으시는 겁니까? 글쎄요. 길게 끌고 가는 겁니다. 그럼, 무엇을 쓸 것이냐고 물으신다면 또 난처해집니다만. ─사실은 지금 말씀드린 그 펠리시타스 말인데, 이것을 상당히 오래 전에 읽고 재미있다고 생각하고 있던 차에, 집에 있던 모리타 하쿠요(森田 白楊)가 부지런히 소설을 쓰고 있기에, 그렇다면 나는 예의 '무의식적 위선자'를 써보겠다고 반은 농담처럼 말하자, 모리타가 써보십시오, 라고 말했으니 모리타에 대해서는 그런 여자를 써보일 의무가 있습니다만, 다른 사람에게 공언한 것은 아니니 어떤 여자가 되든 상관없으리라 생각하고 있습니다. 실제로 어떤 여자가 될지는 나도 모릅니다. 또 지금 이야기한 중층적 서술만으로 진행하는 것이 아니라 곁가지도 들어오기에 여자는 어떻게 되어도 상관없다고 말하면 무책임한 듯하지만, 부족한 점이 있더라도 주더만을 끌어들여서 놀려서는 안 됩니다.〉라고 말했다. 이 담화필기는 당시 소세키의『산시로』에 대한 다야마 가타이(田山 花袋)의 냉평의 씨앗이 되었고, 그것이 다시 소세키의『다야마 가타이 군에게 답함』이 되어 문단에 한바탕 파란을 일으켰으나 그것은 지금 여기서 문제 삼을 일이 아니다. 문제가 되는 것은 여기서 소세키가『산시로』의 여주인공을 '무의식적 위선자(언컨시어스 히퍼크리트)'로 쓰려 했다는 사실을 표명했다는 점이다.

히퍼크리트는 그리스어인 히포크리테스에서 왔는데, 그리스에서는 배우를 의미하는 것이었던 듯하다. 이를 위선자라고 번역해서는 좋지 않다고 소세키가 말한 것은 위선자라고 하면, 거기에 이미 윤리적인 판단이 부수되어 있어서 단어에 특별한 색이 부여되기 때문이리라. 따라서 여기서 말하는 소세키의 '언컨시어스 히퍼크리트'는 의식적으로 자신이 아닌 자가 되어 타인을 기쁘게 하는 언동을 하는 것이 아니라, 의식하지 않은 채 자신이 아닌 자가 되어 그런 언동을 하는 사람을 가리키는 것이리라. 따라서 그것은 결과를 놓고 말하자면 물론 윤리적 판단의 대상이 되지 않으면 안 되는 것이지만, 동기를 놓고 말하자면 오히려 윤리적 판단을 초월한, 윤리적 판단 이전의 생리적·심리적 사실인 것이다. 예를 들어서 펠리시타스 같은 기혼여성이 스스로 자신의 입장을 자각하고 인식하고 있는 한, 자신의 현재 입장을 버릴 의지를 품지 않고 다른 남자를 연애적으로 끌어당기려 한다는 것은 건전한 이성[理性]으로 보자면 불가능한 일이다. 그럼에도 불구하고 펠리시타스가 단순히 자기 우월감의 만족을 위해서 남자를 자신의 포로로 삼으려는 것이 아니라, 반대로 스스로는 반성할 수 없는, 오히려 반성을 초월한 내부의 힘에 촉구되어 다른 남자에게 연애적으로 이끌려가고, 다른 남자를 연애적으로 끌어당기려 한 것이라면, 거기서 이미 훌륭한 '언컨시어스 히퍼크리시'가 성립되는 것이다.

자유롭고 총명하고, 누님처럼 굴기를 좋아하는 미네코는, 역시 요지로가 말한 것처럼 자신이 존경할 수 없는 남자에게 시집갈 마음은 틀림없이 없었을 것이다. 또 그런 의미에서 요지로와 산시로에게는 미네코의 남편이 될 자격이 틀림없이 없었다. 그러나 미네코는 산시로에 대해서 단순히 경멸만은 아닌 것, 미네코의 의식 위로 떠올라 미네코가 반성은 하지 않는다 할지라도, 적어도 의식의 문턱 너머에서 산시로에게 끌리는 것을 느끼고는 있었던 것이다. 물론 미네코가 산시로의 어디에 끌린 것인지, 우리에게는 정확히 알 길이 없다. 그러나 미네코는 산시로가 대학의 연못가에서 첫눈에 미네코를 좋아하게 된 것처럼 산시로에게 끌렸던 것만은 틀림없는 사실이다. 그 사실은 미네코가 연못가에서 산시로를 처음 만났을 때의 일들을 산시로처럼 언제까지고 뚜렷하게 기억하고 있을 뿐만 아니라, 그때의 복장과 그때의 소지품과 그때의 자세를 하라구치에게 그리게 했다는 점으로도 알 수 있다. 그러나 산시로가 그 일을 자신의 머릿속에서 거듭 반추하며 자신의 미네코에 대한 연애를 제 혼자서 크게 키워가고 있었던 것에 반해서, 미네코는 그것을 반추하지 않았으며 설령 의식하는 경우는 있었다 할지라도 오히려 그것을 부정하여 결코 그것을 키워나가려 하지는 않았다. 따라서 산시로의 머릿속에 있는 미네코의 모습은 언제나 실제보다 확대되어 움직이고 있는 데 반해서, 미네코의 머릿속에 있는 산시로의 모습은 실제보다 축소되어 움직이고 있는 것이다. 미네코가 보고 있는 산시로는 미네코가 느끼고 있는 산시로보다 존재감이 옅었다. 적어도 반성을 하고 볼 때에는, 산시로를 사랑하고 있지 않은 것이다. 그러나 반성하지 않을 때에는, 혹은 반성의 건너편에서는 틀림없이 산시로를 사랑하고 있다. 그것이 산시로에 대한 미네코의, 산시로를 놀리고 있는 것 같은, 산시로에게 호소하고 있는 것 같은, 산시로를 떼어내려는 것 같은, 산시로에게 의지하려는 것 같은, 여러 가지 예측할 수 없는 태도가 되어 나타나는 것이다.

미네코의 산시로에 대한 태도의 변덕은, 그러나 미네코의 마음에 준비가 있을 때와 없을 때, 의식이 분명할 때와 그렇지 않을 때, 그 순간순간에 따라서 나타나는 변덕이었다. 미네코 입장에서 보자면 그에 대해서 자신은 어떻게 책임질 방법도 없었다고 말해도 좋을지 모른다. 그러나 산시로 입장에서 보자면 그런 미네코의 언동에 이끌리고 또 이끌려서 자신의 열기가 점점 높아져 최고조에 달한 순간, 미네코가 덜컥 시집을 가버린 것이다. 미네코에게 배신을 당했다고 느껴 불쾌해지는 것은 당연한 일이다. 하지만 산시로가 미네코를 미워하기에는 산시로의 태도가 너무나도 어정쩡했다. 산시로는 미워할 수 있을 만큼 미네코에게 열중하고 있지는 않았다. 동시에 미네코도 실제로는 산시로를 그렇게 열중하게 만들 만큼 산시로의 사랑에 응하지는 않았다. 따라서 산시로에게 있어서 이 경험은, 경험이라고 하기에는 너무나도 옅은 경험에 지나지 않았으나, 그래도 이것이 산시로에게는 씁쓸한 경험이었다는 점은 부인할 수 없다.

소세키는 『갱부』 속에서 인간의 '무성격'을 논하며, 소설가는 갑의 성격·을의 성격이라며, 한 사람의 성격을 하나에 고정시켜놓고 거기에서 벗어나는 언동을 하면 용서할 수 없는 죄악인 것처럼 생각하는 버릇을 가지고 있으나, 그것은 제 좋을 대로 자연을 왜곡하는 것으로 이보다 더 실제에서 멀리 떨어진 사실도 없다, 그러한 점에 있어서 실제 인간은 오히려 '무성격'이라고 해도 좋을 정도로 시시각각 변화해가는 법이다, 라는 의미로 이야기했다. 미네코는 말하자면 시시각각으로 변화하는 모습을 내보이고 있으니, 그런 의미에서는 여기에 인간의 가장 자연스러운 모습이 묘사되어 있는 것이라고 말해도 좋을지 모르겠다. 그러나 만약 우리가 산시로의 입장에 우리를 놓는다면, 그런 미네코의 변화만큼 우리를 불안하게 하고 걱정하게 하고 차분하지 못하게 하고 화가 나게 하는 변화도 없지 않을까 여겨진다. 상대는 틀림없이 나를 사랑하고 있다며 안심하고 있자니, 사실 상대는 내가 아니라 노노미야 씨를 사랑하고 있는 것 같았다. 그런데 상대는 노노미야 씨를 사랑하고 있지 나를 사랑하고 있는 것이 아니라고 완전히 비관하고 있자니, 이번에는 미네코 쪽에서 적극적으로, 제가 사랑하고 있는 것은 당신뿐이에요, 라고 말하는 듯한 언행을 내보인다. 물론 이는 시골사람으로 단순해서, 자신이 상대방을 생각하고 있는 것만큼 상대방도 자신을 생각하고 있을 것이라는 마음을 품을 만큼 사람이 좋은 산시로의 자만이 절반 이상의 책임을 져야 할 일임에는 틀림이 없으나, 산시로가 자신의 자만 때문에 괴로워함과 동시에 걷잡을 수 없이 바뀌는 미네코의 '무성격' 때문에— 더욱 분명하게 말하자면 미네코의 '언컨시어스 히퍼크리시' 때문에 괴로워했다는 사실도 역시 의심할 수는 없다.

대부분의 첫사랑이 그렇듯 여기서 산시로가 경험하는 첫 번째 연애 경험도 아련하게, 품위 있게, 사랑스럽게 다루어져 있으며, 심각한 것이 되기 전에 일찌감치 막을 내린다. 그리고 미네코는 마지막으로 교회 앞에서 자신이 나오기를 기다리고 있던 산시로가

〈결혼을 하신다고요?〉라고 말하자 〈들리지 않을 정도의 탄식을 희미하게 흘〉림과 동시에, 〈가느다란 손을 짚은 눈썹 위에 대고〉, 〈"나는 내 죄과를 아오니 내 죄가 항상 내 앞에 있나이다."〉라고 가느다란 목소리로 다윗의 노래 한 구절을 중얼거려, 회개하고 사죄하는 듯한 자신의 마음을 누구인지도 모를 자 앞에서 피력했다. 그것을 분명하게 들은 산시로가 그것으로 미네코를 용서하고 미네코와 화해할 마음이 들었는지는 알 수 없다. 그러나 어쨌든 미네코의 그런 에둘러 사죄를 청하는 듯한 태도를 마지막으로 산시로는 미네코와 영원히 작별한다.

인간의, 특히 여자의 '언컨시어스 히퍼크리시' 문제는 소세키가 단지 『산시로』의 미네코를 묘사하기 위해서 설정한 문제가 아니라, 그것은 소세키의 생활 더 깊은 곳에 뿌리를 내리고 있어서 소세키는 그 후 끊임없이 그것을 문제로 삼지 않으면 안 되었던 커다란 화두 가운데 하나였던 듯 보인다. 특히 여자가 '언컨시어스 히퍼크리트'라는 견해는 『태풍』과 『우미인초』에서의, 시비[是非]와 사리도 분별할 줄 모르는 것이 여자라는 견해와 맥이 통하는 부분을 상당히 가지고 있다. 미네코를 '언컨시어스 히퍼크리트'라고 보는 견해는 미네코를 떨어져서 내려다보는 히로타 선생의 견해라고 한다면, 산시로처럼 미네코를 떨어져서 볼 수 없는 대등한 입장에서, 거기에. 산시로보다 훨씬 더 격렬한 감정을 가지고 비평한다면 미네코도 역시 시비와 사리도 분별하지 못하고 그때그때의 감정에 따라서 반사적으로 언동을 하는 여자라고 말할 수밖에 없기 때문이다.

남자에게 있어서 여자가 수수께끼인 것은 대부분의 경우 여자가 '언컨시어스 히퍼크리트'라는 점에서 온다. 그것을 수수께끼라고 명명하지 않고 '언컨시어스 히퍼크리트'라고 명명하는 것은, 그 사실에 윤리적 판단이 더해지지 않았다는 점을 의미하는 데 지나지 않는다. 그런데 사람이 여자의 그 '언컨시어스 히퍼크리시'를 상대로 하여 어디에 그 본질이 있는지를 구명하려 조바심을 칠수록 사람은 그것을 단지 '언컨시어스 히퍼크리트'라는 이름으로 처리할 수가 없어지게 되어 산시로가 괴로워한 방향에서 더욱 심각하게 괴로워할 수밖에 없어지게 된다. 『춘분 지날 무렵까지』의 스나가가 괴로워한 것도, 『행인』의 이치로가 괴로워한 것도, 『한눈팔기』의 겐조가 괴로워한 것도 대체적으로 말하자면 전부 그런 것이었다. 『명암』에서도, 의식되지 않은 히퍼크리시와 의식된 히퍼크리시가 뒤얽혀, 남자 속에서도 그것이 작용하고 여자 속에서도 그것이 작용하여 서로가 서로를 수수께끼처럼 만들고, 서로가 서로를 불신하게 하는 것이다.

　　『산시로』에 소세키의 사회에 대한 비평과 문단에 대한 비평과 대학에 대한 비평과 인간에 대한 비평과 그 외에도 여러 가지가 담겨 있다는 사실은 말할 필요도 없다. 소세키가 산시로와 미네코의 연애의 발전만을 『산시로』의 유일한 흥미로 삼지 않고 거기에 '곁가지'를 덧붙이려 한 이상, 여기에 '추이취미[推移趣味]' 뿐만 아니라 '저회취미'적 요소가 더해져, '가느다란 물이 한 줄기 흘러가는 것 같은' 세계가 아니라, 폭이 넓은 강이 되어가는 것은 당연한 일이다. 그러나 그러한 것들보다, 여기에서 여자의 '언컨시어스 히퍼크리시'를 다루었다는 사실이 이 작품을 더욱 주목할 만한 작품으로 만들어주고 있다. 단, 여기서는 그 문제가 아직 극히 미숙하여, 말하자면 싹을 내민 상태로만 다루어져 있을 뿐이다.

1936년 5월 19일

일본을 대표하는 두 거장(소설+만화)의 만남

(삽화와 함께 읽는) 도련님

———나쓰메 소세키 글 / 곤도 고이치로 그림 11,200원

한 편의 시처럼 펼쳐놓은 '비인정'의 세계

풀베개

———나쓰메 소세키 지음 11,800원

인간의 심리를 날카롭게 파헤친 성장소설

갱 부

———나쓰메 소세키 지음 12,600원

일본의 국민작가 나쓰메 소세키의 주옥같은 단편

나쓰메 소세키 단편소설전집

———나쓰메 소세키 지음 13,000원

「영일소품」, 「생각나는 것들」, 「유리문 안」을 한 권에

나쓰메 소세키 수상집

———나쓰메 소세키 지음 13,000원

다자이 오사무의 대표작 「인간실격」에서부터 유서까지

그럼, 이만…… 다자이 오사무였습니다.

———다자이 오사무 지음 12,000원

한 남자를 향한 지독한 사랑, 다자이 오사무의 마지막 여인

그럼, 안녕히…… 야마자키 도미에였습니다.

———야마자키 도미에 외 지음 13,000원

미에 대한 끝없는 탐구, 예술을 위한 예술

일본 탐미주의 단편소설선집

—무로우 사이세이 외 지음 13,000원

암울한 현실에 맞서 치열한 삶을 살았던 작가들의 이야기

일본 무뢰파 단편소설선집

—사카구치 안고 외 지음 13,000원

대중소설의 선구자, 나오키상으로 이름을 남긴

나오키 산주고 단편소설선집

—나오키 산주고 지음 14,000원

지금 우리의 현실과 놀랍도록 똑같은 100년 전의 팬데믹 상황

간단한 죽음

—기쿠치 간 외 지음 12,000원

서민들의 삶 속에서 건져올린 참된 인간의 모습

계절이 없는 거리

—야마모토 슈고로 지음 12,000원

너는 혼자가 아니야! 성장소설의 대표작

사 부

—야마모토 슈고로 지음 13,000원

일본 대문호의 계보를 잇는 야마모토 슈고로의 드라마 원작소설

유령을 빌려드립니다

—야마모토 슈고로 지음 13,000원

파시즘의 창시자 / 독재는 어떻게 태어나는가

(개정증보판) **무솔리니 · 나의 자서전**

—베니토 무솔리니 지음 17,000원

일본 천황의 권위를 비웃으며 일제와 당당히 맞섰던

운명의 승리자 박열

—후세 다쓰지 지음 13,000원

약 700년간 일본을 지배해왔던 무사들, 칼의 역사

사무라이 이야기(상·하)

—문고간행회 편집부 엮음 / 각권 15,000원

인물과 사건으로 읽는 일본, 칼의 역사

(전기) **도쿠가와 이에야스**

—나카무라 도키조 지음 14,000원

가이의 호랑이, 전국의 시대에 울려퍼진 그의 호령

(소설) **다케다 신겐**

—와시오 우코 지음 13,400원

에치고의 용, 일본 최대의 격전인 가와나카지마 전투의 승패는?

(소설) **우에스기 겐신**

—요시카와 에이지 지음 13,400원

오다 노부나가와 아케치 미쓰히데의 미묘한 마음속 대립을 그린

(소설) **아케치 미쓰히데**

—와시오 우코 지음 13,000원

옮긴이 박현석

대학 졸업 후 일본으로 건너가 유학 및 직장 생활을 하다 지금은 전문번역가로 활동 중이며 우리나라에 아직 소개되지 않은 유명 작가들의 작품을 소개하기 위해서 출판을 시작했다. 나쓰메 소세키의 『갱부』, 『태풍』, 다자이 오사무의 『판도라의 상자』, 나카니시 이노스케의 『붉은 흙에 싹트는 것』, 요시카와 에이지의 『우에스기 겐신』 등을 국내에서 처음으로 번역·출간했으며, 야마모토 슈고로, 고가 사부로, 구사카 요코, 와시오 우코 등의 작가도 소개했다. 그 외에도 『나쓰메 소세키 단편소설전집』, 『나쓰메 소세키 수상집』, 『도련님』, 『풀베개』 등을 번역·출간했다.

산 시 로

초 판 1쇄 인쇄 2024년 11월 10일
초 판 1쇄 발행 2024년 11월 15일

지은이 나쓰메 소세키
옮긴이 박현석
펴낸이 박현석
펴낸곳 현 인

등 록 제 2010-12호
주 소 서울시 도봉구 덕릉로 62길 13, 103-608호
전 화 010-2012-3751
팩 스 0505-977-3750
이메일 gensang@naver.com

ISBN 979-11-90156-53-0